Melanie Gideon · Die Eheprobe

Melanie Gideon

Die Eheprobe

Roman

Deutsch von Frauke Brodd

btb

Für BHR – Ehemann 1

»Eine Verbindung herstellen.«

E. M. Forster

TEIL 1

Kapitel 1

29. April
17:05 Uhr

GOOGLE-SUCHE »Schlupflider«
Ungefähr 113.000 Ergebnisse (0,19 Sekunden)

Schlupflider: MedlinePlus Medical Encyclopedia
Unter Schlupflidern versteht man ein übermäßiges Herabhängen der oberen Lidpartie … Schlupflider können einen Menschen müde oder erschöpft aussehen lassen.

Schlupflider … Natürliche Alternativen
Mit erhobenem Kinn sprechen. Versuchen, unter keinen Umständen die Stirn zu runzeln, da sich das Problem dadurch noch verschlimmert …

Droopy Dog … Schlupflider …
Amerikanische Zeichentrickfigur (dt. Synchronfassung: Drops) … Schlupflider … Nachname McPoodle. Bekannt für seinen Spruch … »Weißt du was? Das bringt mich in Rage.«

Kapitel 2

Ich starre in den Badezimmerspiegel und frage mich, warum mir bisher niemand gesagt hat, dass aus meinem linken Augenlid eine kleine Kapuze geworden ist. Lange Zeit sah ich jünger aus, als ich bin. Und jetzt, ganz plötzlich, haben sich alle Jahre zusammengerottet, und man sieht mir mein Alter an – vierundvierzig, womöglich älter. Ich hebe die überbordende Haut mit meinen Fingern hoch und wedele damit herum. Wie wär's mit ein paar Augenlid-Liegestützen?

»Was stimmt denn nicht mit deinem Auge?«

Peter reckt seinen Kopf ins Badezimmer, und trotz meiner kurzen Irritation, dass man mir nachspioniert, bin ich glücklich, das sommersprossige Gesicht meines Sohnes zu sehen. Mit zwölf sind seine Wünsche immer noch bescheiden und leicht zu erfüllen: Waffeln von Eggo und Boxershorts von Fruit of the Loom – die mit dem Bündchen aus Baumwolle.

»Warum hast du mir das nicht gesagt?«, frage ich ihn.

Ich bin abhängig von Peter. Wir stehen uns sehr nahe, vor allem in Fragen zur Körperpflege. Wir haben eine Abmachung. Meine Haare fallen in seinen Verantwortungsbereich. Er gibt mir Bescheid, sobald man den Ansatz sieht, damit ich einen Termin bei Lisa, meiner Friseurin, machen kann. Und im Gegenzug bin ich für seinen Körpergeruch verantwortlich. Damit sichergestellt ist, dass er keinen verströmt. Aus irgendeinem Grund sind zwölfjährige Jungs nicht in der Lage, ihre Unterarmausdünstungen wahrzunehmen. Also rennt er morgens an mir vorbei, mit erhobenem Arm, und streckt mir die Achselhöhle entgegen, damit ich eine Prise abkriege. »Ab in die Dusche«, lautet das Kommando fast immer. Ganz selten lüge ich und sage: »Alles bestens.« Ein Junge sollte riechen wie ein Junge.

»Dir was nicht gesagt?«

»Das mit meinem Augenlid.«

»Was denn – dass es über dein Auge hängt?«

Ich stöhne.

»Nur ein kleines bisschen.«

Ich blicke wieder in den Spiegel. »Warum hast du das nie erwähnt?«

»Tja, warum hast du mir nicht gesagt, dass *Peter* ein Slangausdruck für *Penis* ist?«

»Das stimmt nicht!«

»Doch, offensichtlich schon. *Ein Peter und zwei Bälle*?«

»Ich schwöre dir, dass ich diesen Ausdruck noch nie gehört habe.«

»Tja, jetzt verstehst du bestimmt, warum ich meinen Vornamen in Pedro umgewandelt habe.«

»Was ist aus Frost geworden?«

»Das war im Februar. Als wir die Lektion über Robert Frost bearbeitet haben.«

»Also trennen sich jetzt eure Wege, und du heißt von nun an Pedro?«, frage ich.

In der Middle School, so habe ich mir sagen lassen, geht es in der Hauptsache ums Experimentieren mit der eigenen Identität. Als Eltern sind wir dazu aufgefordert, unsere Kinder in unterschiedliche Personen schlüpfen zu lassen, aber langsam wird es schwierig, am Ball zu bleiben. Heute Frost, morgen Pedro. Gott sei Dank ist Peter kein Emo, oder heißt es Imo? Ich habe keine Ahnung, wofür Emo/Imo steht – ich weiß nur, dass es so etwas wie eine Teilmenge des Gruftis ist, eine taffe Göre, die sich die Haare schwarz färbt und Kajal trägt, und nein, damit hat Peter nichts am Hut. Peter ist ein Romantiker.

»Also gut«, sage ich, »aber hast du mal Peder in Betracht gezogen? Das ist die norwegische Variante von Peter. Deine Freunde könnten später irgendwas auf Peder reimen, so was wie *›bis speder, Peder‹*. Auf Pedro reimt sich rein gar nichts. Haben wir irgendwo Tesafilm?«

Ich will mein Augenlid festkleben – um die Wirkung zu sehen, wenn ich den Schaden beheben ließe.

»*Retro-Pedro*«, erwidert Peter, »und mir gefällt dein Schlupflid. Damit siehst du wie ein Hund aus.«

Mir fällt die Kinnlade herunter. *Weißt du was? Das bringt mich in Rage.*

»Nein, wie Jampo«, korrigiert er sich.

Peter spielt auf unseren zwei Jahre alten Mischling an, halb tibetanischer Spaniel, halb Gott-weiß-was: ein fünfeinhalb Kilo schwerer, neurotischer Hunde-Mussolini, der seine eigene Kacke frisst. Abstoßend, jawohl, aber wiederum sehr praktisch, wenn man genauer darüber nachdenkt. Man muss nie diese Plastiksäckchen mit sich herumtragen.

»Lass los, Jampo, du kleiner Scheißkerl!«, tönt Zoes Geschrei durchs Haus.

Wir können dabei zuhören, wie der Hund manisch auf dem Holzfußboden hin und her rennt und dabei höchstwahrscheinlich eine Klopapierrolle ausrollt, was gleich nach Kacke sein zweitliebstes Leckerli ist. *Jampo* bedeutet auf Tibetisch *sanftmütig*, das, wie sich herausstellte, natürlich im krassen Gegensatz zu seiner Persönlichkeit steht, was mich aber nicht stört; ich bevorzuge temperamentvolle Hunde. Die letzten anderthalb Jahre fühlte es sich so an, als wäre hier wieder ein Kleinkind eingezogen, und ich habe jede einzelne Minute genossen. Jampo ist mein Baby, das dritte Kind, das ich nie haben werde.

»Er muss raus. Mein Schatz, gehst du mit ihm? Ich muss mich für heute Abend fertigmachen.«

Peter verzieht das Gesicht.

»Bitte?«

»Na gut.«

»Danke. Hey, warte mal – bevor du losgehst, haben wir noch irgendwo Tesafilm?«

»Ich glaube nicht. Aber in der Krimskrams-Schublade ist irgendwo noch Isolierband.«

Ich überprüfe noch mal mein Augenlid. »Tust du mir noch einen Gefallen?«

»Was denn?« Peter seufzt.

»Bringst du mir das Isolierband hoch, wenn du mit dem Hund gegangen bist?«

Er nickt.

»Du bist mein Sohn Nummer 1.«

»Dein einziger Sohn.«

»Und in Mathe eine Eins«, sage ich und gebe ihm einen Kuss auf die Wange.

Heute Abend begleite ich William auf die Party anlässlich der Markteinführung von FiG Wodka, ein Werbeetat, in den er und sein Team bei KKM Advertising seit Wochen viel Arbeit investiert haben. Ich freue mich drauf. Es spielt eine Live-Band, drei Frauen mit elektrischen Violinen aus den Adirondack Mountains oder den Ozarks – genau weiß ich das nicht mehr.

»Business dressy«, meinte William zur Kleiderordnung, also krame ich meinen alten purpurroten Hosenanzug von Ann Taylor hervor. Damals in den Neunzigern, als auch ich noch in der Werbung gearbeitet habe, war das mein Powerdress als Powerfrau. Ich ziehe ihn an und stelle mich vor den großen Wandspiegel. Der Anzug sieht ein bisschen altmodisch aus, aber wenn ich die klotzige silberne Halskette anlege, die Nedra mir letztes Jahr zum Geburtstag geschenkt hat, wird sie vielleicht die Tatsache verschleiern, dass er schon bessere Zeiten gesehen hat. Nedra Rao habe ich vor fünfzehn Jahren in einer Mami-und-ich-Spielgruppe kennengelernt. Sie ist meine beste Freundin und zufälligerweise auch eine der Top-Scheidungsanwältinnen in Kalifornien. Sie liebt mich, und ich kann immer auf sie zählen, wenn es darum geht, mir unentgeltlich einen sehr vernünftigen, sehr ausgeklügelten 425-Dollar-die-Stunde-Rat zu geben. Ich versuch's und sehe den Anzug mit Nedras Augen. Ich weiß genau, was sie sagen würde: »Das ist jetzt nicht dein Ernst, Schätzchen«, und zwar mit ihrem hochgestochenen britischen Akzent. Zu schade auch, dass sich in meinem Kleiderschrank nichts finden lässt, was man sonst noch als »business dressy« bezeichnen könnte. Ich schlüpfe in meine Pumps und begebe mich nach unten.

Auf der Couch, die langen braunen Haare zu einem verwuschelten Haarknoten zurückgebunden, sitzt meine fünfzehn Jahre alte Tochter Zoe. Sie ist mal Vegetarierin, mal nicht (zurzeit nicht), eine fanatische Wiederverwerterin und Herstellerin ihrer eigenen Bio-Lippenpflege (Pfefferminz und Ingwer). Wie die meisten Mädchen in ihrem Alter ist sie auch eine professionelle Ex: Ex-Ballettschülerin, Ex-Gitarristin und Ex-Freundin von Nedras Sohn Jude. Jude, das kann man wohl so sagen, ist eine kleine Berühmtheit hier in der Gegend. Er hat es bis in die Hollywood-Ausscheidungsrunde von *American Idol* geschafft und wurde dann mit einem Fußtritt verabschiedet, weil er »wie ein in Flammen stehender kalifornischer Eukalyptusbaum klingt, der knallt und zischt und explodiert und am Ende doch kein einheimisches Gewächs ist, und zwar kein bisschen«.

Ich habe Jude angefeuert, wir alle haben das, als er es durch die erste und zweite Runde schaffte. Aber dann, kurz vor dem Hollywood-Recall, stieg ihm der plötzliche Ruhm zu Kopf, er betrog Zoe, ließ sie sitzen und brach so meinem Mädchen das Herz. Was lernt man daraus? Erlaube deiner Teenager-Tochter niemals, sich mit dem Sohn deiner besten Freundin zu treffen. Ich – nein, ich meine natürlich: Zoe brauchte Monate, um darüber hinwegzukommen. Ich schmiss Nedra furchtbare Dinge an den Kopf – Dinge, die ich wahrscheinlich nicht hätte sagen sollen, frei nach dem Motto *Von dem Sohn einer Feministin und einem Jungen mit zwei Müttern hätte ich mehr erwartet.* Nedra und ich haben eine Weile nicht mehr miteinander geredet. Jetzt geht's wieder, aber wann immer ich sie zu Hause besuche, ist Jude praktischerweise nicht da.

Zoes rechte Hand bewegt sich in Höchstgeschwindigkeit über die Tastatur ihres Handys.

»*Das da* willst du anziehen?«, fragt sie.

»Wieso denn nicht? Das ist Vintage.«

Zoe prustet los.

»Zoe, Schatz, würdest du bitte mal deinen Blick nach oben wenden? Ich brauche deine ehrliche Meinung.« Ich breite meine Arme weit aus. »Ist es wirklich so schlimm?«

Zoe legt den Kopf schief. »Kommt drauf an. Wie dunkel wird's dort sein?«

Ich seufze. Vor gerade mal einem Jahr standen Zoe und ich uns noch so nah. Jetzt behandelt sie mich wie ihren Bruder – wie ein Familienmitglied, das toleriert werden muss. Ich tue so, als würde ich nichts merken, aber indem ich mich bemühe, für uns beide nett und freundlich zu sein, kompensiere ich es so übermäßig, dass ich am Ende immer wie eine Kreuzung aus Mary Poppins und Fräulein Truly Scrumptious aus *Tschitti Tschitti Bäng Bäng* klinge.

»Pizza ist im Gefrierfach, und sieh zu, dass Peter um zehn im Bett ist. Wir sollten kurz darauf auch wieder zu Hause sein«, sage ich.

Zoe schreibt weiter auf ihrem Handy. »Dad wartet schon im Auto auf dich.«

Ich schwirre auf der Suche nach meiner Handtasche durch die

Küche. »Macht's euch gemütlich. Und seht euch auf keinen Fall *Idol* ohne mich an!«

»Hab den Sieger schon gegoogelt. Soll ich dir sagen, wer rausfliegt?«

»Nein!«, brülle ich und sprinte zur Tür hinaus.

»Alice Buckle. Das ist ja eine Ewigkeit her. Und wie frisch Sie wirken! Warum schleppt Sie William nicht öfters mit zu unseren Events? Aber ich gehe mal davon aus, dass er Ihnen damit einen Gefallen tut, nicht wahr? Schon wieder so ein Wodka-Launch. Langweilig, stimmt's?«

Frank Potter, Chief Creative Officer von KKM Advertising, blickt diskret über meinen Kopf hinweg. »Sie sehen wunderbar aus«, sagt er, während sein Blick durch den Saal zirkelt. Er winkt jemandem am anderen Ende zu. »Ihr Hosenanzug ist sehr hübsch.«

Ich nehme einen großen Schluck Wein. »Danke.«

Als ich mich umblicke und die durchsichtigen Blusen, Riemchensandaletten und Skinny-Jeans sehe, die fast alle der anwesenden Frauen tragen, wird mir klar, dass »business dressy« eigentlich »business sexy« bedeutet. Zumindest hier. Alle sehen einfach toll aus. So präsent – so zeitgeistig. Ich schlinge einen Arm um meine Taille und halte das Weinglas in dem jämmerlichen Versuch, von meinem Sakko abzulenken, so, dass es in der Nähe meines Kinns schwebt.

»Ich danke Ihnen, Frank«, wiederhole ich, während mir Schweißperlen den Nacken hinunterkullern.

Schwitzen ist meine Standardreaktion, wenn ich mich fehl am Platz fühle. Meine zweite Standardreaktion darauf ist, mich zu wiederholen.

»Danke«, sage ich noch einmal. Meine Güte, Alice, ein Danksagungs-Dreier?

Er tätschelt meinen Arm. »Und wie läuft's zu Hause? Erzählen Sie mal. Sind alle gesund? Die Kinder?«

»Allen geht's gut.«

»Sind Sie da ganz sicher?«, fragt er mich mit einem in sorgenvolle Falten gelegten Gesicht.

»Na ja, ja, eigentlich schon. Ja, allen geht es gut.«

»Wunderbar«, antwortet er. »Freut mich, das zu hören. Und was treiben Sie zurzeit? Immer noch Lehrerin? Welches Fach war das noch?«

»Schauspiel.«

»Schauspiel, richtig. Das muss so eine … Bereicherung sein. Aber, wie ich mir vorstellen kann, sicher auch recht stressig.« Er senkt seine Stimme. »Sie müssen eine Heilige sein, Alice Buckle. Ganz sicher besäße ich nicht Ihre Geduld.«

»Doch, bestimmt, sobald Sie spüren würden, was diese Kinder auf die Beine stellen. Sie geben sich solche Mühe. Wissen Sie, gerade erst vor ein paar Tagen wollte einer meiner Schüler …«

Frank Potter blickt wieder über meinen Kopf hinweg, zieht die Augenbrauen hoch und nickt.

»Alice, verzeihen Sie mir, aber ich glaube, ich werde dort drüben erwartet.«

»Oh, natürlich, klar. Es tut mir leid. Ich wollte Sie nicht aufhalten. Ich bin sicher, Sie haben andere …«

Er bewegt sich auf mich zu, und ich beuge mich leicht vor, in dem Glauben, er wolle mich auf die Wange küssen. Stattdessen zuckt er zurück, nimmt meine Hand und schüttelt sie. »Auf Wiedersehen, Alice.«

Ich lasse meinen Blick über die Anwesenden schweifen, die lässig ihre Lychee FiGtinis schlürfen. Ich kichere leise vor mich hin, so als fiele mir gerade etwas Lustiges ein, und versuche dabei, auch mal richtig locker zu wirken. Wo ist mein Ehemann?

»Frank Potter ist ein Arschloch«, flüstert mir jemand ins Ohr.

Gott sei Dank, ein freundliches Gesicht. Es ist Kelly Cho, schon lange Mitglied in Williams Kreativ-Team – lange für jemanden in der Werbung, wo die Fluktuation enorm ist. Sie trägt einen Hosenanzug, der sich gar nicht so sehr von meinem unterscheidet (besseres Revers), aber sie sieht darin trendig aus. Sie hat ihn mit Overknee-Stiefeln kombiniert.

»Wow, Kelly, du siehst fantastisch aus«, sage ich.

Kelly wischt mein Kompliment mit einer Handbewegung beiseite. »Woran liegt es denn, dass wir dich nicht öfter zu sehen bekommen?«, fragt sie.

»Ach, weißt du, die Fahrt über die Brücke ist jedes Mal ein Kampf. Der Verkehr. Und ich fühle mich immer noch nicht ganz wohl dabei, die Kinder abends allein zu lassen. Peter ist erst zwölf, und Zoe ist ein typischer verwirrter Teenager.«

»Was macht die Arbeit?«

»Toll, außer dass ich in dem ganzen Drumherum versinke: die Kostüme, der Hickhack der Eltern, Spinnen und Schweinchen, die ihren Text noch nicht gelernt haben und beruhigt werden müssen. Die dritte Klasse führt dieses Jahr *Schweinchen Wilbur und seine Freunde* auf.«

Kelly lächelt. »Ich liebe dieses Buch! Wahnsinn, das klingt nach einem idyllischen Leben.«

»Findest du?«

»Unbedingt. Ich würde liebend gerne aus diesem ständigen Konkurrenzkampf aussteigen. Jeden Abend ist irgendeine Veranstaltung. Ich weiß, es klingt glamourös – die Essen mit den Kunden, Logenplätze für die Spiele der Giants, Konzertkarten –, aber nach einer Weile ist es nur noch anstrengend. Na ja, das weißt du ja selbst. Du bist seit Urzeiten eine Werbe-Witwe.«

Werbe-Witwe? Ich wusste nicht, dass es ein Wort dafür gibt. Für *mich*. Aber Kelly hatte recht. Zwischen Williams Geschäftsreisen und der Bespaßung seiner Kunden bin ich im Prinzip eine alleinerziehende Mutter. Mit etwas Glück schaffen wir es, ein paar gemeinsame Abendessen pro Woche hinzubekommen.

Ich sehe mich um und fange Williams Blick ein. Er eilt auf uns zu. Er ist groß, gut gebaut, und sein dunkles Haar ergraut nur leicht an den Schläfen, auf diese herausfordernde Art, wie manche Männer eben ergrauen (als wollten sie sagen: Scheiß drauf, mit siebenundvierzig bin ich immer noch verdammt sexy, und zwar erst recht durch das Grau). Ich bin plötzlich wahnsinnig stolz auf ihn, als er in seinem dunkelgrauen Anzug und blau karierten Hemd den Saal durchquert.

»Wo hast du deine Stiefel her?«, frage ich Kelly.

William gesellt sich zu uns.

»Bloomie's. Hör mal, William, deine Frau kennt den Ausdruck *Werbe-Witwe* nicht. Wie kann das sein, da du sie doch zu einer gemacht hast?«, fragt Kelly und zwinkert mir zu.

William sieht mich finster an. »Ich habe überall nach dir gesucht. Wo warst du, Alice?«

»Sie stand die ganze Zeit genau hier und musste Frank Potter ertragen«, sagt Kelly.

»Du hast dich mit Frank Potter unterhalten?«, fragt William und sieht dabei alarmiert aus. »Ist er auf dich zugekommen, oder hast du ihn angesprochen?«

»Er ist auf mich zugekommen«, sage ich.

»Hat er was über mich gesagt? Über die Kampagne?«

»Wir haben nicht über dich geredet«, entgegne ich. »Und lange unterhalten haben wir uns sowieso nicht.«

Ich beobachte, wie William immer wieder seine Kiefermuskeln anspannt. Warum ist er so gestresst? Die Kunden lächeln und sind betrunken. Die Presse ist zahlreich vertreten. Die Vorstellung der Marke ist ein Erfolg, soweit ich das beurteilen kann.

»Entschuldigung«, sagt William, »aber können wir gehen, Alice?«

»Jetzt schon? Die Band hat doch noch nicht mal angefangen zu spielen. Ich habe mich wirklich auf das Live-Konzert gefreut.«

»Alice, ich bin total kaputt. Bitte lass uns gehen.«

»William!« Ein Trio attraktiver junger Männer kreist uns ein – ebenfalls Mitglieder von Williams Team.

Nachdem William mich Joaquin, Harry und Urminder vorgestellt hat, verkündet Urminder: »Also ich war heute Egosurfen.«

»Genau wie gestern«, sagt Joaquin.

»Und vorgestern«, sagt Kelly.

»Würdet ihr mir erlauben, meinen Satz zu Ende zu bringen?«, fragt Urminder.

»Lass mich raten«, meint Harry. »1.234.589 Treffer.«

»Blödmann«, erwidert Urminder.

»Du stiehlst ihm die Schau, Har«, sagt Kelly.

»5.881 klingt doch wirklich erbärmlich«, schmollt Urminder.

»10.263 klingt definitiv alles andere als erbärmlich«, sagt Harry.

»Oder 20.543«, sagt Kelly.

»Ihr beide lügt«, sagt Joaquin.

»Nicht eifersüchtig sein, Mr 1.031«, sagt Kelly, »das gehört sich nicht.«

»50.287«, sagt William und bringt damit alle zum Schweigen.

»Mann!«, sagt Urminder.

»Das liegt an dem Clio, den du gewonnen hast«, sagt Harry. »Wann war das, Boss? 1980?«

»Mach weiter so, Harry, und ich zieh dich von den Halbleitern ab und steck dich zur Frauenhygiene«, meint William.

Ich kann meinen bestürzten Gesichtsausdruck nicht verstecken. Sie konkurrieren untereinander damit, wie viele Treffer ihr Name hat. Und die Quote liegt bei allen in den Tausendern?

»Guck mal, was du da angerichtet hast. Alice ist erschüttert«, sagt Kelly. »Und ich kann es ihr nicht verdenken. Wir sind wirklich ein Haufen kleinkarierter Narzissten.«

»Nein, nein, nein. Ich maße mir da kein Urteil an. Ich find's witzig. Egosurfing. Macht doch jeder heute, oder? Die meisten haben nur nicht den Mut, es zuzugeben«, sage ich fröhlich.

»Und du, Alice? Hast du dich vor Kurzem mal gegoogelt?«, fragt Urminder.

William schüttelt den Kopf. »Es gibt keinen Grund, warum Alice sich googeln sollte. Sie hat kein öffentliches Leben.«

»Tatsächlich? Und was für ein Leben ist es, das ich stattdessen habe?«, frage ich.

»Ein gutes Leben. Ein sinnvolles Leben. Eben nur ein kleineres Leben.« William reibt sich die Falten zwischen den Augen. »Tut mir leid, Jungs, es war sehr nett mit euch, aber wir machen uns mal auf den Weg. Wir müssen ja noch über die Brücke.«

»Müsst ihr wirklich schon los?«, fragt Kelly. »Ich sehe Alice kaum noch.«

»Er hat recht«, sage ich. »Ich habe den Kindern versprochen, dass wir gegen zehn wieder zu Hause sind. Morgen ist ganz normal Schule.«

Kelly und die drei jungen Männer steuern die Bar an.

»Ein kleineres Leben?«, sage ich.

»Ich wollte damit überhaupt nichts werten. Sei nicht so empfindlich.« Williams Blick schweift durch den Saal. »Außerdem habe ich recht. Wie lange ist es her, dass du dich gegoogelt hast?«

»Letzte Woche. 128 Treffer«, lüge ich.

»Tatsächlich?«

»Warum klingst du so überrascht?«

»Bitte, Alice, ich habe jetzt wirklich keine Zeit für so etwas. Hilf mir lieber mal, Frank zu finden. Ich muss kurz was mit ihm abklären.«

Ich seufze. »Er ist dahinten, am Fenster. Los, komm.«

William legt mir eine Hand auf die Schulter. »Warte hier, ich bin gleich wieder da.«

Auf der Brücke ist kein Verkehr, und ich wünsche mir, das Gegenteil wäre der Fall. Normalerweise genieße ich die Fahrt nach Hause: die Vorfreude auf meinen Schlafanzug, mich dann mit der Fernbedienung aufs Sofa zu kuscheln, während die Kinder oben schlafen (oder so tun, als ob sie schliefen, sich aber aller

Wahrscheinlichkeit nach mit Skypen und SMS-Schreiben die Zeit im Bett vertreiben). Aber heute Abend würde ich gerne im Auto bleiben und einfach weiterfahren, egal wohin. Der Abend hat mich durcheinandergebracht, und ich werde das Gefühl nicht los, dass William sich für mich schämt.

»Warum bist du so still? Hast du zu viel getrunken?«

»Müde«, murmele ich vor mich hin.

»Frank Potter ist ein Scheißkerl.«

»Ich mag ihn.«

»Du *magst* Frank Potter? Er ist so ein Selbstdarsteller.«

»Ja, aber er ist ehrlich. Er versucht erst gar nicht, sich zu verstellen. Und er war immer nett zu mir.«

William klopft zur Musik im Radio mit den Fingern aufs Lenkrad. Ich schließe die Augen.

»Alice?«

»Was denn?«

»Du bist in letzter Zeit irgendwie komisch.«

»Inwiefern komisch?«

»Keine Ahnung. Machst du gerade so ein Midlife-Ding durch?«

»Keine Ahnung. Machst *du* gerade so ein Midlife-Ding durch?«

William schüttelt den Kopf und dreht das Radio lauter. Ich lehne meinen Kopf ans Seitenfenster und blicke hinaus auf die Millionen von Lichtern, die in den East Bay Hills glitzern. Oakland sieht so festlich aus, fast weihnachtlich – und weckt dadurch Erinnerungen an meine Mutter.

Meine Mutter starb zwei Tage vor Weihnachten. Ich war fünfzehn. Sie verließ das Haus, um Eierpunsch zu besorgen, und wurde von einem Mann, der eine rote Ampel missachtete, überfahren. Ich ziehe es vor zu glauben, dass sie nicht gemerkt hat, was ihr da widerfuhr. Da war das Kreischen von Metall auf Metall und dann ein leises Rauschen, wie das eines Flusses, und dann durchflutete pfirsichfarbenes Licht das Auto. Dieses Ende habe ich mir für sie ausgedacht.

Die Geschichte ihres Todes habe ich so viele Male erzählt, dass die Details keine Bedeutung mehr haben. Manchmal, wenn man mich nach meiner Mutter fragt, packt mich eine seltsame, nicht wirklich unangenehme Nostalgie. Ich kann dann die Straßen von Brockton, Massachusetts, vor meinem inneren Auge heraufbeschwören; im Dezember 1983 müssen sie mit Lametta und Lichterketten dekoriert gewesen sein. Im Spirituosenladen standen die Menschen bestimmt Schlange, ihre Einkaufswägen randvoll bepackt mit Bierkästen und Weinflaschen, und der Duft nach Tannennadeln wehte vom Weihnachtsbaumstand her durch die Luft. Aber die nostalgischen Gefühle für das, was unmittelbar *davor* da war, werden schnell überlagert von dem düsteren *Danach*. Dann schwillt in meinem Kopf die miese Erkennungsmelodie von *Magnum* an, denn mein Vater sah sich gerade eine *Magnum*-Folge im Fernsehen an, als das Telefon klingelte und eine Frau am anderen Ende der Leitung uns behutsam mitteilte, dass es einen Unfall gegeben hatte.

Warum denke ich heute Abend daran? Liegt es, wie William gefragt hat, an dem Midlife-Ding? Die Uhr tickt, so viel ist sicher. Im September, an meinem fünfundvierzigsten Geburtstag, werde ich genauso alt sein wie meine Mutter, als sie starb. In diesem Jahr erreiche ich den kritischen Punkt.

Bis jetzt ist es mir gelungen, mich damit zu trösten, dass meine Mutter mir, obwohl sie tot ist, immer noch voraus war. Ich musste noch alle Schwellen überschreiten, die sie bereits überschritten hatte, und deshalb war sie immer noch irgendwie am Leben. Aber was passiert, wenn ich sie überhole? Wenn es diese Schwellen nicht mehr gibt?

Ich blicke kurz zu William hinüber. Wäre meine Mutter mit ihm einverstanden gewesen? Wäre sie mit meinen Kindern, meiner Karriere, wäre sie mit meiner Ehe einverstanden gewesen?

»Willst du einen Stopp beim 7-Eleven einlegen?«, fragt William.

Ein kurzer Stopp beim 7-Eleven auf einen KitKat-Schokoriegel nach einer Sause in der Stadt hat bei uns Tradition.

»Nein, ich bin satt.«

»Danke, dass du mitgekommen bist.«

Soll das eine Art Entschuldigung für sein abschätziges Verhalten von heute Abend sein?

»Jaja.«

»Hast du dich amüsiert?«

»Klar.«

William schweigt einen Moment. »Du bist eine sehr schlechte Lügnerin, Alice Buckle.«

Kapitel 3

30. April
01:15 Uhr

GOOGLE-SUCHE »Alice Buckle«

Ungefähr 26 Ergebnisse (0,01 Sekunden)

Alice im Wunderland ... Belt Buckles

Gürtelschnallen mit Motiven (inklusive der Verrückten Teegesellschaft, Tweedledee und Tweedledum, dem Weißen Kaninchen und Humpty Dumpty)

Alice BUCKLE

Archiv des *Boston Globe* ... Theaterstück von Ms Buckle, *Die Bardame von Great Cranberry Island,* 1997, Blue Hill Theater ... »glanzlos, langweilig, lächerlich« ...

Alice BUCKLE

Alice und William Buckle, Eltern von Zoe und Peter, genießen den Sonnenuntergang an Bord der ...

GOOGLE-SUCHE »Midwife-Crisis«

Ungefähr 2.333.000 Ergebnisse (0,18 Sekunden)

Urban Dictionary: Midwife Crisis

Das Fallenlassen eines Neugeborenen auf den Kopf kurz nach der Geburt durch die Hebamme.

GOOGLE-SUCHE »MidLIFE-Crisis«

Ungefähr 3.490.000 Ergebnisse (0,15 Sekunden)

Midlife-Crisis – Wikipedia

Mit dem Begriff Midlife-Crisis (engl. für »Mittlebenskrise«) meint man umgangssprachlich einen psychischen Zustand der Unsicherheit im Lebensabschnitt von …

Midlife-Crisis: Depression oder normaler Wandel?

Der Wandel in der Mitte des Lebens (engl. Midlife) kann der Wendepunkt zu einer Phase großer Veränderungen sein. Doch was tun, wenn die Mitte des Lebens zur Krise wird, aus der sich eine Depression entwickelt …

GOOGLE-SUCHE »Zoloft«

Ungefähr 31.600.000 Ergebnisse (0,12 Sekunden)

Zoloft (Sertralin HCl) Informationen zu Nebenwirkungen, Dosierung und Risiken

Erfahren Sie mehr über Nebenwirkungen, Dosierung, Risiken, Wechselwirkungen mit anderen Medikamenten und weitere Angaben auf dem Beipackzettel …

Sertralin … Zoloft

Ich möchte gerne meine Erfahrung mit Zoloft mit euch teilen. Gestern Nachmittag wurde ich aus der Psychiatrie entlassen …

GOOGLE-SUCHE »Schlüssel im Kühlschrank Alzheimer«

Ungefähr 1.410.000 Ergebnisse (0,25 Sekunden)

Alzheimer Krankheit – Symptome der Krankheit

Schlüssel im Eierfach des Kühlschranks – ein typisches Warnzeichen einer Alzheimererkrankung …

GOOGLE-SUCHE »Schnell abnehmen«

Ungefähr 30.600.000 Ergebnisse (0,19 Sekunden)

Abnehmen für Schwachköpfe

Ich habe elf Kilo abgenommen! Die Tatsache, dass ich fast die ganze Zeit das Gefühl habe, in Ohnmacht zu fallen, ist ein geringer Preis …

GOOGLE-SUCHE »Glückliche Ehe?«

Ungefähr 4.120.000 Ergebnisse (0,15 Sekunden)

Auf der Suche nach Geheimnis einer glücklichen Ehe – CNN

Niemand außer den beiden Beteiligten weiß wirklich, was in einer Ehe vor sich geht, aber Forscher gewinnen immer tiefere Einblicke …

Dünne Ehefrau ist Schlüssel zu glücklicher Partnerschaft! – Times of India

Forscher haben das Geheimnis glücklicher Ehen entschlüsselt: Ehefrauen, die weniger wiegen als ihre Ehemänner …

ZUTATEN FÜR EINE GLÜCKLICHE EHE

200 Gramm Rücksichtnahme, 400 Gramm Dankbarkeit, 1 Teelöffel Komplimente täglich, 1 sorgsam gehütetes Geheimnis.

Kapitel 4

SPAM-ORDNER (3)

Von: Medline
Betreff: Billig, billig Vicodin, Percocet, Ritalin, Zoloft diskret
Datum: 1. Mai, 09:18 Uhr
An: Alice Buckle <alicebuckle@rocketmail.com>
LÖSCHEN

Von: Hoodia shop
Betreff: Neue Bandwurm-Diätpillen, kleine asiatische Frauen
Datum: 1. Mai, 09:24 Uhr
An: Alice Buckle <alicebuckle@rocketmail.com>
LÖSCHEN

Von: Netherfield-Zentrum für Eheforschung
Betreff: Sie wurden als Teilnehmer für eine Umfrage zum Thema Ehe ausgewählt
Datum: 1. Mai, 09:29 Uhr
An: Alice Buckle <alicebuckle@rocketmail.com>
IN DEN POSTEINGANG

Kapitel 5

Mir fällt auf, dass ich der Frank Potter meiner eigenen kleinen Welt bin. Zwar nicht der Frank Potter, der die soziale Leiter nach oben klettert, aber der Frank Potter, der das Sagen hat – ich bin verantwortlich für den Schauspielunterricht an der Kentwood-Grundschule. Die verunsicherte Alice Buckle, die bei Williams Wodka-Parade aufgetaucht ist, hat nichts mit der Alice Buckle zu tun, die gerade auf einer Bank auf dem Spielplatz sitzt, während eine Viertklässlerin hinter ihr steht und vergeblich versucht, ihr eine Frisur zu verpassen.

»Tut mir leid, Mrs Buckle, aber das klappt nicht«, sagt Harriet. »Vielleicht sollten Sie Ihre Haare ab und zu kämmen.«

»Wenn man meine Haare kämmt, sind sie nur noch kraus und stehen ab. Das reinste Rattennest.«

Harriet nimmt meine dicken braunen Haare in die Hand und lässt sie wieder los. »Es tut mir leid, Ihnen das so sagen zu müssen, aber es sieht jetzt schon wie ein Rattennest aus. Na ja, eigentlich eher nach einer Pusteblume.«

Harriet Morses schonungslose Ehrlichkeit ist typisch für ein Mädchen in der vierten Klasse. Hoffentlich verliert sie diesen Charakterzug nicht bis zur Middle School. Bei den meisten Mädchen ist das der Fall. Ich persönlich mag nichts lieber als ein Mädchen, das sagt, was es denkt.

»Vielleicht sollten Sie Ihre Haare glätten«, schlägt sie vor. »Meine Mutter macht das. Sie kann dann sogar bei Regen vor die Tür gehen, ohne dass sie sich kräuseln.«

»Und genau deshalb sieht sie so toll aus«, sage ich, als ich Mrs Morse auf uns zukommen sehe.

»Alice, es tut mir ja so leid, dass ich mich verspätet habe«, sagt sie und beugt sich für eine Umarmung zu mir hinunter. Harriet ist das vierte von Mrs Morses Kindern, das meinen Schauspielunterricht durchläuft. Ihr ältestes ist jetzt auf der Schauspielschule in Oakland. Ich stelle mir gerne vor, ich hätte etwas damit zu tun.

»Es ist erst zwanzig nach drei, machen Sie sich keine Sorgen«, sage ich. Auf dem Spielplatz sind noch mindestens zwei Dutzend Kinder zugange, die darauf warten, abgeholt zu werden.

»Der Verkehr war grauenhaft«, sagt Mrs Morse. »Harriet, was in aller Welt veranstaltest du da mit Mrs Buckles Haaren?«

»Harriet ist wirklich eine richtig gute Friseurin. Leider sind meine Haare hier das Problem.«

Mrs Morse haucht mir ein lautloses »Entschuldigung« entgegen, während sie in ihrer Handtasche nach einem Haargummi kramt. Sie hält es Harriet hin. »Liebling, meinst du nicht, dass Mrs Buckle ein Pferdeschwanz gut stehen würde?«

Harriet verlässt ihren Platz hinter der Bank und begutachtet mich feierlich von vorne. Sie hebt die Haare über meine Schläfen. »Sie sollten Ohrringe tragen«, verkündet sie. »Vor allem dann, wenn Sie Ihre Haare hochstecken.« Sie akzeptiert das Gummi von ihrer Mutter und zieht sich wieder auf ihren Posten hinter der Bank zurück.

»Also, wie kann ich in diesem Halbjahr behilflich sein?«, fragt Mrs Morse. »Möchten Sie, dass ich die Party organisiere? Ich kann die Kinder auch beim Auswendiglernen unterstützen.«

Die Kentwood-Grundschule ist voll von solchen Eltern wie Mrs Morse: Eltern, die ihre Hilfe anbieten, bevor sie gefragt werden, und die inbrünstig an die Wichtigkeit einer Theaterklasse glauben. Genau genommen ist es der Elternverein der Kentwood-Grundschule, der mein Teilzeit-Gehalt bezahlt. Die öffentlichen Schulen in Oakland stehen seit Jahren am Abgrund einer

Pleite. Kunst und Musik waren die ersten Fächer, die gestrichen wurden. Ohne den Elternverein hätte ich keine Stelle mehr.

Es gibt immer einen Jahrgang mit einer Häufung betreuungsintensiver Eltern, die sich beschweren und unzufrieden sind – in diesem Jahr sind es die Drittklässler –, aber meistens sehe ich die Eltern als Ko-Lehrer. Ohne sie könnte ich meine Arbeit nicht machen.

»Das sieht hübsch aus«, sagt Mrs Morse, nachdem Harriet jetzt schon ein paar Minuten an meinen Haaren gezogen und gerupft hat. »Es gefällt mir, wie du Mrs Buckles Haare am Ansatz ein bisschen aufbauschst.«

Harriet kaut auf ihrer Lippe herum. Das Aufbauschen war nicht geplant.

»Ich fühle mich ganz wie in *Frühstück bei Tiffany*«, sage ich, als Carisa Norman über den Spielplatz gesaust kommt und sich auf meinen Schoß schmeißt.

»Ich habe Sie überall gesucht«, sagt sie und streichelt meine Hand.

»Was für ein Zufall«, antworte ich, während sie sich in meine Arme kuschelt. »Ich habe dich auch überall gesucht.«

»Rufen Sie mich an«, sagt Mrs Morse. Sie tut so, als hielte sie ein Handy an ihr Ohr, und zieht mit Harriet von dannen.

Ich nehme Carisa mit ins Lehrerzimmer und ziehe ihr einen Granola-Riegel aus dem Süßigkeitenautomaten. Dann gehen wir zur Bank zurück, setzen uns und reden über so wichtige Dinge wie Barbiepuppen und darüber, wie peinlich es ihr ist, dass sie noch Stützräder an ihrem Fahrrad hat.

Als ihre Mutter um vier Uhr am Straßenrand hält und hupt, sehe ich Carisa nach, wie sie quer über den Spielplatz läuft, und mir wird schwer ums Herz. Sie wirkt so verletzlich. Sie ist jetzt acht und klein für ihr Alter; von hinten ginge sie auch als Sechsjährige durch. Mrs Norman winkt mir aus dem Auto zu. Ich winke zurück. Mindestens an ein paar Tagen der Woche ist das unser Ritual. Wir tun dann beide so, als sei nichts Ungewöhnliches daran, dass sie ihre Tochter so oft mit fünfundvierzig Minuten Verspätung abholt.

Kapitel 6

Ich liebe die Stunden zwischen halb fünf und halb sieben. Die Tage werden länger, und momentan habe ich um diese Zeit das Haus für mich allein. Zoe ist beim Volleyball-Training, Peter probt entweder mit seiner Band oder spielt Fußball, und William fährt selten vor sieben mit seinem Auto die Einfahrt hoch. Sobald ich nach Hause komme, durchforste ich im Schnelldurchlauf das ganze Haus, um Ordnung in die Unordnung zu bringen: Klamotten zusammenlegen, E-Mails lesen – und dann kümmere ich mich ums Abendessen. Heute ist Donnerstag, also der Abend für ein einfaches Essen: Lasagne zum Beispiel oder Shepherd's Pie. Ich bin keine begnadete Köchin, das ist Williams Domäne. Er bereitet die Abendessen für besondere Anlässe zu, die Menüs, die mit jeder Menge Ahs und Ohs bedacht werden. Ich bin eher so etwas wie ein Kantinenkoch; meine Gerichte sind unauffällig und nicht der Erinnerung wert. Zu mir hat noch nie jemand gesagt: »Oh, Alice, erinnerst du dich noch an den Abend, als du die überbackenen Ziti gemacht hast?« Allerdings bin ich sehr zuverlässig. Ich habe acht schnelle und einfache Gerichte in meinem Repertoire, die ich abwechselnd koche. Heute Abend gibt's Thunfischauflauf. Ich schiebe die Form in den Ofen und lasse mich am Küchentisch nieder, um meine E-Mails zu checken.

Von: Netherfield-Zentrum für Eheforschung <netherfield@netherfield-zentrum.org>
Betreff: Umfrage zum Thema Ehe
Datum: 4. Mai, 17:22 Uhr
An: alicebuckle <alicebuckle@rocketmail.com>

Sehr geehrte Alice Buckle,
wir danken Ihnen für Ihr Interesse an unserer Umfrage zum Thema Ehe und für die Beantwortung der Eingangsfragen. Herzlichen Glückwunsch! Wir freuen uns, Ihnen mitteilen zu dürfen, dass Sie als Teilnehmerin an der Netherfield-Studie »Die Ehe im 21. Jahrhundert« ausgewählt wurden. Sie erfüllen drei der Grundkriterien, um Teil dieser Studie zu werden: seit mehr als zehn Jahren verheiratet; Kinder im schulpflichtigen Alter; monogam.
Wie bereits im Eingangsfragebogen erläutert, handelt es sich um eine anonyme Studie. Um Ihre Anonymität zu schützen, ist dies hier die letzte E-Mail, die wir Ihnen an alicebuckle@rocketmail.com schicken. Ihre Erlaubnis vorausgesetzt, haben wir für Sie einen E-Mail-Account am Netherfield-Zentrum eingerichtet. Ihre E-Mail-Adresse für alle Belange im Zusammenhang mit der Umfrage lautet ehefrau22@netherfield-zentrum.org, das Passwort ist 12345678. Bitte melden Sie sich auf unserer Internetseite an und ändern Sie das Passwort umgehend.
Von jetzt an wird Ihre gesamte Korrespondenz an Ihre ehefrau22-Adresse geschickt. Wir entschuldigen uns für den klinischen Klang Ihres Pseudonyms, doch dies geschieht in Ihrem eigenen Interesse. Nur durch die Löschung Ihres richtigen Namens in unseren Unterlagen können wir Ihnen vollständige Diskretion gewährleisten.
Ihrem Dossier wurde ein Forscher zugeteilt, der sich in Kürze bei Ihnen melden wird. Bitte seien Sie versichert, dass all unsere Forschungsmitarbeiter hochgradig qualifiziert sind.
Die einmalige Prämie von $ 1.000 für die erfolgreiche Teilnahme wird Ihnen nach Ausfüllen des Fragenkatalogs ausbezahlt.

Wir möchten uns noch einmal bei Ihnen für Ihr Interesse bedanken. Sie können stolz darauf sein, als Mitglied einer landesweit sorgfältig ausgewählten Gruppe von Männern und Frauen an einer richtungweisenden Studie mitzuarbeiten, die möglicherweise die Sichtweise der Welt auf die Institution Ehe verändern wird.

Mit freundlichen Grüßen

Das Netherfield-Zentrum

Ich logge mich sofort in meinen neuen Ehefrau-22-Account ein.

Von: Forscher101 <forscher101@netherfield-zentrum.org>

Betreff: Umfrage zum Thema Ehe

Datum: 4. Mai, 17:25 Uhr

An: Ehefrau 22 <ehefrau22@netherfield-zentrum.org>

Sehr geehrte Ehefrau 22,

gestatten Sie mir, dass ich mich Ihnen vorstelle – ich bin Forscher 101, Ihre Kontaktperson im Rahmen der Studie »Die Ehe im 21. Jahrhundert«. Zuallererst meine Qualifikationen: Ich habe einen Doktortitel in Sozialwissenschaften und einen Master in Psychologie. Seit nahezu zwanzig Jahren liegt mein Forschungsschwerpunkt im Bereich der Ehe.

Sicherlich stellen Sie sich Fragen zur weiteren Vorgehensweise. Im Wesentlichen ist es meine Aufgabe, für Sie da zu sein, wenn Sie mich brauchen. Gerne beantworte ich Ihre Fragen und bespreche mit Ihnen jedwede Bedenken, die sich während der Umfrage einstellen. Als Anlage finden Sie den ersten Fragebogen. Die Fragen werden Ihnen in zufälliger Reihenfolge gestellt; dies tun wir mit voller Absicht. Einige der Fragen werden Ihnen untypisch vorkommen, andere wiederum drehen sich nicht um die Ehe an sich, sondern sind allgemeiner Natur (sie betreffen Ihren Hintergrund, Ihre Ausbildung, Lebenserfahrungen etc.). Bitte bemühen Sie sich, alle Testfragen vollständig zu beantworten. Ich möchte Ihnen nahelegen, die Fragen rasch zu beantworten, ohne zu viel darüber nachzudenken. Wir haben festgestellt, dass auf diese Art und Weise die ehrlichsten Antworten zustande kommen. Ich freue mich auf die Zusammenarbeit mit Ihnen.

Mit freundlichen Grüßen

Forscher 101

Vor der Bearbeitung des Eingangsfragebogens hatte ich das Netherfield-Zentrum gegoogelt und herausgefunden, dass es an die Universitätsklinik der Universität von San Francisco angegliedert ist. Wegen des herausragenden Rufes der Universitätsklinik hatte ich den Fragebogen ausgefüllt und abgeschickt, ohne groß darüber nachzudenken. Was schadet es schon, ein paar Fragen zu beantworten? Doch jetzt, nachdem ich offiziell angenommen worden bin UND einen Forscher zugeteilt bekommen habe, bin ich nicht mehr ganz so überzeugt davon, an einer *anonymen* Umfrage teilzunehmen. Einer Umfrage, von der ich wahrscheinlich niemandem verraten darf (auch meinem Ehemann nicht), dass ich überhaupt daran teilnehme.

Mein Herz wummert in meiner Brust. Ich fühle mich mit diesem Geheimnis wie ein Teenager. Eine junge Frau, die noch alles vor sich hat – Brüste, unbekannte Städte, tausend Sommer, Herbste und Winter, die erst noch gelebt werden müssen.

Ich öffne den Anhang, bevor ich den Mut verliere.

1. Dreiundvierzig, nein, vierundvierzig.

2. Aus Langeweile.

3. Einmal in der Woche.

4. Befriedigend bis besser als viele andere.

5. Austern.

6. Vor drei Jahren.

7. Manchmal sage ich, dass er schnarcht, obwohl das gar nicht stimmt, nur damit er im Gästezimmer schläft und ich das ganze Bett für mich alleine habe.

8. Valium (alle Jubeljahre mal), Fischölkapseln, Multivitamine, Vitamin-B-Kombipräparate, Vitamin D, Ginko (für geistige Schärfe, na ja, eher für mein Erinnerungsvermögen, weil man mir ständig sagt: »Das ist jetzt das dritte Mal, dass du mir diese Frage stellst!«)

9. Ein Leben voller Überraschungen. Ein Leben ohne Überraschungen. Die Angestellte im 7-Eleven, die sich die Finger ableckt, um die Plastiktüten auseinanderzukriegen, und dann meine Chips-mit-Salz-und-Balsamico-Packung mit genau diesen noch feuchten, abgeleckten Fingern anfasst und sie in die vorher abgeleckte Plastiktüte stopft und auf diese Weise meine Einkäufe gleich zweimal einspeichelt.

10. Das hoffe ich.

11. Ich glaube schon.

12. Gelegentlich, aber nicht ernsthaft. Ich bin eher ein Mensch, der sich gerne immer das Allerschlimmste vorstellt, denn so kann mich das Allerschlimmste nie überrumpeln.

13. Die Plagen.

14. Er macht eine unglaubliche Salatsoße. Er denkt daran, die Batterien der Rauchmelder alle sechs Monate zu wechseln. Er kann einfache Klempnerarbeiten erledigen, sodass ich anders als fast alle meine

Freundinnen niemals jemanden wegen eines tropfenden Wasserhahns kommen lassen muss. Außerdem sieht er in seiner Hose von Carhartt sehr gut aus. Mir ist schon klar, dass ich die Beantwortung dieser Frage vermeiden will – ich bin mir nicht sicher, warum. Gestatten Sie mir, dass ich später noch mal darauf zurückkomme.

15. Verschlossen. Abweisend. Distanziert.

16. *Der König von Narnia*

17. Wir sind seit neunzehn Jahren und dreihundert-noch-was Tagen zusammen, daher behaupte ich mal: sehr, sehr gut.

Es ist ganz einfach. *Zu* einfach. Wer hätte gedacht, dass Beichten einen solchen Dopamin-Schub auslöst?

Plötzlich knallt die Haustür auf, und Peter ruft: »Ich muss zuerst aufs Klo!«

Er hat so einen Tick wegen der Schultoiletten, deshalb hält er den ganzen Tag an. Ich schließe meinen Laptop. Auch *das* hier ist meine Lieblingszeit des Tages – wenn sich das leere Haus wieder füllt und meine Aufräumarbeiten innerhalb einer Stunde Makulatur sind. Aus irgendeinem Grund bereitet mir das Freude. Die befriedigende Unvermeidlichkeit des Ganzen.

Zoe kommt in die Küche und verzieht das Gesicht. »Thunfischauflauf?«

»Ist in einer Viertelstunde fertig.«

»Ich hab schon gegessen.«

»Beim Volleyball-Training?«

»Karens Mutter hat auf der Fahrt nach Hause Burritos spendiert.«

»Also hat Peter auch schon gegessen?«

Zoe nickt und öffnet den Kühlschrank.

Ich seufze. »Nach was suchst du denn? Ich dachte, du hast schon gegessen.«

»Weiß nicht. Nichts«, sagt sie und schließt die Tür wieder.

»Oh Mann! Was hast du denn mit deinen Haaren gemacht?«, fragt Peter, als er ebenfalls die Küche betritt.

»Ach du lieber Gott, das habe ich ja total vergessen. Eins meiner Kinder hat Friseur gespielt. Ich fand's ein bisschen Audrey-Hepburn-mäßig... Nein?«

»Nein«, sagt Zoe.

»Nein«, echot Peter.

Ich ziehe das Haargummi aus meiner Frisur und versuche, die Haare wieder glatt zu kriegen.

»Vielleicht solltest du sie ab und zu mal kämmen«, schlägt Zoe vor.

»Warum sind bloß alle so scharf aufs Kämmen? Nur damit ihr Bescheid wisst, es gibt gewisse Haarsorten, die sollte man niemals kämmen, sondern einfach nur an der Luft trocknen.«

»Aha«, sagt Zoe und schnappt sich ihren Schulrucksack. »Ich habe tonnenweise Hausaufgaben auf. Wir sprechen uns 2021 wieder.«

»Eine halbe Stunde *Call of Duty* vor den Hausaufgaben?«, bettelt Peter.

»Zehn Minuten«, sage ich.

»Zwanzig.«

»Fünfzehn.«

Peter schlingt seine Arme um mich. Obwohl er zwölf ist, werde ich gelegentlich noch in den Arm genommen. Ein paar Minuten später dröhnen Maschinengewehrfeuer und Bombenexplosionen aus dem Wohnzimmer.

Mein Handy zwitschert, eine SMS von William.

Tut mir leid.

Abendessen mit Kunden.

Komme so gegen zehn.

Ich öffne meinen Laptop, überfliege meine Antworten und drücke auf SENDEN.

Kapitel 7

Von: Forscher101 <forscher101@netherfield-zentrum.org>
Betreff: Frage 13
Datum: 5. Mai, 08:05 Uhr
An: Ehefrau 22 <ehefrau22@netherfield-zentrum.org>

Sehr geehrte Ehefrau 22,
vielen Dank für die rasche Zusendung Ihrer ersten Antworten. Ich habe eine Frage in Bezug auf Nummer 13: Meinten Sie »Blagen« statt »Plagen«?
Viele Grüße, Forscher 101

Von: Ehefrau 22 <ehefrau22@netherfield-zentrum.org>
Betreff: RE: Frage 13
Datum: 5. Mai, 10:15 Uhr
An: forscher101 <forscher101@netherfield-zentrum.org>

Sehr geehrter Forscher 101,
tut mir leid. Ich vermute mal, die Blagen-Plagen, will sagen: die Kinder sind schuld daran. Oder besser gesagt: die Autokorrektur.
Gruß, Ehefrau 22

PS: Haben unsere Nummern irgendeine Bedeutung, oder wurden sie nach dem Zufallsprinzip vergeben? Ich kann nicht glauben, dass ich erst die 22. Ehefrau bin, die an dieser Umfrage teilnimmt.

Von: Forscher101 <forscher101@netherfield-zentrum.org>
Betreff: RE: Frage 13
Datum: 6. Mai, 11:23 Uhr
An: Ehefrau 22 <ehefrau22@netherfield-zentrum.org>

Sehr geehrte Ehefrau 22,
Sie haben recht, unserer beider Nummern wurden nach dem Zufallsprinzip vergeben. In jeder Umfrageeinheit durchlaufen wir 500 Nummern, und in der nächsten Runde beginnen wir wieder bei 1.
Gruß
Forscher 101

Von: Ehefrau 22 <ehefrau22@netherfield-zentrum.org>
Betreff: Frage 2, nach reiflicher Überlegung
Datum: 6. Mai, 16:32 Uhr
An: Forscher101 <forscher101@netherfield-zentrum.org>

Sehr geehrter Forscher 101,
»Langeweile« ist nicht der Grund, warum ich an der Studie teilnehme. Ich mache mit, weil ich in diesem Jahr fünfundvierzig werde und ich dann genauso alt bin wie meine Mutter, als sie starb. Wäre sie noch am Leben, würde ich mit ihr reden, statt bei dieser Umfrage mitzumachen. Wir unterhielten uns dann so, wie es Mütter mit ihren Töchtern, die Mitte vierzig sind, in meiner Fantasie tun. Wir würden über die Lust auf Sex (oder den Mangel daran) reden, über die hartnäckigen fünf Kilo, die wir zunehmen und wieder abnehmen und immer wieder zunehmen, und darüber, wie schwer es ist, einen vertrauenswürdigen Klempner an Land zu ziehen. Wir würden Tipps austauschen über das Geheimnis eines perfekt gebratenen Huhns, wie man in einer Notfallsituation das Gas abdreht, wie man Flecken aus Fugenkitt entfernt. Sie würde

mir Fragen stellen wie: Bist du glücklich, mein Schatz? Behandelt er dich gut? Kannst du dir vorstellen, mit ihm alt zu werden?
Meine Mutter wird niemals eine Großmutter sein. Niemals graue Haare in den Augenbrauen haben. Niemals meinen Thunfischauflauf essen.
Deshalb nehme ich an dieser Studie teil.
Bitte korrigieren Sie meine Antwort auf Frage 2.
Viele Grüße
Ehefrau 22

Von: Forscher101 <forscher101@netherfield-zentrum.org>
Betreff: RE: Frage 2, nach reiflicher Überlegung
Datum: 6. Mai, 20:31 Uhr
An: Ehefrau 22 <ehefrau22@netherfield-zentrum.org>

Sehr geehrte Ehefrau 22,
ich danke Ihnen für Ihre Ehrlichkeit und wollte Sie nur wissen lassen, dass die Testpersonen ihre Antworten oft noch einmal überarbeiten oder einen Nachtrag schicken. Ihr Verlust tut mir sehr leid.
Mit freundlichen Grüßen
Forscher 101

Kapitel 8

18. Joggen, ein Zelt aufbauen, Brot backen, ein Lagerfeuer machen, Stephen King lesen, aufstehen, um das Fernsehprogramm umzuschalten, stundenlang mit Freundinnen telefonieren, fremde Männer küssen, mit fremden Männern ins Bett gehen, flirten, Bikinis tragen, grundlos morgens gut gelaunt aufwachen (wahrscheinlich wegen des immer flachen Bauchs, egal was man abends gegessen hat), Tequila trinken, Paul McCartneys *Silly Love Songs* vor sich hin summen, im Gras liegen und von der Zukunft träumen, von einem perfekten Leben und einer Ehe mit der perfekten, einzigen wahren Liebe.

19. Mittagessen kochen; vor der Familie so tun, als könnten sie sich jederzeit ein aufwendigeres Essen wünschen; Kinder vor Körperausdünstungen, der Gefahr durch Fremde und übersehener Krümel im Mundwinkel warnen. Den vorpubertären Sohn auf den Ausbruch der Hormone vorbereiten. Den Ehemann auf den Ausbruch der Hormone in der Prämenopause vorbereiten und darauf, welche Auswirkungen das auf ihn haben wird (PMS an dreißig Tagen im Monat statt an den zwei Tagen, an die er sich gewöhnt hat). Mehrjährige Pflanzen kaufen. Mehrjährige Pflanzen töten. SMS, Chats, Downloads. Erkennen, welche die schnellste Schlange an der Supermarktkasse ist, Nachrichten ignorieren, löschen, Schlüssel verlieren, alles missverstehen, was die anderen sagen (aus »Gedränge« wird »Gehänge«, aus »Kicker« wird »Ficker«), besorgt sein – Taubheit im Frühstadium, Demenz im Frühstadium, Alzheimer im

Frühstadium oder unglücklich mit dem Sexualleben und dem Leben an sich und der Ehe und dem Bedürfnis, etwas dagegen zu unternehmen?

20. Kassiererin bei Burger King, Hilfskraft im Altenpflegeheim, Kellnerin bei Friday's, Kellnerin bei J.C. Hilary's, Praktikantin im Theater (Charles Playhouse), Werbetexterin bei Peavey Patterson, Theaterautorin, Ehefrau, Mutter und momentan Lehrerin für Schauspiel an der Kentwood-Grundschule (Kindergarten bis 5. Klasse).

Kapitel 9

»Alice!«, ruft William aus der Küche. »Alice!« Ich höre seine Schritte im Flur.

Schnell schließe ich das Fenster mit dem Fragebogen des Netherfield-Zentrums für Eheforschung und logge mich auf einer Promi-Klatsch-Seite ein.

»Hier steckst du also«, sagt er.

Er hat sein Büro-Outfit an: eine Khakihose und ein blasslilafarbenes Hemd. Ich habe es ihm gekauft, weil ich wusste, wie gut diese Farbe zu seinen dunklen Haaren und Augen passen würde. Natürlich hat er protestiert, als ich damit nach Hause kam.

»Männer tragen kein Lavendel«, belehrte er mich.

»Das stimmt, aber Männer tragen *Distel*«, erwiderte ich.

Manchmal muss man die Dinge einfach bei einem anderen Namen nennen, damit Männer einverstanden sein können.

»Schönes Hemd«, sage ich.

Sein Blick huscht über meinen Laptop. »Gwen Stefani und die Schwesternschaft der Schrecklichen Hosen?«

»Brauchst du etwas?«

»Autsch, das ist ja wirklich entsetzlich. Sie sieht damit aus wie Oliver Twist. Ja, ich brauche etwas, hab aber vergessen, was.«

Das ist eine typische Antwort – eine, an die ich gewöhnt bin. Wir beide kommen öfters verwirrt in ein Zimmer und fragen den anderen, ob er oder sie eine Ahnung hätte, was wir hier gerade tun.

»Was ist los mit dir?«

Mein Blick fällt auf eine Rechnung der Motorradversicherung. »Na ja, ich wünschte, du würdest endlich eine Entscheidung bezüglich des Motorrads treffen. Es steht seit ewigen Zeiten in der Einfahrt herum. Du fährst nie damit spazieren.«

Das Motorrad beansprucht wertvollen Platz in unserer engen Einfahrt. Ich habe es bereits mehr als nur einmal im Vorbeifahren touchiert.

»Eines schönen Tages werde ich wieder damit spazieren fahren.«

»Das sagst du nun schon seit Jahren. Und jedes Jahr zahlen wir brav Steuern und Versicherung.«

»Ja, aber diesmal meine ich es ernst. Bald«, sagt er.

»Bald was?«

»Bald werde ich wieder damit spazieren fahren«, wiederholt er. »Mehr als früher.«

»Hm«, sage ich abgelenkt und widme mich wieder meinem Computer.

»Moment mal, war das alles, worüber du mit mir reden wolltest? Das Motorrad?«

»William, du bist zu mir gekommen, falls du dich erinnern möchtest.«

Und nein, das Motorrad ist nicht alles, worüber ich mit ihm reden will. Ich möchte mit meinem Ehemann ein Gespräch führen, das tiefschürfender ist als eines über Versicherungspolicen und Steuern und »Wann kommst du nach Hause?« und »Hast du den Kerl wegen der Dachrinnen angerufen?«, aber wir scheinen festzustecken und auf der Oberfläche unserer Leben herumzudümpeln wie Kinder auf diesen Aqua-Nudeln aus Styropor in einem Schwimmbecken.

»Und es gibt viele Dinge, über die wir uns unterhalten können«, sage ich.

»Was zum Beispiel?«

Jetzt ist die Gelegenheit da, ihm von dieser Ehe-Studie zu erzählen – Mensch, du kannst dir gar nicht vorstellen, für was für eine lächerliche Sache ich mich angemeldet habe, die stellen dir die verrücktesten Fragen, aber alles im Dienste der Wissenschaft, weil, stell dir vor, es gibt eine Wissenschaft für die Ehe, du wirst es kaum glauben, aber es stimmt –, aber ich tu's nicht. Stattdessen sage ich: »Zum Beispiel, wie ich versuche, und zwar völlig erfolglos, die Eltern der Drittklässler davon zu überzeugen, dass die Gänse die wichtigste Besetzung in der Schulaufführung sind, und das, obwohl die Gänse keine einzige Zeile Text haben. Oder aber wir reden über unseren Sohn Peter, will sagen Pedro, will sagen schwul. Oder aber ich frage dich nach KKM. Sind die Halbleiter immer noch aktuell?«

»Heftpflaster.«

»*Das Spezielle. Für alle Fälle.*« Ein blöder Slogan, aber er kam mir gerade in den Sinn. Ich kann's einfach nicht lassen und posaune ihn in voller Lautstärke durchs Zimmer. »Wir wissen doch gar nicht, ob Peter schwul ist.« William seufzt. Dieses Gespräch haben wir schon so oft geführt.

»Es wäre aber möglich.«

»Er ist *zwölf*.«

»Mit zwölf ist man nicht zu jung, um das zu wissen. Ich habe einfach so ein Gefühl. Eine Mutter weiß so etwas. Ich habe einen Artikel gelesen über diese ganzen Kinder zwischen neun und zwölf, die ihr Coming-out auf der Middle School hatten. Sie werden immer jünger und jünger. Ich hab den Link zum Artikel gespeichert, ich schick ihn dir per E-Mail.«

»Nein danke.«

»William, wir sollten uns Wissen darüber aneignen. Uns vorbereiten.«

»Auf was?«

»Auf den Umstand, dass unser Sohn möglicherweise schwul ist.«

»Ich kapier das nicht, Alice. Warum bist du so besessen von

Peters Sexualität? Möchtest du mir damit sagen, dass du *willst*, dass er schwul ist?«

»Ich will, dass er weiß, dass wir ihn unterstützen, egal wie seine sexuelle Orientierung aussieht. Egal wer er ist.«

»Klar. Also gut, ich habe da eine Theorie. Du meinst, wenn Peter schwul wäre, wirst du ihn niemals verlieren. Es gäbe dann keinen Wettbewerb. Du wärst für immer und ewig die wichtigste Frau in seinem Leben.«

»Das ist absurd.«

William schüttelt den Kopf. »Für ihn wäre es ein viel schwierigeres Leben.«

»Du klingst wie ein Homophober.«

»Ich bin nicht homophob. Nur realistisch.«

»Schau dir doch Nedra und Kate an. Sie sind eins der glücklichsten Paare, das wir kennen. Niemand diskriminiert sie, und du liebst Nedra und Kate.«

»Liebe hat nichts damit zu tun, wenn man seine Kinder nicht unnötigerweise diskriminiert sehen will. Und Nedra und Kate wären nicht glücklich, wenn sie außerhalb der Bay Area leben würden. Die Bay Area ist nicht die wirkliche Welt.«

»Und Schwulsein sucht man sich nicht aus. Warte mal, er könnte auch bisexuell sein. Daran habe ich noch gar nicht gedacht. Was, wenn er bisexuell ist?«

»Super Idee, dann gehen wir ab jetzt mal *davon* aus«, sagt William und verlässt mein Büro.

Sobald er weg ist, melde ich mich bei Facebook an. Ich checke die neusten Beiträge und scrolle durch die jüngsten Albernheiten in den Statusmeldungen.

Shonda Perkins
gefällt *PX90-Workout*
vor 2 Minuten

Tita De La Reyes
IKEEEEAAAAA!!! Die reinste Hölle – meine Zehen wurden gerade von nem Einkaufswagen plattgefahren.
vor 5 Minuten

Tita De La Reyes
IKEEEEAAAAA!!! Himmlisch – Köttbullar mit Preiselbeeren für $ 3,99.
vor 11 Minuten

William Buckle
Ich falle und falle …
vor 1 Stunde

Moment mal, wie bitte? William schreibt eine neue Statusmeldung und zitiert dabei nicht Winston Churchill oder den Dalai Lama? Der arme William ist einer dieser Facebook-Nutzer, denen es richtig schwerfällt, sich einen originellen Spruch auszudenken. Facebook löst bei ihm Lampenfieber aus. Aber in dieser Statusmeldung schwingt unleugbar ein unheilbringender Ton mit. Ist es *das*, weshalb er mit mir reden wollte? Ich muss ihn unbedingt gleich fragen, was er wollte, aber zuerst erstelle ich eine eigene kleine Meldung.

Alice Buckle
unterrichtet sich selbst.
LÖSCHEN

Alice Buckle
gibt Werbeslogans zum Besten.
LÖSCHEN

Alice Buckle
schiebt alles auf die Blagen.
POSTEN

Plötzlich poppt mein Chat-Fenster auf.

Phil Archer
Was haben die armen Blagen denn angestellt?

Mein Vater.

Liebes, Alice, bist du da?

Hi, Dad. Bin in Eile. Ich muss William finden, bevor er zur Arbeit geht. Können wir morgen reden?

Habe heute Abend eine Verabredung.

Du hast eine Verabredung?? Mit wem?

Ich sag dir, wer's ist, wenn es zu einer zweiten Verabredung kommt.

Oha. Na dann, amüsier dich gut!

Machst du dir keine Sorgen um mich? Die Gefahr, sich beim Geschlechtsverkehr mit ansteckenden Krankheiten zu infizieren, ist bei Leuten über 70 um 80% höher.

Dad, ich rede nicht gern über dein Sexlife.

MIT WEM SOLL ICH DENN SONST ÜBER MEIN SEXLIFE REDEN?

Großbuchstaben stehen für Geschrei.

IST MIR SEHR WOHL BEWUSST. Danke für den Scheck, kam früh diesen Monat. Gut so. Grundsteuer überfällig. Bleib noch. Rede mit mir.

Nächsten Monat gibt's mehr, diesen Monat ist es eng. Zoe hat ihre Zahnspange verloren. *Schon wieder.* Hast du wie abgemacht die Energiesparlampen eingesetzt?

Wird heute noch erledigt, versprochen. Was gibt's Neues bei euch?

Peter ist vielleicht schwul.

Nichts Neues.

Zoe schämt sich für mich.

Auch nichts Neues.

Endlos lange To-do-Liste. Komme nicht hinterher.

Dad?

Dad?

Eines Tages wirst du zurückblicken und begreifen, dass das hier der beste Teil deines Lebens ist. Immer was zu tun. Jemand, der darauf wartet, dass du nach Hause kommst.

Ach, Dad, du hast recht. Tut mir leid.

:)

Melde mich morgen. Pass auf dich auf.

Liebe dich.

Ich dich auch.

Der Geruch nach getoastetem Brot schwebt in mein Büro. Ich schalte meinen Computer aus und gehe in die Küche auf der Suche nach William, aber alle sind schon weg. Das einzige Lebenszeichen meiner Familie ist ein Stapel Geschirr in der Spüle. *Ich falle und falle* wird noch warten müssen.

Kapitel 10

Mein Handy klingelt. Ich muss nicht drangehen, um zu wissen, dass es Nedra ist. Wir haben dieses verrückte Telefon-Telepathie-Ding am Laufen. Ich denke an Nedra, und prompt ruft Nedra an.

»Ich war gerade beim Friseur«, sagt sie. »Und Kate behauptet, ich sähe jetzt aus wie Florence Henderson. Und als ich wissen wollte, wer zum Teufel Florence Henderson ist, sagt sie, ich sähe aus wie Shirley Jones. Eine pakistanische Shirley Jones!«

»Das hat sie wirklich gesagt?«, frage ich und versuche, nicht loszuprusten.

»Ja, das hat sie«, antwortet Nedra verschnupft.

»Das ist ja furchtbar! Du hast indianische Vorfahren, keine pakistanischen.«

Ich verehre Kate. Vor dreizehn Jahren, als ich ihr zum ersten Mal begegnet bin, wusste ich sofort, dass sie die Richtige für Nedra war. Ich hasse den Satz *Du vervollständigst mich*, aber in Kates Fall stimmte das. Sie war Nedras fehlende Hälfte: eine ernste, in Brooklyn geborene Sozialarbeiterin, die sagte, was sie meinte, der Mensch, bei dem Nedra sich darauf verlassen konnte, dass nichts schöngeredet wurde. Jeder braucht so jemanden in seinem Leben. In meinem Leben gibt's leider zu viele von der Sorte.

»Schätzchen«, sage ich, »hast du jetzt einen Shag?«

»Nein, das ist kein Shag, sondern durchgestuft. Mein Hals wirkt jetzt unheimlich lang.«

Nedra schweigt einen Moment. »Ach, Scheiße, es ist ein Shag, und ich sehe aus wie ein Truthahn. Und dazu kommt, dass ich hinten am Hals anscheinend so einen kleinen Huppel herangezüchtet habe, genau wie Julia Child. Was kommt als Nächstes? Ein Kehllappen? Wie konnte das passieren? Ich weiß nicht, warum ich dieser Schlampe Lisa gestattet habe, mich dazu zu überreden.«

Lisa, unsere gemeinsame Friseurin, ist keine Schlampe, obwohl sie auch mich schon mehrfach falsch beraten hat. Es gab da eine missliche burgunderrote Hennaphase. Und Ponyfransen – Frauen mit dickem Haar sollten sich niemals auf Ponyfransen einlassen. Jetzt trage ich meine Haare schulterlang mit ein paar Stufen, die das Gesicht umranden. An guten Tagen sagen die Leute mir, ich sähe aus wie Anne Hathaways ältere Schwester. An schlechten Tagen eher wie Anne Hathaways Mutter. *Mach es genau so wie beim letzten Mal*, lautet meine Weisung an Lisa. Meiner Meinung nach bewährt sich diese Sicht der Dinge in vielen Situationen: beim Sex, bei der Bestellung einer Venti-Sojamilch-Latte bei Starbucks und bei der Unterstützung von Peter/Pedro bei den Mathehausaufgaben. Allerdings eignet sich der Spruch nicht als Lebensmotto.

»Ich habe etwas getan. Ich bin dabei, etwas zu tun. Etwas, das ich nicht tun sollte«, beichte ich.

»Gibt es belastendes Material?«, fragt Nedra.

»Nein. Ja. Vielleicht. Zählen E-Mails auch?«

»Natürlich zählen E-Mails auch.«

»Ich nehme an einer Umfrage teil. Einer anonymen Umfrage. Über die Ehe im einundzwanzigsten Jahrhundert«, flüstere ich ins Handy.

»So etwas wie Anonymität gibt es nicht. Nicht im einundzwanzigsten Jahrhundert und ganz bestimmt nicht im Internet. Warum in Gottes Namen tust du das?«

»Weiß ich nicht. Ich fand's irgendwie lustig?«

»Jetzt mal im Ernst, Alice.«

»Also gut. Okay. Schön. Ich habe wahrscheinlich das Gefühl, dass eine Bestandsaufnahme fällig ist.«

»Bestandsaufnahme von was?«

»Ähm, na ja – von meinem Leben. Mir und William.«

»Was ist los, machst du gerade so ein Midlife-Ding durch?«

»Warum werde ich das ständig von allen möglichen Leuten gefragt?«

»Beantworte die Frage.«

Ich seufze. »Vielleicht.«

»Das kann nur zu gebrochenen Herzen führen, Alice.«

»Fragst du dich denn nie, ob das alles so in Ordnung ist? Ich meine, nicht nur so oberflächlich, sondern wirklich, tief drin in Ordnung?«

»Nein.«

»Wirklich?«

»Wirklich, Alice. Ich *weiß*, dass alles in Ordnung ist. Du hast dieses Gefühl bei William nicht?«

»Wir gehen einfach so unaufmerksam miteinander um. Es fühlt sich für mich so an, als sei jeder von uns beiden ein Posten auf der Liste des anderen, den es möglichst schnell abzuhaken gilt. Hört sich das nicht furchtbar an?«

»Stimmt es denn?«

»Manchmal.«

»Komm schon, Alice, du verheimlichst mir doch irgendwas. Was war der Auslöser für das alles?«

Ich überlege kurz, Nedra davon zu erzählen, dass ich in diesem Jahr den kritischen Punkt erreiche, aber mal ehrlich, so nahe wir uns auch stehen, sie hat keinen Elternteil verloren, und sie würde es nicht verstehen. Sie und ich reden nicht viel über meine Mutter. Das hebe ich mir für die Mumble Bumbles auf, eine Trauer-Selbsthilfegruppe, in der ich seit fünfzehn Jahren Mitglied bin. Auch wenn ich die anderen drei Frauen länger nicht mehr gesehen habe, bin ich bei Facebook mit jeder von ihnen befreundet: Shonda, Tita und Pat. Ja, ich weiß, unser Name klingt seltsam. Wir fingen als Mother Bees an, wurden dann zu Mumble Bees und mutierten dann irgendwie zu den Mumble Bumbles.

»Manchmal frage ich mich einfach, ob wir es noch vierzig Jahre miteinander aushalten. Vierzig Jahre sind eine lange Zeit. Findest du nicht, dass es lohnenswert wäre, das zu hinterfragen, jetzt, wo wir fast zwanzig Jahre bewältigt haben?«

»Olivia Newton-John!«, kreischt Kate im Hintergrund los. »Der siehst du ähnlich, wollte ich sagen. Das Cover vom *Let's-get-Physical*-Album!«

»Aus meiner Erfahrung heraus ist es das nicht hinterfragte Leben, das sich zu leben lohnt«, sagt Nedra. »Wenn man glücklich bis ans Ende aller Tage sein will, meine ich – mit dem eigenen Partner. Liebes, ich muss zusehen, dass ich irgendwas gegen diesen grässlichen Shag unternehme. Kate geht schon mit Haarklemmen auf mich los.«

Ich kann hören, wie Kate in grässlich falscher Tonlage Olivia Newton-Johns *I Honestly Love You* singt.

»Tust du mir einen Gefallen?«, bittet mich Nedra. »Falls du mich siehst, sag mir nicht, dass ich wie Rachel aus *Friends* aussehe. Und ich verspreche dir, wir unterhalten uns dann später über die Ehe im neunzehnten Jahrhundert.«

»Einundzwanzigsten Jahrhundert.«

»Macht doch eh keinen Unterschied. Küsschen.«

Kapitel 11

21. Nein, bis ich diesen Film über das Hubble-Teleskop in IMAX-3D gesehen habe.

22. Nacken.

23. Unterarme.

24. Lang. So würde ich ihn beschreiben. Seine Beine passten kaum unter seinen Schreibtisch. Das war, bevor der legere Business-Dresscode erfunden wurde und sich noch jeder fürs Büro schick anzog. Ich trug einen Bleistiftrock und hochhackige Schuhe. Er trug einen Nadelstreifenanzug, dazu eine gelbe Krawatte. Er hatte einen hellen Teint, aber seine Haare waren dunkel, fast schwarz, und fielen ihm ständig in die Augen. Er sah aus wie eine junge Ausgabe von Sam Shepard: unnahbar und grüblerisch.
Ich war total verunsichert und habe versucht, mir nichts anmerken zu lassen. Warum hatte Henry (Henry ist mein Cousin und verantwortlich dafür, dass ich das Vorstellungsgespräch bekommen habe; er spielte Fußball mit William) mich nicht gewarnt, wie gut William aussah? Ich wollte, dass er mich wahrnimmt, ich meine *wirklich* wahrnimmt, und ja, ich wusste, dass er gefährlich war, sprich: dass er etwas zurückhielt, sprich: dass er VERGEBEN war – auf seinem Schreibtisch stand ein Foto von ihm und einer unglaublich attraktiven Blondine. Ich war gerade dabei, ihm zu erklären, warum eine Frau mit einem Abschluss in Theaterwissenschaften, Nebenfach Dramaturgie, einen

Job als Texterin haben wollte, was jede Menge Drumherumreden um die Wahrheit nach sich zog (weil der Job tagsüber zu erledigen ist und weil Theaterstücke kein Geld einbringen und ich etwas tun muss, um mich über Wasser zu halten, während ich meine KUNST weiterverfolge, und da darf es ruhig auch das Verfassen nichtssagender Texte über Geschirrspülmittel sein), als er mich unterbrach. »Henry sagte, Sie wären an der Brown University angenommen worden, aber Sie sind auf die University of Massachusetts gegangen?«

Verdammt, Henry. Ich versuchte, es zu erklären. Ich begann mit meinem altbekannten Vortrag, ich hätte die U-Mass-Tradition in meiner Familie fortgeführt, was allerdings eine Lüge war. Die Wahrheit lautete, dass ich an der University of Massachusetts ein Vollstipendium und an der Brown nur ein Teilstipendium bekam und dass mein Vater niemals auch nur die Hälfte der Studiengebühren an der Brown hätte aufbringen können. Aber er unterbrach mich wieder und bedeutete mir mit einer Handbewegung, ich solle aufhören zu reden, und ich schämte mich. Als hätte ich ihn enttäuscht.

Er gab mir meinen Lebenslauf zurück, den ich auf dem Weg nach draußen zerriss, in dem sicheren Gefühl, das Vorstellungsgespräch vermasselt zu haben. Am nächsten Tag hatte ich eine Nachricht von ihm auf dem Anrufbeantworter: »Sie fangen Montag an, Brown.«

Kapitel 12

Von: Ehefrau 22 <ehefrau22@netherfield-zentrum.org>
Betreff: Antworten
Datum: 10. Mai, 05:50 Uhr
An: forscher101 <forscher101@netherfield-zentrum.org>

Hallo Forscher 101,
ich hoffe, ich mache alles richtig. Ich habe Angst, dass einige meiner Antworten elaborierter sind, als Sie es gutheißen, und vielleicht bevorzugen Sie ja eine Testperson, die beim Thema bleibt und mit Ja, Nein, Manchmal und Vielleicht antwortet. Die Sache ist die: Mir hat noch nie jemand solche Fragen gestellt. Ich meine natürlich diese Art von Fragen. Jeden Tag stellt man mir Fragen, die für eine Frau in meinem Alter normal sind. So wie heute, als ich versucht habe, einen Termin beim Hautarzt zu vereinbaren. Die erste Frage der Sprechstundenhilfe lautete, ob ich einen verdächtigen Leberfleck habe. Dann teilte sie mir mit, der nächstmögliche Termin sei in sechs Monaten, und wollte wissen, wann mein Geburtstag sei. Nachdem ich ihr das Jahr genannt hatte, fragte sie mich, ob ich bei meinem Leberfleck-Check Wert auf ein Informationsgespräch mit dem Arzt legen würde – über Faltenaufspritzen. Wenn ja, dann könnte mich der Herr Doktor schon nächste Woche sehen, ob mir Donnerstag passen würde? Diese Sorte Fragen stellt man mir, Fragen, die ich lieber nicht gestellt bekommen würde.

Vermutlich ist das hier der Versuch zu sagen, dass mir die Teilnahme an der Umfrage Spaß macht.
Beste Grüße
Ehefrau 22

Von: forscher101 <forscher101@netherfield-zentrum.org>
Betreff: RE: Antworten
Datum: 10. Mai, 09:46 Uhr
An: Ehefrau 22 <ehefrau22@netherfield-zentrum.org>

Hallo Ehefrau 22,
ich nehme an, Sie beziehen sich auf Frage 24 – was Ihre Angst betrifft, Ihre Antworten seien womöglich zu lang? Eigentlich war es so, als läse man eine kleine Drehbuch-Szene, mit den vielen Dialogen. War das Absicht?
Mit freundlichen Grüßen
Forscher 101

Von: Ehefrau 22 <ehefrau22@netherfield-zentrum.org>
Betreff: RE: Antworten
Datum: 10. Mai, 10:45 Uhr
An: forscher101 <forscher101@netherfield-zentrum.org>

Hallo Forscher 101,
ich bin mir nicht sicher, ob das Absicht war. Eher so etwas wie Macht der Gewohnheit. Früher habe ich Theaterstücke geschrieben, und ich fürchte, ich denke in Szenen. Ich hoffe, das geht in Ordnung.
Ehefrau 22

Von: forscher101 <forscher101@netherfield-zentrum.org>
Betreff: RE: Antworten
Datum: 10. Mai, 11:01 Uhr
An: Ehefrau 22 <ehefrau22@netherfield-zentrum.org>

Hallo Ehefrau 22,
es gibt keine richtige oder falsche Art zu antworten, solange Sie es wahrheitsgemäß tun. Um ehrlich zu sein, Ihre Antwort auf Frage 24 hat mich ziemlich gefesselt.
Viele Grüße
Forscher 101

Kapitel 13

Julie Staggs

Marcy – hat jetzt ein Bett für große Mädchen!

vor 32 Minuten

Pat Guardia

Verbringe den Nachmittag mit meinem Vater. Red Sox. Autsch.

vor 45 Minuten

William Buckle

Gefallen.

vor 1 Stunde

Gefallen? Ab jetzt habe ich ganz offiziell Angst. Ich bin drauf und dran, William eine SMS zu schicken, als ich den unverwechselbaren Sound des Motorrads höre, das in der Einfahrt gestartet wird.

»Wir werden überfallen«, flüstere ich Nedra am Telefon zu. »Da klaut jemand das Motorrad.«

Nedra seufzt. »Bist du dir sicher?«

»Ja, bin ich.«

»Wie sicher?«

Es ist nicht das erste Mal, dass Nedra einen derartigen Anruf von mir erhält.

Einmal, vor ein paar Jahren, als ich im Keller mit der Wäsche beschäftigt war, stieß der Wind die Eingangstür auf, die daraufhin laut gegen die Wand knallte. Zu meiner Ehrenrettung muss ich sagen: Es klang wie ein Schuss. Ich war davon überzeugt, ausgeraubt zu werden, während ich sinnierte, ob eine Ladung Kochwäsche wirklich Weichspüler benötigt. Überfälle sind in unserer Gegend gar nicht so abwegig. Es ist eine Realität, mit der die Bewohner von Oakland zurechtkommen müssen, genau wie mit Erdbeben und einer alten Tomatensorte, die fünf Dollar das Kilo kostet.

In Panik brüllte ich törichterweise: »Ich rufe jetzt meinen Anwalt an!«

Niemand antwortete, also schob ich noch was hinterher: »Und ich besitze ein Nunchaku!«

Ich hatte Peter eines dieser Würgehölzer gekauft, als er sich für einen Taekwondo-Kurs angemeldet hatte, den er ohne mein Wissen zwei Wochen später wieder verließ, da ihm nicht klar gewesen war, dass es sich dabei um eine Kontaktsportart handelte. Was dachte er denn, wofür Nunchakus gut sind? Oh – er hatte an Tai-Chi gedacht, nicht an Taekwondo. Es war ja nicht seine Schuld, dass diese Kampfsportarten alle gleich klingen.

Immer noch keine Antwort. »Ein Nunchaku, das sind zwei durch eine Kette miteinander verbundene Hölzer, die dazu verwendet werden, um Menschen zu verletzen. Indem man sie herumwirbelt, und zwar ziemlich schnell!«, brüllte ich.

Von oben ertönte kein einziges Geräusch. Kein Schritt, nicht einmal das Knarzen des Parketts. Hatte ich mir den Knall nur eingebildet? Ich rief Nedra von meinem Handy aus an und verdonnerte sie dazu, die nächste halbe Stunde mit mir am Telefon zu verbringen, bis der Wind die Tür noch mal zuschlug und ich begriff, was für eine Idiotin ich war.

»Ich schwöre, diesmal ist es kein falscher Alarm«, sage ich.

Nedra verhält sich wie ein Notarzt: Je bedrohlicher die Situation ist, desto ruhiger und besonnener wird sie.

»Bist du in Sicherheit?«

»Ich bin im Haus. Die Türen sind verschlossen.«

»Wo ist der Einbrecher?«

»Draußen in der Einfahrt.«

»Warum redest du dann mit mir? Ruf die Polizei!«

»Wir sind hier in Oakland. Die Polizei braucht eine Dreiviertelstunde, bis sie hier ist.«

Nach einer Pause sagt Nedra: »Nicht, wenn du ihnen erzählst, jemand sei erschossen worden.«

»Das ist nicht dein Ernst!«

»Glaub mir, die sind in fünf Minuten da.«

»Woher weißt du das?«

»Es gibt einen Grund dafür, warum ich vierhundertfünfundzwanzig Mäuse die Stunde verdiene.«

Ich rufe die Polizei nicht an – ich bin eine sehr schlechte Lügnerin, vor allem, wenn es in der Lüge um jemanden geht, den ich liebe und der gerade am Verbluten sein soll –, stattdessen krieche ich auf allen vieren zu dem Fenster, das nach vorne herausgeht, und schiele durch einen Gardinenspalt, das Handy einsatzbereit in der Hand. Ich habe vor, ein Foto von dem Täter zu schießen und es an die Polizei von Oakland zu mailen. Aber der Täter entpuppt sich als mein Ehemann, der aus der Einfahrt abrückt, bevor ich überhaupt auf die Füße gekommen bin.

Er kehrt erst um zehn Uhr abends zurück und kommt torkelnd durch die Eingangstür. Er ist eindeutig betrunken.

»Ich bin degradiert worden«, sagt er und bricht auf der Couch zusammen. »Ich habe einen neuen Titel bekommen. Willst du ihn hören?«

Ich denke an seine letzten Facebook-Postings. *Ich falle und falle, gefallen*: Er wusste, was auf ihn zukommt, und er hat mir nichts davon gesagt.

»Ideeator.« William sieht mich ausdruckslos an.

»*Ideeator*? Was soll das denn sein? Gibt's das Wort überhaupt? Vielleicht haben sie ja bei allen die Titel geändert. Vielleicht bedeutete *Ideeator* so viel wie *Kreativdirektor*.«

Er schnappt sich die Fernbedienung und schaltet den Fernseher ein. »Nein, es bedeutet so viel wie *Arschloch, das den Kreativdirektor mit Ideen füttert.*«

»William, mach den Fernseher aus. Bist du dir sicher? Und warum regst du dich dann nicht stärker auf? Vielleicht irrst du dich ja.«

William schaltet den Ton auf stumm. »Der neue Kreativdirektor war bis gestern mein Ideeator. Ja, ich bin mir sicher. Und was soll es bringen, sich aufzuregen?«

»Dass du etwas daran änderst!«

»Da gibt es nichts zu ändern. Die Sache ist beschlossen, basta. Haben wir Scotch hier? Den guten. Single Malt?« William hat vollkommen dichtgemacht, sein Blick ist leer.

»Ich fasse es nicht! Wie konnten sie dir das nach all den Jahren antun?«

»Der Pflaster-Kunde. Interessenskonflikt. Ich glaube an frische Luft, antibiotische Salbe und Schorf und nicht daran, Wehwehchen luftdicht zu verschließen.«

»Das hast du ihnen gesagt?«

Er verdreht die Augen. »Ja, Alice, genau das habe ich ihnen gesagt. Es gibt eine Gehaltskürzung.« William schenkt mir ein grimmiges Lächeln. »Eine ziemlich drastische Gehaltskürzung.«

Ich gerate in Panik, versuche aber, einen neutralen Gesichtsausdruck zu wahren. Ich muss ihn über Wasser halten.

»So etwas passiert jedem mal, Liebling«, sage ich.

»Haben wir Portwein da?«

»Jedem, der in unserem Alter ist.«

»Das ist wahnsinnig tröstlich, Alice. Grey Goose? Oder einen anderen Wodka?«

»Wie alt ist der neue Kreativdirektor?«

»Keine Ahnung. Neunundzwanzig? Dreißig?«

Ich schnappe nach Luft. »Hat er irgendwas zu dir gesagt?«

»*Sie*. Es ist Kelly Cho. Sie sagte, sie freut sich wirklich darauf, mit mir zusammenzuarbeiten.«

»*Kelly*?«

»Krieg dich wieder ein. Sie ist sehr gut. Brillant, um genau zu sein. Haschisch? Gras? Kiffen die Kinder noch nicht? Mann, das sind echte Spätzünder.«

»Du liebe Güte, William, es tut mir so leid«, sage ich. »Das ist unglaublich ungerecht.« Ich wende mich ihm zu, um ihn in den Arm zu nehmen.

Er hält abwehrend die Hände in die Luft. »Bitte nicht«, sagt er. »Lass mich einfach allein. Ich möchte jetzt nicht angefasst werden.«

Ich rutsche auf der Couch von ihm weg und versuche, es nicht persönlich zu nehmen. Typisch William. Wenn er verletzt ist, wird er noch unnahbarer; er verwandelt sich dann selbst in die sprichwörtliche Insel. Ich bin das genaue Gegenteil. Wenn ich leide, will ich alle, die ich liebe, auf meine Insel mitnehmen, mit ihnen gemeinsam am Lagerfeuer sitzen, mich mit Kokosmilch betrinken und einen bombastischen Plan aushecken.

»Meine Güte, Alice, schau mich nicht so an. Du kannst jetzt nicht erwarten, dass ich mich um dich kümmere. Lass mich einfach meine Gefühle ausleben.«

»Niemand verlangt, dass du deine Gefühle nicht auslebst.« Ich stehe auf. »Weißt du, ich habe dich in der Einfahrt gehört. Wie du das Motorrad angelassen hast. Ich dachte, wir werden ausgeraubt.«

Ich nehme den anklagenden Ton in meiner Stimme sehr wohl wahr und hasse mich dafür. So ist es immer. Williams Unnahbarkeit weckt ein verzweifeltes Bedürfnis nach Nähe in mir, woraufhin ich verzweifelte Dinge sage, was ihn noch unnahbarer werden lässt.

»Ich gehe ins Bett.« Ich versuche, nicht so verwundet zu klingen.

Erleichterung breitet sich auf Williams Gesicht aus. »Ich bleibe noch eine Weile auf.« Dann schließt er die Augen und blendet mich aus.

Kapitel 14

Ich bin nicht stolz auf das, was ich als Nächstes vorhabe, aber betrachten wir es mal als den Akt einer leicht zwangsneurotischen Frau, deren Haushaltsplanung zu weit in die Zukunft reicht und die entdeckt, dass wir innerhalb eines Jahres (durch Williams Gehaltskürzung und bei dem Wenigen, was mein Job einbringt) unsere Ersparnisse und die Rücklagen für die College-Ausbildung der Kinder anzapfen werden. Innerhalb von zwei Jahren werden unsere Altersvorsorge und die Chancen unserer Kinder auf ein Studium gleich null sein. Wir werden nach Boston ziehen und bei meinem Vater leben müssen.

Ich sehe keine andere Alternative, als Kelly anzurufen und sie anzuflehen, William möge seinen Posten zurückbekommen.

»Kelly, hallo, Alice Buckle hier. Wie geht's dir?«, säusele ich mit meiner perfektesten Ich-bin-so-unfassbar-gelassen-Schauspiellehrer-Stimme ins Telefon.

»Alice.« Kelly klingt peinlich berührt, sie spricht meinen Namen in drei Silben aus: A-liss-ss. Mein Anruf versetzt ihr einen Schock. »Danke, gut. Wie geht's dir?«

»Danke, gut. Wie geht's dir?«, zwitschere ich zurück, während meine gelassene Schauspiellehrer-Stimme versagt. Oh, Gott.

»Wie kann ich dir helfen? Bist du auf der Suche nach William? Ich glaube, er ist draußen, was essen.«

»Eigentlich wollte ich mit dir sprechen. Ich habe gehofft, wir könnten ganz offen darüber reden, was passiert ist. Williams Degradierung.«

»Oh – alles klar. Aber hat er dich nicht ins Bild gesetzt?«

»Doch, hat er, aber, na ja, ich hab gehofft, es gäbe vielleicht eine Möglichkeit, die Sache wieder rückgängig zu machen. Nicht dir deine Beförderung wegnehmen – das meine ich nicht. Natürlich nicht, das wäre nicht fair. Aber vielleicht gibt es einen Weg, wie man das Ganze für William zu einem Wechsel in der Horizontalen machen kann.«

»Dafür bin ich wirklich nicht die richtige Ansprechpartnerin.«

»Könntest du nicht vielleicht ein gutes Wort für ihn einlegen? Dich erkundigen?«

»Bei wem erkundigen?«

»Hör mal, William ist seit über zehn Jahren bei KKM.«

»Dessen bin ich mir bewusst. Es ist wirklich heftig. Auch für mich, aber ich glaube nicht …«

»Herrgott noch mal, Kelly, es geht doch nur um Pflaster.«

»Wieso Pflaster?«

»Den Kunden?«

Kelly schweigt einen Moment lang. »Alice, es war nicht der Pflaster-Kunde, sondern Cialis.«

»*Cialis*? Potenzstörungen-Cialis?«

Kelly hüstelt diskret. »Ganz genau.«

»Also, was ist passiert?«

»Das musst du ihn selbst fragen.«

»Ich frage aber dich. Bitte, Kelly.«

»Das sollte ich wirklich nicht tun.«

»Bitte.«

»Mir ist nicht wohl dabei.«

»Kelly, bring mich nicht dazu, noch mal zu fragen.«

Sie stößt einen lauten Seufzer aus. »Er ist durchgedreht.«

»Durchgedreht?«

»Während der Fokusgruppe, du weißt schon, diese Gruppendiskussionen. Alice, ich frage mich schon die ganze Zeit, ob irgendwas zu Hause nicht stimmt, denn, ehrlich gesagt, war er zuletzt nicht mehr er selbst. Du hast es ja beim FiG-Launch selbst erlebt. Er steht seit ein paar Monaten neben sich. Ist unsicher. Fährt leicht aus der Haut. Als wäre das Büro der letzte Platz auf der Welt, an dem er sein wollte. Jedem ist es aufgefallen, nicht nur mir. Man hat ihn darauf angesprochen. Und dann die Geschichte in der Fokusgruppe. Es wurde auf Video aufgenommen, Alice. Das gesamte Team hat es gesehen. Frank Potter hat es gesehen.«

»Aber William gehört doch zum Kreativteam, nicht zu den Strategen. Warum hat er überhaupt an der Fokusgruppe teilgenommen?«

»Weil er darauf bestanden hat. Er wollte bei der Marktforschung dabei sein.«

»Das verstehe ich nicht.«

»Wahrscheinlich ist es besser so.«

»Schick mir das Video«, sage ich.

»Das ist keine gute Idee.«

»Kelly, ich flehe dich an.«

»Oh Gott, oh Gott. Warte eine Sekunde. Gib mir Zeit zum Nachdenken.«

Kelly bleibt stumm.

Ich zähle bis zwanzig. »Immer noch am Nachdenken?«

»Von mir aus, Alice«, sagt Kelly. »Aber du musst mir schwören, es niemandem zu verraten. Hör zu, es tut mir echt leid. Ich respektiere William. Er war immer mein Mentor. Ich habe mich nicht um seinen Job beworben, und ich fühle mich schrecklich. Glaubst du mir das? Bitte glaub mir das.«

»Ich glaube dir, Kelly, aber jetzt, als Kreativdirektor, solltest du vermutlich damit aufhören, die Leute eindringlich zu bitten, sie mögen dir glauben.«

»Du hast recht, daran muss ich noch arbeiten. Das Video maile ich dir.«

»Danke.«

»Und noch was, Alice.«

»Ja?«

»Bitte hasse mich nicht.«

»Kelly.«

»Was denn?«

»Du tust es schon wieder.«

»Oh nein, stimmt! Tut mir leid. Ich war auf diese Beförderung nicht vorbereitet. Davon geträumt habe ich schon immer, aber ich habe nicht geglaubt, dass es so plötzlich wahr wird. Unter uns gesagt, ich fühle mich wie eine Mega-Hochstaplerin. Was soll ich sagen. Ich leg jetzt besser auf. Ich bin wirklich kein schlechter Mensch. Ich mag dich so gerne, Alice. Bitte hasse mich nicht. Oh verdammt, bis bald.«

Kapitel 15

Von: Ehefrau 22 <ehefrau22@netherfield-zentrum.org>
Betreff: Neue Fragen?
Datum: 15. Mai, 06:30 Uhr
An: forscher101 <forscher101@netherfield-zentrum.org>

Hallo Forscher 101,
kommen bald neue Fragen? Ich möchte Sie nicht drängen oder so, und wahrscheinlich haben Sie einen Zeitplan, nach dem Sie die Fragen verschicken, aber ich habe zurzeit jede Menge Sorgen, und das Beantworten der Fragen beruhigt mich irgendwie. Es hat fast meditative Züge. Wie bei einer Beichte. Haben andere Testpersonen von ähnlichen Gefühlen berichtet?
Die besten Grüße
Ehefrau 22

Von: forscher101 <forscher101@netherfield-zentrum.org>
Betreff: RE: Neue Fragen?
Datum: 15. Mai, 07:31 Uhr
An: Ehefrau 22 <ehefrau22@netherfield-zentrum.org>

Hallo Ehefrau 22,
das klingt sehr interessant. Eine entsprechende Rückmeldung habe ich noch nicht bekommen, aber wir haben von Gefühlsregungen gehört, die zumindest in die gleiche Richtung gehen.

Einmal beschrieb eine Testperson das Beantworten der Fragen als »eine Last ablegen«. Ich glaube, die Anonymität spielt da eine große Rolle. Die nächsten Fragen dürften Sie Ende dieser Woche erreichen.

Viele Grüße

Forscher 101

Von: Ehefrau 22 <ehefrau22@netherfield-zentrum.org>

Betreff: RE: Neue Fragen?

Datum: 15. Mai, 07:35 Uhr

An: forscher101 <forscher101@netherfield-zentrum.org>

Ich denke, Sie haben recht. Wer hätte gedacht, dass Anonymität so befreiend sein kann?

Kapitel 16

Voicemail: Sie haben eine neue Nachricht.
Alice! Alice, meine Liebe, hier spricht Bunny Kilborn aus Blue Hill. Es ist eine Weile her. Ich hoffe, du hast meine ganzen Weihnachtskarten erhalten. Ich denke so oft an dich. Wie geht es dir und William? Den Kindern? Geht Zoe bereits aufs College? Sie muss kurz davor sein. Vielleicht schickst du sie zurück in den Osten. Hör mal, ich komme direkt zur Sache. Ich muss dich um einen Gefallen bitten. Erinnerst du dich an unsere Jüngste, Caroline? Also, sie zieht in die Bay Area, und ich habe überlegt, ob du wohl bereit wärst, ihr ein bisschen unter die Arme zu greifen? Sie herumzuzeigen? Sie sucht einen Job in der IT-Branche. Vielleicht hast du ja sogar ein paar Kontakte in der Hightech-Welt? Sie braucht eine Wohnung, am besten ein Zimmer in einer WG, und natürlich einen Job, aber es wäre so schön zu wissen, dass sie da unten nicht ganz auf sich allein gestellt ist. Außerdem würdet ihr zwei euch gut verstehen. Und wie geht es dir sonst so? Unterrichtest du immer noch Schauspiel? Darf ich es wagen zu fragen, ob du noch irgendwelche Theaterstücke geschrieben hast? Ich weiß, *Die Bardame von Great Cranberry Island* hat dir jeglichen Wind aus den Segeln genommen, aber – ich bin am Telefon, Jack, ich bin AM TELEFON! Entschuldige, Alice, ich muss los, sag mir Bescheid, ob …

Ihre Mailbox ist voll.

Wenn das mal keine Stimme aus der Vergangenheit ist. Bunny Kilborn, die berühmte Gründerin und künstlerische Leiterin des Blue Hill Theaters in Maine, ausgezeichnet mit drei Obie Awards, zwei Guggenheims und einem Bessie. Sie hat alles inszeniert, von Tennessee Williams' *Endstation Sehnsucht* bis hin zu Harold Pinters *Die Heimkehr* – und Ende der Neunziger Alice Buckles *Die Bardame von Great Cranberry Island.* Oh, nein, ich will damit keinesfalls sagen, ich spiele in derselben Liga wie Williams und Pinter. Ich habe an einem Nachwuchswettbewerb für Theaterautoren mitgemacht und letztendlich den ersten Preis gewonnen, der darin bestand, dass mein Stück am Blue Hill Theater aufgeführt wird. Alles, wofür ich gearbeitet hatte, mündete in diesen Augenblick, in diesen Sieg. Es fühlte sich an wie – ja, wie Schicksal.

Das Theater hat mich schon immer magisch angezogen. In der Middle School war ich in der Laienspielgruppe, und an der Highschool nahm ich das Schreiben meines ersten eigenen Stücks in Angriff. Natürlich war es entsetzlich schlecht (schwer beeinflusst durch David Mamet, der bis zum heutigen Tage mein Lieblingsdramatiker ist, auch wenn ich seine politischen Ansichten nicht ausstehen kann), aber ich schrieb noch ein Stück und dann noch eins und noch eins, und mit jedem Stück fand ich immer mehr meine eigene Stimme.

Am College wurden drei davon aufgeführt. Ich wurde zu einem der Stars in der Fakultät der Theaterwissenschaften. Nach meinem Abschluss nahm ich einen Job in der Werbung an, damit ich nachts Zeit fürs Schreiben hatte. Mit neunundzwanzig hatte ich endlich meinen großen Durchbruch – und fiel durch. Wenn Bunny sagt, das Stück habe mir den Wind aus den Segeln genommen, ist das noch untertrieben. Die Kritiken waren so schlecht, dass ich nie wieder eine Zeile geschrieben habe.

Es gab eine gute Besprechung des *Portland Press Herald.* Einzelne Passagen kann ich immer noch auswendig aufsagen: »großherzige Gefühle«, »eine provozierende, nachdenklich stimmende Geschichte vom Erwachsenwerden, die heftige Gefühle auslöst, so als hätte man sich gerade einen Schuss zu Springsteens Song *Jungleland* gesetzt«. Aber ich kann auch Passagen aus all den anderen Rezensionen aufsagen, die durchweg negativ waren: »kläglich gescheitert«, »klischeebeladen und gekünstelt«, »amateurhaft« und: »Der dritte Akt? Holt uns hier raus!«. Das Stück wurde nach zwei Wochen abgesetzt.

Bunny hat sich bemüht, all die Jahre lang mit mir Kontakt zu halten, aber ich habe ihre Anstrengungen nicht wirklich erwidert. Ich habe mich zu sehr geschämt. Ich hatte Bunny und ihre Truppe blamiert und dazu noch meine einzige große Chance zunichtegemacht.

Bunnys Anruf muss mehr sein als nur eine glückliche Fügung. Ich möchte mich ihr verbunden fühlen; ich möchte, dass sie wieder Teil meines Lebens ist.

Ich greife zum Telefon und wähle nervös ihre Nummer. Es klingelt zweimal.

»Hallo?«

»Bunny? Bunny, bist du das?«

Es folgt eine Pause, und dann …

»Oh, Alice, *Liebes*. Ich hatte gehofft, dass du dich meldest.«

Kapitel 17

Ich habe ein paar Tage gebraucht, um meinen ganzen Mut zusammenzunehmen und mir das KKM-Video anzuschauen. Als ich vor meinem Laptop sitze, mit erhobenem Finger, um auf den Pfeil für »Wiedergabe« zu tippen, wird mir klar, dass ich eine Grenze überschreite. Mein Herz wummert auf dieselbe Art wie bei meinem Anruf bei Kelly, der, wenn ich es recht überlege, der eigentliche Augenblick war, an dem ich die Grenze überschritten habe – als ich anfing, mich wie Williams Mutter aufzuführen statt wie seine Frau. Würde mein Herz das Senden einer Nachricht in Morsezeichen beherrschen, dann lautete sie folgendermaßen: *Alice, du spionierende Wichtigtuerin, lösche diese Datei, und zwar sofort!* Aber ich kann keine Morsezeichen dechiffrieren, deshalb schiebe ich diese Gedanken beiseite und klicke auf Play.

Die Kamera schwenkt über einen Tisch, an dem zwei Männer und zwei Frauen sitzen.

»Eine Sekunde noch«, sagt Kelly Cho. Der Tisch wird erst unscharf, dann rückt er wieder richtig ins Bild. »Kann losgehen.«

»Cialis«, sagt William. »Elliot Richter, sechsundfünfzig; Avi Schine, vierundzwanzig; Melinda Carver, dreiundzwanzig; Sonja Popovich, siebenundvierzig. Herzlichen Dank für Ihr Erscheinen. Sie alle haben den Werbespot vorab in einem Screening gesehen, stimmt's? Was ging Ihnen dabei durch den Kopf?«

»Also, ich kapier's nicht. Warum sitzen die in getrennten Badewannen, wenn der Kerl eine Vier-Stunden-Erektion hat?«, fragt Avi.

»Er hat keine Vier-Stunden-Erektion. Hätte er eine Vier-Stunden-Erektion, läge er in einem Krankenwagen und wäre auf dem Weg in eine Klinik. Die Warnhinweise müssen in dem Werbespot deutlich genannt werden«, sagt William.

Melinda und Avi tauschen lüsterne Blicke aus. Unter dem Tisch sucht ihre Hand seinen Oberschenkel, dann drückt sie ihn.

»Sind Sie ein Paar?«, fragt William. »Sind die ein Paar?«, flüstert er.

»Sie haben nicht gesagt, dass sie ein Paar sind«, sagt Kelly.

William muss einen Knopf im Ohr haben, und Kelly kann offensichtlich vom Raum nebenan durch einen venezianischen Spiegel alles beobachten und zuhören.

»Tja, also, wie kamen die Badewannen auf den Berg?«, fragt Avi. »Und wer hat sie da raufgetragen? Das ist es, was mich interessiert.«

»Man nennt das *willentliche Aussetzung der Ungläubigkeit*. Mir gefallen die Badewannen«, sagt Elliot. »Meiner Frau auch.«

»Können Sie mir erklären, warum, Elliot?«, fragt William.

»Manche der anderen Werbespots sind so primitiv«, sagt Elliot.

»Er ist besser als der mit dem Mann und dem Fußball. Oder der mit dem Zug. Ich bitte Sie. Das ist eine Beleidigung. Eine Vagina ist doch keine Reifenschaukel. Oder ein Tunnel. Na ja, ein Tunnel vielleicht schon.«

»Also gefällt Ihrer Frau die Werbung für Cialis, Elliot?«, fragt William.

»Sie würde es vorziehen, ich hätte keine ED«, sagt Elliot, »aber seit ich Probleme in dieser Region habe, ja, da findet sie den Badewannen-Film appetitlicher als die anderen.«

»Sonja, von Ihnen haben wir noch nichts gehört. Wie finden Sie den Werbespot?«, fragt William.

Sonja zuckt mit den Achseln.

»Okay, kein Problem. Ich komme später auf Sie zurück«, sagt

William. »Also, Cialis, Avi. Sie sind vierundzwanzig, und Sie sind Konsument. Warum?«

»Darf ich vorschlagen, dass du ihn nicht als *Konsument* bezeichnest?«, meldet sich Kelly.

Avi sieht Melinda an, und sie lächelt scheu zurück. »Warum nicht?«, fragt er.

»Haben Sie eine ED?«, fragt William.

»Sie meinen, Probleme da unten?« Avi deutet auf seinen Schritt.

»Ja«, seufzt William.

»Alter! Sehe ich so aus, als hätte ich Probleme? Es wird dadurch einfach nur besser.«

»Alter, macht es Ihnen was aus, mit uns zusammenzuarbeiten?«, fragt William.

Avi zuckt mit den Achseln, sichtlich nicht willens, Details von sich zu geben.

»Also gut, wie oft in der Woche haben Sie Sex?«

»Wie oft am *Tag*«, verbessert ihn Melinda. »Zweimal. Manchmal dreimal, wenn Wochenende ist. Aber definitiv zweimal.«

William schafft es nicht, seine Skepsis aus seiner Stimme fernzuhalten. »Wirklich«, sagt er, »dreimal am Tag?«

Elliot guckt entgeistert. Sonja stellt sich tot. Mir wird ein bisschen schlecht.

»Lock ihn aus der Reserve und fordere ihn nicht heraus«, schlägt Kelly vor. »Wir brauchen Details.«

Für mich klingt das überhaupt nicht verrückt. Mit Mitte zwanzig hatten William und ich auch manchmal dreimal am Tag Sex. An George Washingtons Geburtstag. Und an Jom Kippur.

»Ja, Mann, dreimal am Tag«, sagt Avi und scheint irritiert zu sein. »Warum sollten wir denn lügen? Sie bezahlen uns ja schließlich für die Wahrheit.«

»Gut. Wie oft in der Woche nehmen Sie Cialis ein?«

»Einmal in der Woche, normalerweise Freitagnachmittag.«

»Warum Cialis und nicht Viagra?«

»Vier Stunden. Sechsunddreißig Stunden. Überzeugen Sie sich selbst.«

»Wie kommen Sie an das Rezept?«, fragt William.

»Ich hab meinem Arzt gesagt, ich hätte Probleme. *Da unten.*«

»Und er hat Ihnen geglaubt?«

Avi schaukelt mit seinem Stuhl nach hinten. »Alter, was ist los mit dir?«

William schweigt kurz und greift auf eine Standardfrage zurück. »Wenn Melinda ein Auto wäre, was für ein Auto wäre sie?«

Irgendwas stimmt eindeutig nicht mit ihm. Sogar Williams Stimme klingt nicht wie sonst.

Avi sagt nichts und starrt bloß streitlustig in die Kamera.

»Halte dich zurück«, sagt Kelly, »du verlierst ihn.«

»Mach schon. Oder lass mich raten«, sagt William. »Ein Prius. Aber ein voll beladener Prius. Fünf Liter auf hundert Kilometer. Smart-Key-System. Bluetooth und Sitze, die sich flach zusammenklappen lassen.«

»William«, sagt Kelly warnend.

»Sie schaffen es also, Melinda dreimal am Tag zu ficken.«

Alle schweigen schockiert. Kelly rauscht in den Raum.

»Ohhh-kay, wir machen eine Pause!«, ruft sie. »Freie Getränke und Kekse für alle stehen im Flur!« Die Kamera wird abrupt ausgeschaltet. Zwei Sekunden später schwenkt sie wieder auf den nun leeren Tisch.

»Ich kann nicht glauben, dass du *ficken* gesagt hast«, sagt Kelly.

»*Er ist* ein Ficker«, sagt William.

»Darum geht es nicht. Er ist der Käufer.«

»Ja, und wir bezahlen ihn, damit er Käufer ist. Außerdem sind männliche Mittzwanziger nicht unsere Zielgruppe.«

»Falsch. Männer zwischen zwanzig und fünfunddreißig stellen sechsunddreißig Prozent aller Konsumenten. Vielleicht sollte ich die Moderation übernehmen.«

»Nein, ich mach das schon. Schick sie wieder rein.«

Die Männer und Frauen kommen mit Cola und Cola Light bewaffnet im Gänsemarsch hereinspaziert.

»Elliot, wie oft im Monat haben Sie Sex?«, fragt William.

»Mit oder ohne Cialis?«

»Suchen Sie es sich aus.«

»Ohne: nie. Mit: einmal die Woche.«

»Wäre es also richtig zu sagen, dass Cialis Ihr Sexualleben verbessert hat?«

»Ja.«

»Und hätten Sie es auch ohne Ihre ED ausprobiert?«

Elliot wirkt verdutzt. »Warum sollte ich das tun?«

»Na ja, so wie unser Avi hier. Würden Sie es auch zur Freizeitgestaltung einnehmen?«

»Krocket ist eine Freizeitgestaltung. Minigolf ist eine Freizeitgestaltung. Liebe machen hat nichts mit Freizeitgestaltung zu tun. Die Liebe ist doch kein nie versiegender Slurpee, kein hippes Kaltgetränk, dessen Becher sich wie durch Zauberei immer wieder füllt. Das Auffüllen müssen Sie schon selbst besorgen. Das ist das Geheimnis der Ehe.«

»Klar Mann, ab in den 7-Eleven deiner Frau. Zieh dir deinen Slurpee rein«, sagt Avi.

Elliot wirft Avi einen bösen Blick zu. »Es heißt ja nicht umsonst Liebe *machen*.«

Avi verdreht die Augen.

»Ich finde das niedlich«, sagt Melinda. »Warum machen wir nicht Liebe?«

»Kümmere dich um Sonja«, sagt Kelly.

Sonja Popovich sieht irgendwie eingefallen aus, so als hätte sie vergessen, ihre Tabletten zu nehmen. Siebenundvierzig. Sie ist drei Jahre älter als ich und wirkt definitiv älter. Nein, jünger. Nein, *ich* sehe jünger aus. Dieses Spiel spiele ich jedes Mal. Um ehrlich zu sein, bin ich nicht mehr dazu in der Lage, das Alter von wem auch immer realistisch einzuschätzen.

»Darf ich hier rauchen?«, fragt Sonja.

»Ich glaube nicht, dass das eine gute Idee ist. Wahrscheinlich würde irgendein Alarm losgehen«, meint William.

Sonja lächelt. »Ich rauche nicht wirklich. Nur ab und zu.«

»Ich auch«, sagt William.

Seit wann raucht William ab und zu?

»Sie sind also hier wegen der erektilen Dysfunktion Ihres Mannes?«

»Nein, ich bin hier wegen *meiner* ED.«

»Nicken«, sagt Kelly.

»Ich hasse diese Cialis-Werbung. Und die von Viagra. Und von Levitra.«

»Warum?«

»Wenn Ihr Ehemann nach Hause kommt und sagt: *Hey, Schätzchen, gute Neuigkeiten, wir können jetzt sechsunddreißig Stunden lang Sex haben*, glauben Sie mir, dann ist das kein Grund zum Feiern.«

»Nun ja, bei Cialis geht es nicht darum, sechsunddreißig Stunden lang Sex zu haben, es geht um eine verbesserte Durchblutung, um ...«, setzt William an.

»Wären es sechsunddreißig Sekunden, dann hätten Sie einen echten Knaller im Programm.«

»Im Ernst?«, fragt Avi.

»Ja, im Ernst«, sagt Sonja. Ihr Gesicht sieht jetzt völlig zerfurcht aus. Eine riesige Träne kullert über ihre Wange.

»Das ist traurig«, sagt William.

»Sag das nicht«, zischt Kelly.

»Sechsunddreißig Sekunden. Es tut mir leid, aber das ist sehr traurig«, sagt William. »Für Ihren Mann, meine ich natürlich. Klingt so, als wäre das für Sie genau die richtige Länge.«

»Oh Gott«, sagt Kelly.

Sonja weint jetzt.

»Könnte ihr bitte jemand Taschentücher besorgen? Lassen Sie

sich Zeit«, sagt William. »Ich wollte damit nicht erreichen, dass Sie sich schlecht fühlen. Ihre Antwort hat mich einfach nur überrascht.«

»Mich auch. Glauben Sie etwa, ich wäre nicht überrascht? Ich weiß nicht, was passiert ist«, sagt sie und tupft sich die Augen trocken. »Sex hat mir immer Spaß gemacht. Ich meine, es hat mir richtig, richtig Spaß gemacht. Aber jetzt kommt mir die ganze Sache immer so, na ja, irgendwie albern vor. Jedes Mal, wenn wir Sex haben, fühle ich mich wie eine Außerirdische, die uns dabei zusieht, wie wir Sex haben, und denkt: *Aha, so pflanzen sich also niedrige Lebensformen fort, die nur zehn Prozent ihres Gehirns benutzen. Wie eigenartig! Wie unschön! Wie animalisch! Sieh dir bloß die hässlichen Fratzen an, die sie dabei ziehen. Und die Geräusche – das Klatschen und Platschen, das Saugen.*«

»Das können wir nicht verwenden. Beende das Ganze«, sagt Kelly. »Themawechsel. Frag sie, was sie von den Badewannen hält.«

»Wie oft haben Sie Sex?«, fragt William.

Sonja blickt mit tränenverschmiertem Gesicht zu ihm hoch und antwortet nicht.

»Wie oft hätten *Sie* gerne Sex?«

»Niemals.«

»Das hier ist keine Therapiestunde«, sagt Kelly, »sondern eine Fokusgruppe für unseren *Kunden*. Diese Frau gehört nicht zu unserer angestrebten Zielgruppe. Würg sie ab.«

»Würden Sie sich gern anders fühlen?«

Sonja nickt.

»Wenn Sie sich anders fühlen würden, wie oft hätten Sie dann gerne Sex? Wie oft im Jahr?«, fragt William.

»Vierundzwanzig Mal?«, sagt sie.

»Vierundzwanzig Mal. Zweimal im Monat?«

»Ja, zweimal im Monat klingt gut. Das hört sich für mich normal an. Sehen Sie das auch so? Glauben Sie, das ist normal?«

»Normal? Na ja, es ist einmal mehr als bei mir zu Hause«, sagt William.

»Es reicht. Mach Schluss«, sagt Kelly.

Ich schnappe nach Luft. Hat mein Ehemann gerade der gesamten Fokusgruppe und seinem Team verkündet, wie oft wir Sex haben?

»Meine Frau und ich tun so, als hätten wir jede Woche Sex, genau wie die meisten anderen verheirateten Paare, die wir kennen – die aber alle in Wirklichkeit auch nur einmal im Monat Sex haben«, erläutert William.

»Ich schalte jetzt die Kamera ab«, warnt ihn Kelly.

»Ich würde unsere Ehe nicht als sexfreie Zone beschreiben«, fährt William fort. »Eine sexfreie Zone, das bedeutet einmal Sex im halben Jahr oder einmal im Jahr. Es ist einfach nur so, dass es den passenden Moment früher öfter gab als jetzt.«

»Es tut mir leid, das zu hören«, sagt Sonja.

»Sag mir, dass es uns in zwanzig Jahren nicht genauso geht!«, greint Melinda.

»Niemals«, sagt Avi, »das wird uns niemals passieren, Babe.«

»Den passenden Moment, den gibt es *immerzu*«, sagt Sonja. »Dieses *Immerzu* macht mich fertig. Das hat nichts mehr mit Freiheit zu tun. Zumindest nicht für die Frau. Es ist eine Drohung. Eine Alarmstufe-Rot-Erektion.«

»Darf ich Sie noch etwas fragen?«, bittet William Sonja.

»Schießen Sie los.«

»Glauben Sie, die meisten Frauen in Ihrem Alter denken genauso?«

Sonja schnieft. »Ja.«

Ich drücke die Pause-Taste, lege meinen Kopf auf die Schreibtischplatte und wünsche mir, ich könnte die letzten zehn Minuten meines Lebens zurückspulen. Warum, warum, warum nur habe ich mir das angeschaut? Ich schäme mich dafür, William hintergangen zu haben, ich bin wütend darüber, wie dreist und unprofessionell er sich aufgeführt hat (die Kardinalregel für das Leiten einer Fokusgruppe lautet: Gib niemals, *niemals* persönliche Dinge preis), ich fühle mich gedemütigt, dass er uns und unsere Ehe öffentlich als sexfreie Zone geoutet hat (was nicht stimmt, denn wir haben einmal die Woche Sex – na gut, einmal alle zwei oder drei Wochen – okay, *vielleicht* vergrößert sich der Abstand manchmal auch auf einmal im Monat), ich bin beunruhigt, dass *er* irgendein neues Medikament einnimmt, von dem er mir nichts gesagt hat, beunruhigt, dass dieses Medikament Cialis heißt und dass er mir demnächst erzählen wird, wir hätten dank des medizinischen Fortschritts jetzt ein sechsunddreißigstündiges Zeitfenster, in dem von mir erwartet wird, mindestens dreimal am Tag Sex zu haben. Aber das vorherrschende Gefühl in mir ist Trauer, weil ich Teile von mir selbst in beiden Frauen wiedererkannt habe. In Melinda, die sich danach sehnt, von derselben Luft wie ihr Freund zu leben. Und in Sonja, bei der es so selten den passenden Moment gibt.

Sie waren – *sind* – beide ich selbst.

Alice Buckle, was für ein Auto wären Sie genau jetzt, wenn Sie ein Auto wären?

Ganz einfach: ein Ford Escape. Ein Hybrid-SUV. Das Basismodel. Ziemlich abgenutzt. Kratzer auf der vorderen Stoßstange. Die Türen übersät mit Dellen. Ein rätselhafter Geruch nach verrottetem Apfel, der von den vorderen Fußmatten aufsteigt. Aber zuverlässig. Ein Auto mit Vierradantrieb, das im Schnee sicher unterwegs ist, dessen Potenzial aber total vergeudet ist, weil seine Besitzer in einer Stadt leben, in der die Temperatur selten unter fünf Grad fällt.

Und das, genau das, ist mein Problem.

Kapitel 18

25. Williams Freundin hieß Helen Davies. Sie war für die Produkteinführungen verantwortlich. In der Gerüchteküche hieß es, ihre Verlobung stünde unmittelbar bevor. Sie kamen morgens zusammen ins Büro und tranken gemeinsam den ersten Kaffee. Mittags aßen sie gemeinsam am Kendall Square. Abends gabelte sie ihn wieder auf, und dann zischten sie gemeinsam los auf ein paar Drinks in der Newbury Street. Sie war immer umwerfend gut angezogen. Ich kaufte damals in Filene's Basement ein, dem Garant für gute Schnäppchen.

Man teilte mich einem Klopapier-Kunden zu, was nicht so schlimm war, wie es klingt. Die Arbeit bestand darin, mit ein paar Testrollen von besagtem Klopapier nach Hause zu gehen und mir originelle Slogans auszudenken, die besagten: *Nur ein Blatt, und dein Arsch ist makellos sauber.*

Ich verbannte ihn aus meinen Gedanken. Bis er mir eines Tages eine E-Mail schickte:

Sind das Joggingschuhe auf deinem Schreibtisch?

Ich schrieb ihm zurück:

Tut mir leid! Eine schlechte Angewohnheit von mir, ich weiß. Schuhe auf der Arbeitsfläche. Wird nicht wieder vorkommen.

Und dann schrieb er mir noch mal:

Kam gerade an deinem Arbeitsplatz vorbei. Wo sind sie jetzt?

Wo ist was jetzt?

Und dann gab es eine wahre E-Mail-Flut.

Deine Joggingschuhe, Brown.

Die sind an meinen Füßen.

Weil du nach Hause gehst?

Weil ich Joggen gehe.

Wann?

Über Mittag?

Wo?

Äh – draußen?

Ja, Brown, das war mir klar. Wo draußen?

Ich starte am Charles Hotel und laufe eine Acht-Kilometer-Schleife.

Treffe dich dort in einer Viertelstunde.

Kapitel 19

Von: Ehefrau 22 <ehefrau22@netherfield-zentrum.org>
Betreff: Zeitliche Abstimmung
Datum: 18. Mai, 12:50 Uhr
An: forscher101 <forscher101@netherfield-zentrum.org>

Hallo Forscher 101,
die Rücksendung der Antworten könnte diesmal etwas länger dauern, da hier im Moment viel los ist. Wahrscheinlich sollte ich Ihnen mitteilen, dass mein Ehemann degradiert wurde. Ich bin mir sicher, wir kriegen das hin, aber es ist für uns alle etwas stressig. Ich muss sagen, dass es ein komischer Augenblick ist, um unser Liebeswerben nachzuerzählen. Es fällt mir schwer, die jungen, dynamischen William und Alice mit den derzeitigen Versionen von uns im mittleren Alter unter einen Hut zu bringen. Irgendwie macht mich das traurig.
Viele Grüße
Ehefrau 22

Von: forscher101 <forscher101@netherfield-zentrum.org>
Betreff: RE: Zeitliche Abstimmung
Datum: 18. Mai, 12:52 Uhr
An: Ehefrau 22 <ehefrau22@netherfield-zentrum.org>

Hallo Ehefrau 22,
das mit dem Job Ihres Mannes tut mir sehr leid. Bitte nehmen Sie sich so viel Zeit, wie Sie brauchen. An den Anfang zurückzugehen ist oft schwierig und bringt alle möglichen Gefühle ans Licht. Aber auf lange Sicht glaube ich, dass die Hinwendung zur Vergangenheit sehr aufschlussreich für Sie sein wird.
Mit freundlichen Grüßen
Forscher 101

Von: Ehefrau 22 <ehefrau22@netherfield-zentrum.org>
Betreff: RE: Glücksspiel
Datum: 18. Mai, 13:05 Uhr
An: forscher101 <forscher101@netherfield-zentrum.org>

Hallo Forscher 101,
manchmal fühle ich mich bei der Anmeldung an meinem Computer wie vor den Einarmigen Banditen in einem Kasino. Ich spüre dieselbe fiebrige Erwartung in mir – alles ist möglich, und alles Mögliche kann passieren. Ich muss nur den Hebel runterdrücken, beziehungsweise Senden anklicken.
Die Belohnung folgt auf dem Fuß. Ich höre, wie die Maschine rattert. Ich höre die hübschen Melodien, das *Wuuuusch* und das *Ping*. Und wenn die Symbole aufploppen: *Kate O'Halloran gefällt dein Kommentar*, *Kelly Cho möchte mit dir bei Facebook befreundet sein*, und *Du wurdest auf einem Foto markiert* – ja, dann bin ich ein Siegertyp!
Was ich damit sagen will, ist: Danke, dass Sie so prompt antworten.
Viele Grüße, Ehefrau 22

Von: forscher101 <forscher101@netherfield-zentrum.org>
Betreff: Unerreichbarkeit
Datum: 18. Mai, 13:22 Uhr
An: Ehefrau 22 <ehefrau22@netherfield-zentrum.org>

Hallo Ehefrau 22,
ich verstehe vollkommen, was Sie meinen, und empfinde selbst auch oft so, obwohl ich zugeben muss, dass es mich auch beunruhigt. Es scheint, als wären wir an einem Punkt angekommen, an dem unsere Erfahrungen, unsere Erinnerungen – eigentlich unsere Leben insgesamt – nicht real sind, bevor wir sie online stellen. Ich frage mich, ob wir irgendwann die Zeiten der Unerreichbarkeit vermissen werden.
Viele Grüße
Forscher 101

Von: Ehefrau 22 <ehefrau22@netherfield-zentrum.org>
Betreff: RE: Unerreichbarkeit
Datum: 18. Mai, 13:25 Uhr
An: forscher101 <forscher101@netherfield-zentrum.org>

Hallo Forscher 101,
ich sehne mich nicht nach den alten, unerreichbaren Zeiten. Wenn ich eingeloggt bin, kann ich überall hingehen und alles tun und lernen. Heute zum Beispiel habe ich eine winzige Buchhandlung in Portugal besucht. Ich habe gelernt, wie man in Shakergemeinden Körbe flechtet, und ich habe entdeckt, dass meine beste Freundin aus Schulzeiten Blutorangen-Sorbet mag. Ja, stimmt, ich habe auch erfahren, dass ein gewisses Popsternchen tatsächlich glaubt, eine Märchenfee zu sein, eine waschechte Fee aus dem Feenvolk, aber mein Argument lautet: Zugang. Zugang zu Informationen. Ich muss nicht mal aus dem Fenster schauen, um zu sehen, wie das

Wetter ist. Ich kann mir das Wetter jeden Tag auf meinen Laptop liefern lassen. Gibt's was Besseres?
Mit freundlichen Grüßen
Ehefrau 22

Von: forscher101 <forscher101@netherfield-zentrum.org>
Betreff: Wetter
Datum: 18. Mai, 13:26 Uhr
An: Ehefrau 22 <ehefrau22@netherfield-zentrum.org>

Von einem Regenguss erwischt zu werden?
Viele Grüße
Forscher 101

Kapitel 20

DAS WETTER VOM WOCHENENDE
bei den Buckles
529 Irving Drive

UNWETTERWARNUNG: schnell aufziehendes Ehe-Gewitter der Stärke 3

Samstagvormittag

Gefühlte Temperatur: Kalt. Extrem kalt. Dem Ehemann die eiskalte Schulter zeigen, während so getan wird, als wäre alles in bester Ordnung.

Höchstwerte: Den Tag ohne Gezeter überstehen.

Tiefstwerte: Kopf in den Händen verbergen. Leises Jammern. Laufend Attacken von Scham- und Demütigungsgefühlen angesichts der Vorstellung, wie KKM-Angestellte das Cialis-Video an Hunderte von Freunden schicken und besagtes Video sich im Internet verbreitet.

Sichtverhältnisse: Eingeschränkt. Sich weigern, den Blick auf den Ehemann oberhalb des Kiefers zu lenken, um Sichtkontakt zu vermeiden.

Wettervorhersage teilen: Senden an nedrar@gmail.com

Chat mit nedrar@gmail.com

Nedra: *Armer William!*

Alice: *Armer William? Arme Alice!*

Nedra: *Das hast du davon, dass du William bespitzelt hast.*

Alice: *Hast du dir das Video überhaupt angesehen?*

Nedra: *Willst du meinen Rat?*

Alice: *Kommt drauf an. Was wird er mich kosten?*

Nedra: *Vergiss einfach, dass du es je gesehen hast.*

Samstagnachmittag

Gefühlte Temperatur: Sehr heiß. Kochend heiß.

Höchstwerte: Vom Sofa aus eine Folge *Masterpiece Theatre* anschauen.

Tiefstwerte: Im Kopf während einer Folge *Masterpiece Theatre* ausrechnen, wie oft wir in den letzten zwanzig Jahren Sex hatten. Kann nicht Kopfrechnen. Nehme die Finger zu Hilfe. Geschätzte 859 Mal. Was soll daran verkehrt sein?

Sichtverhältnisse: Schlecht bis nicht vorhanden. Dichter Nebel, während versucht wird zu schätzen, wie oft wir in den nächsten zwanzig Jahren Sex haben werden.

Wettervorhersage teilen: Senden an nedrar@gmail.com

Chat mit nedrar@gmail.com

Nedra: *Verweigere bloß nicht den Sex.*

Alice: *Warum nicht?*

Nedra: *Hier geht's nicht um Sex.*

Alice: *Um was denn dann?*

Nedra: *Um Intimität. Das ist ein Unterschied.*

Alice: *Was schlägst du vor?*

Nedra: *Geh auf ihn zu.*

Alice: *Was für eine Sorte Scheidungsanwalt bist du eigentlich?*

Sonntagnachmittag

Windstärke: Nachlassend.

Höchstwerte: Laut Horoskop steht ein unerwartetes Liebesabenteuer ins Haus.

Tiefstwerte: Das Cialis-Video zum achten Mal angeschaut. Zu meiner Verteidigung: Das wiederholte Abspielen von Videos ist die beste Art und Weise, mich gegen die meinem Ehemann zugefügte grauenvolle öffentliche Demütigung zu desensibilisieren. Ich finde, ich habe eine Medaille verdient. Ich werde meiner Familie sagen, dass ich eine Medaille verdiene. Für was, werden sie mich fragen …

Luftverhältnisse: Bessern sich. Ich saß neben ihm auf der Couch.

Wettervorhersage teilen: Senden an nedrar@gmail.com

Chat mit nedrar@gmail.com

Nedra: *Hast du das verdammte Video gelöscht?*

Alice: *Ja.*

Nedra: *Braves Mädchen. Mach einen Haken dran.*

Alice: *Laut Horoskop steht ein Liebesabenteuer ins Haus.*

Nedra: *Na klar, Liebes.*

Alice: *Ich muss nur Geduld haben.*

Nedra: *Du hast es gut, das weißt du, oder?*

Alice: *Geduld zu haben ist nicht leicht für eine Jungfrau.*

Nedra: *Oder eine Scheidungsanwältin. Bis bald.*

Kapitel 21

26. Den Kaffeefilter nicht ausleeren. Auf den Badezimmerboden pinkeln. Die Badezimmertür beim Pinkeln nicht schließen. Über meine Schulter hinweg mitlesen. Umgekrempelte Jeans in der Wäschetonne.

27. Drei. Ja, gut, fünf.

28. Einmal im Jahr.

29. In allem. Gar nicht. Diese Frage kann ich nicht beantworten.

30. Einen Bogen Briefmarken.

31. Er wartete im Hof des Charles Hotels auf mich. Mit aufgesetztem Walkman. Er nickte mir zu, wir liefen los, und er sagte während der gesamten Runde kein Wort. Ich hingegen hielt keineswegs die Klappe – zumindest in meinem Kopf nicht. *Asics, auweia, hat wohl breite Füße. Warum sagt er nichts? Hasst er mich? Machen wir irgendwas Falsches? Erwartet man von mir, dass ich so tue, als joggten wir nicht zusammen? Warum läuft er nicht mit Helen? Helena von Troja? Was hört er sich da an? Ist das hier eine Verabredung? Mamma mia, er ist so süß. Was für ein Spiel spielt er? Er riecht nach Deo-Seife von Coast. Schwabbeln meine Oberschenkel? Jawoll, gerade hat er mit seinem Ellbogen versehentlich meine Brust berührt. Hat er kapiert, dass das meine Brust war? War das Absicht? Warum sagt er nichts? Na gut, scheiß drauf, ich sag auch nichts.*

Wir liefen die acht Kilometer in einundvierzig Minuten. Als wir wieder bei Peavey Patterson ankamen, nickte er noch einmal und bog links in Richtung des Waschraums für die Führungskräfte ab. Ich bog rechts ab, zum Waschraum für die übrigen Angestellten. Als ich zurück an meinem Schreibtisch war, mit unordentlich zu einem Pferdeschwanz zusammengebundenen Haaren, erwartete mich eine E-Mail. *Du läufst schnell.*

32. Dass es möglich ist, einander zu vergessen, wenn man nicht aufpasst.

Kapitel 22

Von: Ehefrau 22 <ehefrau22@netherfield-zentrum.org>
Betreff: Hallo
Datum: 20. Mai, 11:50 Uhr
An: forscher101 <forscher101@netherfield-zentrum.org>

Hallo Forscher 101,
tut mir leid, dass es so lange gedauert hat, bis ich mich wieder bei Ihnen melde. Zwischen meinem Mann und mir lief's nicht so gut, wodurch es mir schwerfällt, die Fragen zu beantworten. Besonders die, in denen es um unser Verliebtsein geht.
Mit freundlichen Grüßen
Ehefrau 22

Von: forscher101 <forscher101@netherfield-zentrum.org>
Betreff: RE: Hallo
Datum: 20. Mai, 11:53 Uhr
An: Ehefrau 22 <ehefrau22@netherfield-zentrum.org>

Hallo Ehefrau 22,
unter den gegebenen Umständen ist das vollkommen verständlich, wobei ich sagen muss, dass Sie bei den Fragen wunderbar mitarbeiten. Sie scheinen sich an alle Einzelheiten zu erinnern, was, wenn ich es mir recht überlege, vielleicht etwas mit den Schwierigkeiten zu tun haben könnte, mit denen Sie im Moment konfron-

tiert sind. Sie erinnern sich so genau an Ihre Vergangenheit. Beim Lesen Ihrer Antwort auf Frage 31 hatte ich fast das Gefühl, dabei zu sein. Ich bin neugierig: Sind Sie in der Lage, die Gegenwart mit derselben Liebe zum Detail in sich aufzunehmen?
Ich hoffe, die berufliche Situation Ihres Mannes hat sich gebessert.
Mit den besten Wünschen
Forscher 101

Von: Ehefrau 22 <ehefrau22@netherfield-zentrum.org>
Betreff: RE: Hallo
Datum: 20. Mai, 11:55 Uhr
An: forscher101 <forscher101@netherfield-zentrum.org>

Hallo Forscher 101,
ich bin mir nicht sicher, ob sich etwas gebessert hat, aber wenigstens habe ich den Zeitaufwand wieder zurückgeschraubt, den ich betrieben habe, um mich im Supermarkt irgendwie zwischen Minute-Maid- und Tropicana-Saft zu entscheiden. Jetzt greife ich einfach zum Billigsaft von SunnyD. Und nein, ich bin nicht in der Lage, die Gegenwart mit derselben Liebe zum Detail in mich aufzunehmen. Aber wenn aus der Gegenwart erst mal Vergangenheit geworden ist, habe ich anscheinend kein Problem damit, mich ihr zwanghaft zu widmen. :)
Ehefrau 22

Von: forscher101 <forscher101@netherfield-zentrum.org>
Betreff: RE: Hallo
Datum: 20. Mai, 11:57 Uhr
An: Ehefrau 22 <ehefrau22@netherfield-zentrum.org>

Hallo Ehefrau 22,
gibt es eigentlich noch dieses Saftpulver von Tang?
Forscher 101

Von: Ehefrau 22 <ehefrau22@netherfield-zentrum.org>
Betreff: RE: Hallo
Datum: 20. Mai, 12:01 Uhr
An: forscher101 <forscher101@netherfield-zentrum.org>

Wissen Sie, Forscher 101, ich kann es gerade einfach nicht lassen, das »Was-wäre-wenn«-Spiel zu spielen. Was wäre, wenn ich Fahrrad fahren statt joggen würde? Was wäre, wenn William Helena von Troja statt meiner Wenigkeit geheiratet hätte?
Mit freundlichen Grüßen
Ehefrau 22

Von: forscher101 <forscher101@netherfield-zentrum.org>
Betreff: Umfrage zum Thema Ehe
Datum: 21. Mai, 13:42 Uhr
An: Ehefrau 22 <ehefrau22@netherfield-zentrum.org>

Meiner Erfahrung nach ist »Was-wäre-wenn« ein sehr gefährliches Spiel.
Gruß, Forscher 101

Kapitel 23

Ungefähr hundert Kinder umrunden mich, während ich mit meinem Handy in der Hand auf einer Bank sitze. Ich habe Pausenaufsicht. Einige Lehrer hassen die Pausenaufsicht, sie finden es anstrengend und todlangweilig, aber mir macht es nichts aus. Ich bin besonders gut darin, das Kindermeer zu überblicken, ihre Körpersprache zu entschlüsseln, die Schrillheit in ihren Stimmen einzuordnen und bei ihnen zu sein, bevor sie anfangen, sich verbotenerweise an den Haaren zu ziehen, Pokémon-Karten zu tauschen oder glitzernden Hello-Kitty-Lipgloss aufzutragen. Diese Art von Intuition ist entweder ein Segen oder ein Fluch, aber ich halte sie eher für einen Segen. Pausenaufsicht ist wie Autofahren. Der nach außen sichtbare Teil von mir ist total auf der Hut, wodurch mein Rest ganz freiheraus verarbeiten kann, was in meinem Leben gerade so passiert.

Ich habe Nedras Rat beherzigt und William nichts von meinem Gespräch mit Kelly Cho hinter seinem Rücken erzählt. Das macht jetzt zwei Geheimnisse, die ich vor ihm habe – die Eheumfrage und das Video von der Cialis-Fokusgruppe. Ich war ein bisschen hysterisch, als ich mit ihm meine Haushaltsplanung durchgegangen bin, und habe etwas in der Art gesagt wie *Du musst dich mehr anstrengen*. Er sagt, er prüfe offene Stellen bei anderen Werbeagenturen der Stadt, aber ich befürchte, das ist sinnlos. Es läuft überall schlecht. Die Geschäfte gehen pleite, und die Werbeetats schrumpfen oder verschwinden ganz und gar. Er muss es irgendwie bei KKM hinkriegen. Und was das Cialis-Video betrifft – ich habe beschlossen, ihn nie wieder zu einer Produkteinführung bei KKM zu begleiten.

Und *mein* Job? Ich kann von Glück reden, einen zu haben. Zum Ende des Schuljahres werde ich den Elternverein auf die Möglichkeit ansprechen, meine Stelle im Herbst auf Vollzeit umzustellen. Falls das nicht passiert, muss ich mich nach einer besser bezahlten Arbeit umsehen. Ich brauche einen Job, von dem ich mehr mit nach Hause bringe.

Es klingelt, und die Kinder rennen zurück ins Schulgebäude. Ich öffne schnell meine Facebook-App.

Shonda Perkins ▶ Alice Buckle
Definition von Freundin: Jemand, mit dem du tatsächlich im letzten Jahr mal zusammen am Tisch gesessen hast.
vor 43 Minuten

John F. Kennedy Middle School
schlägt vor, Sie begrenzen die Zeit Ihres Kindes vor dem Bildschirm auf eine Stunde pro Tag, das Schreiben von SMS, Tweets und die Zeit auf Facebook mitgerechnet. Nicht dazugerechnet werden Online-Recherchen für den Schulunterricht.
vor 55 Minuten

Weight Watchers
Komm zurück! Wir vermissen dich!
vor 3 Stunden

William Buckle
hat unter **Favoriten Musik** *Tone Loc* und *Mahler* hinzugefügt.
vor 4 Stunden

William Buckle
hat unter **Favoriten Filme** *Die durch die Hölle gehen, Dr. Seltsam oder wie ich lernte, die Bombe zu lieben* und *Feld der Träume* hinzugefügt.
vor 4 Stunden

Tone Loc? *Funky Cold Medina*-Tone Loc? Und *Feld der Träume* soll einer von Williams Lieblingsfilmen sein? Hier gibt's weit und breit kein Feld der Träume. Ein Feld der Dornen, das vielleicht. William wurde degradiert, weil er seiner ganzen Firma erzählt hat, wie oft im Monat wir Sex haben, und ich schnüffle hinter dem Rücken meines Ehemanns herum und erzähle einem völlig Fremden, wie er mal meinen Busen mit seinem Ellbogen berührt hat. Wie meine Namensvetterin Alice bin ich in den Kaninchenbau gerutscht, ich falle und falle, ich bin gefallen.

Kapitel 24

33. Wenn es um ein Thema geht, das ihn interessiert.

34. Ich ging mit einem Typen namens Eddie ins Bett, den ich im Fitnessclub beim Schwimmen kennengelernt hatte. Eddie war Trainer im Kraftraum. Er war nett und unkompliziert, und er hatte rote Wangen und perfekte Zähne. Eigentlich war er nicht mein Typ, aber sein Körper – oh mein Gott. Unsere Beziehung war rein körperlich, und der Sex war unglaublich, aber ich wusste, dass daraus niemals mehr werden würde. Natürlich hatte ich ihm das noch nicht gesagt.

»Hey, Al, Allie!«

Es war Freitagnachmittag, und ich stand am Tresen im Au Bon Pain und bestellte mir gerade ein Hühnchen-Sandwich und eine Cola Light. Ich stand schon eine Viertelstunde an, und hinter mir warteten locker zwanzig Leute.

»'Tschuldigung, 'tschuldigung. Ich gehöre zu ihr.«

Eddie drängelte sich durch bis an den Anfang der Warteschlange.

»Hi, Puppe.«

Ich war vorher noch nie mit einem Mann zusammen gewesen, der mich »Puppe« nannte, und ich muss gestehen, dass es mir gefiel – bis zu diesem Moment. Im Schlafzimmer fühlte ich mich dadurch zierlich und Bonnie-und-Clyde-mäßig, aber hier im Au Bon Pain klang es billig.

Er küsste mich auf die Wange. »Mann, hier ist ja was los.«

Er hatte sich ein blaues Halstuch um die Stirn gebunden, im

Rambo-Stil. Ich hatte ihn im Kraftraum schon mit diesem Tuch gesehen, und da – aber nur da – gehörten Bandanas auch hin. Wir waren wirklich noch nie gemeinsam in der Öffentlichkeit aufgetreten. Normalerweise ging ich zu ihm, oder er kam zu mir; wie ich schon sagte, in unserer Beziehung ging es nur um Sex. Aber hier waren wir im Au Bon Pain, und hier stand er und sah aus wie Sylvester Stallone, und ich schämte mich in Grund und Boden.

»Ist dir nicht heiß?«, fragte ich und starrte ostentativ auf seine Stirn, in dem Versuch, ihm wortlos *Du befindest dich hier in Cambridge, nicht im North End, also nimm dieses lächerliche Ding ab* zu übermitteln.

»Und *wie* heiß mir hier drin ist«, sagte er, schlängelte sich aus seiner Jeansjacke und zog sich bis auf ein Muskelshirt aus. Er beugte sich mit spielenden Deltamuskeln nach vorne und legte einen Zwanziger auf den Tresen. »Machen Sie zwei Hühnchen-Sandwiches draus«, sagte er und drehte sich zu mir um. »Ich dachte, ich überrasch dich mal.«

»Tja, das ist dir voll gelungen. Mich zu überraschen, meine ich. Äh, und ich glaube, sie haben hier eine Hausordnung, die das Tragen von Muskelshirts untersagt.«

»Ich hatte gehofft, du zeigst mir nach dem Mittagessen mal dein Büro. Stellst mich vor, führst mich herum.«

Ich wusste, was Eddie sich vorstellte. Dass ich mit ihm im Büro antanzte und meine Kollegen bei Peavey Patterson ihn bloß sehen mussten, um völlig von der Rolle zu sein und zu fragen, wer denn dieser genial aussehende Typ mit diesem unglaublichen Körper sei (was exakt meiner Reaktion, als ich ihn im Fitnessclub zum ersten Mal gesehen hatte, entsprochen hätte). Und natürlich, dass sie ihn im Handumdrehen in einer großen Werbekampagne unterbringen würden. Er lag mit der Einschätzung seines Potenzials nicht völlig daneben – er hatte Charisma und könnte wahrscheinlich alles verkaufen: Toilettenpapier, feuchte Tücher oder Hundefutter. Aber nicht in einem Muskelshirt und mit Bandana.

»Wow, das ist eine tolle Idee. Ich wünschte nur, du hättest mir Bescheid gesagt. Heute ist eher kein so guter Tag. Ein wichtiger Kunde ist in der Stadt. Genau genommen sollte ich noch nicht einmal hier sein, sondern im Büro essen. Meine Kollegen essen alle im Büro.«

»Alice! Alice, tut mir leid, dass wir uns verspätet haben!«, ruft eine Frau durch den Laden.

Im selben Moment drängelt sich Helen nach vorne, im Schlepptau den sich sichtlich unwohl fühlenden William. Er und ich waren noch vor einer halben Stunde gemeinsam joggen. Ich bin mir ziemlich sicher, dass Helen nichts von unserem Sportprogramm wusste. Oder davon, dass ich seine Sonnencreme benutzte. Und sogar noch nach dem Duschen danach roch.

»Plätze reservieren gibt's hier nicht!«, schimpfte jemand.

»Wir gehören zu ihr«, sagte Helen. »Tut mir leid«, flüsterte sie mir zu, »aber die Schlange ist ewig lang. Es macht dir doch nichts aus, oder? Ja, aber hallo!« Bei Eddies Anblick machte sich ein riesiges Grinsen auf ihrem Gesicht breit. »Wie heißt denn dein Freund, Alice?«

»Das ist Eddie«, sagte ich. Als ich den Katz-und-Maus-Unterton in ihrer Stimme hörte, erwachte urplötzlich mein Beschützerinstinkt. »Eddie, das sind Helen und William.«

»Fester Freund«, korrigierte Eddie Helen und streckte ihr seine Hand entgegen. »Ich bin ihr fester Freund.«

»Tatsächlich?«, fragte Helen.

»Tatsächlich?«, fragte William.

»Tatsächlich«, wiederholte ich leicht irritiert. Hatte er etwa angenommen, ich sei Single? Warum sollte ich keinen festen Freund haben, und warum sollte er nicht aussehen wie Mr Olympia?

»Alles klar, Puppe?«, sagte Eddie und drückte mir einen Kuss in den Nacken.

William zog eine Augenbraue hoch. Sein Mund stand ein winziges bisschen offen. War er *eifersüchtig*?

»Deine Sonnencreme riecht nach Kokosnuss. Lecker«, sagte Eddie.

Helen drehte sich zu William um. »Ich dachte, *du* bist das.«

Kapitel 25

Von: Ehefrau 22 <ehefrau22@netherfield-zentrum.org>
Betreff: Eheskop?
Datum: 25. Mai, 07:21 Uhr
An: forscher101 <forscher101@netherfield-zentrum.org>

Guten Morgen, Forscher 101,
ich frage aus purer Neugier: Wie kommen Sie mit der Auswertung meiner Antworten voran? Haben Sie so etwas wie ein Computerprogramm, das Sie mit Daten füttern und das dann ein Profil erstellt? Einen bestimmten Typ? So wie in einem Horoskop? Ein Eheskop?
Und warum schicken Sie mir nicht alle Fragen auf einmal? Wäre das nicht viel einfacher?
Ehefrau 22

Von: forscher101 <forscher101@netherfield-zentrum.org>
Betreff: RE: Eheskop?
Datum: 25. Mai, 07:45 Uhr
An: Ehefrau 22 <ehefrau22@netherfield-zentrum.org>

Guten Morgen, Ehefrau 22,
es ist viel komplizierter als ein Horoskop, um genau zu sein. Sagen Ihnen Musik-Streaming-Dienste etwas? Wo man ein Lieblingslied angibt, und dann wird nur für Sie ein eigener Radiosender ge-

gründet, der auf den Eigenschaften dieses Songs basiert? In der Tat läuft unsere Arbeit, wenn wir Ihre Antworten deuten, kodieren und bewerten, ähnlich ab. Wir sezieren Ihre Antworten und erstellen ein emotionales Datenraster. Bei einigen Ihrer ausführlicheren Antworten mögen es fünfzig Rasterpunkte sein, die berücksichtigt werden müssen. Bei kürzeren Antworten vielleicht fünf.
Ich stelle mir gerne vor, dass das, was wir entwickelt haben, ein Algorithmus des Herzens ist.
Was Ihre zweite Frage angeht: Wir haben festgestellt, dass zwischen Testperson und Forscher eine Vertrautheit entsteht, die sich mit der Zeit intensiviert. Daher teilen wir die Fragen auf. Es geht dabei um das Schaffen einer Erwartungshaltung, die für uns beide von Vorteil ist.
Warten ist eine vom Aussterben bedrohte Kunst. Die Welt bewegt sich heute mit unglaublicher Geschwindigkeit vorwärts, immer nur vorwärts, und zufälligerweise finde ich das sehr schade, denn mir scheint, wir haben dabei die tieferen Gefühle, die Fortgehen und Zurückkehren mit sich bringen, verloren.
Herzlich
Ihr Forscher 101

Von: Ehefrau 22 <ehefrau22@netherfield-zentrum.org>
Betreff: Eheskop
Datum: 25. Mai, 09:22 Uhr
An: forscher101 <forscher101@netherfield-zentrum.org>

Lieber Forscher 101,
die tieferen Gefühle, die Fortgehen und Zurückkehren mit sich bringen.
Wow, Sie klingen ja wie ein Dichter, Forscher 101. Ich empfinde das manchmal auch so. Wie ein Astronaut, der nach einem Weg zurück in die materielle Welt sucht und dann entdecken muss, dass die materielle Welt zu existieren aufgehört hat, während er im All um-

herschwebte. Ich vermute mal, es hat was mit dem Älterwerden zu tun. Ich habe weniger Zugriff auf die Schwerkraft, und deshalb schwebe ich bindungslos durch meine Tage.
Früher, vor Urzeiten, lagen mein Ehemann und ich vor dem Einschlafen jeden Abend gemeinsam im Bett und erzählten uns unsere Facebook-Einträge von Angesicht zu Angesicht.
Alice hatte einen hundsmiserablen Tag. William glaubt, morgen wird alles besser.
Ich muss sagen, das vermisse ich wirklich.
Ihre Ehefrau 22

Kapitel 26

Die siebte Klasse plant einen Campingausflug in den Yosemite-Nationalpark. Was bedeutet, dass ich einen Campingausflug plane – hurra! Zumindest könnte ich angesichts der Vorbereitungen, die ich für Peters Ausflug treffen muss, gleich selbst daran teilnehmen.

»Hast du ein Campinggeschirr?«, frage ich Peter.

»Nein, aber wir haben Pappteller.«

»Wie viele Mahlzeiten sind das?« Ich beginne, sie an den Fingern abzuzählen. »Abendessen, Frühstück, Mittagessen, Abendessen, Frühstück. Die Teller sind kompostierbar, oder?«

Peters Schule nimmt ihr Öko-Image sehr, sehr ernst. Plastik ist verboten. Zu Stoffservietten wird geraten. Während der Aktionstage verkauft der Elternverein wiederverwertbare Besteckboxen zusammen mit Bechern und Sweatshirts.

Peter zuckt mit den Achseln. »Wahrscheinlich krieg ich deshalb einen Anschiss.«

Ich wäge im Kopf ab: zwanzig Kilometer Fahrt zum Outdoorladen in Kauf nehmen, um ein neues Campinggeschirr zu erwerben, und das an einem Tag mit Smogwarnung, an dem ich Mitfahrgelegenheiten nutzen oder wenigstens mit dem Bus fahren sollte. Bei Ankunft im Laden feststellen, dass die vorrätigen Campinggeschirre allesamt aus Japan stammen. Besiegt den Rückzug antreten, weil ich Krach (mit Zoe) bekomme, sollte ich ein Campinggeschirr kaufen, das fast fünftausend Kilometer Weg zurücklegen musste, um nach Oakland zu gelangen. Es bleibt bei den Papptellern.

»Falls jemand Fragen stellt, sag, dass der Kohlendioxid-Fußabdruck für den Kauf eines neuen Campinggeschirrs bei Weitem den Einsatz von fünf Papptellern deiner Mutter übertrifft, die im Jahr 1998 gekauft wurden, als Treibhausgase dem Ausstoß von Gärtnern zu verdanken waren, die mittags zu viel Kohl gegessen hatten.«

»Das schwarze oder das grüne Beanie Baby?«, fragt Peter. Er hält das grüne Kuscheltier hoch. »Grün. Und hast du daran gedacht, mir Feuchttücher zu besorgen? Ich will welche in Reserve haben, falls die Duschen eklig sind. Ich hoffe, sie lassen Briana und mich in einem Zelt schlafen. Wir haben Mr Solberg gesagt, dass unsere Beziehung rein platonisch ist, dass wir seit der vierten Klasse die besten Freunde sind, und warum sollte man die Zelte nicht gemischt belegen? Er meinte, er würde darüber nachdenken.«

»*Darüber nachdenken* heißt nein, aber ich warte bis zur letzten Minute, um dir das zu sagen«, kläre ich ihn auf.

Peter meckert. »Was, wenn ich mit Eric Haber ins Zelt muss?«

Peter hört einfach nicht auf, über Eric Haber zu reden. Was für ein Idiot er ist. Wie laut er schmatzt, was für ein mieser Gesprächspartner.

»Dann schenk ihm doch einfach das schwarze Beanie Baby«, schlage ich vor.

Insgeheim vermute ich, dass Peter in Eric verknallt ist, aber zu viel Muffe hat, das zuzugeben. Ich habe mich in der LGBT-Literatur schlaugemacht. Da steht, dass es meine Aufgabe ist, unvoreingenommen zu bleiben und abzuwarten, bis mein Kind für sein Coming-out bereit ist. Ihn zu dieser Enthüllung zu drängen, bevor er selbst so weit ist, würde ihn nur verschrecken. Könnte ich das Coming-out doch nur für ihn erledigen. In Gedanken habe ich es schon so viele Male durchgespielt. *Peter, ich muss dir etwas sagen, und du wirst vielleicht überrascht sein. Du bist schwul. Möglicherweise bisexuell, aber ich glaube, eher schwul.* Und dann würden wir gemeinsam vor Erleichterung weinen und uns Wiederholungen von *Bonanza* anschauen, was wir bereits jetzt gerne machen, aber von nun an würde es sich anders anfühlen, jetzt, wo wir die Last seines Geheimnisses teilen. Stattdessen würde ich versuchen, spitzfindig meine Zustimmung für sein bevorstehendes Leben hinauszuposaunen.

»Eric scheint mir ein cooler Junge zu sein. Vielleicht möchtest du ihn mal zum Spielen zu uns einladen?«

»Könntest du damit aufhören, so Dinge wie *cooler Junge* und *zum Spielen einladen* zu sagen?«

»Und wie soll ich es dann bitte nennen? Wenn deine Freunde vorbeikommen?«

»*Vorbeikommen.*«

»So haben wir das in den Siebzigern genannt! Genau, das ist jetzt über dreißig Jahre her, und damals waren andere Zeiten, aber was sich nicht geändert hat, ist, was es heißt, in der Middle School zu sein. Der Körper verändert sich. Die eigene Wahrnehmung verändert sich. Einen Tag lang denkst du, du bist diese Person. Am nächsten Tag bist du jemand anders. Aber mach dir keine Sorgen, das ist ganz normal. Das gehört alles zu …«

Peters Blick schwenkt zur oberen Hälfte meines Kopfes. »Was sind das da für orangefarbene Strähnchen?«

Ich fingere in meinen Haaren herum. »So sieht das aus, wenn die Farbe herauswächst. Sieht es wirklich orange aus?«

»Eher wie Rost.«

Am nächsten Morgen setze ich Peter und Zoe an der Schule ab, und auf der Weiterfahrt zur Arbeit fällt mir Peters Kissen auf dem Rücksitz ins Auge. Ich werde zu spät kommen, aber Peter wird es furchtbar unbequem haben, wenn er ohne sein Kissen auf dem Boden schlafen muss. Ich rase zurück zur Schule und komme gerade noch rechtzeitig an. Der Bus, der die Siebtklässler in den Yosemite-Nationalpark bringt, steht noch mit laufendem Motor auf dem Parkplatz.

Ich steige mit dem Kissen unterm Arm in den Bus ein. Einen kurzen Moment lang bemerkt niemand, dass ich da bin. Währenddessen suche ich krampfhaft die Menge ab und bin begeistert über die Gelegenheit, meinen Sohn einmal heimlich in seinem natürlichen Lebensraum beobachten zu können.

Ich entdecke ihn in der Mitte des Busses, neben Briana. Er hat seinen Arm um sie gelegt, und ihr Kopf liegt an seiner Schulter. Es ist aus verschiedenen Gründen ein verwirrender Anblick: Zum einen ist es das erste Mal, dass ich meinen Sohn in einer Art vertraulicher Situation sehe, und er selbst sieht dabei beunruhigend entspannt und beunruhigend erwachsen aus. Zum zweiten – weil ich weiß, dass er es vortäuscht. Er versucht, als Hetero durchzugehen, was mir das Herz bricht.

»Pedro, deine Mutter ist hier.«

Gibt es fünf noch peinlichere geflüsterte Worte in einem Schulbus?

»Hat Pedro sein Kuscheltier vergessen?«, tönt es von hinten im Bus.

Ja, die gibt es.

»Ich bringe Peter sein Kissen«, sagt Ms Ward, Peters Englischlehrerin, die ein paar Reihen hinter meinem Standort sitzt.

Krampfhaft halte ich es fest.

»Schon in Ordnung. Geben Sie es mir einfach«, sagt sie.

Ich reiche ihr das Kissen, bleibe aber wie erstarrt stehen. Ich kann nicht aufhören, Briana anzustarren. Ich weiß, ich sollte mich nicht bedroht fühlen, aber genau das tue ich. Innerhalb des letzten Jahres hat sie sich von einem schlaksigen, Zahnspange tragenden Mädchen in eine sehr hübsche junge Frau in Skinny-Jeans und Tanktop verwandelt. Hatte William recht? Habe ich Angst, Peter zu verlieren, und zwar so sehr, dass ich glaube, mich mit einer Zwölfjährigen messen zu müssen?

»Sie sollten jetzt gehen, Mrs Buckle«, sagt Ms Ward.

Ja, ich sollte gehen, bevor aus *Pedro, deine Mutter ist hier* ein

Pedro, deine Mutter heult, weil sie es nicht erträgt, vierundzwanzig Stunden von dir getrennt zu sein wird. Peter hat sich in seinen Sitz gekauert, die Arme vor der Brust verschränkt und starrt aus dem Fenster. Ich gehe zurück zu meinem Auto, steige ein und haue meinen Kopf mehrmals schwach gegen das Lenkrad, während der Bus vom Parkplatz fährt. Dann lege ich meine Susan-Boyle-CD ein (das Lied *Wild Horses*, bei dem ich mich immer so tapfer und heldenhaft fühle) und wähle Nedras Nummer.

»Peter hat eine Alibifrau!« Ich muss Nedra nicht erklären, was ich damit meine, und fange an zu weinen.

»Eine Alibifrau? Gut für ihn! Das ist ja praktisch so etwas wie ein Initiationsritus. Wenn er *tatsächlich* schwul ist.«

Nedra ist, genau wie William, hin- und hergerissen bezüglich Peters Sexualität.

»Also ist das normal?«, frage ich.

»Ganz sicher ist es nicht *ab*normal. Er ist jung und verwirrt.«

»Und gedemütigt. Ich habe ihn gerade vor der gesamten siebten Klassenstufe lächerlich gemacht. Dabei wollte ich ihn doch fragen, ob er mir beim Haarefärben hilft, und jetzt hasst er mich, und ich muss das allein hinkriegen.«

»Warum gehst du nicht zu Lisa?«

»Ich versuche zu sparen.«

»Alice, hör auf, dir Katastrophen auszumalen. Alles wird gut. Hat die Alibifrau einen Namen?«

»Briana.«

»Du lieber Himmel, ich hasse diesen Namen. Er ist so …«

»Amerikanisch, ja, finde ich auch. Aber sie ist ein nettes Mädchen. Und sehr hübsch«, füge ich schuldbewusst hinzu. »Sie sind seit Jahren befreundet.«

»Weiß sie, dass sie eine Alibifrau ist?«

Ich denke daran, wie die beiden sich aneinandergekuschelt haben. Sie mit halb geschlossenen Augen.

»Unwahrscheinlich.«

»Außer sie ist Lesbe und er ihr Alibimann. Vielleicht haben sie eine Art Abmachung. So wie Tom und Katie.«

»Genau, so wie ToKat!« Ich hasse die Vorstellung, dass Briana sich umsonst Hoffnungen macht. Das ist fast so deprimierend wie Peters Täuschungsmanöver als Hetero.

»Niemand nennt sie ToKat.«

»KatTo?«

Schweigen.

»Nedra?«

»Ich besorge dir noch mal ein Abo vom *People Magazine*, und dieses Mal rate ich dir, die Dinger verdammt noch mal auch zu lesen.«

Kapitel 27

»Das ist wahnsinnig lieb von Ihnen, mich hier wohnen zu lassen, bis ich etwas Eigenes gefunden habe«, sagt Caroline Kilborn.

Ich stehe im Flur und bin unfähig, meinen Schock zu verbergen. Ich habe eine jüngere Ausgabe von Bunny erwartet: eine blonde, elegant gekleidete und frisierte junge Frau. Stattdessen strahlt mich ein ungeschminkter, mit Sommersprossen übersäter Rotschopf an, mit schlampig zu einem Pferdeschwanz zusammengebundenen Haaren. Sie trägt einen schwarzen, engen Rock und ein lockeres ärmelloses Shirt, das ihre durchtrainierten Arme betont.

»Sie erinnern sich nicht an mich, stimmt's?«, fragt sie. »Sie haben zu mir gesagt, ich sähe aus wie eine Puppe. Wie das Stoffmariechen.«

»Tatsächlich?«

»Ja, als ich zehn war.«

Ich schüttle den Kopf. »So etwas habe ich gesagt? Lieber Gott, wie unsensibel. Tut mir leid!«

Sie zuckt mit den Achseln. »Es hat mich nicht gestört. Sie hatten damals Ihr Debüt am Blue Hill Theater und wahrscheinlich andere Dinge im Kopf.«

»Stimmt«, sage ich und zucke zusammen bei dem Versuch, die unangenehme Erinnerung an jene Nacht aus meinen Gedanken zu verbannen.

Caroline lächelt und versetzt mir den Todesstoß. »Die Show war super. Meinen Freunden und mir hat's gefallen.«

Ihren Freunden, die ebenfalls in der dritten Klasse waren.

»Laufen Sie?« Sie deutet auf meine schmutzigen Turnschuhe, die ich in einen Blumentopf geschmissen habe, der nichts als Dreck enthält, weil ich nie daran denke, irgendetwas zu gießen, das ich eingepflanzt habe.

»Äh, ja«, sage ich und meine damit, dass ich irgendwann mal vor zwanzig Jahren gelaufen bin und jetzt eher so etwas wie ein Jogger, also gut, ein Walker, okay, eine Person bin, die zu ihrem Computer schlendert und ihre täglichen zehntausend Schritte zählt.

»Ich auch«, sagt sie.

Fünfzehn Minuten später gehen Caroline Kilborn und ich zusammen laufen.

Fünf Minuten später erkundigt sich Caroline Kilborn danach, ob ich Asthma habe.

Fünf Sekunden später erkläre ich ihr, das zischende Geräusch, das ich von mir gebe, rühre von Allergien her und der Tatsache, dass die Akazien gerade aufgeblüht sind. Deshalb solle sie am besten vorlaufen, da ich keinesfalls dafür verantwortlich sein wolle, dass sie die Trainingseinheit an ihrem ersten Tag in Kalifornien verpasst.

Nachdem Caroline außer Sichtweite gepest ist, trete ich auf einen Pinienzapfen, verstauche mir den Knöchel und falle mit dem Stoßgebet *Bitte lass mich nicht von einem Auto überfahren werden* in einen Blätterhaufen.

Ich hätte mir keine Sorgen zu machen brauchen. Ich werde nicht von einem Auto überfahren. Es passiert etwas viel Schlimmeres: Ein Auto hält an, und ein freundlicher älterer Herr fragt mich, ob ich nach Hause gebracht werden wolle. Eigentlich bin ich mir nicht ganz sicher, was er mich gefragt hat, da ich meine Ohrstöpsel drin habe und verzweifelt versuche, ihn vorbeizuwinken, auf die Art und Weise, wie man das so macht, nachdem man hingefallen ist und Sachen sagt wie *Mir geht's prima, mir geht's prima*, und dabei vollkommen klar ist, dass das nicht stimmt. Ich nehme das Angebot an.

Zu Hause angekommen, packe ich meinen Knöchel in Eis und gehe anschließend nach oben, allerdings mit einem Schlenker durch Zoes Zimmer. Ich betrachte ihren neuesten Kauf aus dem Secondhandladen, einen Reifrock aus den Fünfzigerjahren, der über einer Stuhllehne hängt. Ich erinnere mich an meine gestreifte Schlaghose, die ich in der Highschool hatte, und überlege, warum ich nicht den Mut hatte, Dinge anzuziehen wie sie, einzigartige Klamotten, die kein anderes Mädchen an der Highschool besitzt, denn was meine Tochter angeht, ist das Mitmachen bei einem Modetrend genauso eine grässliche Sünde, wie *Plastik* zu sagen, wenn man im Supermarkt gefragt wird, welche Sorte Tragetasche man haben will. Ich öffne ihren Kleiderschrank, und während ich mich durch ihre Kleider in Größe 36 wühle, frage ich mich, was in ihrem Leben so vor sich geht und warum sie es mir nicht erzählt und wie sie mit fünfzehn schon so viel Selbstbeherrschung besitzen kann, was doch irgendwie unnatürlich und beängstigend ist … ist das etwa *meine* gelbe Strickjacke?

Ich muss mich auf die Zehenspitzen stellen, um dranzukommen, und als ich danach greife, purzeln mir eine Packung Cupcakes von Hostess, eine Packung Ding-Dong-Schokoküchlein und eine Packung Yodel-Biskuitrollen sowie drei mit Wollmäusen übersäte und irgendwie nach Zwiebeln müffelnde Strickpullis entgegen. Man sollte sich niemals Secondhandpullis kaufen: Körpergerüche verschwinden nicht aus Wolle – ich hätte es Zoe sagen können, wenn sie mich gefragt hätte.

»Hoppla.« Caroline steht im Flur.

»Zoes Tür stand offen«, sage ich.

»Klar«, sagt Caroline.

»Ich war auf der Suche nach meinem Pulli«, sage ich und versuche dabei, die Tatsache zu verarbeiten, dass Zoe heimlich unzählige Packungen mit Backwaren in ihrem Schrank bunkert.

»Ich helfe Ihnen, die Sachen wieder wegzuräumen.«

Caroline kniet sich mit einem Stirnrunzeln neben die Schachteln. »Ist Zoe eine Perfektionistin? In ihrem Alter sind das viele Mädchen. Hatte sie die alphabetisch sortiert? Cupcakes, Ding Dongs, und die Yodels sind offensichtlich zum Schluss dran. Eine alphabetische Ordnung schadet ja niemandem.«

»Sie hat eine Essstörung.« Ich klinge weinerlich. »Wie konnte mir das entgehen!«

»Du lieber Himmel«, sagt Caroline, während sie ganz ruhig die Packungen einsammelt. »Ich würde keine voreiligen Schlüsse ziehen.«

»Meine Tochter stapelt ungefähr hundert Cupcakes in ihrem Schrank.«

»Äh, das ist jetzt ein bisschen übertrieben.«

»Wie viele sind in einer Packung?«

»Zehn. Aber alle Packungen sind angebrochen. Vielleicht handelt sie damit und verkauft sie an der Schule«, überlegt Caroline, »oder vielleicht mag sie einfach Süßigkeiten.«

Ich stelle mir Zoe vor, wie sie sich nachts, nachdem wir alle ins Bett gegangen sind, Ding Dongs in den Mund stopft. Immer noch besser, als sich nachts, nachdem wir alle ins Bett gegangen sind, Judes Ding Dong in den Mund zu stopfen. Ja, so wahr mir Gott helfe, genau das geht mir durch den Kopf.

»Du verstehst das nicht. Zoe würde niemals Junkfood anrühren.«

»Vielleicht nicht in aller Öffentlichkeit. Vielleicht sollten Sie erst mal nach anderen Anzeichen einer Essstörung Ausschau halten, bevor Sie sie darauf ansprechen«, schlägt Caroline vor.

Vor nicht allzu langer Zeit verbrachten Zoe und ich jeden Freitagnachmittag zusammen. Ich holte sie an der Schule ab und führte sie an einen besonderen Ort aus: in den Perlenladen, zu Colonial Donuts, zu Macy's, um Lipgloss auszuprobieren. In dem Moment, wo sie ins Auto stieg, platzte ich fast vor Freude. So geht es mir immer noch, aber jetzt muss ich es verbergen. Ich habe gelernt, ihren ausdruckslosen Blick und das Augenverdrehen zu ignorieren. Ich klopfe an, wenn ihre Zimmertür geschlossen ist, und ich versuche, nicht zu lauschen, wenn sie am Computer chattet. Was ich damit sagen will, ist, dass ich – von der Schrank-Grenzüberschreitung mal abgesehen – normalerweise sehr gut darin bin, sie ihr eigenes Leben leben zu lassen, aber ich vermisse sie schrecklich. Natürlich kenne ich die Kriegsberichte der Eltern anderer Kinder. Selbstgefällig wie die meisten Eltern, dachte ich, dass wir die Ausnahme wären und ich sie nie verlieren würde.

»Wahrscheinlich hast du recht«, jammere ich. »Ich mache mich mal schlau.« Mein Knöchel tut weh und ist blau-schwarz angeschwollen.

»Was haben Sie mit Ihrem Knöchel gemacht?«, fragt Caroline.

»Ich bin hingefallen. Nachdem du weg warst. Über einen Pinienzapfen gestolpert.«

»Oh nein!« Haben Sie ihn gekühlt?«, fragt Caroline.

Ich nicke.

»Wie lange?«

»Offensichtlich nicht lange genug.«

Caroline springt auf und schiebt die Packungen nach hinten in Zoes Kleiderschrank. Die Pullis legt sie fachmännisch zusammen – »Hab jeden Sommer während der Schulzeit im Gap-Laden gejobbt«, erklärt sie mir – und stapelt sie vor den Packungen. Ich reiche ihr meine gelbe Strickjacke. Caroline nimmt sie wortlos entgegen, legt sie auf den Stapel und schließt dann die Schranktür. Sie reicht mir ihre Hand.

»Das war's. Und jetzt besorgen wir Eis für Ihren Fuß.«

Kapitel 28

35. Somit hatten wir also ein Geheimnis. Jeden Montag, Mittwoch und Freitag trafen wir uns mittags vor dem Charles Hotel zum Laufen. Im Büro taten wir so, als würden wir nicht jeden zweiten Tag zusammen Sport treiben. Wir taten so, als hätten wir keine Ahnung von den Oberschenkeln des anderen oder den Narben an unseren Knöcheln und Knien oder der Marke unserer Laufschuhe oder davon, wessen Fuß welche Art von Pronation hatte oder auch nicht, oder davon, dass wir dieselbe Bauarbeiter-Bräune hatten, die sich aber rasant veränderte, als aus Mai Juni wurde, wir uns diverser Schichten entledigten und unsere Schultern die Farbe von Walnüssen annahmen. Ich tat so, als hätte er keine Freundin. Ich tat so, als würde ich den mineralischen Geruch seines Schweißes nicht kennen und auch nicht seine ganz persönliche Art zu schwitzen – die immer gleich war: eine Spur, die den Rücken hinunterlief, und eine vertikal zu seinem Schlüsselbein. Ich tat so, als würde ich mir keine neuen Joggingshorts kaufen und damit einen Probelauf vor dem Spiegel machen, um sicherzugehen, dass nichts Unerwünschtes zum Vorschein kam, und ich tat so, als würde ich meine Beine nicht mit Babyöl einreiben, damit sie schön glänzten. Ich tat so, als würde ich nicht zwanghaft darüber nachdenken, wie ein Laufpartner riechen oder ob er oder sie Parfüm auflegen sollte und dass ich mich am Ende für Babypuder entschied, das hoffentlich folgende Nachricht übermitteln würde: *natürliche Note, riecht frisch und sauber wie eine erwachsene Frau, nicht wie ein Kleinkind.* Er tat so, als würde ihm nicht auffallen, dass meine Atemgeräusche sich in ein kurzes, fast unhörbares Stöhnen verwandelten, wenn wir, das Charles Hotel bereits im Blick, die letzten fünfhundert Meter im Sprint zurücklegten, und ich tat so, als würde ich nicht darüber fantasieren, wie er mich eines Tages an die Hand nähme, mich nach oben in ein Zimmer und zu seinem Bett führen würde.

36. Ein Geheimnis zu haben ist das stärkste Aphrodisiakum der Welt und zwangsläufig genau das, was in einer Ehe fehlt.

Kapitel 29

Von: forscher101 <forscher101@netherfield-zentrum.org>
Betreff: Hoffnung
Datum: 30. Mai, 16:45 Uhr
An: Ehefrau 22 <ehefrau22@netherfield-zentrum.org>

Liebe Ehefrau 22,
ich habe mir erlaubt, Ihre letzte E-Mail zu kodieren – das emotionale Datenraster lautet: Sehnsucht, Trauer, Nostalgie und Hoffnung. Das letztgenannte Gefühl erscheint Ihnen möglicherweise nicht einleuchtend, aber aus meiner Sicht bestehen da keine Zweifel. Es ist *Hoffnung*.
Wahrscheinlich sollte ich Ihnen das gar nicht sagen, aber was mir an Ihnen am besten gefällt, ist Ihre Unberechenbarkeit. Immer dann, wenn ich glaube, Sie in den Griff zu bekommen, sagen Sie etwas, das mich völlig aus der Bahn wirft. Manchmal offenbart die Korrespondenz zwischen Testperson und Forscher mehr als die eigentlichen Antworten.
Sie sind eine Romantikerin, Ehefrau 22. Darauf wäre ich nicht gekommen.
Forscher 101

Von: Ehefrau 22 <ehefrau22@netherfield-zentrum.org>
Betreff: RE: Hoffnung
Datum: 30. Mai, 21:28 Uhr
An: forscher101 <forscher101@netherfield-zentrum.org>

Hallo Forscher 101,
da müssen Sie sich wohl an die eigene Nase fassen. Gibt es Sie wirklich?
Ehefrau 22

Von: forscher101 <forscher101@netherfield-zentrum.org>
Betreff: RE: Hoffnung
Datum: 30. Mai, 21:45 Uhr
An: Ehefrau 22 <ehefrau22@netherfield-zentrum.org>

Hallo Ehefrau 22,
ich versichere Ihnen, dass es mich tatsächlich gibt. Ich fasse Ihre Frage als Kompliment auf und gehe sogar noch einen Schritt weiter und beantworte Ihre nächste Frage, damit Sie sie nicht stellen müssen – nein, ich fahre noch nicht zum Seniorentarif Bus. Ob Sie es glauben oder nicht, es gibt Männer in Ihrem Alter, die romantisch veranlagt sind. Wir tarnen uns häufig als Griesgrame. Ich freue mich schon auf Ihre nächsten Antworten.
Forscher 101

Von: Ehefrau 22 <ehefrau22@netherfield-zentrum.org>
Betreff: RE: Hoffnung
Datum: 30. Mai, 22:01 Uhr
An: forscher101 <forscher101@netherfield-zentrum.org>
Ich habe mir erlaubt, *Ihre* letzte E-Mail zu kodieren. Das emotionale Datenraster, das ich darin erkenne, lautet: gebauchpinselt, aber voll Verdruss – und als letztes Gefühl, das Ihnen vielleicht nicht einleuchtend erscheinen mag: Hoffnung. Was erhoffen Sie sich, Forscher 101?
Schöne Grüße
Ehefrau 22

Von: forscher101 <forscher101@netherfield-zentrum.org>
Betreff: RE: Hoffnung
Datum: 30. Mai, 22:38 Uhr
An: Ehefrau 22 <ehefrau22@netherfield-zentrum.org>

Hallo Ehefrau 22,
ich vermute mal, das, was sich alle erhoffen: so gesehen zu werden, wie wir wirklich sind.
Forscher 101

Kapitel 30

alicebuckle@rocketmail.com
Lesezeichenleiste (242)

www.nymag.com/news/features/gaydar

Der Gaydar – gibt es einen Schwulenradar?
Wenn die sexuelle Orientierung biologisch determiniert ist, sind dann die Eigenschaften, die Menschen schwul *wirken* lassen, auch angeboren?
BEISPIEL 1: Haarwirbel (bei Männern)
Bei schwulen Männern ist die Wahrscheinlichkeit größer, dass der Haarwirbel gegen den Uhrzeigersinn gedreht ist.

alicebuckle@rocketmail.com
Lesezeichenleiste (243)

www.somethingfishy.org/essstörungen/symptome

1) Seltsame Verstecke für Lebensmittel (Wandschränke, Kleiderschränke, Koffer, unter dem Bett), um Nahrungsaufnahme zu vermeiden (Anorexie) oder um zu einem späteren Zeitpunkt zu essen (Bulimie).
2) Zwanghafte Ausübung von Sport.
3) Häufige Wege ins Badezimmer unmittelbar nach dem Essen

(manchmal verbunden mit stundenlangem Aufdrehen der Wasserhähne, um die Geräusche beim Erbrechen zu übertünchen).

4) Ungewöhnliche Rituale im Umgang mit Lebensmitteln wie etwa das Umsortieren der Lebensmittel auf dem Teller, damit er benutzt aussieht; das Schneiden der Lebensmittel in winzige Stücke; darauf achten, dass die Gabel niemals die Lippen berührt usw.

5) Haarausfall. Fahler oder »grauer« Teint der Haut.

6) Klagen, dass einem ständig kalt ist.

7) Aufgeschlagene oder schwielige Fingerknöchel; blutunterlaufene oder blutige Augen; blaue Flecken unter den Augen und auf den Wangen.

Kapitel 31

»Heute Vegetarier oder Fleischesser?«, frage ich Zoe und nähere mich dem Tisch mit einer Platte voll gebratenem Hühnchen und gerösteten Kartoffeln.

»Fleischfresser.«

»Super. Brust oder Schenkel?«

Zoe zieht angewidert die Augenbrauen hoch. »Ich sagte Fleischfresser, nicht Kannibale. *Brust oder Schenkel.* Genau aus diesem Grund werden Leute zu Vegetariern. Die sollten sich mal neue Wörter ausdenken, die nicht so menschlich klingen.«

Ich seufze. »Helles Fleisch oder dunkles Fleisch?«

»Das ist rassistisch«, sagt Peter.

»Weder noch«, sagt Zoe, »ich hab's mir anders überlegt.«

Ich stelle die Hühnchenplatte auf den Tisch. »Also gut, Herr und Frau Politisch-Korrekt. Wie soll ich es nennen?«

»Ich finde, es sieht köstlich aus«, sagt Caroline.

Zoe erschaudert und schiebt ihren Teller von sich weg.

»Ist dir kalt? Schätzchen, du siehst aus, als würdest du frieren.«

»Ich friere nicht.«

»Was genau hast du vor zu essen, Zoe?«, frage ich. »Wenn schon keine Hühnerbrüstchen?«

»Salat und geröstete Kartoffeln.«

»Geröstete Kartoffe*l*«, sagt Peter, als Zoe sich ein mickriges Kartoffelstück auf den Teller hievt. »Ich schätze mal, siebenhundertfünfzig Sit-ups am Tag ruinieren den Appetit, stimmt's?«

»Siebenhundertfünfzig Sit-ups am Tag?« Meine Kleine hat eine Essstörung UND zwanghafte Sportsucht!

Ich wünschte, ich würde an zwanghafter Sportsucht leiden.

»Kein Wunder, dass sie dich Penis genannt haben«, sagt Zoe zu Peter.

»Caroline, ich komme gar nicht darüber hinweg, wie sehr du deinem Vater ähnelst«, sagt William, um das Thema zu wechseln.

Er trägt seine Wochenend-Uniform, Jeans und ein ausgewaschenes U-Mass-T-Shirt. Obwohl er Yale besucht hat, würde er sich niemals dabei erwischen lassen, damit anzugeben. Das ist eins der Dinge, die mir immer an ihm gefallen haben. Das und die Tatsache, dass er T-Shirts von *meiner* Alma Mater trägt.

»Sie sieht aus wie Maureen O'Hara«, sagt Peter.

»Als wüsstest du, wer Maureen O'Hara ist, Peter«, meint Zoe.

»Aber *du*. Und für dich immer noch Pedro. Warum wollt ihr mich nicht Pedro nennen? Sie hat mit John Wayne in *Rio Grande* gespielt«, sagt Peter. »Ich *weiß*, wer Maureen O'Hara ist.«

Zoe schiebt geräuschvoll ihren Stuhl nach hinten und steht auf.

»Wo willst du hin?«, frage ich.

»Ins Bad.«

»Und du kannst nicht abwarten, bis wir mit dem Essen fertig sind?«

»Nein, kann ich nicht«, erwidert Zoe. »Das hier ist echt peinlich von dir.«

»Von mir aus, geh.« Ich werfe einen Blick auf die Uhr. 19:31 Uhr. Sie bleibt besser unter fünf Minuten da drin.

Ich stehe auf und blicke von oben auf Peters Kopf hinab. »Hey, Kleiner, wann hattet ihr in der Schule den letzten Läuse-Check?« Ich gebe mir Mühe, meine Stimme so natürlich wie möglich klingen zu lassen, als wäre mir die Möglichkeit eines Läusebefalls gerade eben erst in den Sinn gekommen.

»Keine Ahnung. Ich glaube, das findet einmal im Monat statt.«

»Das reicht nicht aus.« Ich streiche die Haare von seiner Stirn zurück.

»Sag jetzt nicht, dass du den Läuse-Check am Esstisch durchführen willst«, grummelt William.

»Das hier ist kein Läuse-Check.« Die reine Wahrheit, denn ich tue nur so, als wäre das ein Läuse-Check.

»Das fühlt sich gut an«, sagt Peter und lehnt sich an mich an. »Ich liebe es, wenn man mich am Kopf kratzt.«

Wie war das noch, dreht sich der verräterische schwule Haarwirbel mit oder gegen den Uhrzeigersinn? Es klingelt. Verdammt. Ich weiß es nicht mehr.

Ich löse meine Hände von Peters Kopf. »Hört jemand das Wasserrauschen?«

Peter kratzt sich am Kopf. »Ich glaube wirklich, du solltest noch mal genauer hinsehen.«

Es klingelt wieder. Ja, im Badezimmer läuft eindeutig Wasser, und zwar ununterbrochen. Übergibt sie sich da drinnen etwa?

»Ich mache auf.« Ich gehe so langsam wie möglich an der Badezimmertür vorbei und horche auf die verräterischen Anzeichen des Erbrechens – nichts. Ich gehe in den Eingangsbereich und öffne die Tür.

»Hallo«, sagt Jude nervös, »ist Zoe zu Hause?«

Was will der denn hier? Ich dachte, ich bin darüber hinweg, aber als er hier vor meiner Tür steht, wird mir klar, dass dem nicht so ist. Ich bin immer noch wahnsinnig wütend auf ihn. Ist *er* der Grund, warum meine Tochter eine Essstörung hat? Hat er sie so weit gebracht? Ich starre ihn an, diesen jungen Mann, der meine Tochter hintergangen hat, der so gut aussieht mit seinen eins fünfundachtzig und seinem flachen Bauch und seinem Geruch nach Irish Spring. Mir fällt ein, wie ich ihm in Nedras Küche *Heather hat zwei Mamis* vorgelesen habe, als er in der zweiten Klasse war. Ich hatte Sorge, er würde mich nach seinem Vater fragen, von dem ich nichts außer seiner Samenspender-Nummer wusste – 128. Nedra und Kate haben sich erst getroffen, als Jude drei Jahre alt war.

Nachdem wir das Buch zu Ende gelesen hatten, verkündete er: »Ich habe wirklich Glück. Willst du wissen, warum?«

»Na klar«, sagte ich.

»Weil ich, wenn sich meine Mamis trennen und wieder verlieben, vier Mamis hätte!«

»Zoe ist nicht da«, sage ich.

»Doch, ist sie«, sagt Zoe und erscheint hinter mir an der Tür.

»Wir essen gerade zu Abend«, sage ich.

»Ich bin fertig«, sagt Zoe.

»Liebes, du hast ganz blutunterlaufene Augen.«

»Dann nehme ich gleich Augentropfen.« Sie widmet ihre Aufmerksamkeit Jude. »Was ist?« Irgendetwas Privates läuft da wortlos zwischen den beiden ab.

»Du hast morgen früh Schule und noch nicht mal mit deinen Hausaufgaben angefangen«, sage ich.

Als Zoe in der fünften Klasse war und wir schließlich das Gespräch über Pubertät und Menstruation führten, nahm sie es gut auf. Sie flippte nicht aus oder ekelte sich. Ein paar Tage später kam sie von der Schule nach Hause und verkündete mir, sie hätte einen Plan. Sobald sie ihre Tage bekäme, würde sie ihre Pompons einfach in den Rucksack stecken.

Ich musste mich richtig anstrengen, um nicht loszuprusten (oder ihr zu sagen, dass sie das missverstanden hätte und die Dinger *Tampons* hießen), weil mir klar war, dass mein Lachen sie angesichts ihrer beginnenden Selbstständigkeit zutiefst verletzt hätte. Stattdessen setzte ich das Pokerface auf, das jede Mutter früher oder später in ihrem Repertoire hat. Dieses Pokerface, das jede Mutter an ihre Tochter weitergibt, bis diese sich irgendwann umdreht und es wie eine Waffe gegen ihre Mutter einsetzt.

Zoe sieht mich wütend an.

»Eine halbe Stunde«, erlaube ich den beiden.

Mein Laptop piepst, als ich an meinem Büro vorbeikomme, also gehe ich kurz auf meine Facebook-Seite.

Julie Staggs

Marcy – hat Schwierigkeiten in Marcys Bett für große Mädchen zu bleiben.

vor 52 Minuten

Shonda Perkins

Ach bitte, bitte, bitte. Tu mir das nicht an. Du weißt, wer gemeint ist.

vor 2 Stunden

Julie ist Lehrerin an der Kentwood-Grundschule, und Shonda ist eine von den Mumble Bumbles. Ich höre, wie in der Küche Glas zerbricht.

»Alice!«, ruft William.

»Komme gleich!«, brülle ich zurück.

Ich setze mich hin und schreibe zwei kurze Nachrichten.

Alice Buckle ▶ Julie Staggs

Nicht verzweifeln! Versuch doch, die ersten Nächte gemeinsam mit ihr einzuschlafen? Irgendwann gewöhnt sie sich dran!

vor 1 Minute

Alice Buckle ▶ Shonda Perkins

Egg Shop, morgen zum Mittagessen. Ich lade dich ein. Und will ALLES wissen!

vor 1 Minute

Dann eile ich zurück an den Esstisch, an dem ich mich die nächsten dreißig Minuten anschicke, die immer gleichen hohlen Phrasen zu dreschen (*Nicht verzweifeln. Ich will ALLES wissen!*). Ob wohl jeder so ein Doppelleben führt?

Kapitel 32

Von: Ehefrau 22 <ehefrau22@netherfield-zentrum.org>
Betreff: Die Sache am Köcheln halten
Datum: 1. Juni, 05:52 Uhr
An: forscher101 <forscher101@netherfield-zentrum.org>

Lieber Forscher 101,
ich finde, dass diese Fragen zu meiner und Williams Kennenlernphase die Sache irgendwie am Köcheln halten. Einerseits ist es so, als würde man sich einen Film anschauen. Wer sind diese Schauspieler in den Rollen von Alice und William? Denn so fremd kommen mir diese jüngeren Ausgaben unserer selbst vor. Andererseits kann ich zurückgehen und für Sie Situationen in allen Einzelheiten erschaffen. Ich kann mich ganz genau daran erinnern, wie es war, sich vorzustellen, mit ihm zu schlafen. Welch köstliche Vorfreude.
Was das Mit-nichts-hinterm-Berg-halten angeht, muss ich Ihnen sagen, wie tief es mich berührt, diese ganzen Fragen gestellt zu bekommen – dass man mir so genau zuhört und dass meine Meinung und meine Gefühle wertgeschätzt werden und von Bedeutung sind. Ich erschrecke mich ständig selbst über meine Bereitschaft, Ihnen so persönliche Informationen preiszugeben.
Mit herzlichen Grüßen
Ehefrau 22

Von: forscher101 <forscher101@netherfield-zentrum.org>
Betreff: RE: Die Sache am Köcheln halten
Datum: 1. Juni, 06:01 Uhr
An: Ehefrau 22 <ehefrau22@netherfield-zentrum.org>

Liebe Ehefrau 22,
Ähnliches habe ich schon von anderen Testpersonen gehört, aber ich muss wiederholen, dass es Ihnen möglich ist, sich mir so leicht anzuvertrauen, *weil* wir uns nicht kennen.
Beste Grüße
Forscher 101

Kapitel 33

Ich bin wie immer spät dran, und beim Aufstoßen der Tür zum Egg Shop weht mir der wohlige Duft nach Pancakes, Schinken und Kaffee ins Gesicht. Ich halte Ausschau nach Shonda. Sie sitzt im hinteren Teil, aber sie ist nicht allein: Alle drei Mumble Bumbles haben mit ihr in einer der Nischen Platz genommen: Shonda, Mitte fünfzig, geschieden, keine Kinder, Managerin des Lancôme-Ladens im Macy's; dann Tita, die mittlerweile Mitte siebzig sein muss, verheiratet, achtfache Großmutter und pensionierte Onkologie-Krankenschwester; und Pat, die Jüngste von uns allen, eine Immer-zu-Hause-Mama, zwei Kinder, und nach der Größe ihrer Babykugel zu urteilen, bald drei. Sie winken mir fröhlich zu, und mir schießen Tränen in die Augen. Auch wenn ich sie eine ganze Weile nicht gesehen habe, sind die Mumble Bumbles mein Rudel, meine ebenfalls mutterlosen Schwestern.

»Sei nicht sauer auf mich!«, ruft Shonda, als ich mich an den Tischen vorbeischlängele.

Ich bücke mich, um sie zu umarmen. »Ihr habt mich reingelegt.«

»Du hast uns gefehlt. Das war die einzige Möglichkeit, deine Aufmerksamkeit zu bekommen«, sagt Shonda.

»Es tut mir leid«, sage ich. »Ihr habt mir auch gefehlt, aber es war alles in Ordnung, wirklich.«

Sie sehen mich alle vier zerknirscht und mitfühlend an.

»Tut das nicht. Seht mich nicht so an. Verdammter Mist.«

»Wir wollten uns nur versichern, dass es dir gut geht«, sagt Pat.

»Ach, Pat! Sieh dich nur an! Das ist fantastisch«, sage ich.

»Los, berühr die Kugel, tu dir keinen Zwang an – alle machen das.«

Ich lege meine Hand auf ihren Bauch. »Die Lage, die Lage, die Lage«, flüstere ich. »Hallo, Baby, du weißt ja gar nicht, was für eine tolle Wohnlage du dir ausgesucht hast.«

Shonda zieht mich auf den Stuhl neben sich. »Also, wann hast du deinen Fünfundvierzigsten?«

Jede der Mumble Bumbles außer mir ist älter als ihre Mutter in dem Jahr, als sie starb. Ich bin die letzte. Ganz offensichtlich haben sie nicht vor, meinen kritischen Jahrestag verstreichen zu lassen, ohne ihn irgendwie zu begehen.

»Am vierten September.« Ich blicke mich auf dem Tisch um. »Was hat es mit dem Tomatensaft auf sich?« Jede von ihnen hat ein Glas davon vor sich stehen.

»Probier mal«, sagt Tita und schiebt ihres in meine Richtung. »Und ich habe dir Lumpias mitgebracht. Denk mit dran, dass ich nicht vergesse, sie dir zu geben.«

Lumpias sind die philippinische Version der Frühlingsrolle, und ich bin verrückt danach. Wann immer ich Tita treffe, bringt sie mir ein paar Dutzend mit.

Ich nehme einen Schluck und huste. Im Saft ist ein kräftiger Schuss Wodka. »Es ist noch nicht mal zwölf!«

»Halb eins, um genau zu sein«, korrigiert mich Shonda und zieht blitzschnell einen Flachmann hervor. Sie winkt der Kellnerin zu und hebt ihr Glas. »Sie nimmt auch so einen.«

»Nein, wird sie nicht. Sie muss in einer Stunde wieder bei der Arbeit sein«, protestiere ich.

»Ein Grund mehr«, sagt Shonda.

»Meiner ist jungfräulich«, seufzt Pat.

»Tja«, sagt Tita.

»Tja«, sage ich.

»Tja, wir sind alle hier, weil wir dich darauf vorbereiten wollten, was möglicherweise ansteht«, sagt Tita.

»Ich weiß, was ansteht, und es ist zu spät für mich. Ich werde in diesem Sommer keinen Bikini tragen. Oder im nächsten. Oder in dem Sommer danach.«

»Alice, im Ernst«, sagt Shonda.

»Ich bin in dem Jahr, in dem ich so alt geworden bin wie meine Mutter, als sie starb, ein bisschen durchgedreht«, sagt Pat. »Ich war furchtbar deprimiert und kam wochenlang nicht aus dem Bett. Meine Schwägerin musste vorbeikommen und beim Versorgen der Kinder helfen.«

»Ich bin nicht deprimiert«, sage ich.

»Das ist gut, sehr gut sogar«, sagt Pat.

»Ich habe bei Lancôme gekündigt und als Vertreterin für Dr.-Hauschka-Produkte angefangen. Kannst du dir das vorstellen? Ich beim Verscherbeln von ganzheitlicher Kosmetik? Mein Hauptkunde war Whole Foods. Habt ihr schon mal versucht, nach neun Uhr morgens vor deren Laden in Berkeley einen Parkplatz zu bekommen? Ein Ding der Unmöglichkeit.«

»Ich werde nicht kündigen«, sage ich. »Und selbst wenn ich es wollte, ginge das gar nicht, denn William ist degradiert worden.«

Die Mumble Bumbles tauschen besorgte Siehst-du-ich-hab's-dir-ja-gesagt-Blicke aus.

»Nicht so schlimm. Er geht jetzt ein bisschen in sich. Ist so ein Midlife-Ding«, erkläre ich.

»Alice«, sagt Tita, »es ist so: Man fängt vielleicht an, sich ein bisschen verrückt zu verhalten. Tut Dinge, die man normalerweise nicht tun würde. Klingelt da was bei dir? Ist dir so was in der Art passiert?«

»Nein«, sage ich, »alles ist ganz normal. Außer der Tatsache, dass Zoe eine Essstörung hat. Und Peter schwul ist, aber es noch nicht weiß. Und ich nehme an dieser anonymen Umfrage über Erfüllung in der Ehe teil.«

Was die Mumble Bumbles wussten, was zwischen uns ungesagt blieb, was niemals erklärt oder ausgesprochen werden musste, war, dass niemand uns je wieder so lieben würde wie unsere Mütter. Natürlich, wir würden geliebt werden, von unseren Vätern, unseren Freunden, unseren Geschwistern, unseren Tanten und Onkels und Großeltern und Ehepartnern – und unseren Kindern, wenn wir uns entschieden, welche zu bekommen. Aber niemals mehr würden wir diese bedingungslose, Egal-was-du-tust-ich-werde-dich-nie-verlassen-Art von Mutterliebe spüren.

Wir versuchten, uns gegenseitig damit zu versorgen. Und wenn wir scheiterten, boten wir Schultern zum Anlehnen, Hände zum Halten und Ohren zum Zuhören an. Und wenn wir damit scheiterten, dann gab es noch Lumpias und Proben wasserfester Wimperntusche, Hinweise auf bestimmte Artikel und ja, auch das: Tomatensaft mit einem Schuss Wodka.

Aber vor allem war da diese Leichtigkeit, die daher rührte, nicht so tun zu müssen, als hätte man es jemals überwunden. Die Welt erwartete, dass man weitermachte. Die Welt um einen herum funktionierte nur dann, wenn man weitermachte. Aber die Mumble Bumbles verstanden, dass der Soundtrack des Verlustes immer als Hintergrundmusik lief. Manchmal war die Musik stumm geschaltet – und manchmal war sie voll aufgedreht und machte dich taub.

»Fang am Anfang an, Liebes, und erzähl uns alles«, sagte Tita.

Kapitel 34

37. Und dann, eines Tages vor dem Charles Hotel, zog er meine Ohrstöpsel aus meinem Walkman und steckte sie in seinen Walkman ein, und es war das erste Mal, dass wir ein echtes Gespräch zu führen schienen, das folgendermaßen verlief:

Lied 1: De La Soul, *Ha Ha Hey*: Ich bin ein weißer Kerl, der Hip-Hop mag. Gelegentlich, wenn ich genug gebechert habe, tanze ich auch.

Lied 2: 'Til Tuesday, *Voices Carry*: Am besten wäre es, wir würden niemandem von unseren mittäglichen Läufen erzählen.

Lied 3: Nena, *99 Luftballons*: Ich war mit dreizehn drei Wochen lang ein Punk. Bist du beeindruckt?

Lied 4: The Police, *Don't Stand So Close To Me*: Doch, stell dich so dicht neben mich.

Lied 5: Fine Young Cannibals, *Good Thing*: Du.

Lied 6: Men Without Hats, *The Safety Dance*: Vorbei.

Lied 7: The Knack, *My Sharona*: Du bringst meine Maschine in Fahrt, Maschine in Fahrt …

Lied 8: Journey, *Faithfully*: Treu – das trifft auf mich nicht mehr zu.

Kapitel 35

Von: Ehefrau 22 <ehefrau22@netherfield-zentrum.org>
Betreff: Freunde
Datum: 4. Juni, 04:31 Uhr
An: forscher101 <forscher101@netherfield-zentrum.org>

Ich glaube, es ist an der Zeit, dass wir Freunde werden. Was halten Sie davon, Facebook zu benutzen? Ich bin die ganze Zeit auf Facebook, ich mag diese Unmittelbarkeit. Und wäre es nicht nett, miteinander zu chatten? Wenn jeder von uns ein Profil einrichtet und wir nur uns beide als Freunde bestätigen, können wir anonym bleiben. Der einzige Haken daran ist, dass man einen richtigen Namen benutzen muss, also habe ich mir ein Profil unter dem Namen Lucy Pevensie eingerichtet. Kennen Sie Lucy Pevensie aus *Der König von Narnia*? Das Mädchen, das durch den Wandschrank plumpst und sich in Narnia wiederfindet? Meine Kinder werfen mir andauernd vor, in einer anderen Welt verloren zu sein, sobald ich im Internet bin, also macht der Name ja in gewisser Weise Sinn. Was halten Sie davon?

Von: forscher101 <forscher101@netherfield-zentrum.org>
Betreff: RE: Freunde
Datum: 4. Juni, 06:22 Uhr
An: Ehefrau 22 <ehefrau22@netherfield-zentrum.org>

Liebe Ehefrau 22,
wegen der eindeutigen Vorgaben zum Thema Privatsphäre kommuniziere ich normalerweise nicht mit Testpersonen über Facebook, aber wie mir scheint, haben Sie einen Weg gefunden, diesen Punkt zu umschiffen. Ich möchte nur fürs Protokoll festhalten, dass ich Facebook nicht mag, und normalerweise »chatte« ich auch nicht. Diese kurzen Unterhaltungsergüsse ermüden mich und lenken mich ab. So erging es wohl laut den Radionachrichten auch diesem Teenager, einem Mädchen, das heute während des Schreibens einer SMS in einen offenen Gully fiel. Facebook ist eine andere Art von Loch – ein Kaninchenbau, meiner Meinung nach –, aber ich werde die Möglichkeit seiner Nutzung abwägen und auf Sie zurückkommen.
Beste Grüße
Forscher 101

Von: Ehefrau 22 <ehefrau22@netherfield-zentrum.org>
Betreff: RE: Freunde
Datum: 4. Juni, 06:26 Uhr
An: forscher101 <forscher101@netherfield-zentrum.org>

Was ist falsch an Kaninchenbauten? Einige unter uns haben eine Vorliebe für sie. Chagall glaubte, ein Gemälde sei wie ein Fenster, durch das ein Mensch in eine andere Welt fliegen kann. Ist das eher nach Ihrem Geschmack?

Von: forscher101 <forscher101@netherfield-zentrum.org>
Betreff: RE: Freunde
Datum: 4. Juni, 06:27 Uhr
An: Ehefrau 22 <ehefrau22@netherfield-zentrum.org>

Aber ja. Woher wussten Sie das?
Forscher 101

Kapitel 36

»Also, was hast du für den Tag geplant?«, frage ich.

»Keine Ahnung. Was hast du geplant?«, entgegnet William. »Hast du alles für das Essen heute Abend? Was sollen wir mitbringen?«

»Lamm. Nedra hat mir das Rezept gemailt. Das Fleisch liegt seit gestern Abend in der Marinade. Ich muss noch zu Home Depot fahren – ich brauche Zitronenmelisse und Zitronenverbene und dieses andere Zitronenzeug – wie heißt das noch? Aus Thailand?«

»Zitronengras. Was hat es mit den ganzen Zitronensachen auf sich?«

»Zitrone ist ein natürliches Diuretikum.«

»Das wusste ich nicht.«

»Tatsächlich?«

Wir unterhalten uns bedächtig und höflich, wie Fremde, die auf einer Party Smalltalk machen. *Woher kennen Sie den Gastgeber? – Nun ja, woher kennen* Sie *den Gastgeber? – Ich liebe Corgis. – Ich auch!* Ich weiß, dass ein Teil dieser Distanz zwischen uns daher rührt, dass er mit dem Cialis-Debakel hinterm Berg hält. Und ich verheimliche ihm immer noch die Tatsache, dass ich davon weiß. Und natürlich ist da noch die Sache, dass ich völlig fremden Leuten E-Mails über intime Details unserer Ehe schreibe (so wie William wildfremden Leuten gegenüber intime Details unserer Ehe ausplaudert). Aber ich kann nicht alles auf die Umfrage oder auf Williams Degradierung schieben. Die Distanz zwischen uns wächst seit Jahren stetig an. Unter der Woche kommunizieren wir hauptsächlich über SMS, und wir führen fast immer dasselbe Gespräch:

Wann kommst du?

Sieben.

Huhn oder Fisch?

Huhn.

Heute ist Samstag. Caroline ist zu Hause, aber die Kinder sind den ganzen Tag unterwegs – was in unserer Familie selten vorkommt. Ich versuche, nicht in Panik zu geraten, bin es aber. Während ihrer Abwesenheit ist der Tag bedrohlich unstrukturiert. Gewöhnlich fahre ich Peter zum Klavierunterricht, und William bringt Zoe zu ihren Volleyballspielen oder zu Goodwill (wo sie die meisten ihrer Klamotten ersteht). Ich versuche, nicht daran zu denken, dass wir oft wie Zimmergenossen funktionieren, und meistens fühlt sich das ganz in Ordnung an, ein bisschen einsam, aber bequem. Aber ein Tag alleine zu zweit bedeutet, aus der Elternrolle herauszutreten und umzuschalten auf Ehemann und Ehefrau, wodurch ich mich unter Druck gesetzt fühle. Ein bisschen so wie Cialis, nur ohne Cialis.

Ich erinnere mich daran, dass sich mir, als die Kinder jung waren, eine Bekannte anvertraute, wie leer sie sich fühlte, weil ihr Sohn demnächst aufs College gehen würde. Gedankenlos sagte ich zu ihr: »Aber geht es nicht eigentlich genau darum? Dass er quasi vom Stapel gelassen wird? Sollten Sie sich nicht darüber freuen?« Zu Hause berichtete ich William davon, und wir beide waren völlig verwirrt. Im Schützengraben junger Eltern hätten wir beide alles dafür getan, einen einzigen Nachmittag ganz für uns allein zu haben. Wir freuten uns auf das Flüggewerden unserer Kinder. »Stell dir bloß mal vor, so an seinen Kindern zu hängen, dass man sich total verloren fühlt, wenn sie aus dem Haus gehen«, sagten wir uns verwundert. Zehn Jahre später fange ich gerade erst an zu verstehen.

»Kommen die Barbedians heute Abend auch?«, fragt William.

»Ich glaube nicht. Sagten sie nicht, sie hätten Karten für die Giants?«

»Wirklich schade. Ich mag Bobby«, sagt William.

»Heißt das, Linda magst du nicht?«

William zuckt mit den Achseln. »Sie ist *deine* Freundin.«

»Na ja, sie ist auch deine Freundin.« Es irritiert mich, dass er versucht, Linda mir zuzuschieben.

Nedra und ich haben Linda kennengelernt, als unsere Kinder auf dieselbe Vorschule gingen. Als Familien-Trio veranstalten wir seit Jahren einmal im Monat ein gemeinsames Abendessen, zu dem jeder etwas beisteuert. Früher waren die Kinder immer mit von der Partie, aber mit zunehmendem Alter sprangen sie der Reihe nach ab, und jetzt sind es meistens nur noch die Erwachsenen (und gelegentlich Peter), die aufkreuzen. Ohne die Kinder als Puffer hat sich die Gruppendynamik der Abendessen verändert, womit ich sagen will, dass wir mit Linda nicht mehr sehr viel gemeinsam haben. Bobby dagegen finden alle toll.

William seufzt.

»Hör mal, fühl dich nicht verpflichtet mitzukommen, wenn ich meine Besorgungen mache. Das Letzte, wozu du Lust hast, ist wahrscheinlich, mit mir ein paar Gärtnereien abzuklappern.«

»Das macht mir nichts aus«, sagt William und wirkt irritiert.

»Wirklich? Also dann, gut. Sollen wir Caroline fragen, ob sie mitkommen will?«

»Warum sollten wir Caroline fragen?«

»Na ja, nur so eine Idee – also, vielleicht könntet ihr beiden, falls dir langweilig werden sollte, ein paar Runden ums Home Depot laufen, oder so.«

Nach meinem gescheiterten Laufausflug mit Caroline hat William angefangen, sie zu begleiten. Er hatte keine Kondition mehr, und die ersten paar Male waren hart gewesen. Aber jetzt liefen sie mehrmals in der Woche morgens acht Kilometer und mixten sich danach Spirulina-Mikroalgen-Smoothies, die Caroline auch mir anzudrehen versuchte, indem sie mir weniger Erkältungen und besseren Stuhlgang verhieß.

»Sehr witzig. Was ist verkehrt an nur uns beiden alleine?«, fragt William.

Verkehrt an *nur uns beiden alleine* ist, dass es zurzeit genauso gut *nur einer alleine* heißen könnte. Ich bin diejenige, die alle Gespräche ins Rollen bringt, die ihn darüber auf dem Laufenden hält, was mit den Kindern und dem Haus und unseren Finanzen los ist, und die ihn danach fragt, was in seinem Leben passiert. Er zeigt sich nie erkenntlich, und freiwillig rückt er mit keinerlei Informationen heraus.

»Nichts – natürlich gar nichts. Nur wir beide, das ist toll. Wir können tun und lassen, was wir wollen. Was für ein Spaß!«, säusele ich gezwungenermaßen mit meiner allzu enthusiastisch klingenden Mary-Poppins-/Miss-Truly-Scrumptious-Stimme.

Ich sehne mich nach einem reicheren Leben mit ihm. Ich weiß, das ist möglich. Es gibt da draußen Leute, wie Nedra und Kate, die ein reicheres, erfüllteres Leben leben. Paare bereiten gemeinsam Moussaka zu, während im Hintergrund Jazz läuft. Sie kaufen gemeinsam im Bioladen ein. Natürlich tun sie das ganz gemächlich (Langsamkeit scheint ein Schlüsselbestandteil eines erfüllten Lebens zu sein), sie lassen kein Regal aus, probieren Steinobst, riechen an Kräutern, können Zitronengras von Zitronenmelisse unterscheiden, sitzen auf einer Treppenstufe und essen vegane Scones. Ich rede nicht von reich im Sinne von Geld. Ich verstehe unter *reich und erfüllt* die Fähigkeit, die Dinge dann zu genießen, wenn sie passieren, und nicht immer schon an die nächste Sache zu denken.

»Hey, Alice.« Caroline duzt mich mittlerweile. Sie kommt in die Küche und wedelt mit einem Buch herum.

Bis jetzt hatte Caroline noch kein Glück mit ihrer Jobsuche. Sie hatte viele Vorstellungsgespräche (in der Bay Area herrscht kein Mangel an IT-Start-ups), aber nur wenige Rückmeldungen. Ich weiß, dass sie sich Sorgen macht, aber ich habe ihr gesagt, sie solle nicht verzweifeln; sie könne so lange bei uns wohnen, bis sie was gefunden und genug für die Kaution einer Wohnung zurückgelegt habe. Caroline im Haus zu haben macht überhaupt keine Umstände. Von ihrer angenehmen Gesellschaft mal ganz abgesehen, ist sie der hilfreichste Hausgast, den wir jemals hatten. Ich werde sie wirklich vermissen, wenn sie uns verlässt.

»Guck mal, was ich gefunden habe. *Kreatives Stückeschreiben*«, flötet sie mit einer Singsang-Stimme in mein Ohr.

Sie reicht mir das Buch, und ich schnappe nach Luft. Dieses Buch habe ich seit Jahren nicht mehr gesehen. »Das war einmal meine Bibel.«

»Für meine Mutter ist es das immer noch. So, ihr beide habt jetzt das ganze Wochenende für euch, ja? Irgendwelche tollen Pläne? Wollt ihr, dass ich *die Biege mache*?« Sie wackelt mit ihren Augenbrauen.

Caroline benutzt öfter mal so altmodische Ausdrücke wie *die Biege machen* – ich finde das charmant. Ich habe den Verdacht, es liegt an ihrer Herkunft als Tochter einer Stückeschreiberin und am wiederholten Besuch der Aufführungen von *Unsere kleine Stadt*. Ich seufze und schlage wahllos Seite 25 des Buches auf.

1) Bevor Sie zu schreiben beginnen, brauchen Sie eine Idee.

2) Alles und jeder eignet sich als Stoff: der Grillabend im Garten, eine Fahrt zum Lebensmittelladen, ein Abendessen. Die besten Figuren werden häufig nach den Menschen geformt, mit denen Sie zusammenleben.

Ich klappe das Buch zu und drücke es fest an meine Brust. Allein schon, es in der Hand zu halten, erfüllt mich mit Hoffnung.

»*Kreatives Stückeschreiben*? *Das* war deine Bibel?«, fragt William.

Dass William sich nicht an das Buch erinnert und daran, wie wichtig es für mich war (obwohl es schätzungsweise fünf Jahre auf meinem Nachttisch gelegen hat), ist keine Überraschung.

In meinem Kopf schreibe ich William eine SMS: *Bin leider ein Arschloch. Du aber auch.*

Dann sage ich zu Caroline: »Wir wollten gerade los, ein paar Besorgungen machen. Kommst du mit?«

Kapitel 37

GESELLIGES MAROKKANISCHES ABENDESSEN BEI NEDRA

19:30 Uhr: in Nedras Küche

Ich: Hallo Rachel! Wo ist Ross? Hier ist das Lamm.

Nedra *(hebt die Alufolie über dem Braten an und runzelt die Stirn)*: Hast du dich auch genau an das Rezept gehalten?

Ich: Klar, mit einer winzigen wundervollen Variation!

Nedra: Aus wundervollen Variationen kann nichts Gutes entstehen. Linda und Bob kommen übrigens doch.

Ich: Ich dachte, sie gehen ins Stadion.

Nedra *(riecht am Lamm und verzieht das Gesicht)*: Sie konnten deinen sternewürdigen Kochkünsten nicht widerstehen. Wo sind die Kinder?

Ich: Peter ist mitgekommen. Zoe ist zu Hause geblieben und trainiert ihre Bauchmuskeln. Wo ist Jude?

Jude *(kommt in die Küche)*: Wünscht sich, er wäre sonst wo, nur nicht hier.

Nedra: Mein Schatz, leistest du uns Gesellschaft? Alice, wäre das nicht schön, wenn Jude hierbliebe?

Ich: Und wie. Ja, Nedra, das wäre so, so wunderbar.

Nedra: Siehst du, mein Schatz, siehst du, wie beliebt du bist. Bitte sag ja.

Jude *(blickt auf den Boden)*

Ich *(blicke auf den Boden)*

Nedra *(seufzt)*: Ihr benehmt euch beide wie Riesenbabys. Wollt ihr euch bitte wieder vertragen?

Jude: Ich gehe rüber zu Fritz, Pokémon spielen.

Ich: Wirklich?

Jude: Nein, nicht wirklich. Ich gehe in mein Zimmer.

Nedra: Tschüss, mein Schatz. Eines schönen Tages werdet ihr beide euch wieder liebhaben. Das ist mein letzter Wunsch.

Ich: Musst du so melodramatisch sein, Nedra?

Jude: Ja, muss sie.

Nedra: Melodramatik ist die Sprache, in der ihr beide euch unterhaltet.

19:40 Uhr: im Wohnzimmer

Nedra: Männer, alle mal herkommen. Jetzt beginnt der Kostümteil des Abends. Kate und ich haben jedem von euch einen Fez von unserer letzten Reise nach Marokko mitgebracht.

Peter *(ist unfähig, seinen verdatterten Gesichtsausdruck zu vertuschen)*: Ich würde lieber keinen Fez aufsetzen, da ich schon einen Filzhut trage.

Nedra: Und genau deshalb haben wir dir einen Fez mitgebracht – um diesen dämlichen Filzhut von deinem Kopf zu verjagen.

Kate: Ich finde den Filzhut irgendwie niedlich.

William: Ich halte es wie Peter. Als Frau bist du wahrscheinlich nicht auf dem Laufenden, wie die Vorgaben für Männer und ihre Hüte im einundzwanzigsten Jahrhundert lauten.

Bobby: Jawohl, denn es ist nicht mehr so wie in den Fünfzigern, wo man den Hut beim Abendessen abgenommen hat. Im einundzwanzigsten Jahrhundert trägt man den Hut während des Essens.

Ich: Oder auch den gesamten Monat Juni, wenn man Pedro heißt.

William: Und wenn man den Abend mit einem bestimmten Hut begonnen hat, steigt man nicht auf einen anderen um. Hüte sind keine Strickjacken.

Nedra: Setz den Hut auf, Pedro, sonst gibt's was auf die Mütze!

Ich: Und was ist mit uns?

Nedra: Kate, Alice und Linda, ich habe euch nicht vergessen. Hier sind eure Djellabas.

Ich: Genial! Ein langes, locker sitzendes Kleidungsstück mit weiten Ärmeln, die ich sehr bald unabsichtlich in meine Minzsoße tunken werde.

Peter: Ich tausche mit dir gegen meinen Fez.

Nedra *(seufzt)*: Müsst ihr alle so undankbar sein?

20:30 Uhr: am Esstisch

Kate: Wie war Salzburg, Alice?

William: Du warst in Salzburg?

Nedra: Ja, zum Palatschinkenessen. Offensichtlich ohne dich.

Ich: Ich war auf Facebook in Salzburg. Ich habe an dem Quiz *Traumurlaub* teilgenommen. Ich wollte schon immer mal nach Salzburg.

Bobby: Linda und ich sind auch auf Facebook. Eine tolle Sache, um in Kontakt zu bleiben, ohne wirklich Kontakt zu halten. Woher hätte ich sonst wissen sollen, dass du an diesem Wochenende nach Joshua Tree fährst?

Linda: Es ist ein Frauen-Wochenende, Bobby. Nicht beleidigt sein. Meine Damen, ihr seid herzlich eingeladen mitzukommen.

Nedra: So mit Trommeln und Verbrennen von irgendwelchem Zeugs?

Linda: Aber ja!

Nedra: Dann lieber nicht.

Linda: Hey, haben wir euch schon erzählt, dass wir renovieren? Das Elternschlafzimmer. Eine tolle Sache, wir machen zwei Elternschlafzimmer draus!

Ich: Warum braucht ihr zwei Elternschlafzimmer?

Linda: Das ist der neueste Trend, man nennt das Flexi-Suite.

Kate: Also werdet ihr in getrennten Schlafzimmern schlafen.

Peter: Darf ich aufstehen? *(Der Subtext lautet: Nedra, darf ich in dein Büro verschwinden und auf deinem Computer* World of Warcraft *spielen?)*

Nedra: Na so was, willst du dich etwa nicht über die intimen Schlafmodalitäten deiner Eltern und die ihrer Freunde unterhalten? Ich bitte dich, Pedro, zisch ab!

Linda: Ist das nicht toll? Es wird sein, als würden wir uns gerade erst kennenlernen. Zu dir oder zu mir?

Nedra: Und was ist mit Spontaneität? Was ist mit nachts wach werden und wildem, schlaftrunkenem Sex?

Ich: Ganz genau, das habe ich mich auch gerade gefragt, Linda! Was ist mit schlaftrunkenem Sex?

William: Nennt man das nicht eine Vergewaltigung?

Linda: Ich habe kein Verlangen danach, morgens um zwei Uhr Sex zu haben. Es ist doch eine wohlbekannte Tatsache, dass es immer schwieriger wird, ein Bett zu teilen, je älter man wird. Bobby steht nachts dreimal auf, um aufs Klo zu gehen.

Bobby: Linda wacht auf, sobald ich mit dem kleinen Zeh wackele.

Linda: Natürlich teilen wir uns weiterhin das Badezimmer.

Ich: Also *davon* hätte ich gerne zwei!

Linda: Getrennte Schlafzimmer werden das Mysteriöse und Leidenschaftliche in unserer Ehe wieder entflammen. Ihr werdet sehen. Mein Gott, Daniel fehlt mir so! Es ist einfach zum Piepen, ich konnte es nicht erwarten, dass er endlich aufs College geht, und jetzt kann ich es kaum erwarten, dass er uns besucht.

William: Habe ich schon erwähnt, dass der Hund vor ein paar Wochen auf mein Kopfkissen gepinkelt hat?

Kate: Ich kann dir die Telefonnummer von einem Hundepsychologen geben.

Nedra: Einer meiner Klienten hat mal in die Unterwäsche-Schublade seiner Frau gepisst.

Bobby: Seine Frau hatte eine ganze Unterwäsche-*Schublade*? Wie lange waren die verheiratet?

Ich: Jampo weiß, dass du ihn nicht magst. Er spürt das. Er hat sich der Wahrheit verpflichtet.

William: Er ist ein Mistkerl, der seine eigene Scheiße frisst.

Ich: Genau das meine ich ja. Was könnte wahrhaftiger sein, als seine eigene Kacke zu futtern?

Nedra: Warum schmeckt dieses Lamm nach Gesichtscreme?

William: Das ist Lavendel.

Nedra *(legt ihre Gabel weg)*: Alice, ist das deine Vorstellung von einer Variation? Im Rezept steht Rosmarin.

Ich: Zu meiner Verteidigung muss ich vorbringen, dass ein Rosmarinstrauch fast genauso aussieht wie ein Lavendelstrauch.

Nedra: Ja, mal abgesehen von den lila Blüten, die nach Lavendel duften.

21:01 Uhr: durch die Badezimmertür

Peter: Kann ich dich mal unter vier Augen sprechen?

Ich: Ich bin gerade auf dem Klo. Hat es noch einen Augenblick Zeit?

Peter *(klingt weinerlich)*: Ich muss etwas beichten. Ich habe etwas sehr Schlimmes getan.

Ich: Bitte, tu's nicht. Du musst mir nicht alles erzählen. Es ist in Ordnung, ein paar Dinge für sich zu behalten. Das weißt du doch, oder? Jeder hat das Recht auf ein Privatleben.

Peter: Ich muss aber. Es belastet mich so sehr.

Ich: Wie werde ich reagieren?

Peter: Du wirst sehr enttäuscht und vielleicht ein bisschen angeekelt sein.

Ich: Wie sähe meine Bestrafung für dich aus?

Peter: Es wird nicht nötig sein, mich zu bestrafen. Was ich gesehen habe, ist Strafe genug.

Ich *(mache die Tür auf)*: Du liebe Güte, was hast du getan?

Peter *(weint)*: Ich habe P-O-R-N-O gegoogelt.

21:10 Uhr: im Wohnzimmer

Linda: Ich verstehe gar nicht, warum das Wort *Zimmergenosse* so in Verruf gekommen ist. Jeder verheiratete Mensch ist nach zehn Jahren Ehe die meiste Zeit ein Zimmergenosse, und wer das nicht wahrhaben will, der lügt.

Nedra: Kate und ich sind keine Zimmergenossen.

Ich: Ja, und ihr seid auch nicht verheiratet.

Linda: Lesben zählen sowieso nicht.

Nedra: Goldstern-Lesben. Das ist ein Unterschied.

Ich: Was ist eine Goldstern-Lesbe?

Kate: Eine Lesbe, die nie mit einem Mann geschlafen hat.

William: Ich bin ein Goldstern-Hetero.

Nedra: Alice, hast du jemals das Gefühl, dass William und du Zimmergenossen seid?

Ich: Was? Nein! Nie!

William: Manchmal.

Ich: Wann?

22:10 Uhr: in Nedras Büro

William: Ich fasse es nicht, dass wir das hier tun. Warum tun wir das?

Ich: Weil Peter so traumatisiert wirkte. Ich muss wissen, was er gesehen hat.

William *(seufzt)*: Wie lautet Nedras Passwort?

Ich: *Nedra.* Solltest du nicht PORNO in Großbuchstaben schreiben?

William: Ich glaube nicht, dass das wichtig ist.

Ich *(schnappe nach Luft)*: Ist das ein Butternusskürbis?

William: Ist das ein Eiszapfen?

Ich: Oh Gott, mein armes Baby!

William: Lösch den Verlauf.

Ich: Was?

William: Lösch den Verlauf, Alice. Schnell, bevor Nedras Spam-Ordner mit Werbung für Penisvergrößerungen überschwemmt wird.

Ich: Das vergesse ich jedes Mal. Hör auf, mir auf die Finger zu schauen. Zisch ab. Ich will nur kurz einen Blick auf meine Facebook-Seite werfen.

William: Du bist unhöflich. Da draußen sitzt ein Haufen Leute.

Ich *(winke ungeduldig ab)*: Ich komme gleich.

(Fünf Minuten später): Ich habe eine Freundschaftsanfrage. John Yossarian will mit mir befreundet sein? John Yossarian? Der Name kommt mir so bekannt vor.

GOOGLE-SUCHE »John Yossarian«

Ungefähr 626.000 Ergebnisse (0,13 Sekunden)

Catch-22 von Joseph Heller (1961),

Die 100 besten Romane aller Zeiten, _TIME_

Captain John Yossarian ist ein Bomberpilot, der einfach nur versucht, den Zweiten Weltkrieg zu überleben.

John Yossarian … Gravatar-Profil

Ich heiße John Yossarian. Ich bin nach Schweden gepaddelt, um dem Irrsinn des Krieges zu entkommen.

Captain John Yossarian: _Catch_-22

John Yossarian verbringt die meiste Zeit auf der Krankenstation und tut so, als wäre er schwer krank, um als fluguntauglich eingestuft zu werden … Lebensrettung.

Ich *(mit einem breiten Grinsen im Gesicht)*: Touché, Forscher 101.

(Bestätige die Freundschaftsanfrage).

(Veröffentliche etwas an seiner Pinnwand): So ist das also – Yossarian lebt.

Kapitel 38

38. »Der ist jedenfalls *kein* La-Z-Boy.«
»Alice, wie siehst du das?«
»Kommt darauf an. Reden wir über den Sessel oder über den Mann?«, erwidere ich.
William hatte einen Clio-Award für seinen La-Z-Boy-Werbespot gewonnen, und Peavey Patterson schmiss ihm zu Ehren eine Party im Michela's. Wir belegten das ganze Restaurant. Ich saß an einem Texter-Tisch fest.
Der Sessel – er war natürlich scheußlich, hatte aber der Firma eine Menge Geld eingebracht, und jetzt war ich auf dieser schrillen Party, worüber also sollte ich mich beschweren? Der Mann – der war genau das Gegenteil von faul: Faktisch war er der Inbegriff von Tatendrang und Leistungsvermögen, wie er da so in seinem marineblauen Anzug von Hugo Boss herumstand.
Ich beobachtete ihn verstohlen. Ich beobachtete Helen, die mich dabei beobachtete, wie ich ihn heimlich beobachtete, aber das war mir egal: Alle starrten ihn an. Die Leute näherten sich William so nervös wie einer Gottheit. Und genau das war er auch, der Gott der hässlichen Fernsehsessel, Peavey Pattersons hauseigener junger Rebell. Alle irrlichterten um ihn herum, berührten seinen Arm und schüttelten seine Hand. Es war berauschend, dem Erfolg so nahe zu sein, denn es bestand immerhin die Möglichkeit, dass ein bisschen von diesem Erfolg auf einen selbst abfärbte. William war höflich. Er hörte zu und nickte, sagte aber wenig. Sein Blick fiel immer mal wieder auf mich, und wenn ich es nicht besser gewusst

hätte, hätte ich gesagt, er wäre wütend – so finster sah er mich an. Aber im Laufe des Abends spürte mich sein Blick immer offener und geradezu zwanghaft auf. Ich kam mir vor wie ein Weinglas, aus dem er jedes Mal, wenn er mich anstarrte, einen Schluck trank. Ich fixierte den Teller vor mir. Meine *Linguine con Cozze al Sugo Rosso* waren köstlich, aber praktisch unberührt, weil mich dieses ganze verstohlene Anstarren schwindlig machte.

»Eine Rede, eine Rede!«

Helen beugte sich vor und flüsterte etwas in Williams Ohr, und ein paar Minuten später gestattete William Mort Rich, dem Art Director, ihn in die Mitte des Restaurants zu befördern. Er zog einen Zettel aus seiner Jacketttasche, strich ihn glatt und begann vorzulesen.

»Tipps für das Halten einer Rede. – Stell sicher, dass du nicht gerade auf dem Klo bist, wenn du deine Rede halten sollst. – Bedanke dich bei deinen Mitarbeitern, die dir geholfen haben, diesen Preis zu gewinnen. – Leg eine Pause ein. – Sag niemals, dass du den Sieg nicht verdient hast. Damit beleidigst du deine Mitarbeiter, die die ganze Arbeit für dich gemacht haben, damit du dich vor alle hinstellst und den Ruhm für die Auszeichnung einheimst. – Bedanke dich nicht bei Leuten, die nichts mit der Auszeichnung zu tun haben. Damit sind Ehefrauen, Freundinnen, Freunde, Chefs, Kellner und Barkeeper gemeint. – Nach reiflicher Überlegung bedanke dich doch beim Barkeeper, der maßgeblich an deinem Erfolg beteiligt war. – Leg eine Pause ein. – Wenn du genügend Zeit hast, nenne alle Namen einzeln und bedanke dich persönlich.«

William blickte auf die Uhr.

»Keine Pause. – Lächle, trete bescheiden auf und sei liebenswürdig. – Beende deine Rede mit einem inspirierenden Schlusssatz.«

Im Restaurant brachen Gelächter und tosender Applaus aus. Als William sich wieder an seinem Tisch niederließ, nahm Helen sein Gesicht in beide Hände, blickte ihm tief in die Augen und küsste ihn auf den Mund, begleitet von ein paar Ahs und Ohs. Der Kuss dauerte gute zehn Sekunden. Aufgekratzt, aber irgendwie auch triumphierend sah sie zu mir herüber, und ich drehte mich betroffen zur Seite, und meine Augen füllten sich gegen meinen Willen mit Tränen.

»O wie zuckersüß, sind die beiden denn schon verlobt?«, fragte die Frau neben mir.

»Ich kann keinen Ring erkennen«, antwortete eine andere Kollegin.

Hatte ich mir das alles nur eingebildet? Das Flirten? Ganz offensichtlich, denn während des restlichen Abends tat William so, als wäre ich gar nicht anwesend. Ich war so dämlich. Unsichtbar. Bescheuert. Ich trug hautfarbene Strümpfe, die, wie ich jetzt erst sah, nicht hautfarben, sondern quasi orange waren.

Gegen Mitternacht begegnete ich ihm im Flur auf dem Weg zu den Toiletten. Der Gang war schmal, und unsere Hände berührten sich, als wir uns aneinander vorbeiquetschten. Ich war wild entschlossen, kein Wort zu ihm zu sagen. Unsere Lauftage waren Geschichte. Ich würde um die Versetzung in ein anderes Team bitten. Aber als sich unsere Fingerknöchel trafen, kam es unleugbar zu einem Stromschlag zwischen uns. Er fühlte ihn auch, weil er wie angewurzelt stehen blieb. Wir blickten jeweils in die entgegengesetzte Richtung, er ins Restaurant, ich zu den Toiletten.

»Alice«, flüsterte er.

In dem Moment fiel mir auf, dass ich noch nie gehört hatte, wie er meinen Namen ausspricht. Bis jetzt hatte er mich immer Brown genannt.

»Alice«, wiederholte er mit einer tiefen, rauen Stimme.

Dieses *Alice* klang nicht so, als wollte er mir eine Frage stellen oder mir irgendwas erzählen. Er sprach meinen Namen wie das Bekenntnis einer Tatsache aus. Als wäre er nach einer langen Reise (einer Reise, die er weder gewollt noch geplant hatte) endlich bei meinem Namen – bei *mir* – angekommen.

Ich starrte die Toilettentüren an. Ich las *Frauen – Donna*. Ich las *Männer – Huomo*.

Er berührte meine Finger, aber diesmal war es kein Zufall. Die Be-

rührung war ganz kurz, und nur ich ganz allein sollte sie wahrnehmen. Ich musste mich vor lauter weichen Knien und aufgrund der fatalen Mischung aus zu viel Wein, Erleichterung und Verlangen mit meiner anderen Hand an der Wand abstützen.
»Ja«, sagte ich und stolperte in die Frauentoilette.

39. Schieb's dir in den Arsch.

40. Weiß ich nicht mehr.

41. Wir scheinen ein Paar zu sein, das viele beneiden.

42. Fragen Sie mich das zu einem späteren Zeitpunkt noch mal.

Kapitel 39

Lucy Pevensie
Hat hier studiert *Oxford College* **Geboren am** *24. April 1943* **Arbeitet bei** *Aslan* **Familie** *Edward, Bruder – Peter, Bruder – Susan, Schwester* **Job** *Versucht, nicht zu versteinern.* **Über mich** *Jahre vergehen wie Minuten.*

Ja, ich befürchte, das Gerücht stimmt, Ehefrau 22. Die Nachrichten über meinen Tod sind allerdings stark übertrieben.

Das Gerücht hier stimmt auch, Forscher 101: Es *gibt* eine andere Welt hinter dem Wandschrank. Berichte von Faunen und weißen Hexen sind keineswegs übertrieben.

Ihr Profil zu lesen hat Spaß gemacht.

Ihr Profil zu lesen hat keinen Spaß gemacht, Forscher 101. *Arbeitgeber: Netherfield-Zentrum.* Mehr nicht? Was Ihr Foto betrifft: ich hasse diese weiße Silhouette. Sie hätten wenigstens irgendein Clipart verwenden können. Ein gelbes Rettungsboot vielleicht?

Mal sehen.

Da wir ja jetzt Freunde sind, sollten wir unsere Privatsphäre-Einstellungen so anpassen, dass niemand nach uns suchen kann.

Hab schon alles dichtgemacht. Bald kommen neue Fragen – via E-Mail. Ich weigere mich, die Fragen per Chat zu schicken.

Danke, dass Sie durch den Kaninchenbau gekommen sind, um mich zu finden.

Das ist mein Job. Haben Sie gedacht, ich komme nicht?

Ich war mir nicht sicher. Ich weiß, die Sache mit Facebook geht ganz schön weit. Aber Sie werden vielleicht von sich selbst überrascht sein; möglicherweise gefällt es Ihnen ja doch irgendwann. Es ist auf eine Art direkt, die in E-Mails fehlt. E-Mails sterben bald aus, genau wie Briefe.

Das wird hoffentlich niemals passieren. E-Mails scheinen mir zivilisiert zu sein, im Gegensatz zu SMS und Status-Postings und Twitter. Was soll denn als Nächstes kommen? Drei-Wort-Gespräche? Oder noch weniger?

Super Idee. Wir nenne das Twi. Sätze mit drei Wörtern können sehr gewaltig sein.

Können sie nicht.

Finden wir's heraus.

Tun wir nicht.

Sie sind nicht besonders gut darin.

Wie geht es Ihrem Mann? Kann ich irgendwie behilflich sein?

Geben Sie ihm seinen Job zurück.

Sonst noch was?

Kann ich Sie etwas fragen?

Klar.

Sind Sie verheiratet?

Im Allgemeinen ist es mir nicht gestattet, persönliche Informationen preiszugeben.

Das erklärt Ihre Profileinträge, besser gesagt: die fehlenden.

Ja, tut mir leid. Aber die Erfahrung hat uns gelehrt: Je weniger Sie über Ihren Forscher wissen, desto offener fallen Ihre Antworten aus.

Also soll ich Sie wie die Stimme aus dem Navi behandeln?

So wurde das früher bereits gehandhabt.

Von wem, Forscher 101?

Natürlich von anderen Testpersonen.

Familienmitgliedern?

Das kann ich weder bestätigen noch verneinen.

Sind Sie ein Computerprogramm? Sagen Sie's mir. Schreibe ich an einen Computer?

Keine Antwort möglich. Batterie ist schwach.

Na so was, Sie Twi-en ja. Ich wusste, dass Sie das draufhaben.

Sollte ich Ihnen mitteilen, wenn ich wegmuss, oder schreibe ich einfach: Muss jetzt weg? *Ich möchte nicht unhöflich sein. Wie lautet die Benimmregel?*

Das Kürzel im Netz lautet GTG für *Got to go*, man schreibt das nicht aus. Und das Gute am Chatten ist, dass weitschweifige, sich in die Länge ziehende Verabschiedungen überflüssig geworden sind.

Wie schade, ich glaube, ich bin ein Fan von weitschweifigen, sich in die Länge ziehenden Verabschiedungen.

Ehefrau 22?

Ehefrau 22?

Haben Sie sich ausgeloggt?

Ich ziehe unsere Verabschiedung in die Länge.

Kapitel 40

Alice Buckle

Hat hier studiert: *U Mass* **Geboren am** *4. September* **Arbeitet bei** *Kentwood-Grundschule* **Familie** *William, Ehemann – Peter, Sohn – Zoe, Tochter* **Job** *Versucht, nicht zu versteinern.* **Über mich** *Minuten vergehen wie Jahre.*

Henry Archer ▶ Alice Buckle

Halt endlich die Klappe, Cousinchen – wir haben kapiert, dass es in Kalifornien seit Monaten nicht geregnet hat!

vor 4 Minuten

Nedra Rao ▶ Kate O'Halloran

Du hast mich verzaubert.

vor 13 Minuten

Julie Staggs

Gilt es als Kindesmisshandlung, wenn man Hände und Füße seiner Tochter mit Little-Kitty-Bändchen am Bettpfosten festbindet? Soll ein Witz sein!!

vor 25 Minuten

William Buckle

Frei

vor etwa einer Stunde

Teil 2

Kapitel 41

William ist entlassen worden. Nicht gerügt, nicht verwarnt, nicht degradiert, sondern entlassen. Mitten in einer Rezession. Mitten in unserem Leben.

»Was hast du getan?«, rufe ich.

»Was soll *ich* denn deiner Meinung nach getan haben?«

»Dass sie dich entlassen haben?«

Er sieht mich entgeistert an. »Vielen Dank für dein Mitgefühl, Alice. Ich habe überhaupt nichts getan. Es geht hier um betriebsbedingte Kündigungen.«

Ganz genau, um deine betriebsbedingte Kündigung, weil du dich in deinem Job danebenbenommen hast. Weil du dich mal kurz aus deiner Arbeit stänkerst, schießt es mir durch den Kopf.

»Ruf Frank Potter an. Sag ihm, du wirst für weniger Geld arbeiten. Sag ihnen, dass du zu allem bereit bist.«

»Das kann ich nicht, Alice.«

»Stolz ist ein Luxus, den wir uns nicht leisten können, William.«

»Es geht hier nicht um Stolz. Ich gehöre nicht zu KKM. Ich passe da nicht mehr hinein. Vielleicht ist es das Beste so. Vielleicht ist es der Warnschuss, den ich gebraucht habe.«

»Soll das ein Witz sein? Wir können uns auch keinen Warnschuss leisten.«

»Da bin ich anderer Meinung. Wir können es uns nicht leisten, keinen zu bekommen.«

»Hast du Eckhart Tolle gelesen?«, heule ich los.

»Natürlich nicht«, sagt er. »Wir haben ausdrücklich vereinbart, nicht für den Moment zu leben.«

»Wir haben jede Menge Vereinbarungen getroffen. Mach das Fenster auf – hier drinnen ist es kochend heiß.«

Wir sitzen im Auto und stehen in unserer Einfahrt. Es ist der einzige Ort, an dem wir uns ungestört unterhalten können. Er lässt den Motor an und öffnet die Fenster per Knopfdruck. Meine Susan-Boyle-CD ergießt sich in voller Lautstärke aus den Lautsprechern – *I dreamed a dream in time gone by.*

»Du lieber Himmel!«, sagt William und stellt die Musik ab.

»Das ist mein Auto. Hier darfst du meine Musik nicht zensieren.«

Ich stelle die Musik wieder an. *I dreamed that love would never die.* Du lieber Himmel! Ich schalte sie wieder ab.

»Mit dieser Scheiße bringst du mich ins Grab«, ächzt William.

Ich will nur an meinen Computer wetzen und die neuen Budgetplanungen durchlaufen lassen, Hochrechnungen bis ins Jahr 2014, aber ich weiß, was sie offenbaren werden: Mit unseren ganzen Ausgaben, inklusive den Schecks, die wir jeden Monat an unsere Väter schicken, um ihre armselige Sozialhilfe aufzubessern, bleiben uns noch sechs Monate, bis wir in Schwierigkeiten stecken.

»Du bist siebenundvierzig«, sage ich.

»Du auch«, erwidert er. »Was willst du damit sagen?«

»Was ich damit sagen will? Ich will damit sagen – du wirst dir die Haare färben müssen«, stelle ich mit Blick auf seine grauen Schläfen fest.

»Warum zum Teufel sollte ich das tun?«

»Weil es unglaublich schwierig werden wird, einen Job zu finden. Du bist zu alt. Du bist zu teuer. Niemand wird dich einstellen wollen. Sie nehmen lieber einen halb so teuren Achtundzwanzigjährigen ohne Kinder und ohne Hauskredit, der weiß, wie man Facebook und Tumblr und Twitter benutzt.«

»Ich habe eine Seite auf Facebook«, widerspricht er mir. »Ich lebe nur nicht auf Facebook.«

»Nein, du hast nur gerade der ganzen Welt verkündet, dass du gefeuert worden bist.«

»*Frei* kann in vielerlei Richtungen interpretiert werden. Hör mal, Alice, es tut mir leid, dass du Angst hast. Aber es gibt Zeiten im Leben, da muss man einfach springen. Und wenn du den Mut dazu nicht aufbringst, na ja, dann kommt irgendwann jemand vorbei und schubst dich aus dem verdammten Fenster.«

»Du hast doch Eckhart Tolle gelesen! Was treibst du noch alles hinter meinem Rücken?«

»Nichts«, sagt er stumpfsinnig.

»Aha, du warst also unglücklich in deinem Job, ist es das, was du mir damit sagen willst? Was schwebt dir denn vor? Ganz aus der Werbung auszusteigen?«

»Nein, ich brauche einfach mal eine Veränderung.«

»Was für eine Veränderung?«

»Ich möchte für Kunden-Accounts arbeiten, die mir etwas bedeuten. Ich möchte Dinge verkaufen, an die ich glaube.«

»Tja, das klingt wunderschön. Wer wollte das nicht, aber in dieser Wirtschaftslage ist das ein Hirngespinst.«

»Wahrscheinlich, aber wer sagt, wir sollten unseren Hirngespinsten nicht mehr hinterherjagen?«

Ich fange an zu weinen.

»Bitte, tu das nicht. Bitte weine nicht.«

»Warum weinst du?«, fragt Peter, der plötzlich an meinem Fenster auftaucht.

»Geh ins Haus. Das hier ist ein Privatgespräch«, sagt William.

»Bleib hier«, sage ich. »Er wird es früh genug selbst herausfinden. Dein Vater wurde entlassen.«

»*Entlassen* im Sinne von *gefeuert*?«

»Nein, *entlassen* im Sinne von *entlassen*. Da gibt es einen Unterschied«, sagt William.

»Heißt das, du bist jetzt öfters zu Hause?«, fragt Peter.

»Ja.«

»Dürfen wir es den Leuten sagen?«

»Welchen Leuten?«, frage ich.

»Zoe.«

»Zoe gehört nicht zu irgendwelchen Leuten, sondern zur Familie«, sage ich.

»Nein, sie gehört zu irgendwelchen Leuten. Wir haben sie schon längst an die verloren«, sagt William. »Schau mal, alles wird gut werden. Ich werde einen anderen Job finden. Vertrau mir. Hol deine Schwester«, sagt er zu Peter »Wir essen heute Abend auswärts.«

»Feiern wir, dass du gefeuert wurdest?«, fragt Peter.

»Entlassen. Und ich möchte das hier gerne als einen Neuanfang betrachten, nicht als das Ende von irgendwas«, sagt William.

Ich öffne die Beifahrertür. »Wir gehen nirgendwohin. Wir müssen die Reste aufessen, sonst werden sie schlecht.«

In dieser Nacht kann ich nicht schlafen. Ich wache um drei Uhr morgens auf und beschließe, mich einfach aus Spaß mal zu wiegen. Warum auch nicht? Was habe ich denn sonst zu tun? Neunundfünfzig Kilo – irgendwie habe ich vier Kilo abgenommen. Ich bin schockiert. Frauen in meinem Alter nehmen nicht auf magische Weise vier Kilo ab. Ich habe keine Diät gemacht, obwohl ich immer noch monatlich für mein Weight-Watchers-Programm im Internet bezahle, das ich jetzt wirklich kündigen sollte. Und außer meinem jämmerlichen Versuch, mit Caroline joggen zu gehen, habe ich keinerlei Sport gemacht. Allerdings sporteln andere Mitglieder dieses Haushaltes wie bekloppt. Zwischen Zoes Siebenhundertfünfzig-Sit-ups-pro-Tag-Trainingsplan und Williams Acht-Kilometer-Läufen mit Caroline verbrenne ich die Kalorien vielleicht durch Osmose. Vielleicht habe ich auch Magenkrebs. Oder es liegt an den Schuldgefühlen. Das ist es. Ich mache eine Schuldgefühl-Diät, was mir selbst bisher noch gar nicht aufgefallen war.

Was für eine tolle Idee für ein Buch! Diät-Bücher verkaufen sich millionenfach. Ich frage mich, ob schon mal jemand diese Idee hatte.

GOOGLE-SUCHE »Schuldgefühle … Diät«

Ungefähr 9.850.000 Ergebnisse (0,17 Sekunden)

Berufstätige Mütter … Schuldgefühle

Möglicherweise fühle ich mich ein kleines bisschen schuldig, wenn das Hausmädchen meine Laken wäscht und ich bei einem teuren Mittagessen im Flora sitze …

Sushi ohne Schuldgefühle

Sushi ohne Schuldgefühle zu konsumieren kann schwierig sein …

Ich bin zwar eine berufstätige Mutter, aber habe mich wegen meiner Arbeit nie schuldig gefühlt, und Zoe erlaubt mir nicht, Sushi zu essen – also gut, gewisse Sorten von überfischten Sushis wie den Gemeinen Tintenfisch, was mir kein Ungemach bereitet – aber: Hurra! Es gibt keine Schuldgefühl-Diät bei Google.

»Wir sind im Geschäft!«, verkündige ich Jampo, der zu meinen Füßen sitzt. Ich mache mir eine Notiz, um mir die Schuldgefühl-Diät bei Tagesanbruch noch einmal genauer anzusehen; mit ziemlicher Wahrscheinlichkeit wird die Sache bis dahin zur albernsten Idee aller Zeiten mutiert sein, aber man weiß ja nie.

Ich melde mich auf Facebook an und gehe zu Williams Pinnwand. Er hat keine neuen Statusmeldungen hinzugefügt, worüber ich komischerweise enttäuscht bin. Was für eine Mitteilung habe ich denn erwartet?

William Buckle

Ehefrau hat mich gezwungen, Susan Boyle zu hören, aber ich hab's geschafft, dass man mich feuert, also geht das vollkommen in Ordnung.

William Buckle

Ehefrau sieht unerklärlicherweise dünner aus – vermute mal, sie schluckt Bandwürmer.

Wahrscheinlicher ist wohl etwas in dieser Richtung:

William Buckle

»Die Vergangenheit hat keine Macht über den gegenwärtigen Augenblick.« Eckhart Tolle

Kapitel 42

43. Nach der Feier von Williams Preis vergingen drei quälende Wochen. Drei Wochen, in denen William mich ignorierte. Unsere Mittagsläufe hörten abrupt auf. Wenn er mit mir reden musste, vermied er jeglichen Blickkontakt und fixierte meine Stirn, was mich zutiefst verunsicherte und dazu brachte, dummes Zeugs von mir zu geben wie zum Beispiel: *Laut unserer Fokusgruppe ist für Frauen die wichtigste Erkenntnis über Klopapier, ob es unter realistischen Einsatzbedingungen reißfest ist, und zwar aus dem einfachen Grund, weil Männer sich weitaus seltener die Hände waschen als Frauen, und falls sie es doch tun, dann benutzen sie keine Seife.* Er ging auch wieder dazu über, mich Brown zu nennen, woraus ich also schließen konnte, dass er an diesem Abend (genauso) betrunken gewesen war (wie ich) und keinerlei Erinnerung mehr an den Fingerknöchel-Berührungs-Vorfall vor den Toiletten hatte. Oder aber er war nach der Ausnüchterungsphase so was von peinlich berührt darüber, mich den ganzen Abend lang angestarrt zu haben, dass er jetzt alles daransetzte, so zu tun, als wäre nichts davon passiert.

Mittlerweise waren Helen und er unzertrennlich. Mindestens dreimal am Tag stolzierte sie in sein Büro und schloss die Tür hinter sich. Jeden Abend gabelte sie ihn auf, und los ging's entweder ins Rob Roy's im Copley Hotel oder auf eine schicke Veranstaltung im Isabella Gardner Museum.

Und dann, nachdem ich gerade die Einladung einer Freundin zu einem arrangierten Blind Date angenommen hatte, bekam ich diese E-Mail:

Von: williamb <williamb@peaveypatterson.com>
Betreff: Tom KHA Gai
Datum: 4. August, 10:01 Uhr
An: alicea <alicea@peaveypatterson.com>

Wie dir bestimmt aufgefallen ist, bin ich seit zwei Tagen krank zu Hause. Ich habe solche Lust auf eine Tom KHA Gai, würdest du mir eine holen? Aber nur die von King and Me, nicht von King of Siam. Im King of Siam lief mir beim Essen mal eine Maus über die Füße. Vielen herzlichen Dank. 54 Acorn Street, 2. Stock, Apt. 203

Von: alicea <alicea@peaveypatterson.com>
Betreff: RE: Tom KHA Gai
Datum: 4. August, 10:05 Uhr
An: williamb <williamb@peaveypatterson.com>

Die weitaus beste Tom KHA Gai in Beacon Hill gibt's bei Bangkok Princess. King and Me liegt abgeschlagen auf Platz zwei. Ich kann deine Lust auf Suppe an Helen weiterleiten, für die besagte Anfrage sicherlich bestimmt war.

Von: williamb <williamb@peaveypatterson.com>
Betreff: RE: Tom KHA Gai
Datum: 4. August, 10:06 Uhr
An: alicea <alicea@peaveypatterson.com>

Die Anfrage galt dir.

Von: alicea <alicea@peaveypatterson.com>
Betreff: RE: Tom KHA Gai
Datum: 4. August, 10:10 Uhr
An: williamb <williamb@peaveypatterson.com>

Nur damit ich das richtig verstehe. Weil du Lust auf eine Tom Kha Gai hast, soll ich mitten am Tag mein Büro verlassen, über die Brücke latschen und dir deine Suppe vorbeibringen?

Von: williamb <williamb@peaveypatterson.com>
Betreff: RE: Tom KHA Gai
Datum: 4. August, 10:11 Uhr
An: alicea <alicea@peaveypatterson.com>

Ja.

Von: alicea <alicea@peaveypatterson.com>
Betreff: RE: Tom KHA Gai
Datum: 4. August, 11:23 Uhr
An: williamb <williamb@peaveypatterson.com>

Warum sollte ich das tun?

Er antwortete nicht darauf, und das musste er auch nicht. Warum, das war uns beiden völlig klar.

Eine Dreiviertelstunde später klopfte ich an seine Tür.
»Komm rein«, rief er.
Ich stieß die Tür leicht mit meinem Fuß auf und umklammerte eine Papiertüte mit zwei Plastikbehältern Tom Yum Goong. Er saß mit nassen Haaren, barfuß und in Jeans und weißem T-Shirt auf der

Couch. Ich hatte ihn noch nie in etwas anderem als einem Anzug oder seiner Laufshorts gesehen, und in diesem bequemen Aufzug sah er jünger aus und irgendwie auch eingebildeter. Hatte er für mich geduscht?

»Ich habe Fieber«, sagte er.

»Ja, und ich habe Tom.«

»Tom?«

»Tom Yum Goong.«

»War die Tom Kha Gai noch nicht fertig?«

»Hör auf zu jammern. Es ist eine thailändische Suppe, die mit Tom anfängt und die ich fast zwei Kilometer weit getragen habe, um sie dir zu bringen. Wo ist das Besteck?«

Ich ging gerade an ihm vorbei in die Küche, als er plötzlich meinen Arm festhielt und mich neben sich auf die Couch zog. Überrascht (ihm schien es genauso zu gehen) blickten wir beide schnurstracks geradeaus, als würden wir auf den Beginn eines Vortrags warten.

»Ich will mich nicht anstecken«, sagte ich.

»Ich habe mich von Helen getrennt«, sagte er.

Er bewegte leicht sein Knie, sodass es gegen meins stieß. War das Absicht? Dann bewegte er seinen Oberschenkel, sodass er sich gegen meinen presste. Ja, es war Absicht.

»Es sieht aber nicht nach einer Trennung aus«, sagte ich. »Sie wohnt ja praktisch in deinem Büro.«

»Wir haben die Modalitäten unserer Trennung ausgehandelt.«

»Was für Modalitäten?«

»Sie wollte sich nicht trennen. Ich wollte das.«

»Wir können das nicht machen«, sagte ich, während ich dachte: *Press deinen Oberschenkel fester gegen meinen.*

»Warum nicht?«

»Du bist mein Chef.«

»Und …«

»Und da besteht ein Machtgefälle.«

Er lachte. »Stimmt. Ein Machtgefälle – zwischen *uns*. Du bist ja auch so ein schwaches, unterwürfiges, fragiles Wesen. Das auf Zehenspitzen durchs Büro trippelt.«

»Oh mein Gott.«

»Sag mir, dass ich aufhören soll, und ich tu's.«

»Hör auf.«

Er legte seine Hand auf meinen Oberschenkel, und ich erschauderte.

»Alice.«

»Verarsch mich nicht. Sprich meinen Namen nicht aus, solange du es nicht ernst meinst. Was ist aus Brown geworden?«

»Das war nur zu meiner Sicherheit.«

»Sicherheit?«

»Um mich vor dir in Sicherheit zu bringen. Vor dir, Alice. Verdammt. Du.«

Dann drehte er sich zu mir und wollte mich küssen, und ich konnte sein Fieber spüren und dachte: *Nein, nein, nein, nein, nein*, bis ich bei *Ja, du Scheißkerl, ja* angekommen war.

Genau in diesem Augenblick ging die Tür auf, und Helen betrat mit einer Plastiktüte aus dem King of Siam in der Hand den Raum; offensichtlich hatte sie die Nachricht über die Hygieneprobleme des Restaurants nicht erhalten. Ich war so überrascht, dass ich einen kleinen Schrei ausstieß und hinter die Couch sprang.

Helen wirkte ebenfalls überrascht.

»Du Scheißkerl«, sagte sie.

Ich war verwirrt. Hatte ich William eben laut einen Scheißkerl genannt? Hatte sie mich gehört?

»Meint sie mich?«, fragte ich.

»Nein, sie redet von mir«, sagte William und stand auf.

»Deine Assistentin sagte, du seiest krank. Ich habe dir Pad Thai mitgebracht.« Helens Gesicht war wutentbrannt.

»Du meintest doch gerade noch, du hättest dich getrennt«, sagte ich zu William.

»Mir hat er gesagt, ihr hättet euch getrennt«, sagte ich zu Helen.

»Gestern!«, brüllte Helen. »Vor nicht einmal vierundzwanzig Stunden!«
»Schau mal, Helen …«, sagte William.
»Du Schlampe«, sagte Helen.
»Meint sie mich?«, fragte ich.
»Ja, jetzt meint sie dich«, seufzte William.
Ich war noch nie zuvor als Schlampe bezeichnet worden.
»Das ist nicht sehr nett, Helen«, sagte er.
»Es tut mir so leid, Helen«, sagte ich.
»Halt die Klappe. Du warst wie eine läufige Hündin hinter ihm her.«
»Ich habe dir gesagt, dass es Zufall war. Keiner von uns beiden wollte das«, sagte William.
»Soll ich mich deshalb besser fühlen? Wir waren so gut wie verlobt!«, brüllte Helen. »Es gibt einen Kodex unter Frauen. Man klaut der anderen nicht ihren Mann, du Nutte«, fauchte sie mich an.
»Ich glaube, ich gehe jetzt besser«, sagte ich.
»Du machst einen großen Fehler, William«, sagte Helen. »Du glaubst, sie ist so stark, so selbstsicher, aber das wird nicht so bleiben. Das ist alles nur Show. Eine Pechsträhne, und sie wird sich aus dem Staub machen. Sie wird verschwinden.«
Ich hatte keine Ahnung, wovon Helen sprach. Aus dem Staub machen und verschwinden war etwas, was Drogensüchtige oder Menschen in der Midlife-Crisis machten – keine dreiundzwanzigjährigen Frauen. Aber später würde ich auf diesen Moment zurückblicken und feststellen, dass Helens Worte auf unheimliche Weise hellseherisch waren.
»Bitte setz dich«, sagte William, »lass uns reden.«
Helen schossen Tränen in die Augen. William ging zu Helen, legte ihr seinen Arm um die Schulter und führte sie zur Couch. *Komm heute Abend wieder*, gab er mir zu verstehen.
Ich schlüpfte lautlos durch die Tür.

44. Augenbrauen zupfen. Zahnseide benutzen. Sich Zeug aus den Zähnen pulen. Rechnungen bezahlen. Über Geld reden. Über Sex reden. Darüber reden, wie dein Kind Sex hat.

45. Trauer.

46. Selbstverständlich. Tut das nicht jeder? Sie wollen Einzelheiten hören, ich weiß. Na gut: dass ich die Laken gewechselt habe (wenn's in Wahrheit nur die Kopfkissen waren); dass nicht ich diejenige war, die die guten Messer in den Geschirrspüler getan hat, statt sie mit der Hand abzuwaschen – und übrigens, ich brauche niemanden, der mir sagt, dass die guten Messer die mit den schwarzen Griffen sind – ich bin kein Vollidiot, nur meistens in Eile; dass ich abends keinen Hunger habe (dem ist so, weil ich eine ganze Packung Keebler-Fudge-Stripes-Kekse aufgefuttert habe, und zwar eine Stunde, bevor alle nach Hause kamen); dass ich fünf Abende lang etwas von dieser Weinflasche hatte (warum stehen dann zwei Flaschen im Altglaskorb?); dass irgendwer auf dem Parkplatz vorm Lucky's meinen Seitenspiegel gestreift haben muss – diese rücksichtslosen Arschlöcher –, und ganz sicher ist das nicht passiert, als ich rückwärts aus der Garage gefahren bin. Aber: beim Offensichtlichen nicht. Auf diesem Gebiet hatten wir nie Probleme.

Kapitel 43

John Yossarian

hat ein Profilbild hinzugefügt.

Sie haben verblüffende Ähnlichkeit mit einem Yeti, Forscher 101.

Oh, vielen Dank, Ehefrau 22. Ich habe gehofft, dass Sie das sagen würden.

Allerdings hängt Ihnen da seitlich ein sehr un-Yeti-mäßiges Ohr am Kopf

Das ist kein Ohr.

Eigentlich sieht es mehr wie ein Häschenohr aus.

Eigentlich ist es ein Hut.

Ich ändere meine Meinung. Sie haben eine verblüffende Ähnlichkeit mit Donnie Darko. Hat man Ihnen das schon mal gesagt?

Genau aus diesem Grund wollte ich ursprünglich auch kein Foto einstellen.

Können wir über die orangefarbene Hose reden?

Nein, können wir nicht.

Okay, dann reden wir über Frage 45. Ich muss ständig darüber nachdenken. Die war ganz schön schwierig.

Erzählen Sie mir mehr davon.

Na ja, erst fand ich sie einfach. Die Antwort musste *Trauer* sein. Aber nach langem Hin und Her frage ich mich mittlerweile, ob nicht *Stillstand* die richtige Antwort ist.

Es wird Sie vielleicht interessieren, dass andere Testpersonen oft auf dieselbe Art und Weise antworten wie Sie: Zuerst nehmen sie das, was auf der Hand liegt, und dann fällt ihnen etwas Differenzierteres ein. Warum Stillstand?

Weil Stillstand irgendwie ein Verwandter der Trauer ist, aber statt plötzlich zu sterben, stirbt man jeden Tag ein kleines bisschen.

Hallo?

Ich bin da. Denke nur nach. Das ergibt für mich einen Sinn, vor allem in Anbetracht Ihrer Antwort auf Nr. 3 – einmal in der Woche – *und Nr. 28* – einmal im Jahr.

Sie haben sich meine Antworten gemerkt?

Natürlich nicht, ich habe Ihre Akte hier vor mir liegen. Möchten Sie, dass ich Ihre Antwort auf Stillstand umändere?

Ja, bitte ändern Sie meine Antwort. Sie ist ehrlicher – ganz im Gegensatz zu Ihrem Profilbild.

Keine Ahnung, was Sie meinen. Meinen Erfahrungen nach ist die Wahrheit oft verschwommen.

Ehefrau 22?

Entschuldigung, mein Sohn ruft gerade an. GTG.

Kapitel 44

Alice Buckle

Kranker Junge.

vor 1 Minute

Caroline Kilborn

Füße tun weh. Diese Woche über 50 Kilometer!

vor 2 Minuten

Phil Archer

wünscht sich, seine Tochter würde es MAL LANGSAMER ANGEHEN LASSEN und ihm ab und zu eine SMS schicken.

vor 4 Minuten

John F. Kennedy Middle School

Bitte denken Sie daran, dass die Sachen, die letztes Jahr gepasst haben, in diesem Jahr aufgrund des übermäßigen Körperwachstums möglicherweise Anstoß erregen.

vor 3 Stunden

John F. Kennedy Middle School

Eltern: Bitte sorgen Sie dafür, dass der Intimbereich und die Unterwäsche Ihrer Kinder nicht zu sehen sind, wenn diese das Haus verlassen. Dieser Bereich obliegt Ihrer *Verantwortung.*

vor 4 Stunden

William Buckle

»Das Leben birgt unendliche Gefahren, und unter ihnen weilt die Sicherheit.« Goethe????

Gestern

Einige meiner schönsten Kindheitserinnerungen haben mit Kranksein zu tun. Ich zog dann, mit dem Kopfkissen in der Hand, vom Bett auf die Couch um. Meine Mutter deckte mich mit einer Häkeldecke zu. Zuerst sah ich mir am laufenden Band Folgen von *Love, American Style* an, dann die *Lucy Show*, dann *Oh Mary*, und zum Schluss *The Price is Right*. Mittags servierte mir meine Mutter Buttertoast, Ginger Ale ohne Kohlensäure und kalte Apfelschnitze. Zwischen den Sendungen übergab ich mich in einen Eimer, den meine Mutter praktischerweise neben die Couch gestellt hatte, falls ich es nicht bis ins Badezimmer schaffen sollte.

Dank des medizinischen Fortschritts vergeht eine Grippe normalerweise in vierundzwanzig Stunden, sodass ich mich, wenn Peter morgens mit Fieber aufwacht, so fühle, als hätte ich unerwartet schulfrei bekommen. Gerade als wir es uns auf der Couch gemütlich gemacht haben, kommt ein schweißgebadeter William ins Wohnzimmer.

»Mir geht es auch nicht besonders«, sagt er.

Ich seufze. »Du kannst unmöglich krank sein. Pedro ist krank.«

»Was wahrscheinlich der Grund dafür ist, dass ich krank bin.«

»Vielleicht hast du mich angesteckt«, sagt Peter.

Ich lege meine Hand auf Peters Stirn. »Du glühst ja regelrecht.«

William schnappt sich meine andere Hand und legt sie auf seine Stirn.

»37,2, maximal 37,7«, sage ich.

»Müssen wir die Kochsendungen gucken, wenn Dad krank ist?«, fragt Peter.

»Wer zuerst krank war, bekommt die Fernbedienung«, bestimme ich.

»Ich bin sowieso zu krank, um vor der Glotze zu sitzen«, sagt William. »Mir ist schwindlig. Ich frag mich, ob das so ein Innenohr-Dings ist. Ich mach jetzt mal ein Nickerchen. Weckt mich, bevor die Barefoot-Contessa-Kochshow losgeht.«

Ich habe eine Vision, wie in Zukunft meine Tage ablaufen werden. William sitzt auf der Couch. Ich denke mir Ausreden aus, um ohne ihn das Haus zu verlassen, und sie haben alle mit Frauenleiden zu tun. Benötige dringend Binden. Gehe zum Pap-Viren-Abstrich. Besuche einen Vortrag über bioidentische Hormone.

»Könntest du mir in einer halben Stunde ein paar Scheiben Toast bringen?«, ruft mir William quer durchs Treppenhaus auf dem Weg nach oben zu.

»Möchtest du auch etwas Orangensaft?«, brülle ich zurück und fühle mich dabei schuldig.

»Das wäre echt nett«, schallt seine geisterhafte Stimme zurück.

Der Film *The Sixth Sense* ist mein absoluter Lieblingsfilm. Ich mag keine Horrorfilme, aber dafür liebe ich Psychothriller. Ich bin ein großer Fan von überraschenden Wendungen. Leider gab es bis zu diesem Augenblick nie jemanden unter meinem Dach, der bereit war, diese Filme mit mir anzusehen. Als Peter endlich in der vierten Klasse war und *Die Abenteuer des Käpt'n Superslip* zum elften Mal durchlas, gründete ich einen Mutter-und-Sohn-Kurzgeschichten-Club, der in Wahrheit ein Mutter-züchtet-sich-Sohn-zum-gruselige-Filme-gucken-heran-Club war. Als Erstes ließ ich ihn *Die Lotterie* von Shirley Jackson lesen.

»Darin geht's um Kleinstadt-Politik«, erklärte ich William.

»Darin geht's um eine Mutter, die vor ihren Kindern zu Tode gesteinigt wird«, sagte William.

»Das soll Peter selbst entscheiden«, sagte ich. »Lesen ist eine durch und durch subjektive Erfahrung.«

Peter las den letzten Satz der Geschichte laut vor – »und dann fielen sie über sie her« –, zuckte mit den Achseln und widmete sich wieder Käpt'n Superslips unglaublichen Abenteuern. Da wusste ich, dass er wirklich das Zeug dazu hatte. In der fünften Klasse gab ich ihm Ursula Le Guins *Die Omelas den Rücken kehren* und in der sechsten Flannery O'Connors *Ein guter Mensch ist schwer zu finden*. Mit jeder Kurzgeschichte bekam er ein dickeres Fell, und jetzt, im Frühling seines zwölften Lebensjahres, ist mein Sohn endlich bereit für *The Sixth Sense*.

Ich beginne, den Film von der Netflix-Seite herunterzuladen.

»Du wirst ihn lieben. Der Junge ist irgendwie so unheimlich. Und am Ende kommt diese unglaubliche Wendung.«

»Es ist aber kein Horrorfilm, oder?«

»Nein, man nennt das einen Psychothriller«, kläre ich ihn auf.

Eine halbe Stunde später frage ich ihn: »Ist das nicht toll? Er sieht tote Menschen.«

»Ich bin mir nicht sicher, ob ich diesen Film mag«, sagt Peter.

»Wart's ab – es kommt noch besser.«

Eine Dreiviertelstunde später fragt Peter: »Warum hat der Junge keinen Hinterkopf mehr?«

Zwanzig Minuten später sagt er: »Die Mutter bringt ihre Tochter um, indem sie ihr Bohnerwachs in die Suppe kippt. Du hast mir versichert, dass das kein Horrorfilm ist.«

»Ist es auch nicht. Versprochen. Außerdem hast du doch *Ein guter Mensch ist schwer zu finden* gelesen. Die Geschichte ist viel schlimmer als das hier.«

»Das ist etwas ganz anderes. Es ist eine Kurzgeschichte. Da gibt es keine Bilder oder gruselige Musik dazu. Ich möchte das nicht länger anschauen.«

»Du hast es bis hierher geschafft. Jetzt musst du dir auch den Rest angucken. Du hast ja auch die unerwartete Wendung noch nicht gesehen. Die macht alles wett.«

Eine Viertelstunde später, nachdem die unerwartete Wendung aufgedeckt worden ist (begleitet von begeistertem Händeklatschen meinerseits und Ausrufen wie: »Ist das nicht unglaublich, hast du das verstanden? Du hast es nicht verstanden … Ich erklär's dir: *Ich sehe die Toten*? Bruce Willis ist der wahre Tote, und das schon die ganze Zeit!«), sagt Peter: »Ich kann nicht glauben, dass du mich gezwungen hast, diesen Film anzusehen. Ich sollte dich anschwärzen.«

»An wen?«

»*Bei* wem. Bei Dad.«

Dies hier ist eine denkbar schlechte Ausgangslage für meinen Mutter-Sohn-Kurzgeschichten-Club.

»Ich werde auf der Couch schlafen«, sagte William am Abend. »Ich bin vielleicht ansteckend. Ich will es dir nicht weiterreichen.«

»Das ist sehr rücksichtsvoll von dir«, sage ich.

William hustet. Hustet noch mal. »Könnte eine Erkältung sein, könnte aber auch was Schlimmeres sein.«

»Vorsicht ist da sicher angebracht«, sage ich.

»Welches davon liest du gerade?«, fragt er und deutet auf einen Bücherstapel auf meinem Nachttisch.

»Alle.«

»Gleichzeitig?«

Ich nicke. »Die sind mein Valium. Ich kann es mir nicht leisten, zum Nachtesser zu werden.«

Ich lese eine Seite und schlafe ein. Ein paar Stunden später wache ich auf, weil Peter an meiner Schulter rüttelt.

»Kann ich in deinem Bett schlafen? Ich hab Angst«, schnieft er.

Ich knipse das Licht an. »*Ich sehe lebendige Menschen*«, flüstere ich.

»Das ist überhaupt nicht komisch.« Er ist den Tränen nahe.

»Ach Liebling, entschuldige bitte.« Ich schlage die Decke auf Williams Bettseite zurück und bin dabei überraschenderweise traurig über seine Abwesenheit. »Rein mit dir.«

Kapitel 45

John Yossarian
hat sein Profilbild aktualisiert

John Yossarian
hat seinen Beziehungsstatus hinzugefügt: *Es ist kompliziert*

John Yossarian
hat unter **Favoriten Drinks** *Piña Colada* hinzugefügt.

Sie sind immer noch wenig konkret, Forscher 101.

Ich dachte, Sie wären zufrieden. Ich vervollständige mein Profil.

Es ist kompliziert trifft auf jede Beziehung zu.

Facebook schlägt einem eine begrenzte Auswahl an Antworten vor. Ich musste eine davon nehmen, Ehefrau 22.

Was würden Sie sagen, wenn Sie Ihren Beziehungsstatus selbst beschreiben dürften? Ich möchte Ihnen nahelegen, die Frage rasch zu beantworten, ohne zu viel darüber nachzudenken. Wir haben festgestellt, dass auf diese Art und Weise die ehrlichsten Antworten zustande kommen.

Verheiratet, am Zweifeln, hoffnungsvoll.

Wusste ich's doch, dass Sie verheiratet sind! Und ich glaube gerne, dass diese ganzen Adjektive in die Kategorie *Es ist kompliziert* fallen.

Was würden Sie sagen, wenn Sie Ihren Beziehungsstatus selbst beschreiben dürften?

Verheiratet. Am Zweifeln.

Nicht hoffnungsvoll?

Na ja, das ist das Komische daran. Natürlich hoffe ich. Aber ich bin mir nicht sicher, ob die Hoffnung sich auf meinen Ehemann bezieht. Momentan zumindest.

Auf wen oder was bezieht sie sich dann?

Keine Ahnung. Es ist mehr so eine frei dahinschwebende Hoffnung.

Ah ja – eine frei dahinschwebende Hoffnung.

Sie wollen mich jetzt nicht darüber belehren, meine Hoffnung wieder auf meinen Mann zu kanalisieren?

Hoffnung kann man nicht auf jemanden kanalisieren. Sie dockt an, wo sie eben andockt.

Wie wahr. Aber es ist doch nett, dass Sie sich noch Hoffnungen für Ihre Ehe machen.

Das habe ich so nicht gesagt.

Was haben Sie denn gesagt?

Da bin ich mir nicht ganz sicher.

Wie haben Sie es denn gemeint?

Ich wollte sagen, dass ich darauf hoffe, noch Hoffnung zu haben. Irgendwann in der Zukunft.

Also haben Sie jetzt keine?

Das Ganze ist ein wenig unkonkret.

Verstehe. So wenig konkret wie Ihr Profilbild?

Ich hoffe, wir werden noch öfter die Gelegenheit für solche Gespräche haben.

Ich dachte, Sie chatten nicht gerne.

Mit Ihnen schon. Und ich gewöhne mich daran. Meine Gedanken formen sich schneller, aber das hat seinen Preis.

Und der wäre?

Mit dem Tempo steigt der Enthemmungsfaktor, wie etwa im ersten Satz des vorangegangenen Kommentars.

Und das macht Ihnen Angst.

Nun ja: Ja.

Mit dem Tempo steigt auch der Wahrheitsfaktor.

Einer gewissen Art *von Wahrheit.*

Sie haben das Bedürfnis, immer ganz präzise zu sein, nicht wahr, Forscher 101?

Das gehört zum Wesen eines Forschers.

Mir gefällt die Vorstellung von Ihnen als Fan ekelhaft süßer Cocktails mit viel Eis nicht.

Da entgeht Ihnen etwas, Ehefrau 22.

Kapitel 46

»Ist das Jude?«, frage ich.

»Wo?«

»Da, im Gang mit den Haarprodukten?«

»Kann nicht sein«, sagt Zoe. »Seine Haare sind ihm nicht wichtig. Das gehört zu seinem Singer-Songwriter-Style.«

Zoe und ich sind im Rite-Aid. Zoe braucht Pompons, und ich versuche, das Parfüm wiederzufinden, das ich als Teenager benutzt habe. In den Chats mit Forscher 101 schwingt so ein flirtiger Unterton mit, durch den ich mich gleich zwanzig Jahre jünger fühle. Ich habe mir vorgestellt, wie er wohl aussieht. Bisher ist er eine Kreuzung zwischen dem jungen Tommy Lee Jones und Colin Firth – mit anderen Worten, ein verwitterter, leicht angeschlagener, ruchloser Colin Firth.

»Entschuldigen Sie«, wende ich mich an eine Angestellte, die gerade Regale einräumt. »Führen Sie ein Parfüm, das Love's Musky Jasmine heißt?«

»Wir haben Love's Baby Soft«, sagt sie. »Gang sieben.«

»Nein, ich suche nicht nach Baby Soft. Ich will Musky Jasmine.«

Sie zuckt mit den Achseln. »Wir haben auch Circus Fantasy.«

»Welcher Idiot nennt denn ein Parfüm Circus Fantasy?«, regt Zoe sich auf. »Wer will schon nach Erdnüssen und Pferdekacke riechen?«

»Britney Spears«, antwortet die Angestellte.

»Mom, du solltest dieses künstliche Zeugs sowieso nicht benutzen. Das ist total egoistisch. Luftverschmutzung. Was ist mit den Leuten mit MCS? Hast du an die schon mal einen Gedanken verschwendet?«, meckert Zoe.

»Ich mag das synthetische Zeugs, es erinnert mich an meine Zeit in der Highschool«, verteidige ich mich. »Was ist MCS überhaupt?«

»Multiple chemische Sensibilität.«

Ich verdrehe mit Blick auf Zoe meine Augen.

»Was denn? Das ist eine echte Krankheit.«

»Was ist mit dem Wahnsinnszeug namens Gee Your Hair Smells Terrific?«, löchere ich die Angestellte weiter. »Haben Sie das im Sortiment?«

Seit wann sind Tampons so teuer? Wie gut, dass ich einen Werbecoupon habe. Ich starre auf die winzige Schrift und blinzele, dann gebe ich den Coupon an Zoe weiter. »Ich kann das nicht entziffern. Wie viele Schachteln müssen wir kaufen?«

»Vier.«

»Im Regal standen nur noch zwei Schachteln«, sage ich zu dem Angestellten an der Kasse. »Der Coupon gilt aber nur für vier.«

»Dann brauchen Sie vier«, sagt er.

»Aber ich habe Ihnen doch gerade gesagt, dass da nur noch zwei waren.«

»Mom, das macht doch nichts«, flüstert Zoe. »Nimm einfach die zwei. Hinter uns ist eine Schlange.«

»Das sind zwei Dollar weniger pro Schachtel, also macht es sehr wohl etwas. Wir lösen den Coupon ein. Wir sind von jetzt an eine Coupon-einlösende Familie.«

Zu dem Angestellten sage ich: »Kann ich den beim nächsten Mal einlösen?«

Der Angestellte lässt eine Kaugummiblase platzen und schaltet dann den Lautsprecher an. »Ich brauche einen Gutschrift-Coupon«, sagt er. »Tampax.« Dann schnappt er sich eine der Schachteln und studiert sie. »Gibt's da verschiedene Größen? Wo stehen die? Ah, hier – alles klar. Tampax Super Plus. Vier Schachteln«, verkündet er dem ganzen Laden.

»Zwei«, flüstere ich.

Zoe ist so peinlich berührt, dass sie laut aufstöhnt. Ich drehe mich um und entdecke Jude ein paar Schritte hinter uns. Er war's tatsächlich. Verlegen hebt er eine Hand und winkt.

Nachdem der Angestellte unsere Einkäufe zusammengerechnet und mir den Gutschrift-Coupon ausgehändigt hat, rast Zoe buchstäblich aus dem Geschäft.

»Ich wette, deine Mutter hat *dir* niemals so etwas angetan«, zischt sie mich an und läuft dann fünf Schritte vor mir her. »Diese billigen Plastiktüten, die nahezu durchsichtig sind. Damit jeder weiß, was du gerade gekauft hast.«

»Niemand interessiert sich dafür«, sage ich, als wir beim Auto sind, und denke dabei, was ich in Zoes Alter alles dafür gegeben hätte, eine Mutter gehabt zu haben, die mich bloßstellt, indem sie zu viele Tampon-Schachteln im Drogeriemarkt einkauft.

»Hallo, Zoe«, sagt Jude, der uns eingeholt hat.

Zoe ignoriert ihn. Jude sieht enttäuscht aus, und er tut mir leid.

»Ist gerade ein schlechter Moment, Jude«, erkläre ich ihm.

»Mach das Auto auf«, sagt Zoe.

»Ich hab das mit dem Job von deinem Vater gehört«, sagt Jude. »Ich wollte nur sagen, dass mir das leidtut.«

Ich werde Nedra umbringen. Ich habe sie schwören lassen, niemandem außer Kate von Williams Entlassung zu erzählen.

»Wir müssen uns beeilen, Jude. Zoe und ich gehen zusammen Mittagessen.« Ich schmeiße meine Tasche auf die Rückbank.

»Oh, wie nett«, sagt Jude. »So 'ne Art Mutter-Tochter-Ding.«

»Jawohl, ein Mutter-Tochter-Ding«, sage ich und steige ins Auto. Auch wenn die Tochter nichts mit der Mutter zu tun haben will.

Von meinem Sitz aus stelle ich den Rückspiegel so ein, dass ich sehen kann, wie Jude zurück in den Drogeriemarkt geht. Seine

Schulterblätter stechen spitz unter seinem T-Shirt hervor. Er ist immer knochig gewesen und sieht heute noch aus wie ein ein Meter achtzig großer kleiner Junge.

»Ich habe keinen Hunger«, sagt die Tochter.

»Bis wir da sind, wirst du Hunger haben«, sagt die Mutter.

»Wir können es uns nicht leisten, essen zu gehen«, sagt die Tochter. »Wir sind eine Coupon-einlösende Familie.«

»Stimmt, also fahren wir besser nach Hause und essen ein paar Cracker«, sagt die Mutter. »Oder Brotkrumen.«

Zehn Minuten später sitzen wir in einer Nische im Rockridge Diner.

»Macht dir das was aus? Dass Jude sich so benimmt, als wäre nichts passiert? Dass er dir überall hinterherrennt? Kann ich einen Schluck von deinem Tee haben?«, frage ich.

Zoe reicht mir ihren Becher. »Puste nicht in den Tee. Ich hasse es, wenn du in meinen Tee pustest, der sowieso schon kalt ist. Du brauchst dir über mich und Jude keine Meinung bilden.«

»Haargel und eine Pinzette.«

»Was ist damit?«

»Das hatte er in seiner Tüte.«

Zoe prustet los.

»Einmal gegrillter Schinken mit Käse und ein Sandwich mit Erdnussbutter und Marmelade«, sagt die Kellnerin. Sie stellt die Teller vor uns ab und lächelt Zoe an. »Dafür ist man nie zu alt, nicht wahr? Möchtest du auch noch ein Glas Milch, Kleines?«

Zoe blickt zu der Kellnerin auf, die aussieht, als sei sie Mitte sechzig. Wir kommen schon ewig in das Rockridge Diner und werden immer von ihr bedient. Sie hat Zoe in allen Lebensphasen gesehen: als mit Milch betäubten Säugling, als Pommes zerquetschendes Kleinkind. Dann als Lego spielendes Vorschulkind, *Harry Potter* lesende Fünftklässlerin und jetzt als in Second-Hand-Klamotten ausstaffierten Teenager.

»Das wäre wirklich toll, Evie«, sagt Zoe.

»Kommt gleich«, sagt die Kellnerin und tätschelt Zoe die Schulter.

»Du weißt, wie sie heißt?«, frage ich, als Evie wieder hinter dem Tresen verschwunden ist.

»Sie bedient uns schon seit Jahren.«

»Ja, aber sie hat uns nie gesagt, wie sie heißt.«

»Du hast sie nie gefragt.« Zoe schießen plötzlich Tränen in die Augen.

»Du weinst ja, Zoe. Warum weinst du? Wegen Jude? Das ist lächerlich.«

»Halt den Mund, Mom.«

»Bingo. Einen Halt-den-Mund-Monat Hausarrest. Du hast den Bogen überspannt. Ich kann nicht glauben, dass du diesem Kerl nachweinst. Ich bin tatsächlich wütend darüber, dass du wegen ihm heulst. Er hat dir wehgetan.«

»Weißt du was, Mom?«, schnauzt sie mich an. »Du glaubst, du weißt alles von mir. Ich weiß, dass du das glaubst, aber soll ich dir mal was sagen? Nichts weißt du.«

Mein Handy meldet sich. Eine neue Nachricht von Forscher 101? Ich versuche, den hoffnungsvollen Ausdruck in meinem Gesicht zu vertuschen.

Zoe schüttelt verwundert den Kopf. »Was ist los mit dir?«

»Nichts ist los«, sage ich, während ich in meiner Tasche nach dem Handy suche. Rasch werfe ich einen Blick auf das Display. Eine Facebook-Benachrichtigung – ich wurde auf einem Foto markiert. O Gott, wahrscheinlich trage ich darauf eine Djellaba.

»Entschuldige.« Ich schalte mein Handy aus.

»Du bist total nervös«, sagt Zoe, »als würdest du etwas verheimlichen.« Sie starrt mein Telefon anklagend an.

»Nein, das tue ich nicht, aber warum eigentlich nicht? Auch ich darf ein Privatleben haben. Ich bin mir sicher, auch du hast

Geheimnisse.« Ich blicke anklagend auf ihr Sandwich. Zwei Bissen, vielleicht drei – ich wette, mehr werden's nicht.

»Ja, aber ich bin fünfzehn. Ich *sollte* Geheimnisse haben.«

»Natürlich darfst du Geheimnisse haben, Zoe. Aber nicht alles muss ein Geheimnis sein. Du kannst dich mir immer noch anvertrauen, weißt du.«

»*Du* solltest einfach keine Geheimnisse mehr haben«, fährt sie fort, »du bist einfach viel zu alt. Das ist total widerlich.«

Ich seufze. Ich werde nichts aus ihr herauskriegen.

»Hier kommt deine Milch.« Evie taucht an unserem Tisch auf.

»Danke, Evie«, flüstert Zoe. Ihre Augen sind immer noch feucht.

»Ist alles in Ordnung?«, fragt Evie.

Zoe wirft mir quer über den Tisch einen bösen Blick zu.

»Evie, ich muss mich bei Ihnen entschuldigen. Ich habe Sie nie nach Ihrem Namen gefragt, und das hätte ich wirklich tun sollen. Es ist sehr unhöflich, dass ich das nie getan habe, und es tut mir wirklich sehr, sehr leid.«

»Wollen Sie mir damit sagen, Sie hätten auch gerne ein Glas Milch, Schätzchen?«, fragt sie mich freundlich.

Ich blicke nach unten auf meinen Teller. »Ja, sehr gerne.«

Kapitel 47

John Yossarian
hat ein Lieblingszitat hinzugefügt: *Keine überflüssigen Worte. – E.B. White*

Wollte nur mal Hallo sagen, Forscher 101.

Hallo.

Zum Mittagessen – gegrillter Schinken und Käse.

Gegrillter Schinken & Käse. Benutze niemals und, *wenn ein Und-Zeichen ausreicht. 2. Lieblingszitat:* Keine adverbialen Ergänzungen in Dialogen – *Forscher 101*

Heiter hier, sagte sie heiter.

Bewölkt hier.

Ich bin eine schlechte Mutter.

Nein, sind Sie nicht.

Ich bin eine müde Mutter.

Nachvollziehbar.

Ich bin eine müde Ehefrau.

Und ich bin ein müder Ehemann.

Tatsächlich?

Manchmal, sagte er verwahrheitlicht.

***»Keine erfundenen Worte.«* – Ehefrau 22**

Kapitel 48

47. Von 19 – 27: drei plus x Tage die Woche (das *plus x* ist durch ein aktives Sexualleben bedingt, dem einer Schlampe nicht ganz unähnlich). Von 28 – 35: zwei minus x Tage die Woche (das *minus x* liegt an Schwangerschaft und Kleinkindern; kein Schlaf = keine Libido). Von 36 – 40: sieben plus x Tage die Woche (das *plus x* liegt an der Verzweiflung angesichts der heraufziehenden großen 4 mit der 0 dahinter und an reichlich Bemühungen um ein aktives Sexualleben, damit sich nicht das Gefühl einstellt, dass besagtes total gelaufen ist). Von 41 – 44: einen minus x Tage im Monat (das *minus x* wurde mir klar, nachdem meine Ärztin mir dieselbe Frage stellt und meiner Beantwortung derselben mit *Fünf Tage die Woche* keinen Glauben schenkt, sondern nachfragt, was mit fünf Tage die Woche gemeint sei. Striptease im Sitzen?).

48. Diese Frage ist absolut daneben – die nächste, bitte!

49. Schah Jahan und Mumtaz Mahal, Abigail und John Adams, Paul Newman und Joan Woodward.

50. Ben Harper. Ed Harris (ich stehe auf Männer mit Glatze und wunderschön geformten Köpfen). Christopher Plummer.

51. Marion Cotillard (aber nicht als Edith Piaf in *La vie en rose*, wo sie sich den Haaransatz rasiert hat). Halle Berry. Cate Blanchett (vor allem in dem Film über Königin Elisabeth). Helen Mirren.

52. Häufig.

53. Ich steckte meinen Schlüssel ins Schloss und öffnete die Tür. William war am Arbeiten. Er hielt die Hand hoch und sagte: »Nicht weitergehen.« Er nahm seinen Schreibblock in die Hand und begann laut vorzulesen:

Peavey Patterson Brainstorming-Sitzung
Kunde: Alice A
Kreativteam: William B
Thema: Worüber Alice sich nie Sorgen machen sollte

1. Ob ihre Haare zu lang sind (sind nur zu lang, wenn sie bis zu den Knöcheln reichen und die Gehfähigkeit beeinträchtigen).

2. Ob sie vergessen hat, Lippenstift aufzutragen (braucht keinen Lippenstift – Lippen haben einen perfekten Himbeerton).

3. Ob ihr Kleid durchscheinend ist (ja).

4. Ob sie heute zur Arbeit einen Slip hätte anziehen sollen (nein).

»Du Mistkerl! Alle konnten den ganzen Tag meine Unterwäsche sehen? Warum hat mir das niemand gesagt?«
»Hab ich doch gerade.«
»Das hättest du mir früher sagen müssen! Wie peinlich!«
»Das muss dir nicht peinlich sein. Es war der Höhepunkt meines Tages. Komm her«, sagte William.
»Nein.« Ich schmollte.
Mit einer dramatischen Geste fegte er alle Unterlagen von seinem Schreibtisch. Was glaubte er eigentlich, wer er war? Mickey Rourke in *9½ Wochen*? Oh Gott, wie ich diesen Film geliebt habe. Nach dem Kinobesuch kaufte ich mir sofort Strapse und Seiden-

strümpfe. Ich trug sie ein paar Tage und fühlte mich damit wahnsinnig sexy, bis ich so meine Erfahrung mit einem funktionsschwachen Strumpfbandgürtel machte. Hatten Sie schon mal einen Seidenstrumpf an, der sich plötzlich um Ihren Knöchel wickelt, während Sie gerade dabei sind, in den Bus einzusteigen? Es gibt keinen schnelleren Weg, sich wie eine alte Frau zu fühlen.

»Alice?«

»Was denn?«

»Komm *sofort* her.«

»Ich habe schon immer von Sex auf einem Tisch geträumt, aber ich bin mir nicht sicher, ob ich es weiterempfehlen würde«, sagte William eine halbe Stunde später.

»Ganz meine Meinung, Mr B.«

»Was hältst du von dieser Präsentation?«

»Ich bin mir nicht sicher, ob sich die Kundin positiv entscheiden wird.«

»Warum nicht?«

»Der Kundin ist der Plot zu offensichtlich. Können wir das Ganze jetzt ins Schlafzimmer verlegen?« Um nebeneinander auf dem Tisch Platz zu finden, ließen wir beide einen Arm und ein Bein seitlich herunterbaumeln.

»Ich hab's mir anders überlegt. Mir gefällt der Tisch«, sagt er.

»Na ja«, meinte ich, »er ist hart. Da gebe ich dir recht.« Meine Hand wanderte auf seiner Brust hinunter zu seiner Taille.

»Das gehört sich so für einen Tisch.« Er legte seine Hand auf meine und lenkte sie noch weiter südlich.

»Du musst immer die Führung übernehmen, stimmt's?«

Er stöhnte leise, als ich ihn berührte. »Ich denke mir eine neue Präsentation aus, Ms A. Versprochen.«

»Sei nicht so geizig. Fünf neue Präsentationen. Die Kundin möchte schließlich die Wahl haben.«

Aus Achtung vor Helen und weil wir es ihr nicht unter die Nase reiben wollten (das war meine Idee), beschlossen wir, unsere Beziehung im Büro geheim zu halten. Diese Maskerade war aufregend und anstrengend zugleich. William ging mindestens zehnmal am Tag an meinem Büro vorbei, und weil ich sein Büro genau im Blick hatte (und wann immer ich hinsah, schaute er direkt in meine Richtung), befand ich mich in einem Zustand konstanter Erregung. Abends brach ich zu Hause vor lauter Anstrengung, den ganzen Tag über meine Gelüste unterdrücken zu müssen, erst mal zusammen. Ich saß herum und dachte an seine Levi's-Jeans. Und wie er darin aussah. Und wenn wir uns hinauswagten, für einen Spaziergang im Stadtpark oder zu einem Spiel der Red Sox oder zum Konzert irgendeiner Alternative-Band außerhalb der Stadt, dann war es so, als hätten wir nichts davon vorher je unternommen. Boston war mit ihm an meiner Seite eine ganz neue Stadt.

Ich bin mir sicher, wir waren total nervig. Vor allem für ältere Paare, die nicht mehr Hand in Hand auf dem Bürgersteig entlangspazierten, die oft noch nicht mal mehr miteinander zu reden schienen und einen Meter Abstand zueinander hielten. Ich war unfähig zu verstehen, dass ihr Schweigen ein tröstliches, hart erarbeitetes Schweigen war, eine Wohltat, entstanden im jahrelangen Miteinander. Ich dachte nur, wie traurig es doch sei, dass sie sich nichts zu sagen hatten.

Ohne uns um sie zu kümmern, küsste William mich mitten auf dem Bürgersteig innig, fütterte mich mit Pizza, und manchmal, wenn niemand hersah, begrapschte er mich. Außerhalb des Büros gingen wir entweder Arm in Arm oder mit der Hand in der Gesäßtasche des anderen. Jetzt stechen mir diese Pärchen ins Auge, die so selbstgefällig wirken und anscheinend niemanden brauchen außer sich selbst, und ihr Anblick tut mir weh. Es fällt mir schwer zu glauben, dass wir irgendwann mal eins dieser Pärchen waren, die Leute wie uns ansehen und denken: *Wenn ihr so verdammt unglücklich miteinander seid, warum lasst ihr euch nicht einfach scheiden?*

Kapitel 49

Lucy Pevensie
ist kein Fan von türkischem Honig.
vor 38 Minuten

John Yossarian
hat Schmerzen in der Leber.
vor 39 Minuten

Es tut mir so leid zu hören, dass es Ihnen nicht gut geht, Forscher 101.

Danke. Ich war ziemlich lange auf der Krankenstation.

Ich vermute mal, Sie liegen morgen auch noch auf der Krankenstation?

Ja, und übermorgen und überübermorgen und überüberübermorgen, bis dieser verdammte Krieg vorbei ist.

Aber Sie sind nicht so krank, dass …

Ich Ihre Antworten nicht mehr lesen kann – nein. So krank niemals.

Wollen Sie damit sagen, Sie lesen meine Antworten gerne, Forscher 101?

Sie beschreiben alles so bunt.

Ich kann nichts dafür. Ich war mal Theaterautorin.

Sie sind immer noch eine Theaterautorin.

Nein, ich bin abgehalftert, langweilig und skurril.

Und lustig.

Ich bin mir ziemlich sicher, dass meine Familie dem nicht zustimmen würde.

Was Ihre Antwort auf 49 angeht, bin ich neugierig. Waren Sie mal am Taj Mahal?

Gerade erst letzte Woche. Dank Google Earth. Waren Sie schon mal da?

Nein, aber es steht auf meiner Liste.

Was steht sonst noch auf Ihrer Liste – und sagen Sie jetzt bitte nicht, Sie wollen die Mona Lisa im Louvre sehen.

Einen Kirschstängel mit meiner Zunge verknoten.

Ich schlage vor, Sie legen die Latte noch etwas höher.

Auf der Spitze eines Eisbergs stehen.

Höher.

Jemandes Ehe retten.

Zu hoch. Viel Glück dafür.

Also gut, bezüglich Ihrer Weigerung, Frage 48 zu beantworten, muss ich weiter in Sie dringen. Derartiger Widerstand weist im Normalfall darauf hin, dass wir an einem zentralen Thema rühren.

Sie klingen wie ein Borg.

Liege ich richtig mit der Annahme, Ihre Aversion hat etwas mit der Formulierung der Frage zu tun?

Ehrlich gesagt kann ich mich nicht mehr daran erinnern.

Sie wurde auf ganz klischeehafte Art und Weise formuliert.

Jetzt erinnere ich mich.

Eine Frage, die so offensichtlich für die breite Masse formuliert wurde, beleidigt Sie.

Jetzt klingen Sie wie ein Astrologe. Oder wie der Chef einer Personalabteilung.

Vielleicht kann ich Frage 48 so formulieren, dass sie genießbarer für Sie wird.

Schießen Sie los, Forscher 101.

Beschreiben Sie das letzte Mal, als Sie sich von Ihrem Ehemann umsorgt gefühlt haben.

So gesehen bevorzuge ich doch die Originalfrage.

Kapitel 50

Alice Buckle

Aufgedunsen.

vor 24 Minuten

Daniel Barbedian ▶ Linda Barbedian

Mom, dir ist schon klar, dass ein Posting auf Facebook nicht dasselbe ist wie eine SMS?

vor 34 Minuten

Bobby Barbedian ▶ Daniel Barbedian

Scheck ist nicht mehr unterwegs. Sag's deiner Mutter.

vor 42 Minuten

Linda Barbedian ▶ Daniel Barbeidian

Scheck ist unterwegs. Sag's Dad nicht.

vor 48 Minuten

Bobby Barbedian ▶ Daniel Barbedian

Bin es leid, dein Leben zu finanzieren. Such dir einen Job.

vor 1 Stunde

William Buckle

Liebes Barefoot-Contessa-Team – echt? In die Lebkuchen sollen goldene Rosinen?

Gestern

»Ich habe gestern eine Maus gesehen«, sagt Caroline, während sie das Gemüse aus dem Stoffbeutel holt. »Sie ist unter den Kühlschrank gesaust. Ich will dich ja nicht verrückt machen, Alice, aber es ist in dieser Woche schon die zweite. Vielleicht solltet ihr euch eine Katze anschaffen.«

»Wir brauchen keine Katze. Wir haben Zoe. Sie ist eine erfahrene Mäusefängerin.«

»Nur blöd, dass sie immer noch den ganzen Tag in der Schule ist«, sagt William.

»Na, vielleicht kannst du für sie einspringen«, erwidere ich. »Sie hätte ganz bestimmt nichts dagegen.«

»Dieser Regenbogen-Mangold sieht toll aus!«, sagt Caroline.

»Von den kleinen Käfern hier mal abgesehen«, sage ich. »Sind das Milben?«

William befummelt den Mangold. »Das ist Dreck, Alice, keine Milben in Sichtweite.«

William und Caroline kommen gerade von ihrem frühmorgendlichen Einkaufstrip vom Bauernmarkt zurück.

»War die Bluegrass-Band da?«

»Nein, aber jemand hat *It Had to Be You* auf einem Koffer gespielt.«

»Sieht hübsch aus«, sage ich und befingere die gelben und purpurroten Mangoldstängel, »aber irgendwie auch so, als würden die Farben beim Kochen ausbluten.«

»Vielleicht sollten wir einen Salat daraus machen«, schlägt Caroline vor.

William schnippt mit den Fingern. »Ich hab eine Idee. Wir machen die Strangozzi mit Mangold und Mandelsoße von Lidia Bastianich. Die Lebkuchen, die Ina Garten bei *Barefoot Contessa* gebacken hat, sind da der perfekte Nachtisch.«

»Ich bin für Salat«, sage ich, weil ich, sollte ich gezwungen sein, ein weiteres schweres Essen zu mir nehmen zu müssen, William strangozzieren werde. Er hat ein neues Hobby entdeckt, oder vielmehr sollte ich sagen, eine alte Leidenschaft ist neu entflammt: das Kochen. Jeden Abend der letzten Woche saßen wir am Tisch vor ausgeklügelten Menüs, die William und sein Sous-Chef, die noch auf eine Anstellung wartende Caroline, sich ausgedacht hatten. Ich bin mir über meine Gefühle dazu nicht ganz im Klaren. Ein Teil von mir ist erleichtert, nicht einkaufen, planen und kochen zu müssen, aber ein anderer Teil von mir fühlt sich durch Williams und meinen Rollentausch entwurzelt.

»Ich hoffe, wir haben Hartweizengrieß«, sagt William.

»Lidia verwendet halb Hartweizen, halb Weißmehl«, sagt Caroline.

Keiner von beiden bekommt mit, dass ich die Küche verlasse, um mich für die Schule fertigzumachen.

Nur noch drei Wochen bis zum Ende des Schuljahres, und für mich sind es die drei stressigsten Wochen des ganzen Jahres. Ich stelle sechs verschiedene Theaterstücke auf die Beine – eins für jeden Jahrgang. Ja, jedes Stück dauert nur zwanzig Minuten, aber glauben Sie mir, hinter dieser zwanzigminütigen Vorstellung stecken wochenlange Castings, Inszenierungsarbeit, Kulissenbasteleien und Proben.

Als ich an diesem Morgen das Klassenzimmer betrete, wartet Carisa Norman bereits auf mich. Sie fängt an zu weinen, kaum dass sie mich sieht – weil ich eine Gans aus ihr gemacht habe. Die Drittklässler führen in diesem Jahr *Schweinchen Wilbur und seine Freunde* auf. Ich blicke in ihr tränenverschmiertes Gesicht und frage mich, warum ich ihr nicht die Rolle der Charlotte gegeben habe. Sie wäre perfekt dafür gewesen. Stattdessen habe ich eine der drei Gänse aus ihr gemacht, und leider haben die Gänse keinen Text. Um das wettzumachen, habe ich den Gänsen gesagt, sie dürften schreien, wann immer sie wollten. Und ganz sicher würden sie selbst merken, wann der richtige Moment für einen Gänseschrei gekommen sei. Das war ein Fehler, denn wie sich herausstellte, dauerte der richtige Moment für den Gänseschrei das ganze Stück lang an.

»Carisa, was ist los, Schätzchen? Warum bist du nicht in der Pause?«

Sie überreicht mir eine kleine Plastiktüte, die aussieht, als wäre Oregano drin. Ich öffne das Tütchen und rieche daran – es ist Marihuana.

»Carisa, wo hast du das her!«

Carisa schüttelt verzweifelt den Kopf.

»Carisa, Schätzchen, du musst es mir sagen.« Ich versuche die Tatsache zu verbergen, dass ich total geschockt bin. Kiffen die Kids jetzt schon in der Grundschule? Dealen sie etwa auch?

»Du wirst keine Schwierigkeiten bekommen.«

»Von meinen Eltern«, sagt sie.

»Das hier gehört deinen Eltern?«, frage ich nach.

Meines Wissens ist ihre Mutter im Vorstand des Elternvereins. Oje, das ist nicht gut.

Sie nickt. »Werden Sie es der Polizei geben? Das soll man machen, wenn man als Kind Drogen findet.«

»Und woher weißt du das?«

»*CSI Miami*«, sagt sie feierlich.

»Carisa, ich möchte, dass du jetzt deine Pause genießt und keinen Gedanken mehr an diese Sache verschwendest. Ich kümmere mich darum.«

Sie schlingt ihre Arme um mich. Beinahe fällt ihre Haarspange herunter. Ich befestige sie wieder und schiebe ihre Haare vor den Augen zur Seite.

»Knips den Sorgenschalter aus, okay?« Früher habe ich genau das zu meinen Kindern gesagt, bevor sie ins Bett gingen. Wann habe ich damit aufgehört? Vielleicht sollte ich das Ritual wieder aufnehmen. Ich wünschte, jemand würde meine Sorgen mal ausknipsen.

Zwischen den Unterrichtsstunden streite ich mich mit mir selbst über die richtige Vorgehensweise. Ich sollte das Gras direkt bei der Schuldirektorin abliefern und ihr genau berichten, was passiert war – dass die süße Carisa als Drogenfahnder bei ihren Eltern aktiv geworden ist. Aber wenn ich das mache, besteht die Möglichkeit, dass die Schuldirektorin die Polizei ruft. Das will ich natürlich nicht, aber in Anbetracht von Carisas labilem Gemütszustand ist nichts zu unternehmen auch keine Lösung. Wenn ich etwas über Drittklässler weiß, dann dass die meisten von ihnen unfähig sind, etwas geheim zu halten – irgendwann erzählen sie alles. Carisa kann nicht widerrufen, was sie weiß.

In der Mittagspause schließe ich das Klassenzimmer ab und suche auf meinem Laptop bei Google nach *medizinisches Marihuana.* Vielleicht haben die Normans einen Berechtigungsausweis für medizinisches Marihuana. Aber wenn dem so wäre, dann wäre das Marihuana sicherlich in einem Apothekerfläschchen ausgegeben worden – nicht in einem wiederverschließbaren Plastiktütchen. Vielleicht kann ich an professioneller Stelle in Erfahrung bringen, wie das Marihuana typischerweise ausgegeben wird. Ich klicke auf *Finden Sie einen Lieferanten ganz in Ihrer Nähe* und will mich gerade zwischen Foggy Daze und Green Cross entscheiden, als mein Handy klingelt.

»Kannst du mir den Gefallen tun und Jude heute von der Schule abholen? Ich hab hier eine Aussage unter Eid, die länger dauert«, sagt Nedra.

»Nedra – perfektes Timing. Erinnerst du dich noch daran, dass du mir gesagt hast, man soll Kinder nicht bei ihren Eltern denunzieren, als wir abends in der Schule bei der Veranstaltung *Wie Sie Ihre Kinder davon abhalten, Meth-süchtig zu werden* waren? Dass ich lernen müsste, meine Klappe zu halten?«

»Kommt auf die Umstände an. Geht es um Sex?«, fragt Nedra.

»Ja, ich hole Jude ab, und nein, es geht nicht um Sex.«

»Geschlechtskrankheiten?«

»Nein.«

»Allgemeine, allumfassende Verwahrlosung?«

»Nein.«

»Diebstahl geistigen Eigentums?«

»Nein.«

»Drogen?«

»Ja.«

»Harte Drogen?«

»Fällt Cannabis unter harte Drogen?«

»Was ist passiert?« Nedra seufzt. »Geht es um Zoe oder Peter?«

»Weder noch – es geht um eine Drittklässlerin. Sie hat bei ihren Eltern Drogen gefunden, und meine Frage lautet: Soll ich ihre Eltern über ihren Fahndungserfolg aufklären?«

Nedra denkt einen Moment nach. »Tja, mein Rat lautet immer noch: Nein, halte dich da raus. Aber vertrau deiner Intuition, Liebes. Deine Instinkte funktionieren gut.«

Da irrt sich Nedra. Meine Instinkte sind wie meine Erinnerungen – nach ungefähr vierzig Jahren laufen sie ins Leere.

Bitte, Mailbox, spring an, bitte spring an, bitte spring an.

»Hallo?«

»Oh, hallo. Hiiii! Spreche ich mit Mrs Norman?«

»Am Apparat.«

Ich plappere los: »Wie geht es Ihnen? Ich störe hoffentlich nicht? Es klingt so, als seien Sie im Auto unterwegs? Hoffentlich ist der Verkehr nicht zu schlimm. Aber, meine Güte, das ist er doch immer. Schließlich leben wir in der Bay Area. Aber das ist ja nur ein kleiner Preis, verglichen mit den ganzen Annehmlichkeiten, oder etwa nicht?«

»Wer spricht denn da?«

»Oh, entschuldigen Sie. Hier ist Alice Buckle, Carisas Schauspiellehrerin?«

»Aha.«

Ich unterrichte lange genug, um zu wissen, wann ich mit einer Mutter spreche, die sauer auf mich ist, weil ich ihrem Kind eine Gänse-Rolle im Stück der Drittklässler gegeben habe.

»Also, nun ja, ich glaube, wir haben ein Problem.«

»Oh – hat Carisa Schwierigkeiten, ihren Text auswendig zu lernen?«

Da haben wir's.

»Wissen Sie, Carisa, kam heute ziemlich aufgeregt in die Schule.«

»Aha.«

Der schroffe Tonfall ihrer Stimme bringt mich vom Kurs ab. »Sie erlauben ihr, *CSI Miami* anzuschauen?«, rutscht es mir heraus.

Um Himmels willen, Alice.

»Rufen Sie mich deshalb an? Sie hat einen älteren Bruder. Man kann ja wohl nicht von mir erwarten, dass ich alles überwache, was Carisa sich ansieht.«

»Deshalb rufe ich nicht an. Carisa hatte ein Säckchen mit Cannabis dabei. *Ihr* Cannabis.«

Schweigen. Noch mehr Schweigen. Hat sie gehört, was ich gesagt habe? Hat sie mich auf stumm gestellt? Weint sie?

»Mrs Norman?«

»Das ist ausgeschlossen. Meine Tochter hatte keinen Beutel Cannabis dabei.«

»Ja, also, mir ist bewusst, wie heikel diese Situation ist, aber sie hatte sehr wohl einen Beutel Cannabis dabei, weil ich ihn gerade in der Hand halte.«

»Unmöglich«, sagt sie.

Mit diesem Wort hält sich eine erwachsene Frau mit beiden Händen die Ohren zu und summt dabei vor sich hin, damit sie nicht hören muss, was man ihr sagt.

»Wollen Sie etwa behaupten, ich lüge?«

»Ich sage nur, dass Sie sich irren.«

»Wissen Sie, ich tue Ihnen einen Gefallen. Ich riskiere wegen dieser Sache meinen Job. Ich hätte es der Schuldirektorin melden können. Aber das habe ich nicht getan, wegen Carisa. Und der Tatsache, dass Sie eine Krankheit haben, wegen der Sie im Besitz eines Berechtigungsausweises für Marihuana sind.«

»Eine Krankheit?«

Kapiert sie nicht, dass ich ihr einen Ausweg verschaffen will?

»Ja. Viele Leute verwenden Marihuana aus medizinischen Gründen; dafür muss man sich nicht schämen. Unwichtige Sachen wie Angstzustände oder Depressionen.«

»Ich habe weder Angstzustände noch Depressionen, Ms Buckle, und ich weiß Ihre Besorgnis zu schätzen – aber wenn Sie darauf bestehen, mich weiterhin zu belästigen, muss ich leider etwas dagegen unternehmen.«

Mrs Norman legt auf.

Nach der Schule fahre ich zu McDonald's und schmeiße das Cannabis-Säckchen in einen Müllcontainer hinter dem Restaurant. Dann fahre ich los, als wäre ich auf der Flucht, womit ich sagen will, dass ich wie besessen in den Rückspiegel glotze, in einer Sechzig-Zone mit dreißig dahinschleiche und darum bete, dass es auf dem Parkplatz von McDonald's keine Videokameras gibt. Warum sind bloß alle so unhöflich? Warum helfen wir uns nicht gegenseitig? Und wann genau *war* eigentlich das letzte Mal, dass ich mich wirklich von meinem Ehemann umsorgt gefühlt habe?

Kapitel 51

KGE3 (Kentwood-Grundschule, Elternforum 3. Klasse: Schauspielunterricht)
Thema #129
KGE3Elternforum@yahoogroups.com

Beiträge zu diesem Thema (5)

1. **War es fair von Alice Buckle, den Gänsen keinen Text zu geben?** Sagt eure Meinung, Leute! **Gepostet von: Biiienenkoenigin**

2. **RE: War es fair von Alice Buckle, den Gänsen keinen Text zu geben?** Also, ich bin mir durchaus darüber im Klaren, dass das wahrscheinlich ein unpopulärer Standpunkt sein wird, aber ich sage es einfach geradeheraus. Es ist nicht realistisch zu glauben, dass jedes Kind in dem Stück eine Textpassage hat. Es ist einfach nicht machbar. Nicht bei dreißig Kindern in einer Klasse. In manchen Jahren haben eure Kinder Glück und bekommen eine tolle Rolle. Und in anderen Jahren eben nicht. Am Ende gleicht sich das alles wieder aus. **Gepostet von: Mamavombauernhof**

3. **RE: War es fair von Alice Buckle, den Gänsen keinen Text zu geben?** Nein! Es ist nicht fair. Und am Ende gleicht sich gar nichts wieder aus. Alice Buckle ist eine Heuchlerin! Glaubt ihr, sie würde jemals ihre eigenen Kinder als Gänse auftreten lassen? Ich nicht, und ich kann's beweisen. Ich habe alle Theaterprogramme

der Schule aus den letzten zehn Jahren verglichen. Ihre Tochter Zoe war Mrs Squash, Erzähler #1, Löwenbändiger mit Gipsarm und Lazy Bee. Ihr Sohn Peter war der mürrische Elf, der leicht übergewichtige Troll, Bovine Buffoon (alle wollten diese Rolle haben) und eine Walnuss. Alice Buckle ist einfach faul geworden. Ist es denn so schwer, dafür zu sorgen, dass jedes Kind wenigstens einen Satz zu sagen bekommt? Vielleicht unterrichtet Mrs Buckle schon zu lange die Schauspielklassen. Vielleicht sollte sie darüber nachdenken, sich zur Ruhe zu setzen. **Gepostet von: Hubschraubermama**

4. **RE: War es fair von Alice Buckle, den Gänsen keinen Text zu geben?** Da muss ich Hubschraubermama zustimmen. Irgendetwas stimmt ganz und gar nicht mehr mit Mrs Buckle. Sollte sie nicht genau Buch führen über jede Klasse? Die Stücke, die aufgeführt wurden, und die Rollen, die jedes Kind im Lauf der Jahre bekommen hat? So könnte sie sicher sein, dass es gerecht zugeht. Wenn dein Kind im letzten Jahr nur eine Textzeile hatte, sollte es in diesem Jahr eine Hauptrolle bekommen. Und wenn sie gar keinen Text hatten … also, besser, ich leg erst gar nicht richtig los. Das Ganze ist einfach inakzeptabel. Meine Tochter ist untröstlich. *Untröstlich.* **Gepostet von: Stuermischenormandie**

5. **RE: War es fair von Alice Buckle, den Gänsen keinen Text zu geben?** Darf ich mir eine Bemerkung erlauben? Ich bin mir ziemlich sicher, dass die Anzahl der Textzeilen Ihres Kindes in der Schulaufführung der dritten Klasse keinen Einfluss auf seine Zukunft haben wird. Absolut null. Und wenn ich mich tatsächlich irren und dem doch so sein sollte, dann würde ich Sie gerne etwas fragen: Denken Sie doch mal über die Möglichkeit nach, dass eine kleine Rolle für etwas gut sein könnte. Vielleicht haben die Kinder mit nur einer Zeile Text (oder vielleicht sogar keiner einzigen) am Ende ein größeres Selbstwertgefühl. Warum? Weil sie bereits in jungen Jahren gelernt haben, mit Enttäuschungen umzugehen und das Beste

aus einer Situation zu machen, und nicht alles hinzuschmeißen oder auszuflippen, wenn etwas nicht nach ihrem Willen abläuft. Auf dieser Welt passieren genau in diesem Augenblick viele Dinge, die es wert sind, als *untröstlich* bezeichnet zu werden. Die Schulaufführung der dritten Klasse gehört nicht dazu. **Gepostet von: Davidmametschwarm182**

Kapitel 52

54. »Hi, Mama«, rief sie fröhlich, als wir am Seitenstreifen anhielten. Es war fast Mitternacht, und William und ich holten sie von der Schuljahresabschlussparty ab.

Sie steckte ihren Kopf bei mir durchs Beifahrerfenster und kicherte. »Können wir Jew nach Hause bringen?«

»Wen?«, fragte ich.

»Jew!«

»Jude«, übersetzte William. »Verflucht noch mal, sie ist total hinüber!«

William schloss in Windeseile die Autofenster, Sekunden bevor sie auf die Beifahrertür kotzte.

»Hast du dein Handy dabei?«, fragte William.

Wir hatten immer gewusst, dass dieser Moment kommen würde, wir hatten einen Plan geschmiedet, und jetzt handelten wir danach. Ich sprang blitzschnell mit dem iPhone in der Hand aus dem Auto und machte Fotos. Mir gelangen ein paar klassische Aufnahmen: Zoe, wie sie am Auto lehnt, ihre Schwertlilien-Krinoline mit Erbrochenem besprenkelt. Zoe, wie sie ohne Schuhe auf die Rückbank klettert, mit verschwitzen Haaren, die am Nacken festkleben. Zoe auf der Fahrt nach Hause, mit hin- und herrollendem Kopf und weit offen stehendem Mund. Und das traurigste Foto von allen: ihr Vater, wie er sie ins Haus trägt.

Diesen Tipp hatten wir von Freunden bekommen. Wenn Zoe sich die Kante gab – und das würde sie *auf jeden Fall* irgendwann tun, die Frage war nicht *ob*, sondern *wann* –, sollten wir das Ganze do-

kumentarisch festhalten, weil sie zu betrunken sein würde, um sich an Einzelheiten zu erinnern.
Das klingt vielleicht grausam, aber es hat funktioniert. Am nächsten Morgen, als wir ihr die Fotos zeigten, war sie so schockiert, dass sie sich meines Wissens nie wieder betrunken hat.

55. Ich hatte William total falsch eingeschätzt. Er war kein blaublütiger, anspruchsvoller, mit dem Silberlöffel aufgezogener Ivy-League-Eliteheini. Für alles, was er erreicht hatte, hatte er sich den Arsch aufgerissen, einschließlich seines Yale-Vollstipendiums.
»Bier?«, fragte mich sein Vater Hal vor der offenen Kühlschranktür.
»Möchtest du ein Bud Light, ein Bud Light oder ein Bud Light?«, fragte William.
»Ich nehme ein Bud Light«, antwortete ich.
»Sie gefällt mir«, verkündete Hal. »Die Letzte trank Wasser. Ohne Eis.« Hal schenkte mir ein breites Grinsen. »Helen. Sie hatte keine Chance mehr, nachdem du erst mal auf der Bildfläche erschienen warst, stimmt's, Dünne? Macht dir doch nichts aus, wenn ich dich Dünne nenne, oder?«
»Nur wenn Sie Helen auch so genannt haben.«
»Helen war nicht dünn. Kurvenreich vielleicht.«
Ich hatte mich bereits jetzt in Hal verliebt.
»Jetzt ist mir klar, woher William seinen Charme hat.«
»William ist vieles«, bemerkte Hal, »engagiert, ehrgeizig, schlau, arrogant, aber ganz bestimmt nicht charmant.«
»Ich arbeite daran«, sagte ich.
»Was kocht ihr zum Abendessen?«, fragte Hal.
»Beef Stroganoff.« William packte die Einkaufstüten aus, die wir mitgebracht hatten.
»Mein Lieblingsgericht«, sagte Hal. »Tut mir leid, dass Fiona nicht kommen kann.«
»Entschuldige dich nicht für Mom. Du kannst nichts dafür«, sagte William.

»Sie wollte wirklich kommen«, sagte Hal.
»Klar«, sagte William.
Williams Eltern hatten sich scheiden lassen, als er zehn war, und seine Mutter Fiona heiratete sehr schnell einen Mann mit zwei eigenen Kindern. Hal und Fiona hatten anfangs noch ein geteiltes Sorgerecht, aber als William zwölf war, lebte er nur noch bei seinem Vater. William und Fiona standen sich nicht nahe, und er sah sie selten, nur an Feiertagen oder zu besonderen Anlässen. Noch eine Überraschung. Beide waren wir mutterlos.

56. Ich hab ein Ei für dich aufgehoben.

57. Mach dir keine Sorgen. Ich kümmere mich darum.

Kapitel 53

John Yossarian
hat sein Profilbild aktualisiert

Wie niedlich, Forscher 101! Wie heißt sie?

Tut mir leid, aber diese Information kann ich nicht preisgeben.

Okay. Können Sie preisgeben, was Ihnen an ihr am besten gefällt?

Ihm. Die Art, wie er mit seiner kalten Nase um sechs Uhr morgens meine Hand anstupst. Genau ein Mal. Wie er danach aufmerksam neben meinem Bett sitzt und geduldig darauf wartet, dass ich aufwache.

Wie süß – was noch?

Na ja, gerade in diesem Augenblick, in dem ich mit Ihnen zu chatten versuche, steckt er seine Schnauze unter meinen Armbtgstdf. Er wird eifersüchtig, wenn ich am Computer sitze.

Sie haben echt Glück. Das klingt nach einem Traumhund.

O ja, das ist er.

Ich hingegen besitze keinen Traumhund. Unser Hund benimmt sich tatsächlich so schlecht, dass mein Ehemann ihn weggeben will.

So schlimm kann es gar nicht sein.

Er hat auf das Kopfkissen von meinem Mann gepinkelt. Ich habe Angst davor, Übernachtungsgäste im Haus zu haben.

Sie sollten mit ihm üben.

Üben ist nicht das Problem.

Mit ihrem Ehemann.

Ha!

Das ist kein Witz. Ein Tier zu lieben ist nicht jedermanns Sache. Manchen Leuten muss man es beibringen.

Das sehe ich anders. Lieben sollte man nicht beibringen müssen.

Sagt jemand, dem es leichtfällt zu lieben.

Wie kommen Sie darauf, Forscher 101?

Ich kann zwischen den Zeilen lesen.

Den Zeilen meiner Antworten?

Ja.

Tja, ich weiß nicht genau, ob es mir leichtfällt zu lieben, aber es stimmt wohl, es ist meine Standardeinstellung.

Ich muss los. In ein paar Tagen schicke ich den nächsten Teil der Umfrage los.

Warten Sie – bevor Sie gehen, wollte ich Sie noch etwas fragen. Ist irgendetwas passiert? Sie sind heute das erste Mal seit einigen Tagen wieder bei Facebook.

Alles in Ordnung, bin nur sehr beschäftigt.

Ich hatte Angst, Sie sind vielleicht wütend.

Genau das hasse ich so an den Internetgesprächen. Es gibt keine Möglichkeit, den Tonfall einzuordnen.

Also sind Sie nicht wütend.

Warum sollte ich wütend sein?

Ich dachte, ich hätte Sie vielleicht irgendwie beleidigt.

Wie denn?

Weil ich Ihre überarbeitete Frage 48 nicht beantwortet habe.

Sie dürfen jede Frage auslassen.

Also habe ich Sie nicht beleidigt?

Sie haben nichts getan, was mich hätte beleidigen können – eher das Gegenteil, um genau zu sein. Und genau das ist das Problem.

Kapitel 54

Shonda Perkins
PX90-Workout – seit 30 Tagen dabei!!
vor 12 Minuten

William Buckle
Hund zu vergeben. Für Sie umsonst. Man muss nur mögen, gebissen zu werden.
Gestern

William Buckle
Aktuelle Aktivitäten
William ist jetzt mit **Helen Davies** befreundet.
vor zwei Tagen

»Post«, verkündet Peter und lässt eine Ausgabe der Zeitschrift *AARP* auf meinen Schreibtisch plumpsen. Er schielt über meine Schulter. »Was sollen die ganzen Posts von Dad? Und wer ist Helen Davies?«

»Jemand, mit dem wir früher zusammengearbeitet haben.«

»Hat sie dir auch eine Freundschaftsanfrage geschickt?«

Nein, Helen Davies, *Helena von Troja*, will nicht mit mir befreundet sein. Nur mit meinem Ehemann. Oder er mit ihr. Macht es einen Unterschied, wer bei wem angefragt hat? Ja, wahrscheinlich schon.

Ich starre wütend auf das grauhaarige Pärchen auf dem Titelbild von *AARP*. Blödes Ding! Ich will weder in den Genuss eines Vorteilsangebotes für Grauer-Star-Augentropfen kommen, noch habe ich Lust, mich mit meinem Sichtfeld oberhalb des Lenkrads zu beschäftigen, weil ich NICHT fünfzig bin und es für weitere sechs Jahre auch nicht sein werde. Warum schicken die mir immer noch diese Zeitschrift? Ich dachte, ich hätte mich darum gekümmert. Erst letzten Monat habe ich bei *AARP*, der Amerikanischen Vereinigung der Ruheständler, angerufen und ihnen erklärt, dass die Alice Buckle, die gerade fünfzig geworden ist, in Charleston, South Carolina, in einem hübschen alten Haus mit einer umlaufenden Veranda wohnt. »Und woher wissen Sie das?«, fragten sie mich. »Weil ich sie bei Google Earth gesucht habe«, sagte ich denen. »Suchen Sie auf Google Earth nach Alice Buckle in Oakland, Kalifornien, und Sie werden eine Frau entdecken, die in ihrer Einfahrt steht und mit einer Ausgabe von *AARP* auf ihren Postboten zielt.«

Alte Freundinnen, die wieder auftauchen. Zeitschriften für Rentner, bevor es bei mir selbst so weit ist. Kein guter Start in meinen Samstag. Ich google Monkey Yoga. In zwanzig Minuten beginnt ein Kurs. Wenn ich mich beeile, schaffe ich's noch.

»Und – *Shavasana,* alle.«

Endlich, die Totenstellung! Mein Yoga-Lieblingsmoment. Ich rolle mich auf den Rücken. Normalerweise schlafe ich am Ende der Stunde fast ein. Heute nicht. Sogar meine Fingerspitzen pulsieren vor Energie. Ich sollte besser mit Caroline Joggen gehen, statt Sonnengrüße zu machen.

»Augen zu«, sagt die Lehrerin und geht im Saal umher.

Ich starre an die Decke.

»Leert euren Geist.«

Was zum Teufel passiert mit mir?

»Für diejenigen unter euch, die ein Mantra wollen: Versucht es mit *Ong So Hung.*«

Wie kann sie das mit ernster Miene von sich geben?

»Das bedeutet *Schöpfer, ich bin du.*«

Ich brauche kein Mantra. Ich habe ein Mantra, das ich seit vierundzwanzig Stunden wie unter Zwang wiederhole. *Sie haben nichts getan, was mich hätte beleidigen können – eher das Gegenteil, um genau zu sein. Und genau das ist das Problem.*

»Alice, hör auf herumzuzappeln«, flüstert die Lehrerin mir zu, als sie an meiner Matte stehen bleibt. Ich schließe die Augen. Sie geht in die Hocke und legt ihre Hand auf meinen Solarplexus.

Genau das ist das Problem? Also gut, dann nehme ich den Satz zum fünfzigsten Mal auseinander. Das Problem ist, dass ich ihn nicht beleidige. Das Problem ist, dass er sich wünscht, ich möge ihn beleidigen. Das Problem ist, er wünscht sich, ich möge ihn beleidigen, weil ich das Gegenteil tue. Was ist das Gegenteil von beleidigen? Erfreuen. Freude bereiten. Das Problem ist, dass ich ihm Freude bereite. Zu viel Freude.

Oh Gott.

»Atmen, Alice, atmen.«

Meine Augen sind schlagartig offen.

Ich pelle mich gerade in der Umkleidekabine aus meinen Yoga-Klamotten, als eine nackte Frau auf dem Weg zur Dusche an mir vorbeigeht. Nacktheit gehört nicht zu den Dingen, mit denen ich mich wohlfühle. Selbstverständlich würde ich anders damit umgehen, wenn ich einen so tollen Körper hätte wie diese Frau, wahnsinnig gepflegt, mit Maniküre, Pediküre und durch Wachs vollständig entfernten Schamhaaren.

Ich starre einen Moment lang hin – ich kann nicht anders: Noch nie habe ich eine echte Frau mit einer brasilianischen Bikinizone gesehen. Ist es das, was Männer mögen? Ist es das, was ihnen *Freude* bereitet?

Nach meiner Yogastunde treffe ich mich mit Nedra zum Mittagessen. Gerade, als sie in ihren Burrito beißt, frage ich sie: »Epilierst du da unten eigentlich mit Wachs?«

Nedra legt ihren Burrito wieder ab und seufzt.

»Ist natürlich völlig in Ordnung, wenn du's nicht tust. Vielleicht gibt es ja andere Schamhaar-Regeln für Lesben.«

»Ich mach's, mit Wachs, Liebes«, sagt Nedra.

»Wie viel?«

»Alles.«

»Du hast es dir Brasilianisch machen lassen?«, beschwere ich mich. »Und du hast mir nicht gesagt, dass ich das auch besser machen sollte?«

»Technisch gesehen ist es ein Hollywood-Cut, wenn man alles wegmacht. Willst du die Nummer von dem Laden, wo ich hingehe? Frag nach Hilary. Sie ist die Beste, und sie ist schnell. Tut kaum weh. Können wir jetzt das Thema wechseln? Vielleicht eins, das besser zum Tageslicht passt?«

»Gut. Wie lautet das Antonym von *beleidigen*?«

Nedra starrt mich argwöhnisch an. »Hast du abgenommen?«

»Warum, sehe ich so aus?«

»Dein Gesicht ist schmaler geworden. Treibst du Sport?«

»Ich arbeite zu viel, um noch Sport zu treiben. Das Schuljahr endet in zwei Wochen. Ich jongliere mit sechs Aufführungen.«

»Also, du siehst gut aus«, sagt Nedra. »Und du hast ausnahmsweise mal keine Fleecejacke an. Ich kann tatsächlich deine Figur sehen. Dein Top-mit-Strickjacke-Look gefällt mir. Steht dir gut. Du hast einen sehr sexy Hals, Alice.«

»Einen sexy Hals?« Ich denke an Forscher 101. Ich glaube, ich sollte Nedra den Facebook-Account von Lucy Pevensie zeigen.

Nedra greift nach ihrem Handy. »Pass auf, ich rufe Hilary einfach an und mache einen Termin für dich, weil ich weiß, dass du das selbst nie tun wirst.« Sie tippt die Nummer ein, unterhält sich kurz, sagt: »Danke, Liebes«, und klappt ihr Handy wieder zu. »Es hat jemand abgesagt, und sie kann dich in einer Stunde drannehmen. Geht auf mich.«

»Nedra behauptet, es wäre bei Ihnen kurz und schmerzlos.«

»Ich tue mein Bestes. Haben Sie schon mal an Vajazzling gedacht? Oder Vatooing?«, fragt Hilary mich.

Erwartet diese Frau wirklich, dass ich mich mit ihr über Vajazzling unterhalte, während sie gerade heißes Wachs auf meiner Vatoo verteilt?

Hilary rührt mit einem Zungenspatel durch den Wachsbehälter. »Dann wollen wir mal sehen, nicht wahr?« Sie hebt den String aus Papier an und macht *Tztztz.* »Da ist jemand beim Wachsen wohl nicht am Ball geblieben.«

»Ist schon eine Weile her«, sage ich.

»Wie lange?«

»Vierundvierzig Jahre.«

Hilary reißt die Augen weit auf. »Wahnsinn – eine Wachs-Jungfrau. Davon kriegen wir nicht mehr viele zu sehen. Noch nicht mal irgendwann die Bikinizone?«

»Na ja, ich halte es schon im Zaum. Ich rasiere.«

»Zählt nicht. Warum nehmen wir für den Anfang nicht Brasilianisch mit einer fünf Zentimeter breiten Landebahn? Ist eher der amerikanische Stil, ehrlich. Wir führen Sie behutsam an die Sache heran.«

»Nein – ich will einen Hollywood-Cut. Das macht doch jede heutzutage, oder?«

»Viele der jüngeren Leute, das stimmt. Aber die meisten Frauen in Ihrem Alter tendieren eher dazu, da unten Ordnung zu halten.«

»Ich will alles weghaben«, sage ich.

»Also gut«, sagt Hilary.

Sie klappt eine Seite des Papierstrings zurück, und ich schließe die Augen. Das heiße Wachs tropft auf meine Haut. Ich spanne alles an, in der Erwartung, dass es brennt, aber überraschenderweise fühlt es sich angenehm an. Das ist gar nicht so schlimm. Hilary breitet einen Stoffstreifen aus und drückt ihn fest.

»Ich zähle jetzt bis drei«, sagt sie.

In einem plötzlichen Anfall von Panik packe ich sie am Handgelenk. »Ich bin noch nicht so weit.«

Sie blickt mich seelenruhig an.

»Nein, bitte. Also gut, warten Sie, warten Sie, noch eine Sekunde – ich bin fast so weit.«

»Eins«, sagt sie und zieht den Streifen ab.

Ich kreische auf. »Was ist aus *zwei* geworden?«

»Wird man überrascht, geht's einfacher«, erklärt sie mir, während sie das Gebiet beäugt, und runzelt dann die Stirn. »Sie benutzen keine Retinol-Produkte, oder? Irgendwas gegen Falten?«

Auf meiner Vatoo nicht, nein.

»Das erste Mal ist es am schlimmsten. Jedes weitere Mal geht's leichter.« Sie reicht mir einen Spiegel.

»Nicht nötig.« Mir schießen die Tränen in die Augen. »Bringen Sie's einfach zu Ende.«

»Sind Sie sich sicher?«, fragt sie. »Soll ich kurz abwarten?«

»Nein!« Fast schreie ich sie an.

Sie verzieht das Gesicht.

»Entschuldigung. Ich wollte damit nur sagen, dass Sie bitte weitermachen sollen, bevor ich den Mut verliere. Und ich werde mich bemühen, nicht zu weinen.«

»Macht nichts, wenn Sie's doch tun. Sie wären nicht die Erste«, sagt sie.

Ich tänzele aus Hilarys Laden im Besitz eines Fünfzig-Prozent-Rabatt-Gutscheins für meinen nächsten Waxingtermin und einer Nachsorge-Ermahnung (*innerhalb der nächsten vierundzwanzig Stunden AUF KEINEN FALL in Salz aus dem Toten Meer baden* – da besteht keine Gefahr, Hilary). Und mit einem kleinen sexy Geheimnis, das niemand kennt außer mir. Ich lächele andere Frauen an, die mir auf der Straße begegnen, und fühle mich, als wäre ich dem Stamm der tadellos gepflegten Frauen beigetreten, Frauen, die *da unten* alles in Ordnung halten. Ich bin so guter Dinge (und so erleichtert, diesen Schmerz die nächsten vier Wochen nicht durchmachen zu müssen), dass ich bei Green Light Books stoppe und Zeitschriften durchblättere, etwas, das ich ganz selten mache, weil ich immer furchtbar in Eile bin.

Michelle Williams ist auf dem Titelbild der *Vogue*. Offensichtlich ist MiWi, zumindest laut *Vogue*, *das* neue It-Girl. Eine Doppelseite zeigt MiWi beim nächtlichen Feiern in Austin. Und dann ist da die süße MiWi bei einem Abstecher in Barton Springs. Hier sitzt sie an der Bar im Fado und trinkt ein Green Flash Le Freak. Und eine Stunde später probiert sie die knappste, angesagteste Jeans im Lux Apothetique an. War Michelle nicht schon vor zwei Jahren *das* It-Girl? Werden It-Girls recycelt? Das kommt mir unfair vor. Sollten sie nicht mal anderen It-Girls eine Chance geben?

IT-GIRL ALICE BUCKLE AUF PARTY-TOUR
VON TELEFONIEREN ÜBER PARKEN BIS HIN ZU FALSCH SINGEN IM AUTO
VIER STUNDEN MIT ALBU AN EINEM FREITAGABEND

18:01 Uhr: AlBu geht an ihr Handy (was sie später bereuen wird)

»Ja, natürlich will ich in einen Film über eine wunderschöne Französin gehen, die eine Bananenplantage im Kongo besitzt und irgendwann von den Männern, die bei ihr arbeiten, mit einer Machete geköpft wird«, sagt Alice Buckle, eine vierundvierzig Jahre alte Mutter und Ehefrau, die leider immer noch keine Bikini-Figur hat, obwohl sie kürzlich erst fünf Kilo abgenommen hat (die Wahrheit ist: Neunundfünfzig Kilo mit vierundvierzig sehen anders aus als neunundfünfzig Kilo mit vierundzwanzig).

»Ich freue mich darauf, dass ein Mann mit besonders langen Beinen mir während des gesamten Films seine Knie in den Rücken bohren wird«, sagt Alice.

18:45 Uhr: AlBu wird beim Hyperventilieren erwischt

It-Girl Alice Buckle dreht vor dem Einkaufscenter auf der Suche nach einer Parklücke eine Runde nach der anderen und beschimpft dabei alle mit einem »Aus dem Weg, blöde Kuh«, die ebenfalls auf dem Parkplatz vor dem Einkaufscenter auf der Suche nach einer Lücke ihre Runden drehen. »Scheiß drauf, dann parke ich eben illegal«, beschließt Alice. »Es gibt Schlimmeres«, lacht sie fröhlich, während sie zum Kino rennt. »Heute könnte *Toy Story 8* anlaufen.«

18:55 Uhr: AlBu in einer elendig langen Schlange an der Kinokasse

»Heute läuft *Toy Story 8* an«, berichtet Alice Buckle.

19:20 Uhr: It-Girl Alice Buckle klettert mit ihrer noch nicht für Bikinis geeigneten Figur über eine Horde alter Menschen, um den Sitz zu erreichen, den ihre beste Freundin Nedra für sie freigehalten hat

»Das Beste hast du verpasst – die Stelle, als der Sohn in die Hutu-Armee eingezogen wird«, sagt Nedra.

19:25 Uhr: AlBu schläft tief und fest

21:32 Uhr: AlBu dabei erwischt, wie sie in die Einfahrt ihres Nachbarn fährt, die sie mit ihrer eigenen verwechselt

AlBus Sicht ist getrübt. Ihre Stimmung trübt sich durch die Sorgen um eine beginnende Makula-Degeneration. Die Stimmung hebt sich, nachdem sie im Auto *Dance With Me* von den Orleans gehört hat. »Das erinnert mich irre an meine Highschool-Zeit«, schluchzt sie und beginnt dann wirklich zu weinen. »Es ist so unfair. Warum sehen Französinnen ohne Make-up so gut aus? Wenn alle Frauen in Amerika aufhören würden, sich zu schminken, vielleicht sähen wir alle dann auch so gut aus. Zumindest nach ein paar Monaten.«

22:51 Uhr: AlBu geht ins Bett, ohne sich abzuschminken

»Der Abend war ein Traum, aber ich werde nicht lügen: Es ist anstrengend, ein It-Girl zu sein«, gibt Alice zu, als sie ins Bett krabbelt. »Dreh dich auf die Seite, Schatz, du schnarchst.« Sie tippt ihrem Ehemann auf die Schulter, der ihr postwendend durchs Gesicht leckt. »Jampo!«, kreischt Alice und umschlingt den winzigen Hund. »Ich dachte, du wärst William!« Es fällt ihr schwer, auf ihren Hund böse zu sein, weil er William aus dem Bett verjagt hat, wo er doch so niedlich und noch dazu so temperamentvoll ist. Die beiden kuscheln sich aneinander, und ein paar Stunden später entdeckt Alice das hübsche Geschenk, das Jampo auf dem Kopfkissen ihres Mannes hinterlassen hat.

»Entschuldigen Sie, aber haben Sie vor, die Zeitschrift zu kaufen?«, geht eine junge Verkäuferin dazwischen.

»Oh, tut mir leid.« Ich klappe die *Vogue* zu und streiche das Titelbild glatt. »Warum fragen Sie? Wollen Sie sie kaufen?«

Sie deutet auf das von Hand geschriebene Schild. »Sie dürfen die Zeitschriften nicht lesen. Wir versuchen, die Hefte makellos aussehen zu lassen für Leute, die sie tatsächlich kaufen wollen.«

»Tatsächlich? Aber wie soll man dann wissen, ob man sie wirklich kaufen will?«

»Schauen Sie sich das Cover an. Da steht drauf, was drin ist.« Sie schenkt mir einen bösen Blick.

Ich stelle das Heft wieder ins Regal. »Und genau deshalb gehen die Zeitschriftenverlage pleite.«

An diesem Abend, während die Kinder die Küche aufräumen, verkünde ich William, dass etwas mit den Cookies auf meinem Computer nicht stimmt und ob er mir bitte helfen könnte. Das ist eine Lüge. Ich bin natürlich dazu imstande, meine Cookies ganz alleine loszuwerden.

»Peter kann dir helfen«, sagt er.

»Es ist ganz einfach, Mom. Du musst nur zu Einstellungen gehen und …«

»Das habe ich schon versucht«, unterbreche ich ihn. »Es ist komplizierter. William, ich brauche dich dafür.«

Ich folge ihm in mein Büro und schließe die Tür.

»Keine große Sache.« Er geht zu meinem Schreibtisch. »Du klickst auf den Apfel, dann gehst du …«

Ich knöpfe meine Jeans auf und ziehe sie aus.

»… auf *Einstellungen*«, beendet er seinen Satz.

»William«, sage ich und schlüpfe aus meinem Slip.

Er dreht sich zu mir um und starrt mich an und sagt nichts.

»Ta-daa …«

Er hat einen komischen Gesichtsausdruck. Ich kann nicht genau sagen, ob er abgestoßen oder angeturnt ist.

»Das habe ich für dich getan«, sage ich.

»Nein, hast du nicht«, erwidert er.

»Für wen denn sonst?«

Was habe ich mir bloß dabei gedacht? Das Ganze kommt wie ein Bumerang zurück. Ist die unvermittelte Pflege der Bikinizone nicht eines der sichersten Anzeichen dafür, dass dein Ehepartner dich betrügt? Ich betrüge niemanden, aber ich flirte mit einem Mann, der nicht mein Ehemann ist und der gerade zugegeben hat, dass ich ihm Freude bereite, was wiederum mir Freude bereitet hat, was wiederum zu einem plötzlichen Anstieg meiner Libido geführt hat, was wiederum im ersten Bikinizonen-Waxing meines Lebens gemündet ist.

William macht ganz hinten in seiner Kehle ein merkwürdiges Geräusch. »Du hast es für dich getan. Gib's zu.«

Ich beginne zu zittern. Ein kleines winziges bisschen.

»Komm her, Alice.«

Ich zögere.

»*Sofort*«, flüstert er.

Und dann haben wir den heißesten Sex seit Monaten.

Kapitel 55

58. *Planet der Affen.*

59. Nicht oft. Eigentlich fast gar nicht. Ich weiß nicht, was das bringen soll. Wir müssen miteinander auskommen, wozu soll es also gut sein, und ehrlich gesagt, wer hat noch die Kraft dazu? In den Anfangsjahren kam es öfters vor. Unseren größten Streit hatten wir, bevor wir überhaupt verheiratet waren, und es ging darum, dass ich Helen zur Hochzeit einladen wollte. Ich erklärte ihm, das sei eine nette, versöhnliche Geste – sie würde wahrscheinlich absagen, aber es sei richtig, sie einzuladen, vor allem weil wir fast alle unsere Kollegen bei Peavey Patterson auf die Gästeliste gesetzt hatten. Als er entgegnete, er hätte nicht die Absicht, eine Frau zu seiner Hochzeit einzuladen, die mich als Schlampe beschimpft hätte (und die ihn heftig zu hassen schien), erinnerte ich ihn daran, dass ich streng genommen *genau das* gewesen war, als sie mich so genannt hatte, und dass wir es ihr kaum verdenken konnten, wenn sie uns hasste. War es nicht an der Zeit, zu vergeben und zu vergessen? Nachdem ich das gesagt hatte, meinte er, ich könnte es mir ja auch leisten, großmütig zu sein, da ich gesiegt hätte. Na ja, das machte mich so wütend, dass ich meinen Verlobungsring abnahm und aus dem Fenster schmiss.

Jetzt war das aber kein Retortenring von Zales, sondern der Verlobungsring meiner Mutter, der seit Jahren in ihrer Familie weitergegeben worden war, mitgebracht aus Irland von ihrer Großmutter. Er war nicht besonders wertvoll – ein kleiner Diamant flankiert von zwei winzigen Smaragden. Das Unbezahlbare an ihm waren seine Geschichte und die Tatsache, dass mein Vater ihn William gegeben hatte, damit er ihn mir ansteckt. Auf der Ringinnenseite gab es eine Gravur. Etwas unglaublich Süßes, wahrscheinlich an der Grenze zum Zuckersüßen, an das ich mich nicht mehr erinnere. Alles, woran ich mich noch erinnere, ist das Wort *Herz*.

Das Problem war, dass wir im Auto saßen, als ich den Ring aus dem Fenster warf. Wir waren gerade bei meinem Vater aufgebrochen und fuhren am Park in Brockton vorbei, als William die Bemerkung über meinen *Sieg* machte. Ich wollte ihm nur Angst einjagen. Ich schmiss den Ring aus dem Fenster in den Park, und wir fuhren einfach weiter, beide total geschockt. Irgendwann drehten wir um und versuchten, die Stelle wiederzufinden, aber trotz systematischer Suche im Gras konnten wir ihn nicht entdecken.

Ich war am Boden zerstört. Jeder von uns gab insgeheim dem anderen die Schuld. Er mir, logischerweise, weil ich den Ring weggeworfen hatte. Ich ihm, weil er so kaltherzig gewesen war. Der Verlust des Rings verunsicherte uns beide total. Etwas so Unbezahlbares zu verlieren oder, was mich betraf, wegzuwerfen, bevor wir überhaupt begonnen hatten zusammenzuleben – war das ein schlechtes Omen? Ich konnte es nicht ertragen, meinem Vater die Wahrheit zu sagen, also logen wir ihn an und erzählten ihm, unsere Wohnung wäre ausgeraubt und der Ring gestohlen worden. Wir überlegten genau, was wir ihm sagen würden, sollte er fragen, warum ich den Ring zu dem Zeitpunkt nicht getragen hätte: Ich hatte ihn abgenommen, weil ich meinem Gesicht ein Peeling gegönnt und nicht gewollt hatte, dass das grüne klebrige Zeugs sich in der filigranen Fassung festsetzte und ich es dann mit einem Zahnstocher oder einer Dentalsonde hätte herausfriemeln müssen. Seitdem habe ich gelernt, dass es beim Lügen besser ist, keine Details zu liefern. Es sind die Details, die einen verraten.

60. »Lo-li-ta: die Zungenspitze macht drei Sprünge den Gaumen hinab und tippt bei drei gegen die Zähne. Lo. Li. Ta.«

61. Lange, sich verjüngende Finger. Große Handflächen. Nagelhäutchen, die nie zurückgeschoben werden brauchten. Chet Baker im Kassettenrekorder. Er war gerade dabei, Peperoni in einen Salat zu schnippeln. Ich blickte auf diese Hände und dachte: Ich werde die Kinder dieses Mannes bekommen.

62. *Was würden Sie tun, wenn Sie je aufhören sollten, miteinander zu reden?* Ich schrieb: »Das wird NIE UND NIMMER passieren. William und ich reden über alles. Dieses Problem werden wir niemals haben.« Und nein, das ist heute nicht mehr gültig.

63. Im Garten hinter einem Haus im North End, in dem mein Cousin Henry wohnte, mit Blick über den Hafen von Boston. Am Abend, die Luft roch nach Meer und Knoblauch. Unsere Eheringe waren ganz schlicht, was uns nach dem Debakel mit dem Verlobungsring richtig erschien. Wenn mein Vater etwas wegen des Rings ahnte, verlor er kein Wort darüber. Er sagte eher wenig an diesem Abend, seine Gefühle überwältigten ihn. Vor Beginn der Hochzeitszeremonie umklammerte er nahezu alle fünf Minuten meine Schultern und nickte. Als es an der Zeit war, mich auszuhändigen, führte er mich zu dem Baum, lüftete meinen Schleier und küsste mich auf die Wange. »Ab mit dir, Liebes«, sagte er, und in diesem Augenblick begann ich zu weinen. Ich weinte während der gesamten Zeremonie, wodurch William verständlicherweise aus dem Gleichgewicht gebracht wurde. »Alles ist gut«, gab er mir wortlos zu verstehen, während der Priester seine Arbeit machte. »Ich weiß«, gab ich ihm wortlos zurück. Ich weinte nicht, weil ich gerade heiratete, ich weinte, weil meine Geschichte mit meinem Vater auf diese vier so perfekt ausgewählten Worte hinauslief. Nur deshalb konnte er etwas sagen, das vorgab, so banal zu sein, weil unser gemeinsames Leben genau das Gegenteil davon gewesen war.

Kapitel 56

Alice, hast du diesen Artikel gelesen: Alle sollen mehr Käse essen!

Warum ignorierst du meine Nachrichten, Alice?

Liebes?

Tut mir leid, Dad. Schuljahr geht zu Ende. Zu viel zu tun, um zu schreiben. Zu viel zu tun, um zu essen.

Mach mir Sorgen, du isst nicht genug Käse. Frauen in deinem Alter brauchen Proteine und Kalzium. Hoffe, du wirst nicht zur Veganerin, da draußen in Kalifornien.

Vertrau mir. Und mach dir keine Sorgen über meinen Käsekonsum.

Neuigkeit: bin möglicherweise verliebt.

Was??? In wen???

Conchita.

Conchita Martinez, unsere Nachbarin Conchita, mit deren Sohn Jeff ich gegangen bin und den ich im Abschlussjahr abgeschossen habe?

Ja! Genau die. Sie erinnert sich sehr gerne an dich. Jeff weniger. Immer noch sauer.

Warum klingst du wie ein Indianer aus dem Film *Der große Aufstand*? Verbringt ihr viel Zeit miteinander?

Jeden Abend. Bei ihr oder mir. Meistens bei mir, weil Jeff noch zu Hause wohnt. Versager.

Ach, Dad – ich freu mich so für dich.

Ich mich auch für dich. Bist seit vielen Jahren glücklich verheiratet. Sehr stolz. Alles gut geworden, für uns. Aber tu mir Gefallen – iss heute Stück Brie. Angst, du klappst zusammen, du zartes Pflänzchen.

Kapitel 57

John Yossarian

Klartext reden wird unterschätzt.

vor 23 Minuten

Okay, ich habe Angst, dass ich für Sie zu einem Problem werde, Forscher 101.

Wieso, Ehefrau 22?

Ich beleidige Sie nicht ausreichend.

Dem kann ich nicht widersprechen.

Gut. Ich werde mich anstrengen, Sie in Zukunft öfter zu beleidigen, weil Freude laut einer Antonym-Webseite das Gegenteil von Beleidigung ist, und ich möchte Ihnen nur ungern ungewollt Freude bereiten.

Man kann nicht dafür verantwortlich gemacht werden, wie man wahrgenommen wird.

Ihnen Freude zu bereiten, war nie meine Absicht.

Ist das Ihre Vorstellung von Klartext reden, Ehefrau 22?

Sie finden das doch auch komisch. Wie unsere Gespräche dahinplätschern. Wie ein Fluss. Wir springen immer wieder hinein und tauchen unter. Kommen wir an die Oberfläche, stellen wir möglicherweise fest, dass wir Kilometer weit von dem Punkt abgetrieben wurden, an dem wir uns das letzte Mal unterhalten haben, aber das macht nichts. Es ist immer noch derselbe Fluss. Ich tippe Ihnen auf die Schulter. Sie drehen sich um. Sie rufen mir etwas zu. Ich antworte.

Es tut mir leid, dass Sie Ihren Verlobungsring verloren haben. Es klingt nach einer sehr traumatischen Erfahrung. Haben Sie Ihrem Vater je die Wahrheit gesagt?

Nein, und es wird mir ewig leidtun.

Warum erzählen Sie es ihm nicht jetzt?

Zu lange her. Was bringt das jetzt noch? Er würde sich nur aufregen.

Wussten Sie, dass laut einer Synonyme-Website die Definition von Problem *lautet: eine Schwierigkeit, die gelöst werden muss?*

Ist das *Ihre* Vorstellung von Klartext reden, Forscher 101?

Nach dem Informationsaustausch mit Ihnen während unserer gemeinsamen Zeit kann ich mit Nachdruck behaupten, dass Sie, Ehefrau 22, einiger Lösungen bedürfen.

Dem kann ich nicht widersprechen.

Und ich kann sagen (ein bisschen weniger nachdrücklich, aus Angst, Sie aus der Fassung zu bringen), dass ich gerne derjenige wäre, der Sie erlöst.

Kapitel 58

64. Ich war seit drei Monaten mit Zoe schwanger. Mir war immerzu erbärmlich schlecht, womit ich erfolgreich hinterm Berg hielt. Ich hatte sogar drei Kilo wegen der Morgenübelkeit abgenommen, daher konnte niemand am Theater sehen, dass ich schwanger war – mit Ausnahme von Laser-Auge Bunny, die mein Geheimnis in dem Moment erahnte, in dem ich vor ihr stand. Wir hatten uns vorher nur einmal in Boston getroffen, nachdem sie sich mit der unglaublichen Nachricht bei mir gemeldet hatte, dass *Die Bardame* den Wettbewerb gewonnen hatte. Sie ließ mich sofort wissen, dass mein Stück, auch wenn es gewonnen hatte, noch bearbeitet werden müsse. Sie fragte mich, ob ich bereit sei, einiges umzuschreiben. Ich stimmte natürlich zu, ging aber davon aus, dass es um minimale Änderungen ging.

Ich kam an einem Samstagnachmittag im Blue Hill an. Die letzten Wochen waren nicht einfach gewesen. William wollte mich nicht fahren lassen – auf gar keinen Fall, wo es mir doch so schlecht ging. Wir stritten uns am Frühstückstisch, und ich war mit den anklagenden Worten aus der Wohnung gestürmt, er wolle meine Karriere sabotieren. Während der gesamten Fahrt fühlte ich mich schrecklich, aber jetzt, als ich im Gang des Theaters stand und hinunter auf die Bühne blickte, war mir vor Aufregung schwindlig. Hier lag es also vor mir, mein Leben als richtige Theaterautorin, es begann genau in diesem Augenblick. Im Blue Hill Theater roch es genau so, wie es in einem Theater riechen sollte, in der Kopfnote nach Staub und Papier, in der Basisnote nach Popcorn und billigem Wein. Ich

drückte mein Manuskript an meine Brust und ging den Flur entlang, um Bunny zu begrüßen.
»Alice! Sie sind schwanger«, rief sie aus. »Herzlichen Glückwunsch! Hunger?« Sie streckte mir eine Schachtel Kekse entgegen.
»Woher wissen Sie das? Ich bin erst in der zwölften Woche. Man sieht noch gar nichts.«
»Ihre Nase. Sie ist geschwollen.«
»Ach ja?« Ich tastete meine Nase ab.
»Nicht abscheulich geschwollen, nur ein winziges bisschen. Ist bei den meisten Frauen so, fällt denen aber nicht auf, weil die Schleimhäute im Laufe der Schwangerschaft langsam anschwellen, nicht auf einen Schlag.«
»Also, es wäre mir sehr recht, wenn Sie das niemandem sagen würden …«
Der schwere, süße Duft aus Bunnys geöffneter Keksschachtel schwebte in meine Nasenlöcher, und ich hielt mir die Hand vor den Mund.
»Eingangshalle, rechte Tür«, instruierte Bunny mich, und ich rannte den Flur entlang zu den Toiletten und übergab mich.
Die folgenden wochenlangen Proben waren sehr intensiv. Tag für Tag saß ich neben Bunny in dem abgedunkelten Theater, und sie versuchte, mir beratend zur Seite zu stehen. Zuerst waren Bunnys Vorschläge so etwas wie Ermutigungen, mich von Klischees zu verabschieden. »Das klingt unglaubwürdig, Alice«, sagte sie öfter über eine Szene. »So redet kein Mensch im wirklichen Leben.« Je weiter die Proben voranschritten, desto strenger und hartnäckiger wurde sie, weil es für sie auf der Hand lag, dass irgendetwas nicht funktionierte. Sie trieb mich weiter an, um die Nuancen und Schattierungen herauszuarbeiten, die den Figuren fehlten. Aber ich war nicht ihrer Meinung. Ich fand, die Tiefe wäre sehr wohl vorhanden; sie erkannte sie einfach nur nicht.
Eine Woche vor der Premiere stieg der Schauspieler in der Hauptrolle aus. Die erste Kostümprobe war ein Desaster, die zweite ver-

lief etwas besser, und schließlich, in letzter Minute, sah ich *Die Bardame* mit Bunnys Augen und war entsetzt. Sie hatte recht. Das Stück war eine Karikatur. Eine freche, glitzernde Oberfläche, mit wenig dahinter. Pure Fassade, nichts dahinter.
Zu diesem Zeitpunkt war es schon zu spät für weitere Änderungen. Ich musste das Stück loslassen. Es würde in eine steife Brise geraten oder von ganz alleine untergehen.
Die Premiere verlief gut. Das Theater war brechend voll. Ich betete darum, dass sich alles heute Abend auf wundersame Weise fügen würde, und angesichts der enthusiastischen Theaterbesucher schien genau das der Fall zu sein. William war den ganzen Abend an meiner Seite. Ich hatte mittlerweile eine kleine Babykugel, was seinen Beschützerinstinkt zum Vorschein brachte: Seine Hand in meinem Kreuz war allgegenwärtig. Am nächsten Morgen erschien eine begeisterte Kritik im *Portland Press Herald*. Die ganze Besetzung feierte sich deshalb mit einer Bootsfahrt auf einem Hummerschiff. Einige von uns betranken sich. Andere (ich) übergaben sich. Keiner von uns ahnte, dass das der einzige Moment in der Sonne sein würde, den *Die Bardame* erleben würde, aber vermutet denn je irgendjemand, dass die Magie gleich enden wird, wenn sich das Magische gerade erst entfaltet?
Ich würde nicht so weit gehen zu sagen, William wäre froh über das Scheitern des Stückes gewesen, aber was ich sagen kann, ist, dass er froh darüber war, mich wieder zu Hause zu haben, in Erwartung des Babys. Er ging nicht so weit zu verkünden, er hätte es ja gesagt, aber jedes Mal, wenn Bunny mir einen weiteren Verriss mailte (sie gehörte nicht zu den Regisseuren, die daran glaubten, man solle seine Kritiker ignorieren – ganz im Gegenteil, sie gehörte dem Hast-du-genug-Verrisse-eingeheimst-bist-du-dagegen-geimpft-Lager an), bekam er diesen grimmigen Gesichtsausdruck, den ich nur als Scham deuten konnte. Irgendwie war mein öffentliches Scheitern zu seinem eigenen geworden. Er musste mir nicht raten, kein weiteres Stück zu schreiben: Zu dieser Entschei-

dung fand ich ganz allein. Ich sagte mir, auch in meiner Schwangerschaft gäbe es drei Akte: einen Anfang, eine Mitte und einen Schluss. Im Grunde war ich ein lebendes Theaterstück, und das musste vorläufig ausreichen.

65. Ich weiß, dass *Zimmergenosse* ein Tabuwort ist, aber mir fällt Folgendes dazu ein: Was wäre, wenn Zimmergenossen zu sein das natürliche Stadium im mittleren Teil einer Ehe ist? Was wäre, wenn es genau so und nicht anders zu sein hat? Der einzig *mögliche* Zustand, solange wir uns abrackern, Kinder aufzuziehen, und versuchen, Geld für den Ruhestand zurückzulegen und uns damit zu arrangieren, dass es keinen Ruhestand mehr geben wird und wir arbeiten müssen, bis wir tot umfallen?

66. Vor einer Viertelstunde.

Kapitel 59

»Lecker«, sagt Caroline.

»Das schmeckt gut«, sagt William.

»Soll der denn nach Erde schmecken?«, frage ich und blicke suchend in mein Smoothie-Glas.

»Ach Alice«, sagt Caroline, »du bist so ehrlich.«

»Du meinst wohl eher, sie sagt alles ungefiltert«, präzisiert William.

»Du solltest wirklich mit uns Joggen gehen«, sagt Caroline.

»Ja, warum kommst du nie mit?«, fragt William und klingt dabei völlig unaufrichtig.

»Weil irgendjemand ja schließlich arbeiten muss.«

»Siehst du: ungefiltert«, sagt William.

»Wie dem auch sei – ich muss jetzt duschen und mich fertigmachen. Ich habe heute Nachmittag ein zweites Vorstellungsgespräch bei Tipi. Es geht um ein Praktikum, aber wenigstens habe ich dann einen Fuß in der Tür«, sagt Caroline.

»Moment mal, wer oder was ist Tipi?«, frage ich

»Mikrokredite. Ein unglaubliches Unternehmen, Alice. Gibt es erst seit einem Jahr, aber sie haben bereits Darlehen im Wert von zweihundert Millionen Dollar an Frauen in der Dritten Welt vergeben.«

»Hast du deiner Mutter von dem zweiten Gespräch erzählt? Sie muss begeistert sein.«

»Nein, noch nicht. Und glaub mir, sie wird alles andere als begeistert sein«, sagt Caroline. »Sie findet, ich vergeude damit meinen IT-Abschluss. Wenn es um Paypal oder Facebook oder Google ginge, würde sie vor Begeisterung ein Rad schlagen.«

»Das klingt nicht nach deiner Mutter.«

Caroline zuckt mit den Achseln. »Das *ist* meine Mutter. Nur eben nicht der Teil meiner Mutter, den viele Leute je zu Gesicht bekommen. Ich muss los.« Sie schnappt sich eine Erdbeere und verlässt die Küche.

»Tja, alle Achtung, sie rackert sich da draußen ab.«

»Will heißen, dass ich mich *nicht* da draußen abrackere?«, fragt William. »Ich hatte zehn Vorstellungsgespräche. Ich rede nur nicht darüber.«

»Du hattest *zehn* Vorstellungsgespräche?«

»Ja, und keine Rückmeldung.«

»William, du meine Güte, *zehn* Vorstellungsgespräche? Warum hast du mir nichts davon gesagt? Ich hätte dir helfen können. Das ist unglaublich. Da draußen geht es übel zu. Es liegt nicht nur an dir. Lass mich helfen. Ich kann dir helfen. *Bitte.*«

»Da gibt es nichts zu helfen.«

»Na gut, dann lass mich dich unterstützen. Hinter den Kulissen. Ich bin gut im Mitfühlen. Spitzenmäßig, um genau zu sein …«

Er schneidet mir das Wort ab. »Ich brauche kein Mitgefühl, Alice. Ich brauche einen Plan. Und dafür ist es nötig, dass du mich in Ruhe lässt, während ich nachdenke. Ich werde eine Lösung finden, wie immer.«

Ich trage mein Glas zur Spüle und leere es aus. »Gut«, sage ich bedächtig. »Also gut, hier ist *mein* Plan. Ich habe einen Brief an den Elternverein geschickt mit der Anfrage, ob sie in Erwägung ziehen könnten, aus meinem Job im Herbst eine Vollzeitstelle zu machen. Sechs Stücke pro Semester sollten dafür reichen.«

»Du willst wirklich auf eine ganze Stelle gehen?«, fragt William.

»Ich will, dass wir in der Lage sind, unsere Kinder aufs College zu schicken.«

William verschränkt die Arme vor der Brust. »Caroline hat recht. Du solltest wieder anfangen zu joggen. Es täte dir gut.«

»Du scheinst doch gut mit Caroline klarzukommen.«

»Ich würde lieber mit dir laufen«, sagt er.

Er lügt. Ich überlege, ob Forscher 101 wohl Joggen geht.

»Was ist?«, fragt er.

»Was meinst du mit *was ist*?«

»Du hattest diesen komischen Ausdruck im Gesicht.«

Ich stelle mein Glas in den Geschirrspüler und schließe die Tür geräuschvoll. »Das ist eben mein Gesichtsausdruck, wenn ich dich in Ruhe lasse, damit du eine Lösung finden kannst.«

»Kalifornische Gänse, wir sind unvergesslich. Junge Gänse, Geschnatter, der Gänserich obenauf. Weiße Federn, so weich, dass du uns streicheln willst. Kreisch, kreisch, kreisch, kreisch. Kreisch, kreisch, kreisch, kreisch.«

Der Gänserich obenauf? Dass du uns streicheln willst? Was habe ich mir dabei gedacht? Ich stehe seitlich an der Theaterbühne der Kentwood-Grundschule und zweifle im Nachhinein an meiner Entscheidung, die Gänse als Schlussnummer von *Schweinchen Wilbur und seine Freunde* eine Parodie auf Katy Perrys Song *California Gurls* zum Besten geben zu lassen. Die lilafarbenen Perücken, die ich im Kostümladen ergattert habe, lassen die Gänse wie Schlampen aussehen (genau wie ihre Tanzerei und ihr Hüftschwingen). Und den neidischen Blicken von Wilbur und Charlotte und dem Rest der Besetzung nach zu urteilen, bin ich mir ziemlich sicher, in meinem Versuch wettzumachen, dass die Gänse keinen Text haben, übers Ziel hinausgeschossen zu sein. Um drei Uhr nachts, als ich YouTube nach Ideen abgraste, schien mir die Idee einfach brillant zu sein, und ich habe mich selbst davon überzeugt, dass Katy Perry – nackt und mit nichts bekleidet als einer Wolke, die ihren Po bedeckt – ein postfeministisches Statement sei.

Ich beginne damit, mir Ausreden auszudenken, warum ich gehen müsste, bevor die Vorstellung zu Ende wäre. Aus irgendeinem Grund haben sie alle etwas mit Zähnen zu tun. Ich habe Karamellbonbons gegessen und mir dabei eine Krone ausgebissen. Ich habe einen Bagel gegessen, und dabei ist mir ein Brösel im Hals stecken geblieben.

Ich kann das Geschnatter und Geflüster der Eltern hören, als sich die Gänse gegen Ende ihres Auftritts wie die Revuetänzerinnen von den Rockettes unterhaken und Arm in Arm verführerisch Luftküsschen ans Publikum verteilen. Die Gänse singen die letzte Zeile und hängen noch einen frechen Po-Wackler hintendran. Schlapper Applaus, dann tänzeln die Gänse von der Bühne. O Gott. Hubschraubermama hatte recht, ich mache das hier schon zu lange. Dann sehe ich den Jungen, der Wilbur gespielt hat, mit einem Nelkenstrauß in der Hand. Als Nächstes werde ich auf die Bühne geschubst, wo man mir den Strauß in den Arm schiebt. Ich wende mich um an ein Publikum aus überwiegend missbilligenden Gesichtern – abgesehen von dreien: den Müttern der Gänse, von denen eine die strahlende Mrs Norman ist, die mir offenbar verziehen hat, dass ich sie als Kifferin bezichtigt habe.

»Schön«, sage ich. »*Schweinchen Wilbur und seine Freunde*. Immer wieder der Publikumsliebling. Und hatten wir dieses Jahr nicht eine wunderbare Charlotte? Sie glauben vielleicht, *Schweinchen Wilbur und seine Freunde* wäre irgendwie unpassend – mit Charlottes Tod am Ende und so –, aber meiner Erfahrung nach ist das Theater ein sicherer Ort, um mit schwierigen Dingen wie dem Tod zu experimentieren. Und damit, wie es sich anfühlt. Wie der Tod sich anfühlt.«

Er fühlt sich genau so an.

»Ich möchte Ihnen für Ihr Vertrauen danken, Ihre Kinder betreuen zu dürfen. Schauspiellehrerin zu sein ist nicht immer einfach. Das Leben ist nicht gerecht. Wir sind nicht alle gleich. Einer muss die Nebenrolle übernehmen. Und einer muss der Star sein. Ich weiß, dass wir in einer Zeit leben, in der wir so zu tun versuchen, als sei das nicht wahr.«

Einige Eltern packen ihre Videokameras ein und verlassen den Saal.

»Wir versuchen, unsere Kinder vor Enttäuschungen zu schützen. Davor, Dinge zu sehen, die sie nicht sehen sollten, bevor sie so weit sind. Aber wir müssen realistisch sein. Da draußen passieren schreckliche Dinge. Vor allem im Internet. Gerade erst vor ein paar Tagen hat mein Sohn … was ich damit sagen will, ist, dass man sie nicht einen Film ansehen lassen kann und bei den schrecklichen Dingen einfach schnell vorspult. Habe ich nicht recht?«

Der Publikumssaal ist jetzt fast leer. Mrs Norman winkt mir aus der ersten Reihe zu.

»Okay, also vielen Dank, dass Sie gekommen sind. Ähm … ich wünsche Ihnen schöne Ferien, und bis zum nächsten Jahr!«

»Wann gibt es die DVD?«, fragt Mrs Norman. »Wir sind so stolz auf Carisa. Wer hätte gedacht, dass eine kleine Tänzerin in ihr steckt? Ich würde gerne drei Kopien vorbestellen.«

»Die DVD?«, frage ich.

»Von der Vorstellung«, sagt sie. »Sie haben das Stück doch von Profis aufnehmen lassen, oder?«

Das kann nicht ihr Ernst sein. »Ich habe gesehen, dass einige Eltern die Aufführung aufgenommen haben, und ganz sicher schickt Ihnen jemand gerne eine Kopie davon.«

Sie schüttelt ernsthaft den Kopf. »Carisa, hol schon mal deinen Rucksack. Wir treffen uns dann draußen.«

Wir beide blicken Carisa hinterher, die sich tänzelnd auf den Weg macht.

»Diese Perücke war ein Riesenfehler, es tut mir sehr leid.«

»Wovon reden Sie? Die Gänse haben allen die Show gestohlen«, sagt Mrs Norman. »Die Perücken waren grandios, genau wie die Auswahl des Songs.«

»Sie fanden es nicht ein bisschen – erwachsen?«

Mrs Norman zuckt mit den Achseln. »Die Welt hat neue Maßstäbe. Acht ist das neue dreizehn. Die Mädchen bekommen in der vierten Klasse Brüste. Sie bettelt mich schon jetzt wegen eines BHs an. Es gibt sie inzwischen in ganz kleinen Größen, wissen Sie. Winzig. Gepolstert. So was von niedlich. Also, hören Sie, ich möchte mich für das, was letzte Woche passiert ist, entschuldigen. Sie haben mich einfach kalt erwischt. Ich möchte Ihnen danken. Ich weiß es wirklich zu schätzen, was Sie getan haben.«

Endlich mal ein Dankeschön!

»Keine Ursache. Ich bin mir sicher, jede Mutter hätte an meiner Stelle genauso gehandelt.«

»Wo und wann kann ich Sie also treffen? Ich weiß, dass wir das nicht in der Schule über die Bühne bringen sollten.«

»Ich glaube, hier sind wir ungestört«, sage ich. Der Saal war leer. »Hier hört uns niemand.«

»Sie wollen das jetzt durchziehen? Sie tragen es mit sich herum? In Ihrer Handtasche?« Sie zeigt auf meine Umhängetasche. »Toll!« Sie streckt mir eine Hand entgegen und zieht sie sofort wieder zurück. »Vielleicht sollten wir hinter die Bühne gehen.«

Glaubt diese Frau etwa, ich habe ihr Haschisch immer noch bei mir? »Äh, Mrs Norman? Ich habe Ihr … *Zeug* nicht mehr. Ich habe es beseitigt, und zwar gleich an dem Tag, an dem ich Sie deshalb angerufen habe.«

»Sie haben es weggeschmissen? Das war fast tausend Dollar wert!«

Ich blicke in ihr empörtes, auf ihren Anspruch bestehendes Mondgesicht, und ich denke an Forscher 101, was mir das Selbstvertrauen gibt, *Klartext zu reden.*

»Mrs Norman, ich hatte einen sehr schwierigen Tag. Es war

falsch von mir, die Mädchen *California Geese* aufführen zu lassen. Dafür entschuldige ich mich, und ich hoffe wirklich, aus tiefstem Herzen, dass Sie Carisa keinen BH kaufen. Sie ist viel zu jung für so was, und soweit ich das sehen kann, hat sie noch überhaupt keine Brüste. Vielleicht sollten Sie mit Ihrer Tochter ein Gespräch über das Trauma führen, das sie erlitten hat, als sie Ihren Vorrat an illegalen Drogen gefunden hat, statt mit mir darüber zu reden, wie Sie das Zeug zurückbekommen. Sie ist ein sehr liebes Kind, und sie ist total durcheinander.«

»Was erlauben Sie sich?«, faucht Mrs Norman mich an.

»Lassen Sie sich etwas einfallen. Irgendwas. Aber sprechen Sie es an. Sie wird es nicht vergessen, glauben Sie mir.«

Kreisch, kreisch, kreisch, kreisch, macht Mrs Norman, womit sie sagen wollte: »Du Scheiß-Lehrerin.«

Kreisch, kreisch, kreisch, kreisch, mache ich und meine damit: »Auf Wiedersehen, du Kiffer-Mutti.«

Im Auto drehe ich die Musik voll auf, um mich zu beruhigen, aber *I dream a dream of days gone by* will heute nicht funktionieren. Als ich nach Hause komme, stehe ich wegen der Vorfälle am Nachmittag immer noch so unter Strom, dass ich etwas mache, von dem ich weiß, dass es meine Ängste nur noch verstärkt: Ich schleiche mich in Zoes Zimmer, um den Keks- und Kuchenbestand zu überprüfen, was ich seit Wochen tue, in der Hoffnung zu verstehen, wie meine Tochter Tausende von Ding-Dong-Kalorien pro Woche verzehren kann, ohne auch nur ein Gramm zuzunehmen.

»Ich glaube nicht, dass sie Bulimie hat.« Caroline reckt ihren Kopf ins Zimmer. »Du bekämst es mit, wenn sie sich ständig Abführmittel reinziehen würde.«

»Ja, schon, aber es fehlen zwei Yodels«, sage ich.

»Du hast sie gezählt?«

»Und ich höre andauernd das Wasser fließen, wenn sie im Bad ist.«

»Das bedeutet nicht, dass sie kotzt. Wahrscheinlich mag sie es nur nicht, wenn man ihr beim Pinkeln zuhört. Ich habe sie beobachtet. Sie ist nicht der Kotz-Typ. Ich glaube auch nicht, dass sie Fress-Kotz-Attacken mit Yodels hat, wirklich nicht, Alice. Sie passt einfach nicht ins Profil.«

Ich umarme Caroline. Es gefällt mir, sie im Haus zu haben. Sie ist clever, mutig, kreativ und freundlich: genau die Sorte junge Frau, zu der Zoe hoffentlich werden wird.

»Schon mal einen Yodel probiert?«, frage ich.

Caroline schüttelt den Kopf. Natürlich nicht.

»Ich heb ihn mir für später auf«, sagt sie mit einem skeptischen Blick auf die Packung.

»Gib ihn wieder her. Du wirst ihn sowieso nicht essen.«

Caroline rümpft die Nase. »Stimmt, aber meine Mutter – du weißt ja, wie sehr sie Junkfood liebt. Sie und mein Dad kommen mich besuchen. Yodels haben ja kein Verfallsdatum, oder?«

»Bunny kommt nach Oakland?«

»Wir haben heute Morgen telefoniert. Sie haben es gerade beschlossen.«

»Wo werden sie unterkommen?«

»Ich glaube, sie haben vor, ein Haus zu mieten.«

»Kommt überhaupt nicht in Frage. Das ist zu teuer. Sie können hier bei uns wohnen. Du kannst in Zoes Zimmer schlafen und sie im Gästezimmer.«

»Oh nein, sie will sich bestimmt nicht aufdrängen. Du beherbergst ja schon mich.«

»Das hat mit Aufdrängen nichts zu tun. Eigentlich bin ich da ganz egoistisch – ich möchte sie unbedingt sehen.«

»Aber musst du nicht vorher William fragen?«

»William ist sicher einverstanden, das verspreche ich.«

»In Ordnung, wenn du dir sicher bist, werde ich es ihr ausrichten. Sie wird sich darüber freuen. Übrigens, Alice, ich hatte eine Idee: Wie wär's, wenn wir beide joggen gehen? Heimlich? Langsam anfangen. In deinem Tempo laufen. Und irgendwann bist du so weit, dass du und William wieder gemeinsam laufen könnt.«

»Ich glaube nicht, dass William daran interessiert ist, mit mir zu laufen.«

»Da irrst du dich. Du fehlst ihm.«

»Das hat er dir gesagt?«

»Nein, aber ich spüre das. Er redet beim Laufen ununterbrochen über dich.«

»Du meinst, er beschwert sich.«

»Nein! Er erzählt einfach nur von dir. Sachen, die du gesagt hast.«

»*Wirklich?*«

Caroline nickt.

»Na gut – das ist nett, nehme ich mal an.«

Um genau zu sein, irritiert es mich. Warum kann William sich nicht vor mir so verhalten, als vermisse er mich?

Ich nehme ihr das Biskuitröllchen aus der Hand. »Deine Mutter mag am liebsten Sno Balls.«

Ich sehe Bunny förmlich vor mir, wie sie im hinteren Teil des Blue Hill Theaters sitzt und den pinkfarbenen Marshmallow-Überzug vom Schokoladenküchlein abpult, während sie einen Schauspieler instruiert, *tiiiiiiieeeefer* zu gehen. Irgendwie gehören Theater und Kohlenhydrate zusammen.

»Als ich klein war, waren die Yodels einzeln in Folie verpackt«, sage ich. »Wie eine Überraschung. Wie ein Geschenk, von dem du nichts geahnt hast.«

Und genau wie die Biskuitrolle fühlt sich Bunnys Besuch an – wie Schicksal.

Drei Tage später ist offiziell Sommeranfang. Die Kinder haben keine Schule mehr, genau wie ich. Angesichts unserer finanziellen Situation haben wir dieses Jahr nichts Besonderes vor (mal abgesehen von einem Campingausflug in die Sierra Nevada in ein paar Wochen). Alle werden die ganze Zeit zu Hause sein, außer Caroline, die das Halbtags-Praktikum bei Tipi ergattert hat.

Ich nehme Carolines Angebot, mit mir zu trainieren, beim Wort und stehe gerade mitten auf der Straße, keuchend, vornübergebeugt wie eine alte Frau, Hände auf die Knie gestützt, und bereue diese Entscheidung zutiefst.

»Das macht siebeneinhalb Minuten pro Kilometer«, sagt Caroline mit Blick auf ihre Uhr. »Gut, Alice.«

»Fast acht Minuten? Das ist jämmerlich. Da gehe ich ja schneller spazieren«, sage ich nach Luft schnappend. »Sag mir noch mal, warum wir das hier machen.«

»Weil du dich danach super fühlen wirst.«

»Und währenddessen werde ich mich dem Tode nah fühlen und den Tag verfluchen, an dem ich dich bei uns habe einziehen lassen?«

»So ungefähr.« Sie federt auf ihren Zehenspitzen hoch und runter. »Los geht's, immer in Bewegung bleiben. Du willst doch nicht, dass sich die Milchsäure in deinen Waden ansammelt.«

»Nein, keiiiine Milchsäure für mich. Lass mir nur noch eine Sekunde Zeit, um wieder zu Atem zu kommen.«

Caroline blickt abwesend ins Leere.

»Stimmt was nicht?«, frage ich.

»Nein, nichts«, sagt sie.

»Freust du dich auf den Besuch deiner Eltern?«

Caroline zuckt mit den Achseln.

»Hast du Bunny von Tipi erzählt?«

»Hm.« Caroline streckt sich und trottet dann langsam los. Ich stöhne und wanke hinter ihr her. Sie wirbelt herum und läuft rückwärts. »William hat mir erzählt, du bist mal einen Kilometer in unter sechs Minuten gelaufen. Da bringen wir dich wieder hin. Beweg deine Arme. Nein, nicht wie ein Hühnchen, Alice. Fest am Körper.«

Ich hole sie ein, und nach ein paar Minuten blickt sie mit gerunzelter Stirn auf die Uhr. »Macht es dir was aus, wenn ich den letzten halben Kilometer einen Sprint einlege?«

»Los, zisch ab«, keuche ich und wedele mit der Hand.

Kaum ist sie außer Sichtweite, verfalle ich eine gemächliche Gangart und zücke mein Handy. Ich klicke auf die Facebook-App.

Kelly Cho
Danke fürs Hinzufügen, Alice
vor 5 Minuten

Nedra Rao
Ehevertrag, Leute. Ehevertrag!
vor 10 Minuten

Bobby Barbedian
Robert Bly sagt, es ist völlig in Ordnung, wenn einem auf dem Weg nach unten Flügel wachsen.
vor 2 Stunden

Pat Guardia
träumt von Titas Lumpias. Wink mit dem Zaunpfahl.
vor 4 Stunden

Phil Archer
Ich habe meinen täglichen Glückskeks gelesen! Das Feingefühl, das du anderen entgegenbringst, kommt zu dir zurück.
vor 5 Stunden

Langweilig. Nichts Aufregendes.

Dann checke ich Lucy Pevensies Seite.

John Yossarian
gefällt *Bardamen.*
vor 5 Stunden

Ich stoße einen kleinen Freudenschrei aus.

Kapitel 60

John Yossarian
Warum nicht?
vor etwa einer Stunde

Okay, ich frage Sie einfach ganz direkt: Flirten Sie mit mir, Forscher 101?

Ich weiß nicht. Flirten Sie mit mir?

Lassen Sie ausnahmsweise mal mich den Forscher spielen. Beantworten Sie meine Frage.

Ja.

Sie sollten wahrscheinlich damit aufhören.

Tatsächlich?

Nein.

Kapitel 61

GESELLIGES SCHWEDISCHES ABENDESSEN BEI NEDRA

19:30 Uhr: in Nedras Küche

Ich: Hier sind die Fleischbällchen!

Nedra *(pult die Alufolie ab und verzieht das Gesicht)*: Sind die selbst gemacht?

Ich: Und hier ist die Preiselbeermarmelade, die dazugehört.

Nedra: *Jetzt* verstehe ich, warum du Schweden wolltest. Weil dir die billigen Kerzen ausgegangen sind. Alice, der ganze Sinn dieser internationalen Themenabende besteht darin, dass jeder seine persönliche Komfortzone verlässt und neue Rezepte ausprobiert, und nicht, dass man das Essen bei Ikea kauft.

William *(überreicht ihr eine Auflaufform)*: Blåbärspaj.

Nedra *(hebt die Alufolie mit verzücktem Gesichtsausdruck an)*: Du hast auch etwas mitgebracht?

William: Selbst gemacht, eine traditionelle schwedische Delikatesse.

Nedra: William, du bist ein Schatz, ich bin beeindruckt. Alice, stellst du bitte die Preiselbeermarmelade auf den Tisch? Der Styroporbecher gibt dem Ganzen übrigens eine hübsche Note.

19:48 Uhr: immer noch in Nedras Küche

Linda: Wartet mal, bis ihr erst den Wechsel eurer Kinder aufs College bewerkstelligen müsst. Das ist wie Gebären oder Heiraten, niemand sagt dir die schreckliche Wahrheit darüber.

Kate: Komm schon, so schlimm kann es nicht sein.

Bobby: Haben wir euch erzählt, dass die zwei Elternschlafzimmer fertig sind?

Linda: Als Erstes musste ich um fünf Uhr morgens aufstehen und mich einloggen, um Daniels geplante Einzugszeit zu erhalten. Das funktioniert nach dem Prinzip, wer zuerst kommt, mahlt zuerst, und alle wollen das Zeitfenster zwischen sieben und neun Uhr morgens haben. Wenn du nicht in dieses Zeitfenster kommst, bist du am Arsch.

Nedra: Warum hast du das um fünf Uhr Aufstehen nicht Daniel überlassen?

Linda *(winkt mit der Hand ab, so als wäre die Vorstellung, ein achtzehn Jahre alter Junge könnte verlässlich seinen Wecker stellen, völlig abwegig)*: Ich habe das Sieben-bis-neun-Zeitfenster ergattert. Wir kamen um sechs Uhr fünfundvierzig am Campus an, und da wartete schon eine riesige Schlange aus Eltern und Kindern vor den einzigen vier Fahrstühlen für das ganze Studentenwohnheim. Ganz offensichtlich gab es ein Fünf-bis-sieben-Uhr-für-mich-gelten-die-Regeln-nicht-denn-ich-bezahle-fünfzigtausend-Dollar-im-Jahr-Zeitfenster, auf das man mich nicht hingewiesen hatte.

Bobby: Ich schlafe seitdem wie ein Baby. Linda auch. Und unser Sexleben – ich werde nicht ins Detail gehen, aber sagen wir mal so, es turnt einen ungeheuer an, wenn man sich in seinem eigenen Haus wie Fremde fühlt.

Linda: Also schleppt jeder von uns einen Fünfzig-Kilo-Koffer fünf Stockwerke hoch in Daniels Zimmer. Die reinste Sisyphus-Arbeit angesichts der Tatsache, dass wir alle paar Minuten von den unbekümmerten Eltern zur Seite geschubst wurden, die früh genug da gewesen waren, um das Zeug ihrer Kinder mit dem Fahrstuhl zu den Zimmern befördern zu können, und die dann noch dumme Sprüche von sich gaben wie etwa: »Na, Sie sind ja ganz schön bepackt!«, oder: »Einzugstag – freut ihr euch nicht, sie endlich loszuwerden!« Und als wir in Daniels Zimmer ankamen – Horror! –, war sein Zimmergenosse schon da und fast komplett eingezogen. Als seine Mutter uns sah, begrüßte sie uns nicht mal; sie packte wie gestört immer weiter aus und belegte so viel Bodenfläche wie nur irgend möglich. Anscheinend hatte der Zimmergenosse diese Krankheit, wo ein Bein kürzer ist als das andere, und daher eine Sondererlaubnis bekommen, mega-super-früh einzuziehen – im Drei-bis-fünf-Uhr-Zeitfenster.

Ich: William, denk bloß mal an das ganze Geld, das wir sparen werden, jetzt, wo unsere Kinder nicht mehr aufs College gehen werden und wir deshalb dem Einzugstag entrinnen.

Bobby: Ich frage mich nur, warum wir so lange damit gewartet haben? Schon vor Jahren hätten wir so glücklich sein können. Unser Architekt meinte, das würden alle Leute sagen, die zwei Elternschlafzimmer bekommen.

Linda: Wenigstens hatte der Zimmergenosse so viel Anstand, das überbordende Ausmaß seiner Sachen peinlich zu finden: eine Mikrowelle, Kochplatte, Kühlschrank, ein Fahrrad. Wir haben Daniels Koffer im Flur abgestellt und gesagt, wir kämen später wieder.

Bobby: Schaut mal kurz vorbei, dann führe ich euch rum.

Linda: Wir sind also gerade am Gehen, da sagt der Zimmergenosse: »Stell dir vor, ich habe eine Sno-Cone-Maschine!« Mir wurde ganz schwer ums Herz. Ich hatte Daniel auch so eine Wassereis-Maschine gekauft. In irgendeinem Blog hatte ich gelesen, sie sei eins der zehn wichtigsten Dinge, um dich bei deinen Kommilitonen beliebt zu machen. Jetzt haben sie also zwei Eismaschinen auf zehn Quadratmeter Wohnfläche, was eine Eismaschine zu viel ist, um sich beliebt zu machen. Stattdessen werden sich die anderen fragen, was mit den Typen auf 507 und ihren zwei Eismaschinen nicht stimmt. So viele Jahre subtiler sozialer Manipulation, um sicherzustellen, dass er auf die Partys der beliebten Kinder eingeladen wurde, jahrelang hilfreiche Ratschläge à la wenn ihm nicht nach einer Freak-Show auf der Tanzfläche sei, solle er doch sagen, das erlaube sein Glaube nicht oder seine Eltern hätten es ihm verboten. Und in dem Moment habe ich angefangen zu weinen.

Ich: Was bedeutet das, eine Freak-Show?

Kate: Trockenübungen. Im Grunde so was wie Geschlechtsverkehr auf der Tanzfläche simulieren.

Bobby: Ich sagte ihr, sie solle sich die Tränen für später aufsparen, wenn sich alle Eltern im Treppenhaus von ihren Kindern verabschieden – der einzige offiziell genehmigte Ort für Verabschiedungen –, aber hat sie auf mich gehört?

Linda: Ich habe eben *dann* geweint. Und auch noch, als wir abends zurückkamen und die verdammte Mutter des Zimmergenossen immer noch da war und Krimskrams hin- und hergeschoben hat, weil ich ja nicht guten Gewissens zu einer Mutter mit einem Kind, dessen linkes Bein sieben Zentimeter kürzer ist als das rechte, sagen konnte: »Was soll der Scheiß, Lady?« Und ich habe noch mal im Treppenhaus geweint, während der festgelegten Zeit zum Weinen.

Ich: Ist es nicht schön, dass keins der Kinder dabei ist?

Linda *(schluchzt)*: Und im August muss ich das Ganze noch mal mit Nick durchmachen. Und dann sind die Kinder aus dem Haus. Wir werden ganz offiziell Eltern in einem leeren Nest sein, deren Kinder erwachsen sind. Ich weiß nicht, ob ich das ertrage.

Bobby: Ich wette, es gibt Firmen, die übernehmen den Umzug deiner Kinder ins College.

William: Gute Idee. Lass dir die Idee patentieren.

Nedra: Keine Mutter will, dass irgendwelche fremden Leute ihr Kind beim Umzug aufs College begleiten, ihr kompletten Vollidioten.

Ich: Ich würde sehr gerne mehr über die getrennten Elternschlafzimmer erfahren. Habt ihr Fotos dabei?

20:30 Uhr: Abendessen auf der Terrasse

Nedra: Ob ihr's glaubt oder nicht, es gibt *tatsächlich* so etwas wie eine Scheidung im Guten.

Ich: Und was macht eine Scheidung im Guten aus?

Nedra: Du behältst das Haus, ich die Hütte in Tahoe. Das Apartment in Maui nutzen wir gemeinsam.

William: Mit anderen Worten, Geld.

Nedra: Es hilft.

Kate: Und Respekt füreinander. Und der Wunsch, sich den Kindern gegenüber anständig zu verhalten. Kein Vermögen verstecken.

William: Mit anderen Worten, Vertrauen.

Ich *(blicke William nicht an)*: Erzähl doch mal, Linda, wie es so ist mit zwei Elternschlafzimmern. Wie läuft das ab?

Linda: Wir schauen in meinem oder seinem Zimmer Fernsehen, wir haben unsere Kuschelzeit, und erst, wenn wir uns bettfertig machen, geht jeder in seine Suite.

Bobby: Die Zimmer sind nur zum Schlafen da.

Linda: Schlaf ist so wichtig.

Bobby: Schlafmangel führt zu zwanghaften Fress-Kotz-Attacken.

Linda: Und Gedächtnisverlust.

Ich: Und unterdrückter Wut.

William: Und was ist mit Sex?

Linda: Was meinst du damit, was soll schon sein?

Nedra: Wann habt ihr Sex?

Linda: So wie immer.

Nedra: Und das wäre wann?

Bobby: Willst du wissen, wie oft?

Nedra: Ich habe mich schon immer gefragt, wie oft in der Woche verheiratete Hetero-Pärchen Sex haben.

William: Ich vermute mal, das hat etwas damit zu tun, wie lange sie schon verheiratet sind.

Nedra: Das klingt nicht nach einer Befürwortung der Ehe, William.

Ich: In welcher Farbe habt ihr die Wände gestrichen, Linda?

Nedra: Ein Paar, das länger als zehn Jahre verheiratet ist – ich schätze, einmal alle ein bis zwei Wochen.

Ich: Und der Teppich? Kaum zu glauben, dass Flokatis wieder in Mode gekommen sind.

Linda: Viel öfter.

Ich: Na ja – *ich* werde nicht lügen.

Linda: Behauptest du gerade, ich lüge?

Ich: Ich behaupte nur, du verfälschst die Wahrheit.

William: Reich mir doch mal den Blåbärspaj.

Ich: Einmal im Monat.

William *hustet.*

21:38 Uhr: in Nedras Küche, Resteverteilen auf Tupperdosen

Nedra: Meine Stirn glänzt. Ich bin total vollgefuttert. Ich bin betrunken. Tu dein Handy weg, Alice. Ich will nicht fotografiert werden.

Ich: Eines Tages wirst du mir dankbar sein.

Nedra: Ich erlaube dir sicher nicht, das Foto auf Facebook zu posten. Ich habe viele Feinde, und ich ziehe es vor, dass sie nicht wissen, wo ich wohne.

Ich: Beruhige dich. Ich poste ja nicht deine Adresse.

Nedra *(schnappt sich mein Handy und bearbeitet meinen Bildschirm)*: Es ist *genau so*, als würdest du meine Adresse posten. Wenn dein Handy GPS hat, sind in das Foto Geo-Tags eingebettet. Und die verbreiten den exakten Breiten- und Längengrad des Aufnahmeortes. Die meisten wissen noch nicht mal von der Existenz dieser Geo-Tags, was, und das lass dir gesagt sein, vielen meiner Klienten schon oft zum Vorteil gereicht hat. So. Ich habe die Ortungsdienste deines Handys deaktiviert. Jetzt kannst du ein Foto von mir machen.

Ich: Vergiss es. Du bist eine Spielverderberin.

Nedra: Und du hast wohl übertrieben, oder? Ihr habt doch mehr als einmal im Monat Sex.

Ich *(seufze)*: Nein, ich habe die Wahrheit gesagt. Zumindest ist es in letzter Zeit so.

Nedra: Es fühlt sich vielleicht an wie einmal im Monat, aber ich bin mir sicher, ihr macht es öfter. Warum führst du nicht Buch? Bestimmt gibt es eine Handy-App genau für diesen Zweck.

Ich: Kennst du schon die *Warum-bin-ich-so-eine-Zicke*-App? Sie ist gratis. Sagt dir, welcher Zyklustag gerade ist. Es gibt auch eine Version für Männer, aber die kostet 3,99 Dollar. Sie heißt *Warum-ist-meine-Herzdame-so-eine-Zicke*-App. Und für 4,99 Dollar kannst du ein Upgrade für die *Frag-deine-Herzdame-nie-ob-sie-bald-ihre-Tage-kriegt*-App kaufen.

Nedra: Und was macht die?

Ich: Jedes Mal, wenn du so blöd bist, deiner Herzdame die Frage zu stellen, ob sie bald ihre Tage kriegt, bucht sie automatisch 4,99 Dollar ab.

Nedra *(steht der Horror ins Gesicht geschrieben)*: Was machst du da? Auf keinen Fall schmeißt du den Blåbärspaj weg!

22:46 Uhr: durch die Badezimmertür

Ich: Ist da jemand drin?

William *(öffnet die Tür)*: Nein.

Ich *(hüpfe von einem Bein aufs andere und versuche, an William vorbei ins Bad zu kommen)*: Such dir eine Seite aus, William, links oder rechts?

William: Alice?

Ich *(versuche, mich an ihm vorbeizuschlängeln)*: Ich muss aufs Klo.

William: Sieh mich an.

Ich: Nachdem ich gepinkelt habe.

William: Nein, sieh mich jetzt an. Bitte.

Ich *(blicke zu Boden)*: Okay, es tut mir leid. Ich hätte nicht allen sagen sollen, dass wir nur einmal im Monat Sex haben.

William: Das macht mir nichts aus.

Ich: Das sollte es aber.

William: Es heißt gar nichts.

Ich: Für mich schon. Außerdem findet es wahrscheinlich öfter als einmal im Monat statt. Wir sollten Buch führen.

William: In letzter Zeit passiert es einmal im Monat.

Ich: Siehst du – es macht dir doch was aus. *(Pause.)* Sag was. *(Pause.)* William, wenn du mir jetzt nicht aus dem Weg gehst, passiert mir ein Malheur. Also, rechts oder links?

William *(lange Pause)*: Der Abend neulich in deinem Büro hat mir gefallen.

Ich *(noch längere Pause)*: Mir auch.

22:52 Uhr: Spaziergang im Garten

Bobby: Ich spüre, die Idee mit den getrennten Schlafzimmern beschäftigt dich.

Ich: Die Laternen sind magisch. Dahinten sieht es aus wie in Narnia.

Bobby: Ich kann dir die Nummer des Architekten mailen.

Ich: Wenn wir aus unserem Schlafzimmer zwei Räume machen, hat jeder von uns ein Zimmer in der Größe einer Gefängniszelle.

Bobby: Es hat unser Leben verändert. Ich lüge nicht.

Ich *(berühre mit einer Handfläche seine Wange)*: Ich freue mich für euch, Bobby, wirklich. Aber ich glaube nicht, dass getrennte Schlafzimmer uns wieder zusammenbringen.

Bobby: Wusste ich's doch! Ihr habt tatsächlich Probleme!

Ich: Glaubst du, Aslan wartet vielleicht auf uns hinter dieser Hecke?

Bobby: Entschuldige, ich wollte nicht so begeistert angesichts eurer Auseinandersetzungen klingen.

Ich: Ich führe keine Auseinandersetzungen, Bobby, ich wache auf. Das bin ich, beim Aufwachen *(lege mich ins Gras)*.

Bobby *(blickt auf mich herab)*: Dein Aufwachzustand hat eine erstaunliche Ähnlichkeit mit deinem Zustand nach fünf Gläsern Wein.

Ich *(schnappe nach Luft)*: Bobby B! Da sind so viele Sterne! Seit wann sind da so viele Sterne? Genau das passiert, wenn wir vergessen, nach oben zu schauen.

Bobby: Mich hat schon lange niemand mehr Bobby B genannt.

Ich: Weinst du, Bobby B?

23:48 Uhr: auf dem Weg nach oben in unser Schlafzimmer

Ich: Anscheinend bin ich ein bisschen betrunken.

William: Halt dich an meinem Arm fest.

Ich: Vermutlich ist jetzt ein guter Zeitpunkt für Sex.

William: Du bist mehr als ein bisschen betrunken, Alice.

Ich *(schimpfend)*: Bin ich ungehörig oder schicklich betrunken?

William *(geleitet mich ins Schlafzimmer)*: Zieh dich aus.

Ich: Ich glaube, dazu sehe ich mich augenblicklich nicht in der Lage. Zieh du mich aus. Ich werde nur meine Augen schließen und mich ein bisschen ausruhen, während du dich an mir schadlos hältst. Das zählt aber mit, oder? In unserer Monatsabrechnung? Wenn ich einschlafe, während wir es tun? Hoffentlich muss ich nicht kotzen.

William *(knöpft meine Bluse auf und zieht sie mir aus)*: Setz dich hin, Alice.

Ich. Warte mal, ich bin nicht darauf vorbereitet. Gib mir eine Sekunde, um den Bauch einzuziehen.

William *(zieht mir das Pyjamaoberteil über den Kopf, drückt mich in Kissen und deckt mich zu)*: Ich hab deinen Bauch schon mal gesehen. Außerdem ist es hier völlig dunkel.

Ich: Na gut, da es total dunkel ist, kannst du gerne so tun, als wäre ich Angelina Jolie. Pax! Zahara! Esst eure Vollkornnudeln, sonst setzt es was! Und alle sechs – raus aus dem Familienbett – SOFORT! Hey, warum spielst du nicht einfach Brad?

William: Ich bin nicht so der Typ für Rollenspiele.

Ich *(richte mich blitzartig auf)*: Ich habe vergessen, bei Ikea Kerzen zu kaufen. Jetzt muss ich noch mal hinfahren. Ich hasse Ikea.

William: O Gott, Alice. Schlaf endlich.

Kapitel 62

Ich wache spätmorgens mit grässlichen Kopfschmerzen auf. Williams Bettseite ist leer. Ich überprüfe meine Pinnwand auf Facebook.

William Buckle
Sechzehntausend Meter.
vor etwa einer Stunde

Entweder sitzt er im Flugzeug nach Paris, oder er joggt sechzehn Kilometer. Ich hebe meinen Kopf an, und das Zimmer dreht sich. Ich bin immer noch betrunken. Schlechte Ehefrau. Schlechte Mutter. Ich erinnere mich an die ganzen Peinlichkeiten, die ich bei dem gestrigen Abendessen zum Besten gegeben habe, und zucke zusammen. Habe ich tatsächlich versucht, Ikea-Fleischklöße als selbst gemacht zu verkaufen? Bin ich wirklich durch die Hecke in Nedras Garten gekrochen, auf der Suche nach einem Eingangstor ins verwunschene Narnia? Habe ich tatsächlich vor meinen Freunden zugegeben, dass wir nur einmal im Monat Sex haben?

Ich schlafe wieder ein. Zwei Stunden später wache ich auf und rufe: »Peter?«, dann: »Caroline?«, dann: »Zoe?« Ich kann mich nicht durchringen, »William?« zu rufen – ich schäme mich zu sehr, und außerdem will ich vor ihm nicht zeigen, dass ich einen Kater habe. Schließlich rufe ich aus Verzweiflung: »Jampo?«, und werde mit wildem Getrappel kleiner Füße belohnt. Er rast ins

Schlafzimmer, schmeißt sich aufs Bett und japst, als wollte er mir sagen: *Du bist das Einzige, was ich auf dieser Welt liebe, das Einzige, woran ich denke, das Einzige, wofür ich lebe.* Dann legt er los und pinkelt vor Aufregung das Bett voll.

»Böser Junge, böser Junge«, rufe ich, aber es bringt nichts, er kann mittendrin nicht anhalten, also sehe ich ihm beim Sabbern zu. Seine Unterlippe klebt irgendwie an seinen Zähnen fest, wodurch er ein jämmerliches, unbeabsichtigtes Elvis-mäßiges Hohnlächeln zur Schau trägt, das man als feindselig deuten könnte, von dem ich aber weiß, dass es mit Scham zu tun hat. »Ist ja gut«, beruhige ich ihn. Als er fertig ist, wuchte ich mich aus dem Bett, ziehe mich aus und die Bettwäsche, die Laken und die Matratzenschoner ab und schreibe im Geiste eine Liste mit Dingen, die ich heute tun werde, um mich wieder auf Kurs zu bringen.

1. Wasser mit Zimmertemperatur trinken.
2. Einen Schal stricken. Einen langen, dünnen Schal. Nein, einen kurzen, dünnen Schal. Nein, einen Untersetzer, sprich einen extrem kurzen Schal.
3. Mit Jampo einen strammen Marsch machen: Minimum dreißig bis fünfundvierzig Minuten, ohne Sonnenbrille, vielleicht in einem weit ausgeschnittenen T-Shirt mit V-Ausschnitt, damit ich die optimale Tagesdosis Vitamin D oder mehr durch meine Netzhäute und die empfindliche Haut über meinen Brüsten aufnehmen kann.
4. Im Garten Zitronenverbene pflanzen, damit ich beginnen kann, Kräutertees zu trinken und mich biologisch und gereinigt und elegant zu fühlen (vorausgesetzt 1. die Zitronenverbene ist nach ihrem einen Monat zurückliegenden Kauf bei Home Depot und dem vergessenen Wässern und Umtopfen noch lebendig UND 2. es ist mir möglich, den Kopf unterhalb meiner Taillenhöhe zu bringen, ohne mich zu übergeben).

5. Wäsche machen.
6. Bolognese-Soße den ganzen Tag auf dem Herd köcheln lassen, damit die Familie beim Nachhausekommen von heimeligem Küchenduft überwältigt wird.
7. Singen oder aber, falls mir zu übel ist, um zu singen, *The Sound of Music* einlegen und so tun, als wäre ich Liesl.
8. Mich erinnern, wie es sich angefühlt hat, sechzehn oder siebzehn zu sein.

Die To-do-Liste ist prima – zu schade auch, dass ich nichts davon tun werde. Stattdessen schreibe ich im Geiste eine zweite Liste mit Dingen, die ich AUF GAR KEINEN FALL tun sollte, und fange an, jeden einzelnen Punkt abzuhaken:

1. Die Wachmaschine beladen, aber vergessen, sie anzustellen.
2. Acht Mini-Reese-Erdnussbuttertoffees essen, während ich mir einrede, zusammen mache das nur die Hälfte eines großen Toffees aus.
3. Noch mal acht essen.
4. Lorbeerblätter (weil die Zitronenverbene eindeutig tot ist) mit heißem Wasser aufgießen und mich zwingen, den ganzen Becher auszutrinken.
5. Mich gut fühlen, weil ich die Lorbeerblätter bei einer Wanderung im Tilden Park gesammelt und anschließend in der Sonne getrocknet habe (also gut, im Trockner, aber ich hätte sie in der Sonne getrocknet, wenn ich sie nicht in der Tasche meiner Fleecejacke vergessen und dann in die Wäsche gestopft hätte).
6. Mich super fühlen, weil ich jetzt ganz offiziell eine Kräutersammlerin bin.
7. Über eine neue Karriere als Kräutersammlerin für die besten Restaurants in der Bay Area nachdenken. Davon träumen, in der jährlichen Food-Ausgabe des *New Yorker* vorgestellt zu werden,

mit einem Bandana um den Kopf und einem geflochtenen Korb voll frischer Lorbeerblätter in der Hand.

8. Auf Google den Kalifornischen Lorbeer suchen und feststellen, dass zum Kochen die Blätter des Lorbeer aus dem Mittelmeerraum verwendet werden, und auch wenn das kalifornische Lorbeerblatt nicht giftig ist, wird sein Verzehr nicht empfohlen.

9. Online gehen und noch einmal die Unterhaltung zwischen mir und Forscher 101 lesen, bis ich alles gelesen habe, was zwischen seinen Zeilen steht, und auch das letzte bisschen Kitzel aus seinen Worten herausgesaugt habe.

10. Erschöpft auf einem Liegestuhl, mit Jampo an meiner Seite, in der Sonne einschlafen.

»Du riechst nach Alkohol. Er quillt aus deinen Poren.«

Ich öffne langsam die Augen und sehe William, der auf mich herabblickt.

»Gewöhnlich warnt man die Person vor, wenn sie tief und fest schläft.«

»Die Person sollte um vier Uhr nachmittags nicht tief und fest schlafen«, kontert William.

»Wäre jetzt ein guter Augenblick, um euch mitzuteilen, dass ich die Schule wechseln und mich im Herbst an der Pacific Boychoir Academy einschreiben will?«, fragt Peter, der zusammen mit Zoe auf die Terrasse geschlendert kommt.

Ich ziehe die Augenbrauen hoch und schenke dabei William einen Siehst-du-ich-hab-dir-doch-gesagt-dass-unser-Sohn-schwul-ist-Blick.

»Seit wann singst du gerne?«, fragt William.

»Wirst du gemobbt?«, frage ich und werde bei der Vorstellung, er würde gepiesackt, von Cortisol-Wellen durchflutet.

»O Gott, Mom, du stinkst«, sagt Zoe. Sie wedelt mit der Hand vor mir herum.

»Ja, dein Vater hat mich bereits darüber informiert. Wo wart ihr den ganzen Tag?«

»Zoe und ich haben auf der Telegraph Avenue herumgelungert«, sagt Peter.

»Telegraph Avenue? Ihr beide? *Zusammen?*«

Zoe und Peter tauschen verstohlen einen Blick aus. Zoe zuckt mit den Achseln. »Na und?«

»Na und – das ist keine sichere Gegend«, sage ich

»Warum, wegen der ganzen Obdachlosen?«, fragt Zoe. »Damit du's weißt, unsere Generation ist post-obdachlos.«

»Was soll das denn heißen?«, frage ich.

»Es bedeutet, dass wir keine Angst vor ihnen haben. Uns hat man beigebracht, den Obdachlosen in die Augen zu blicken.«

»Und sie beim Betteln zu unterstützen«, fügt Peter hinzu.

»Und wo warst du, als unsere Kinder auf der Telegraph Avenue gebettelt haben?«, frage ich William.

»Ich kann nichts dafür. Ich habe sie an der Market Hall in Rockridge abgesetzt. Sie sind mit dem Bus nach Berkeley gefahren«, verteidigt sich William.

»Pedro hat auf Deutsch die *Ode an die Freude* gesungen. Ein Typ hat uns zwanzig Mäuse gegeben!«, sagt Zoe.

»*Ihr* kennt die *Ode an die Freude*?«, frage ich

»Auf YouTube gibt es einen *Singen-Sie-Ludwig-van-Beethoven-auf-Deutsch*-Kanal«, erklärt Peter.

»William, soll ich die Kartoffeln aufsetzen?«, ruft Caroline aus der Küche.

»Ich helfe ihr.« Ich hieve mich aus dem Liegestuhl.

»Das brauchst du nicht. Wir haben alles im Griff«, sagt William und verschwindet in die Küche.

Während ich allen dabei zusehe, wie sie in der Küche herumwuseln, kommt mir in den Sinn, dass der Sonntagnachmittag die einsamste Zeit in der Woche ist. Ich seufze tief und klappe meinen Laptop auf.

John Yossarian
gefällt *Schweden.*
vor 3 Stunden

Lucy Pevensie
braucht dringend ihren Zaubertrank, scheint ihn aber irgendwo verschlampt zu haben.
vor 3 Stunden

Da sind Sie ja. Haben Sie unter der Rückbank Ihres Autos nachgesehen, Ehefrau 22?

Nein, aber unter der Rückbank des Schlittens der Weißen Hexe.

Wozu ist der Trank gut?

Heilt alle Krankheiten.

Ja – logisch. Sind Sie krank?

Ich habe einen Kater.

Das tut mir leid.

Sind Sie schwedischer Abstammung?

Diese Information kann ich nicht preisgeben.

Na gut, aber können Sie mir sagen, *was* Ihnen an Schweden gefällt?

Seine Neutralität. Es ist ein sicherer Platz, um abzuwarten, bis ein Krieg vorbei ist, wenn man sich im Krieg befindet, mehr nicht.

Befinden Sie sich im Krieg?

Vielleicht.

Wie kann sich jemand *vielleicht* im Krieg befinden? Wäre das nicht ganz eindeutig so?

Krieg ist nicht immer eindeutig, vor allem dann nicht, wenn man Krieg gegen sich selbst führt.

Was für eine Art Krieg führt man typischerweise gegen sich selbst?

Einen Krieg, in dem ein Teil von einem denkt, er überschreitet vielleicht eine Grenze, und der andere Teil denkt, dass diese Grenze quasi darum gebettelt hat, überschritten zu werden.

Forscher 101, nennen Sie mich einen Bettler?

Ganz und gar nicht, Ehefrau 22.

Tja, nennen Sie mich dann eine Grenze?

Vielleicht.

Und Sie sind gerade im Begriff, diese eine Grenze zu überschreiten?

Sagen Sie mir, wenn ich aufhören soll.

Ehefrau 22?

Sie sind Schwede.

Wieso glauben Sie das?

Basierend auf der Tatsache, dass Sie ab und an das Wort *Tja* benutzen.

Ich bin kein Schwede.

Also gut, dann eben Kanadier.

Besser.

Sie sind auf einer Rinderfarm in Southern Alberta aufgewachsen. Mit drei Jahren haben Sie Reiten gelernt; vormittags Unterricht zu Hause mit Ihren vier Geschwistern; nachmittags mit den Hutterer-Kindern von der Kolonie nebenan Kühe gejagt.

Wie mir meine Freunde, die Hutterer, fehlen.

Sie waren der Älteste, von Ihnen wurde so viel erwartet, nicht zuletzt, dass Sie als Erwachsener die Farm übernehmen. Stattdessen gingen Sie aufs College in New York und kamen nur einmal im Jahr nach Hause, um beim Brandmarken zu helfen, ein Spektakel, zu dem Sie Ihre Freundinnen mitbrachten, um sie mordsmäßig zu beeindrucken und zu schockieren. Und auch, damit sie sehen konnten, wie gut Ihnen Ihre Cowboyhosen standen.

Die hab ich immer noch.

Ihre Frau hat sich in Sie verliebt, als sie sah, wie Sie aufs Pferd stiegen.

Sind Sie Hellseherin?

Sie sind schon lange verheiratet. Möglicherweise interessiert es sie nicht mehr ganz so sehr, wie Sie aufs Pferd steigen, obwohl ich mir vorstellen könnte, dass das nie nachlässt.

Sie werden dazu von mir kein Dementi bekommen.

Sie sind nicht: teigig, ein Spieler, ein Golfer, ein Dummkopf, jemand, der anderer Menschen lächerliche Wortverwechslungen korrigiert, jemand, der Hunde hasst.

Auch hier kein Dementi.

Hören Sie nicht auf.

Mit was, Ehefrau 22?

Meine Grenze zu überschreiten.

Kapitel 63

67. Dass man die Menschen, die man liebt, glücklich sehen will. Dass man Obdachlosen in die Augen blickt. Dass man nicht das begehrt, was man nicht hat. Was man nicht haben *kann*. Was man nicht haben *sollte*. Keine SMS beim Autofahren schreiben. Seine Esslust unter Kontrolle haben. Da sein zu wollen, wo man ist.

68. Nachdem ich die Morgenübelkeit mit Zoe überstanden hatte, liebte ich es, schwanger zu sein. Die Dynamik zwischen William und mir veränderte sich dadurch komplett. Ich gestattete mir, verwundbar zu sein, und er gefiel sich in seiner Beschützerrolle, und jeden Tag flüsterte diese verdutzte, urwüchsige, auf Slogans mit Autoaufkleberniveau eingeschworene Stimme in meinem Inneren mir zu: *Genau so soll es sein. Genau so sollte dein Leben aussehen. Darauf hast du dein ganzes Leben zugesteuert*. William war galant. Er hielt mir die Tür auf und öffnete die Spaghettisoßengläser. Bevor wir mit dem Auto losfuhren, ließ er die Heizung für mich laufen, und er hakte mich unter, wenn wir auf verregneten Bürgersteigen unterwegs waren. Wir waren eine Einheit, eine Trinität, und das lange vor Zoes Geburt – ich hätte vergnügt noch jahrelang schwanger sein können.

Und dann kam Zoe auf die Welt, ein von Koliken geplagtes, sabberndes, offensiv unglückliches Baby. William flüchtete sich jeden Tag in die heile Bürowelt. Ich blieb im Mutterschaftsurlaub zu Hause und teilte die Stunden in fünfzehnminütige Abschnitte ein:

Stillen, Bäuerchen, mit dem schreienden Baby auf dem Sofa liegen, versuchen, das schreiende Baby in den Schlaf zu singen.

In diesen Momenten spürte ich den Verlust meiner Mutter am deutlichsten. Niemals hätte sie mich diese orientierungslosen Monate allein durchstehen lassen. Sie wäre sofort bei uns eingezogen und hätte mir alles beigebracht, was eine Mutter ihrer Tochter beibringt: wie man ein Baby badet, wie man Milchschorf loswird, wie lange du auf deinen Ehemann wütend sein solltest, wenn er dein Baby unachtsam in die Babywippe legt und es herausfällt.

Und, was am Allerwichtigsten ist: Meine Mutter hätte mich über den Lauf der Dinge aufgeklärt. Sie hätte gesagt: »Liebes, es ist paradox. In der ersten Hälfte deines Lebens fühlt sich jede Minute wie ein Jahr an, aber in der zweiten Hälfte deines Lebens fühlt sich jedes Jahr wie eine Minute an.« Sie hätte mir versichert, dass das ganz normal ist und man nicht gut daran tut, dagegen anzukämpfen. Dass das der Preis ist, den wir für das Privileg bezahlen, älter zu werden.

Meiner Mutter wurde dieses Privileg nie gewährt.

Elf Monate später wachte ich eines Morgens auf, und die Orientierungslosigkeit war vorüber. Ich hob mein Baby aus der Wiege, es gab drollige delphinartige Laute von sich, und ich verliebte mich augenblicklich.

69. Liebe Zoe,

hier kommt die Geschichte vom Beginn deines Lebens. Sie lässt sich in einem Satz zusammenfassen: Ich liebte dich, und dann bekam ich richtig Angst, und dann liebte ich dich mehr, als ich mir je hätte vorstellen können, dass ein Mensch einen anderen Menschen liebt. Ich glaube, wir sind gar nicht so verschieden, obwohl es sich bestimmt momentan gerade so anfühlt.

Dinge, die du vielleicht nicht weißt oder an die du dich nicht erinnerst:

1. Du warst immer ein Trendsetter. Mit zwei Jahren bist du auf den Schoß vom Nikolaus geklettert und hast vor hundert irritierten Leuten, die seit einer Stunde Schlange standen, laut losgesungen: »Do – a deer …« – *The Sound of Music.* Alle stimmten mit ein. Du hast schon Flash-Mobs initiiert, bevor irgendjemand überhaupt wusste, was das ist.

2. Der erste Urlaub, den dein Vater und ich ohne euch Kinder machten, verbrachten wir in Costa Rica. Du weißt, dass manche Mädchen eine Pferdephase haben? Tja, du hattest eine Affenphase. Du wolltest unbedingt, dass ich dir ein weißgesichtiges Kapuzineräffchen mitbringe. Als wir nach Hause kamen und ich dir dein Geschenk überreichte, einen Plüsch-Schimpansen namens Milo, hast du dich bedankt, dann bist du in dein Zimmer gegangen, hast das Fenster geöffnet und ihn mitten in die Äste des Redwood-Baums im Garten geworfen, wo er bis zum heutigen Tage wohnt. Gelegentlich, bei Sturm, wenn der Baum hin und her schwankt, erhasche ich einen Blick auf Milos Gesicht, und sein verblasster roter Mund lächelt mich traurig an.

3. Oft wünsche ich mir, mehr wie du zu sein.

Zoe, mein Baby – ich befinde mich immer noch in der Ich-halte-zu-dir-auch-wenn-du-es-momentan-kaum-aushältst-mich-auch-nur-anzusehen-Phase. Es ist nicht leicht, aber ich krieg das schon hin. Venti-Sojamilch-Lattes helfen dabei, die Zeit zu verkürzen, genauso, wie sich *Vom Winde verweht* anzuschauen.
Deine dich liebende Mama

Kapitel 64

John Yossarian
hat sein Profilbild aktualisiert

Gehen Sie gerne im Kreis spazieren, Forscher 101?

Manchmal kann im Kreis gehen sehr hilfreich sein.

Vermutlich – solange das im Kreis Gehen vorsätzlich passiert.

Ich habe mir vorgestellt, wie Sie wohl aussehen, Ehefrau 22.

Diese Information kann ich nicht preisgeben; allerdings kann ich sagen, dass ich nicht den Hutterern angehöre.

Sie haben kastanienbraunes Haar.

Ach ja?

Ja, aber Sie würden es lieber als mausbraun beschreiben, weil Sie dazu neigen, sich selbst zu unterschätzen, dabei haben Sie die Art von Haaren, um die andere Frauen Sie beneiden.

***Deshalb* schauen mich immer alle so böse an.**

Die Augen sind ebenfalls braun. Vielleicht haselnussbraun.

Oder vielleicht blau. Oder vielleicht grün.

Sie sind hübsch, und ich meine das als Kompliment. Hübsch ist, was zwischen schön und unansehnlich liegt, und meiner Erfahrung nach ist hübsch genau richtig.

Ich glaube, ich wäre lieber schön.

Schön macht es sehr schwer, sich zu einer Person mit Moralvorstellungen und Charakter zu entwickeln.

Ich glaube, ich wäre lieber unansehnlich.

Unansehnlich – was soll ich dazu sagen? Vieles im Leben ist die reinste Lotterie.

Sie denken also an mich, wenn wir nicht online sind und chatten?

Ja.

In Ihrem richtigen Leben? Ihrem *zivilen* Leben?

Oft erledige ich gerade ganz banale Dinge wie den Geschirrspüler ausräumen oder Radio hören, und dann schießt mir etwas durch den Kopf, was Sie gesagt haben, und ich bekomme diesen amüsierten Gesichtsausdruck, worauf meine Frau mich fragt, was denn so lustig sei.

Was sagen Sie ihr dann?

Dass ich im Internet diese Frau kennengelernt habe.

Das sagen Sie nicht.

Nein, aber möglicherweise muss ich das bald.

Kapitel 65

Kelly Cho
liebt es, das Sagen zu haben.
vor 5 Minuten

Caroline Kilborn
ist voll.
vor 32 Minuten

Phil Archer
Hausputz.
vor 52 Minuten

William Buckle
Gimme Shelter – Stones
vor 3 Stunden

»Alice, könntest du bitte mal aufhören, ständig deine Facebook-Seite zu checken? Wenigstens eine verdammte Minute lang?«, fragt Nedra.

Ich stelle mein Handy auf Vibration und schiebe es in meine Handtasche.

»Also, wie ich gerade sagte, ich habe eine große Neuigkeit. Ich werde Kate fragen, ob sie mich heiratet.«

Nedra und ich sehen uns unverbindlich in einem Juweliergeschäft auf der College Avenue um.

»Wie findest du Mondsteine?«, schiebt sie hinterher.

»Ach herrje«, sage ich.

»Hast du gehört, was ich gerade gesagt habe?«

»Habe ich.«

»Und alles, was du dazu zu sagen hast, ist *Ach herrje*? Dürfte ich mir den mal ansehen?«, bittet Nedra und zeigt auf einen ovalen Mondstein in einer Achtzehn-Karat-Goldfassung.

Die Verkäuferin reicht ihn ihr, und sie probiert ihn an.

»Zeig her.« Ich schnappe mir ihren Arm. »Ich versteh's nicht. Gibt's da was mit Mondsteinen und Lesben? Irgendwas Sapphisches, das mir entgangen ist?«

»Himmelherrgott«, sagt Nedra, »warum frage ich ausgerechnet dich? Du hast null Ahnung von Schmuck. Du trägst ja auch nie welchen. Aber das solltest du wirklich, Schätzchen. Es würde dich ein bisschen aufpeppen.« Besorgt blickt sie mir ins Gesicht. »Immer noch Schlafstörungen?«

»Ich stehe auf den französischen Kein-Make-up-Look.«

»Es tut mir leid, dir das zu sagen, aber der französische Kein-Make-up-Look funktioniert nur in Frankreich. Das Licht dort ist anders. Ach, das amerikanische Licht ist so hart.«

»Warum wollt ihr auf einmal heiraten? Ihr seid seit dreizehn Jahren zusammen. Du wolltest doch früher nie heiraten. Was ist anders geworden?«

Nedra zuckt mit den Achseln. »Keine Ahnung. Eines Morgens sind wir aufgewacht, und es fühlte sich richtig an, unsere Beziehung festzuzurren. Es ist ganz seltsam. Ich weiß nicht, ob es was mit dem Alter zu tun hat – die große Fünf, die am Horizont lauert –, aber plötzlich gefällt mir das Traditionelle daran.«

»Die große Fünf lauert nicht am Horizont. Du hast noch neun Jahre vor dir, bevor du fünfzig wirst. Und zwischen Kate und dir läuft doch alles super. Wenn ihr heiratet, werdet ihr's genauso vermasseln wie der Rest von uns.«

»Heißt das, du willst nicht meine Ehrendame sein?«

»Ihr zieht das volle Programm durch? Mit Brautjungfern?«, frage ich.

»William und du, ihr habt's vermasselt? Wie das denn?«

»Wir haben es nicht vermasselt. Wir sind nur – distanziert. Es war alles unglaublich stressig. Dass er seinen Job verloren hat.«

»Hm. Kann ich den hier anprobieren?« Nedra zeigt auf einen Diamantring im Marquise-Schliff.

Sie steckt ihn auf den Ringfinger, streckt ihren Arm nach vorne und bewundert ihre Hand.

»Ein bisschen aschenputtelmäßig, aber er gefällt mir. Die Frage ist nur: Kate auch? Alice, du hast heute ziemlich schlechte Laune. Am besten vergessen wir diese Unterhaltung und machen Folgendes: Ich rufe dich morgen an. Du sagst: *Hallo, Nedra, was gibt's Neues?* Ich sage: *Stell dir vor, ich habe Kate gefragt, ob sie mich heiraten will!* Du sagst: *Sapperlott – das wurde auch Zeit. Wann suchen wir die Kleider aus? Und kann ich dich zum Tortenprobieren begleiten?*« Nedra gibt der Verkäuferin den Ring zurück. »Zu protzig. Ich brauche etwas Dezenteres. Ich bin Scheidungsanwältin.«

»Genau, und da wäre es für ihre Ehefrau unschicklich, einen Verlobungsring mit einem Zwei-Karäter zur Schau zu tragen, bezahlt mit den Erlösen aus dem Scheitern anderer Leute Ehen.«

Nedra sieht mich böse an.

»Entschuldige«, sage ich.

»Sieh mal, Alice, es ist ganz einfach. Ich habe den Menschen gefunden, mit dem ich den Rest meines Lebens verbringen will. Und sie hat den Atemberaubend-Test bestanden.«

»Den Atemberaubend-Test?«

»Als ich Kate kennenlernte, war sie atemberaubend. Und zehn Jahre später ist sie immer noch die atemberaubendste Frau, die ich je getroffen habe. Außer dir, natürlich. Geht es dir mit William nicht so?«

Ich möchte, dass es mir mit William so geht.

»Tja, und warum sollte ich nicht auch das haben, was du hast?«, fragt Nedra.

»Natürlich. Natürlich sollst du das. Es ist nur so, dass sich alles im Leben so schnell verändert. Ich komme da nicht mehr hinterher. Und jetzt heiratest du auch noch.«

»Alice.« Nedra nimmt mich in den Arm. »Zwischen uns wird sich nichts ändern. Wir werden immer beste Freundinnen sein. Ich hasse verheiratete Leute, die so lächerliches Zeug sagen wie: *Ich habe meinen besten Freund geheiratet.* Gibt es einen eindeutigeren Weg in Richtung Ehe ohne Sex? So bin ich nicht. Ich heirate meine Liebhaberin.«

»Ich freue mich so für dich«, piepse ich. »Und deine Liebste. Das sind wirklich supertolle Neuigkeiten.«

Nedra runzelt die Stirn. »Das mit William wird wieder besser werden. Ihr macht gerade eine schwere Zeit durch. Sitz es aus, Liebes. Das Gute liegt vor euch, das verspreche ich. Ich möchte dich etwas fragen: Warum willst du nicht meine Ehrendame sein? Hast du was gegen das Wort *Dame*?«

Nein, ich habe überhaupt kein Problem mit dem Wort *Dame*, aber mit dem Wort *Ehre*. Ehre ist etwas, wovon ich mich in den letzten beiden Chats mit Forscher 101 verabschiedet habe.

»Dürfte ich den Smaragdring sehen?«, fragt Nedra.

»Sehr schöne Wahl. Smaragde sind das Symbol für Hoffnung und Vertrauen.« Die Verkäuferin reicht ihr den Ring.

»Wow«, sagt Nedra, »der ist aber toll. Komm, Alice, probier ihn an.«

Sie schiebt mir den Ring auf meinen Finger.

»Er steht Ihnen umwerfend gut«, sagt die Verkäuferin.

»Was meinst du?«, fragt Nedra.

Ich finde, der schimmernde grüne Stein sieht aus, als wäre er in einem Heißluftballon direkt von Oz nach Oakland geflogen. Er ist das perfekte Symbol für Nedras strahlendes Leben.

»Kate der Atemberaubenden wird er gefallen«, bringe ich schniefend heraus.

»Und dir, gefällt er dir auch?«, fragt Nedra.

»Warum ist es wichtig, ob er mir gefällt?«

Mit einem Seufzer zieht Nedra mir den Ring vom Finger und gibt ihn der Verkäuferin zurück.

Meine beste Freundin dabei zu beobachten, wie sie meine persönlichen E-Mails und Facebook-Chats durchliest, ist für mich kein typischer Zeitvertreib. Allerdings tue ich die letzte halbe Stunde genau das und nichts anderes. Ich habe mich wegen der Sache mit Forscher 101 schließlich Nedra anvertraut, und ihrem Gesichtsausdruck nach zu urteilen, war das eine sehr schlechte Entscheidung.

Nedra feuert mein Handy quer über den Küchentisch.

»Ich verstehe dich nicht.«

»Was denn?«

»Verdammt noch mal, was machst du da, Alice?«

»Ich kann nicht anders. Du hast es doch selbst gelesen. Unsere Chats sind wie eine Droge. Ich bin süchtig danach.«

»Er ist witzig, das stimmt, aber du bist verheiratet! Verheiratet wie in *Ich werde dich lieben und nur dich allein, bis ans Ende meiner Tage.*«

»Ich weiß. Ich bin eine schreckliche Ehefrau, und deshalb habe ich dich eingeweiht. Du musst mir sagen, was ich tun soll.«

»Also, das ist ganz einfach. Du musst alle Verbindungen zu ihm abbrechen. Noch ist nichts passiert. Du hast noch keine Grenze überschritten, außer in deinem Kopf. Hör einfach auf, mit ihm zu chatten.«

»Ich kann nicht einfach aufhören«, erwidere ich entsetzt. »Er wird sich Sorgen machen. Er wird glauben, mir wäre was passiert.«

»Mit dir *ist* bereits etwas passiert. Du bist wieder zur Vernunft gekommen, Alice. Genau jetzt. Heute.«

»Ich glaube nicht, dass ich das kann, einfach so aus der Umfrage aussteigen, ohne ein Wort zu sagen.«

»Du musst«, sagt Nedra. »Also, ich bin nicht prüde, das weißt du. Ich bin der Meinung, ein klein bisschen Flirten tut jeder Ehe gut, solange man die sexuelle Energie zurück in die eigene Beziehung lenkt, aber du bist schon längst jenseits des Flirtstadiums.«

Sie schnappt sich mein Handy und blättert durch meine Chats. »*Einen Krieg, in dem ein Teil von einem denkt, er überschreitet vielleicht eine Grenze, und der andere Teil denkt, dass diese Grenze quasi darum gebettelt hat, überschritten zu werden.* Alice, das ist nicht mehr harmlos.«

Ihr dabei zuzuhören, wie sie die Worte von Forscher 101 laut vorliest, lässt mich schaudern – in einem guten Sinn. Und obwohl ich weiß, dass Nedra absolut recht hat, weiß ich auch, dass ich nicht dazu imstande bin, ihn ziehen zu lassen. Zumindest noch nicht. Nicht ohne eine richtige Verabschiedung. Oder ohne seine Absichten herauszufinden – falls er überhaupt Absichten hat.

»Du hast recht«, lüge ich, »du hast absolut recht.«

»Gut.« Nedra klingt etwas milder. »Du hörst also auf, mit ihm zu chatten? Du steigst aus der Studie aus?«

»Ja«, sage ich, wobei mir die Tränen in die Augen schießen.

»Ach, Alice, komm schon. So schlimm kann es nicht sein.«

»Ich war einfach einsam. Ich wusste nicht, wie einsam ich war, bis wir mit den E-Mails angefangen haben. Er hört mir zu. Er fragt mich Sachen. Wichtige Sachen, und das, was ich sage, hat eine Bedeutung.« Plötzlich weine ich richtig.

Nedra beugt sich über den Tisch und nimmt meine Hand. »Liebes, Tatsache ist: Ja, William ist manchmal ein Idiot. Ja, er hat Fehler. Ja, ihr beide macht vielleicht gerade eine Durststrecke durch. Aber das hier …«, sie greift sich mein Handy und schüttelt es, »das hier ist nicht echt. Das weißt du doch, oder?«

Ich nicke.

»Möchtest du, dass ich euch an eine geniale Paartherapeutin verweise? Sie ist wunderbar. Sie hat einigen meiner Klienten wirklich geholfen, wieder zusammenzukommen.«

»Du schickst deine Klienten zu einer Paartherapeutin?«

»Wenn ich glaube, dass es sich lohnt, ja.«

Später am Nachmittag, als ich auf der Tribüne sitze und so tue, als sähe ich Zoe beim Volleyball zu (alle fünf Minuten brülle ich: »Los geht's, Trojaner«, woraufhin sie böse zur Tribüne blickt und mich vernichtend anstarrt), denke ich über William und mich nach. Ein Teil der Verantwortung für meine Gefühle auf Abwegen geht auf seine Kappe, weil er so verschlossen ist. Ich möchte mit jemandem zusammen sein, der mir zuhört. Der sagt: *Fang noch mal von vorne an, erzähl mir alles und lass nichts aus.*

»Hallo, Alice.« Jude lässt sich neben mir auf einen Sitz plumpsen. »Zoe spielt gut.«

Ich beobachte ihn dabei, wie er Zoe beobachtet, und komme nicht umhin, eifersüchtig zu sein. Es ist so lange her, dass ich auf diese Art und Weise angesehen wurde. Ich erinnere mich an das Gefühl in meiner Teenagerzeit. Sich absolut sicher sein, dass der Junge seine Blicke nicht kontrollieren kann – dass ich das tat, einfach nur, weil ich existierte. Es waren keine Worte nötig. Ein Blick wie dieser brauchte keine Übersetzung. Seine Bedeutung war offensichtlich. *Ich kann nicht aufhören, dich anzusehen, ich wünschte, ich könnte es, aber ich kann nicht, ich kann nicht, ich kann nicht.*

»Du musst aufhören, ihr aufzulauern, Jude.«

»Tic Tac?« Er schüttelt drei Pfefferminzbonbons in seine Handfläche. »Ich kann eben nicht anders.«

Hatte ich nicht vor höchstens einer Stunde dasselbe zu seiner Mutter gesagt?

»Jude, mein Schatz, ich kenne dich, seit du ganz klein warst, also glaube mir, dass das, was ich sage, liebevoll gemeint ist. Zieh verdammt noch mal weiter.«

»Ich wünschte, ich könnte es.«

Zoe blickt zur Tribüne hoch, und ihr fällt die Kinnlade runter, als sie uns beide zusammensitzen sieht.

Ich springe auf. »Los, Trojaner! Auf geht's, Zoe! Super Schmetterball!«, brülle ich.

»Sie spielt im Zuspiel, nicht im Angriff«, klärt Jude mich auf. »Da pritscht man.«

»Super Pritsche!«, brülle ich im Hinsetzen noch mal hinterher.

Jude prustet los.

»Sie wird mich umbringen«, sage ich.

»Jepp«, sagt Jude, als Zoe vor Scham knallrot anläuft.

»Es gibt Neuigkeiten«, sage ich zu William am Abend.

»Warte kurz, ich mache nur noch die Zwiebeln fertig. Caroline, hast du die Karotten vorbereitet?«

»Vergessen«, sagt Caroline und rast zum Kühlschrank. »Willst du sie gestiftelt oder gewürfelt?«

»Gewürfelt. Geh mir bitte aus dem Weg, Alice. Du versperrst die Spüle.«

»Es gibt Neuigkeiten«, wiederhole ich. »Von Nedra und Kate.«

»Nichts geht über den Duft von karamellisierten Zwiebeln«, sagt William und hält Caroline die Pfanne unter die Nase.

»Hmmmm«, sagt sie.

Ich denke daran, wie Jude Zoe angesehen hat. So sehnsuchtsvoll. So voller Verlangen. Ganz genau so, wie mein Ehemann einen Haufen schlapper Zwiebeln anglotzt.

»Wie viel Estragon?«, fragt William.

»Zwei Teelöffel? Einen Esslöffel? Vergessen«, sagt Caroline. »Obwohl es vielleicht gar nicht Estragon war, sondern Majoran. Schlag's nach auf Epicurious.com.«

Ich seufze und schnappe mir meinen Laptop. William sieht kurz zu mir hinüber. »Geh nicht weg. Ich möchte deine Neuigkeiten hören. Ich muss nur kurz das Rezept überprüfen.«

Ich schenke ihm ein übertriebenes Daumen-hoch-Zeichen und gehe ins Wohnzimmer.

Ich melde mich auf Lucys Facebook-Account an. Forscher 101 ist online. Ich schaue nach William, aber der ist stirnrunzelnd mit seinem iPhone beschäftigt.

»Estragon oder Majoran?«, fragt Caroline.

»Moment«, sagt William. »Ich kann das Rezept auf Epicurious.com nicht finden. War es vielleicht auf Food.com?«

Ich klicke auf Chat und tippe in Windeseile:

Was gibt's?

Außer dass unsere Gehirne mit Phenylethylaminen überschwemmt sind?

Ich erschauere. Die Stimme von Forscher 101 hat erstaunliche Ähnlichkeit mit der von George Clooney – zumindest in meinem Kopf. Ich schreibe:

Sollten wir das Ganze beenden?

Nein.

Sollte ich darum bitten, dass meine Akte an einen anderen Forscher übergeben wird?

Hundertprozentig nein.

Haben Sie jemals mit einer Ihrer Testpersonen geflirtet?

Ich habe niemals mit einer anderen Frau als meiner eigenen geflirtet.

Jesus Christus! Ich verspüre eine überfallartige, pulsierende Hitze in meinem Unterleib, und ich schlage die Beine übereinander, als wollte ich sie verstecken, als könnte jemand sie bemerken.

»Hast du's gefunden?«, fragt Caroline.

»Food.com. Zwei Teelöffel Estragon«, entgegnet William und wedelt mit dem Handy vor ihrer Nase herum, »du hattest recht.«

Währenddessen sitze ich auf dem Sofa und versuche, meinen Herzschlag dazu zu überreden, wieder in den normalen Ruhepuls zurückzufallen. Ich atme durch den Mund. Fühlt sich so eine Panikattacke an? William blickt quer durchs Zimmer zu mir hinüber.

»Also, Alice, was sind denn deine Neuigkeiten?«, fragt er.

»Nedra und Kate werden heiraten.«

»Wirklich?«

»Du klingst nicht überrascht.«

Er denkt kurz nach und lächelt. »Es überrascht mich nur, dass es bei ihnen so lange gedauert hat.«

Kapitel 66

70. Dass ich manchmal, wenn ich alleine bin und an einem Ort, wo mich niemand kennt, mit einem vorgetäuschten britischen Akzent spreche.

71. Sich Sorgen machen. Peter fragen, wann er das letzte Mal Zahnseide benutzt hat. Gegen den Drang ankämpfen, Zoe die Haare aus den Augen zu wischen, damit ich ihr hübsches Gesicht sehen kann.

72. Wie überwältigend es sein würde, seine Gesichtszüge in denen meiner Kinder zu entdecken.

Kapitel 67

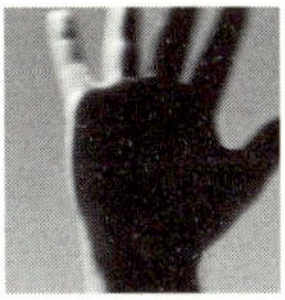

John Yossarian

hat sein Profilbild aktualisiert

Morgen ist mein 20. Hochzeitstag.

Und wie fühlt sich das an, Ehefrau 22?

Zwiespältig.

Es tut mir leid. Ich wollte nicht, dass das hier passiert.

***Das hier* heißt ich?**

Ich erinnere mich an meine Ankunft auf dem College. In welcher Stadt, das werde ich hier nicht verraten. Aber ich erinnere mich, wie ich nach der Verabschiedung meiner Eltern auf den Straßen herumspazierte und hocherfreut darüber war, dass mich niemand kannte. Zum ersten Mal in meinem Leben war ich ohne eine Verbindung zu allen, die ich gernhatte.

An das Gefühl kann ich mich auch gut erinnern. Ich fand diese fehlende Verbindung entsetzlich.

Ist Ihnen klar, dass die Generationen nach uns diese Erfahrung niemals machen werden? Wir sind jede Minute des Tages erreichbar.

Und was heißt das Ihrer Meinung nach?

Ihre Erreichbarkeit macht hochgradig süchtig, Ehefrau 22.

Ist das Ihre Hand auf dem neuen Profilbild?

Ja.

Warum haben Sie ein Foto von Ihrer Hand hochgeladen?

Weil ich wollte, dass Sie sich vorstellen, wie sie auf Ihrem Nacken liegt.

Kapitel 68

»Wir müssen unbedingt Teigtaschen bestellen«, sagt Peter.

»Immer nur Teigtaschen. Diesmal nehmen wir Salatwickel«, sagt Zoe. »Und zwar die vegetarischen.«

»Und es ist wirklich okay für euch, dass wir an eurem Hochzeitstag beim Abendessen dabei sind?«, fragt Caroline. »Das ist nicht sehr romantisch.«

»Alice und ich hatten zwanzig Jahre lang Zeit, romantisch zu sein«, sagt William. »Außerdem ist es nett, auszugehen und zu feiern. Wusstet ihr, dass das traditionelle Geschenk zum zwanzigsten Hochzeitstag chinesisches Porzellan ist? Deshalb habe ich im P.F. Chang's reserviert.« Er tippt mit seinem Finger auf die Speisekarte. »Cheng-du-Lamm, scharf. China.«

Chinesisches Porzellan, ganz genau. Heute Morgen habe ich William einen Gedenkteller mit aufgedrucktem Foto überreicht, chinesisches Porzellan, letzten Dezember bestellt. Das Foto von uns wurde vor zwanzig Jahren aufgenommen, wir stehen vor dem Fenway Park. Er hinter mir, die Arme um meine Schultern und meinen Hals drapiert. Wir sehen atemberaubend jung aus. Ich bin mir nicht ganz sicher, ob ihm das Geschenk gefallen hat. Der Teller kam mit einer Staffelei zum Aufstellen, aber er hat ihn einfach wieder zurück in die Schachtel verfrachtet.

William blickt sich steif im Restaurant um. »Wo ist der Kellner? Ich brauche was zu trinken.«

»Also, zwanzig Jahre«, sagt Zoe, »wie ist das so?«

»Komm schon, Zoe, was ist das denn für eine Frage?«, sage ich.

»Die Art von Frage, die man sich an einem Hochzeitstag stellen sollte. Eine ernsthafte Frage. Eine Frage zur Bestandsaufnahme.«

Was haben wir uns dabei gedacht, sie zu diesem Essen mitzunehmen? Wären nur William und ich hier, würden wir über ungefährliche Themen reden wie den Aktienmarkt oder das klemmende Garagentor. Stattdessen werden wir hier über den Stand unserer Ehe befragt.

»Wie ist das so *genau*?«, fragt William. »Du musst schon konkreter fragen, Zoe. Ich hasse diese vagen Fragen, die eure Generation gerne stellt. Ihr erwartet von allen anderen, dass sie eure Arbeit machen, einschließlich der Klarstellung, was ihr eigentlich genau fragen wolltet.«

»Scheiße, Dad«, sagt Peter, »sie hat doch nur aus Höflichkeit gefragt.«

»Peter Buckle – das hier ist das Abendessen anlässlich unseres Hochzeitstages. Ich wüsste es zu schätzen, wenn du nicht *scheiße* sagen würdest«, weise ich ihn zurecht.

»Okay, und was darf ich sagen?«

»Tja, *Scheibenkleister*, *Blödsinn*, oder wie wär's mit *Schubiduh*?«

»In etwa so wie *Schubiduh, Dad! Sie hat doch nur aus Höflichkeit gefragt*?«, sagt Peter. »Bist du schubiduh?«

William nickt mir über den Tisch hinweg zu, und einen Augenblick lang fühle ich mich ihm verbunden. Was mir noch mehr Stress bereitet, da ich an Forscher 101 denke, der mich auffordert, mir seine Hand auf meinem Nacken vorzustellen.

»Ich könnte doch mit Peter und Zoe Pizza essen gehen«, schlägt Caroline vor. »Und später treffen wir uns wieder. Auf welches Essen hast du Lust, Zoe?« Caroline zieht die Augenbrauen hoch und sieht mich dabei durchdringend an. Sie und ich streiten immer noch darüber, ob Zoe eine Essstörung hat oder nicht.

»Vegetarische Salatwickel«, sagt Zoe und sieht ihrerseits William dabei fragend an.

»Ist schon in Ordnung. Ich möchte, dass ihr alle dableibt«, sage ich, »und euer Vater möchte das auch. Stimmt's, William?«

»Alice, möchtest du dein Geschenk jetzt oder später?«, fragt William.

»Ich dachte, P.F. Chang's war mein Geschenk.«

»Das ist nur ein Teil davon«, sagt William. »Zoe?«

Zoe kramt in ihrer Tasche und holt ein schmales rechteckiges Päckchen heraus, eingeschlagen in dunkelgrünes Geschenkpapier.

»Wusstest du, dass Smaragdgrün die offizielle Farbe für den zwanzigsten Hochzeitstag ist?«, fragt William.

Smaragdgrün? Ich gehe in Gedanken zurück zu dem Tag im Juweliergeschäft mit Nedra. Wie sich mich dazu bringt, einen Smaragdring anzuprobieren. Oh mein Gott. Hatte William sie angeheuert, ihm dabei zu helfen, einen Ring zu unserem zwanzigsten Hochzeitstag auszusuchen? Einen Smaragdring wie jenen, der meiner Mutter gehört hatte und den ich, eine Woche vor unserer Hochzeit, aus dem Autofenster geschmissen habe?

Zoe überreicht mir das Geschenk. »Mach's auf«, sagt sie.

Ich starre William geschockt an. Seine Geschenke sind eher solche auf den letzten Drücker, etwa ausgefallene Marmeladensorten oder ein Geschenkgutschein für eine Pediküre. Letztes Jahr bekam ich einen Bogen ewig gültige Briefmarken.

»Jetzt?«, frage ich. »Wäre es nicht besser zu warten, bis wir wieder zu Hause sind? Solche Geschenke sind doch irgendwie sehr persönlich, oder?«

»Mach's einfach auf, Mom«, sagt Peter. »Wir wissen alle, was es ist.«

»So? Hast du's ihnen gesagt?«

»Bei diesem hier hatte ich etwas Unterstützung«, gibt er zu.

Ich schüttle das Päckchen. »Wir müssen sparen. Hoffentlich hast du keine Verrücktheit begangen.« Aber natürlich hoffe ich mehr als alles, dass er genau das getan hat.

Gespannt zerreiße ich das Papier, wodurch ich eine weiße Schachtel mit einem eReader enthülle.

»Wahnsinn«, sage ich.

»Ist das nicht cool?«, sagt Peter. Er reißt mir die Schachtel aus der Hand. »Guck mal, die Schachtel öffnet sich wie ein Buch. Und Dad hat Sachen für dich runtergeladen.«

»Ich habe es schon vor einem Monat bestellt«, sagt William, womit er meint: *Ich möchte, dass du weißt, dass ich Gehirnschmalz drauf verwendet habe.*

»Er hat *The Stand – Das letzte Gefecht* draufgeladen. Das war dein Lieblingsbuch während der Highschool, behauptet er. Und die *Twilight-Saga* – anscheinend fahren viele Mütter auf die Bücher ab«, sagt Zoe. »Ich finde das ekelhaft, aber was soll's.« Sie sieht mich misstrauisch an, eben auf die Art, wie eine fünfzehnjährige Tochter ihre Mutter gerne mal ansieht. Ich nicke möglichst unverfänglich, während ich gleichzeitig versuche, entzückt auszusehen.

»Und das neue Buch von Miranda July«, sagt Zoe, »das wird dir gefallen. Sie ist fantastisch.«

»Und *Stolz und Vorurteil*«, fügt Peter hinzu.

»Wahnsinn«, sage ich. »Totaler Wahnsinn. *Stolz und Vorurteil* habe ich noch nie gelesen. Das kommt alles so unerwartet.«

Vorsichtig lege ich den eReader wieder in seine Schachtel zurück.

»Du bist enttäuscht«, stellt William fest.

»Nein, ganz und gar nicht! Ich möchte nur nicht, dass er Kratzer abbekommt. Das ist ein sehr aufmerksames Geschenk.«

Ich sehe mich am Tisch um. Nichts scheint mehr im Lot zu sein. Wer ist dieser Mann? Ich erkenne ihn kaum wieder. Sein Gesicht ist ganz schmal von der ganzen Lauferei. Sein Kiefer wirkt entschieden. Er hat sich seit Tagen nicht mehr rasiert und stellt einen leichten Stoppelbart zur Schau. Würde ich ihn nicht kennen, hielte ich ihn für eine heiße Nummer. Ich greife quer über den Tisch und tätschele unbeholfen Williams Arm.

»Das heißt, es gefällt ihr«, übersetzt Peter.

Ich vertiefe mich in die Speisekarte. »Ja, wirklich«, sage ich. »Es gefällt mir wirklich.«

»Prima«, sagt William.

»Ich habe mit zwölf angefangen zu arbeiten«, erzählt Caroline. »Nach der Schule habe ich das Theater gewischt, während Mom bei den Proben war.«

»Habt ihr das gehört, Kinder?« Ich schaufele mir eine zweite Portion Kung-Pao-Hühnchen auf meinen Teller. »Sie war *zwölf*. So läuft das in Maine. Ihr jungen Leute müsst auch etwas beitragen. Sucht euch Arbeit. Rasen mähen. Zeitungen austragen. Babysitten.«

»Uns geht's gut«, sagt William.

»Also, eigentlich nicht«, sage ich. »Reich mir mal das Chow Mein, bitte.«

»Sollte ich in Panik geraten? Ist das etwas, weshalb ich in Panik geraten sollte? Ich habe dreiundfünfzig Dollar gespart. Geburtstagsgeld. Ihr könnt es haben«, sagt Peter.

»Niemand muss sein Geburtstagsgeld hergeben«, sagt William. »Wir müssen alle einfach genügsamer werden.«

Ich blicke mit Schuldgefühlen auf meinen eReader.

»Ab morgen«, sagt William. Er hebt sein Glas. »Auf die zwanzig Jahre.«

Alle außer mir heben ihr Glas. Ich habe meinen Mojito mit asiatischer Birne schon plattgemacht.

»Ich habe nur noch Wasser«, sage ich.

»Dann stoß doch mit Wasser an«, sagt William.

»Heißt es nicht, das bringt Unglück?«

»Wenn du bei der Küstenwache arbeitest«, entgegnet William.

Ich hebe mein Wasserglas und sage, was von mir erwartet wird: »Auf die nächsten zwanzig Jahre.«

Zoe studiert prüfend meinen hin- und hergerissenen Gesichtsausdruck. »Meine Frage, wie zwanzig Jahre Ehe so sind, hast du hiermit beantwortet.«

Sie wendet sich an William. »Und das ohne weitere Klarstellungen meinerseits.«

Eine Stunde später, wir sind zu Hause, setzt sich William mit einem Seufzer in seinen Sessel, die Fernbedienung in der Hand, nur um kurz darauf wieder aufzuspringen. »Alice!«, ruft er, eine Hand am Hintern.

Ich werfe einen Blick auf seinen Sitzplatz. Auf dem Kissen ist ein riesiger nasser Fleck. Ach, Jampo!

»Ich habe heute Nachmittag ein Glas Wasser verschüttet«, sage ich.

William riecht an seinen Fingern. »Das ist Pisse.«

Jampo kommt ins Wohnzimmer gerannt, springt auf meinen Schoß und vergräbt seinen Kopf in meiner Achselhöhle. »Er kann nichts dafür. Er ist ein Welpe.«

»Er ist zwei Jahre alt!«, brüllt William.

»Vierundzwanzig Monate. Kein Kind ist mit vierundzwanzig Monaten sauber. Er macht das nicht mit Absicht.«

»Aber wie er das mit Absicht macht«, sagt William. »Erst mein Kopfkissen und jetzt meinen Sessel. Er kennt all meine Plätze.«

»Mach dich nicht lächerlich«, sage ich.

Jampo linst aus meiner Achselhöhle heraus und knurrt William an.

»Böser Junge«, flüstere ich ihm ins Ohr.

Er knurrt etwas lauter. Ich habe das Gefühl, in einem Cartoon mitzuspielen. Ich kann nichts dafür – ich muss losprusten. William starrt mich schockiert an.

»Ich kann's nicht glauben, dass du lachst.«

»Es tut mir leid, es tut mir leid, es tut mir wirklich leid«, sage ich und lache immer noch.

Er sieht mich zornig an.

»Ich gehe dann mal ins Bett«, sage ich und klemme mir Jampo unter den Arm.

»Du nimmst ihn mit?«

»Nur bis du ins Bett kommst, dann schmeiße ich ihn raus«, sage ich. »Versprochen.«

Ich wedele mit dem eReader herum.

»Was wirst du als Erstes lesen?«, fragt William.

»*The Stand – Das letzte Gefecht*. Unglaublich, dass du dich daran erinnerst, wie sehr ich es mochte. Mal sehen, ob ich es noch so gut finde wie beim ersten Mal.«

»Du bringst dich gerade für eine Enttäuschung in Position«, sagt William. »Ich schlage vor, du legst nicht dieselben Maßstäbe an.«

»Was – soll ich einen neuen Maßstab schaffen?«

»Du bist keine siebzehn mehr. Dinge, die damals wichtig waren, sind es heute nicht mehr.«

»Da muss ich widersprechen. Wenn es damals spannend war, dann sollte es heute auch noch spannend sein. Daran erkennt man einen Klassiker. Einen Dauerbrenner.«

William zuckt mit den Achseln. »Der Hund hat meinen Stuhl ruiniert.«

»Es ist doch nur Pipi.«

»Das ins gesamte Kissen gezogen ist. Und in den Rahmen.«

Ich seufze. »Fröhlichen Hochzeitstag, William.«

»Zwanzig Jahre. Das ist schon was, Alice.«

William wischt sich die Haare aus dem Gesicht, eine Geste, die mir so vertraut ist, und einen Moment lang sehe ich den jungen Mann, der er einmal war, an dem Tag, als ich ihn zum ersten Mal sah, bei meinem Vorstellungsgespräch. Alles prallt aufeinander, Vergangenheit und Gegenwart und Zukunft. Ich halte Jampo so fest, dass er quiekt. Ich möchte William etwas sagen. Etwas, damit er mir die Hand reichen und mich von der Kante wegziehen kann.

»Bleib nicht zu lange auf.«

»Nein«, sagt William und hat die Fernbedienung wieder in der Hand.

In dieser Nacht schläft er auf dem Sofa.

Kapitel 69

John Yossarian
gefällt *Cluedo.*
vor 2 Stunden

Lucy Pevensie
hat **Derzeitiger Wohnort** zu *Gästezimmer* geändert.
vor 2 Stunden

Wie war der Hochzeitstag, Ehefrau 22?

Verwirrend.

Ist das meine Schuld?

Ja.

Was kann ich tun?

Sagen Sie mir, wie Sie heißen.

Das kann ich nicht.

Ich nehme an, Sie haben einen altmodischen Namen. So was wie Charles oder James. Oder vielleicht einen, der ein bisschen moderner ist, wie Walker.

Ihnen ist doch klar, dass sich alles ändern wird, wenn wir gegenseitig unsere Namen kennen. Es ist einfach, sein wahres Ich vor Fremden offenzulegen. Weitaus schwieriger ist es, diese Wahrheiten vor denen offenzulegen, die wie kennen.

Sagen Sie mir, wie Sie heißen.

Noch nicht.

Wann?

Bald – das verspreche ich.

Kapitel 70

73. Ja, bei Peter war es anders. Nach der Geburt, nachdem ich ein paar Stunden geschlafen hatte, brachten sie ihn zu mir. Es war mitten in der Nacht. William war nach Hause gegangen, um bei Zoe zu sein.
Ich wickelte ihn aus den Windeltüchern. Er war eines dieser Babys, die wie ein nörgeliger alter Mann aussehen, womit ich sagen will, dass er das hübscheste Baby war, das ich je gesehen hatte (die Größe seiner Stirn bereitete mir allerdings Sorgen).
»Seine Ehefrau hasse ich bereits jetzt«, verkündete ich der Krankenschwester.

74. Glückseligkeit. Erschöpfung. Willkommen-zu-Hause-Party. Zu müde zum Aufräumen. Zu müde für Sex. Zu müde, um William zu begrüßen, wenn er nach der Arbeit durch die Tür kommt. Zoe versucht, Peter zu ersticken. Peter himmelt Zoe an, obwohl sie jeden Tag neue Wege ausfindig macht, um ihn abzumurksen. Vierzig und mehr Windeln pro Woche. Ist eine Schwester mit drei Jahren alt genug, um ihrem Bruder die Windeln zu wechseln? Nachmittage auf dem Sofa, den schlafenden Peter auf meinem Bauch. Zoe, die vier Stunden lang für sie völlig ungeeignete Sendungen im Fernsehen ansieht. Streit mit Ehemann, ob *Oprah* eine ungeeignete Sendung ist. In Babykotze getauchte Blusen. Eine dreiköpfige Familie, von morgens sechs bis abends sieben. Eine vierköpfige Familie von abends sieben bis abends zehn. Eine zweiköpfige Familie (Peter und ich) von abends zehn bis morgens um sechs. Mach dir keine Sorgen, sagen die ganzen Ratgeber. Die Distanz zwischen dir und deinem Ehemann ist nur ein Zwischenspiel. Wenn das Baby erst mal vier Monate alt ist, die Nacht durchschläft, feste Nahrung zu sich nimmt, ein Jahr alt ist, die ersten beiden schrecklichen Jahre vorbei sind, im Kindergarten ist, liest, mehr Pipi gezielt in der Toilette landet als auf dem Boden, sich vom Kuscheln mit der Gifteiche erholt hat, die sogar den Weg unter seine Vorhaut gefunden hat, Rückenschwimmen gelernt hat, gegen Tetanus geimpft ist, aufhört, Mädchen zu beißen, seine Socken alleine anziehen kann, dich in Sachen Zähneputzen nicht länger anlügt, keine Gute-Nacht-Lieder mehr einfordert, auf die Middle School geht, in die Pubertät kommt, sein Coming-out als stolzer schwuler Teenager hat – dann werden du und William wieder zur Normalität zurückkehren. Dann wird dieses distanzierte Gefühl auf wundersame Weise verschwinden.

75. Lieber Peter,
die Wahrheit ist: Ich war entsetzt, als ich herausfand, dass du ein Junge werden würdest. Hauptsächlich, weil ich keine Ahnung hatte, wie man einen Jungen bemuttert. Ich bildete mir ein, es wäre viel schwieriger, als die Mutter eines Mädchens zu sein, weil ich natürlich alles darüber wusste, wie es sich anfühlte, ein Mädchen zu sein, allein aufgrund der Tatsache, dass ich eins war. In Wirklichkeit immer noch bin. Das Mädchen in mir ist quicklebendig. Ich glaube, du bist ihr ab und zu begegnet. Sie ist diejenige, die den Reiz von erfolgreichem Nasepopeln nachempfinden kann – mach's einfach, wenn du allein bist, und wasch dir danach die Hände.
Ein paar Dinge, die du vielleicht nicht weißt oder an die du dich nicht erinnerst:

1. Als du mit zwei Jahren eine furchtbare Ohrentzündung hattest und nicht aufhören wolltest zu schreien, war ich so verzweifelt, dich mit diesen Schmerzen zu sehen, dass ich in dein Kinderbett geklettert bin und dich festgehalten habe, bis du eingeschlafen warst. Du bist zehn Stunden lang nicht aufgewacht, auch dann nicht, als das Kinderbett zusammengebrochen ist.

2. Als du drei Jahre alt warst, standen nur zwei Dinge auf deinem Wunschzettel für Weihnachten: eine Kartoffel und eine Karotte.

3. Ein witziger Spruch von dir, als ich dir zum Abendessen Ravioli mit Butter gemacht habe (uns war die Tomatensoße ausgegangen): *Das kann ich nicht essen. Diese Ravioli haben kein Herz.*

4. Eine unmöglich zu beantwortende Frage von dir, als du mir beim Wäschezusammenlegen geholfen hast: *Wo war ich, als du ein kleines Mädchen warst?*

5. Ein Spruch von dir, der mir das Herz gebrochen hat: *Selbst wenn ich sterbe, werde ich dein Junge sein.*

Es war mir eine unglaubliche Freude, deine Mutter zu sein. Du bist mein lustigster, liebster, strahlendster Augenstern.

Deine dich liebende Mama

76. Erster Teil der Frage: Ich weiß es nicht; zweiter Teil der Frage: bis zu einem gewissen Grad.

Kapitel 71

»Oh, meine Liebe, das ist toll. Ist das nicht toll? Warum machen wir das nicht öfters?«, fragt Nedra.

Nedra will mich unbedingt in den M•A•C-Laden auf der Vierten Straße in Berkeley schleppen, um Make-up zu kaufen, auf ihre Rechnung. Sie sagt, sie habe versucht, sich an meinen französischen No-Make-up-Look zu gewöhnen, aber nachdem auch nach vier Wochen meine Ähnlichkeit mit Marion Cotillard nicht zugenommen habe (vielleicht aber zu Marie Curie), müsse etwas unternommen werden. Ich mache mir nicht die Mühe, Nedra darauf hinzuweisen, dass ich mich zwei, vielleicht drei Tage lang schminken werde, und das war's dann. Sie weiß, dass dem so ist, aber es ist ihr egal. Der wahre Grund, warum sie mich mitnimmt, ist, dass sie mich moralisch verpflichten will, ihre Ehrendame, sprich Brautjungfer zu werden. Ich bin mir sicher, dass wir auch noch im Anthropologie-Shop landen werden, wo man mich zwingen wird, ein Kleid anzuprobieren.

Der Berufsverkehr ist gerade erst vorbei, und die Straßen sind noch voll. Als wir an der Kreuzung von University Avenue und San Pablo Avenue abbremsen, fallen mir zwei Kinder auf, die auf dem Mittelstreifen stehen und ein Pappschild in die Höhe halten.

»Das ist so traurig.« Ich versuche, die Aufschrift zu entziffern, aber wir sind zu weit weg. »Kannst du das lesen, Nedra?«

Sie kneift die Augen zusammen. »Ich wünschte mir wirklich, du würdest dir mal eine Lesebrille besorgen. Ich bin es leid, deine Dolmetscherin zu sein. *Vater arbeitslos. Bitte helfen Sie uns.*

Wir singen umsonst für Sie und nehmen Ihre Wünsche entgegen. O Gott, Alice, bitte flipp jetzt nicht aus«, sagt sie, als wir näher kommen und sich die beiden Kinder in Peter und Zoe verwandeln.

Ich atme scharf ein und mache das Fenster auf. Peter singt gerade Neil Youngs *After the Goldrush*. Der Fahrer eines Toyota drei Autos vor mir streckt ihnen einen Fünf-Dollar-Schein entgegen. »Du hast eine schöne Stimme, Kleiner«, höre ich ihn sagen. »Das mit deinem Dad tut mir leid.«

Trotz meiner Verwirrung bringt mich Peters engelsgleiche Stimme fast zum Weinen. Er hat *wirklich* eine schöne Stimme, und die hat er weder von William noch von mir.

Ich recke meinen Kopf aus dem Fenster. »Was zum Teufel treibt ihr da?«

Beide starren mich total schockiert an.

»Lassen Sie sie in Ruhe, Lady. Rücken Sie lieber 'nen Zwanziger raus«, meckert mich die Frau aus dem Auto hinter mir lauthals an. »Sie sehen so aus, als könnten Sie sich das leisten.«

Ich sitze auf der Beifahrerseite in Nedras Toyota Lexus. »Das Auto gehört mir nicht«, brülle ich lautstark zurück. »Nur zu Ihrer Information, ich fahre einen Ford.«

»Du hast gesagt, wir sollen uns einen Job suchen«, schreit Zoe mich an.

»Als Babysitter!«

»Es herrscht eine Rezession, falls du es noch nicht gehört hast. Die Arbeitslosenquote liegt bei zwölf Prozent. Da bringt es gar nichts, sich auf Jobs zu bewerben. Man muss sich einen Job erfinden!«, schreit Zoe weiter.

»Sie hat recht«, pflichtet Nedra ihr bei.

»Die Stelle hier ist genial«, sagt Peter. »Wir haben schon über hundert Dollar gemacht.«

»Hundert Dollar für wen? Ihr werdet das Geld einem Obdachlosenverein für die Essensausgabe spenden. Das hier ist oberpeinlich«, zische ich sie an.

Und es macht mir Angst – irgendein Verrückter hätte die beiden dazu bringen können, in sein Auto einzusteigen. Trotz ihres erwachsenen Auftretens sind Peter und Zoe zwei behütete, naive Kinder. Ein Auffrischungskurs über das von Fremden ausgehende Gefahrenpotenzial steht auf dem Stundenplan.

»Ihr geschäftstüchtigen kleinen Dinger«, sagt Nedra. »Ich wusste gar nicht, dass ihr das Zeug zu so etwas habt.«

»Steigt ins Auto«, sage ich, »SOFORT.«

Zoe blickt auf die Uhr. Sie trägt ein Vintage-Kleid von Pucci und Ballettschuhe. »Unsere Schicht endet erst mittags.«

»Was denn, ihr habt eine Stechuhr fürs Betteln?«

»Es ist wichtig, feste Strukturen und regelmäßige Arbeitszeiten zu haben«, sagt Peter. »Das habe ich in Dads Buch gelesen: *100 Wege zu mehr Motivation – Wie man sein Leben ändert.*«

»Steigt ein, Kinder«, sagt Nedra. »Macht, was eure Mutter sagt, oder ich muss bis in alle Ewigkeit ihr farbloses, fleckiges Gesicht ansehen, und daran seid dann nur ihr schuld.«

Peter und Zoe setzen sich auf die Rückbank.

»Ihr riecht nicht wie obdachlos«, stellt Nedra fest.

»Obdachlose können nichts dafür, wie sie riechen«, sagt Peter. »Es ist ja nicht so, dass sie irgendwo klingeln und fragen könnten, ob sie mal duschen dürfen.«

»Das ist sehr mitfühlend von euch«, sagt Nedra.

»Hat Spaß gemacht, Pedro.« Zoe und Peter klatschen sich gegenseitig ab.

Ich wusste, dass der Tag irgendwann kommen würde, an dem ich Peter an Zoe verliere, nämlich dann, wenn sie damit anfangen, sich gegenseitig ins Vertrauen zu ziehen und die Geheimnisse des anderen zu bewahren. Aber ich hatte ja keine Ahnung, dass das so schnell der Fall sein würde, und dann auch noch so.

»Können wir jetzt bitte nach Hause fahren?«, frage ich.

Nedra fährt weiter die San Pablo Avenue hinauf.

»Hört mir irgendjemand hier zu?«, beschwere ich mich weinend.

Nedra biegt links in die Hearst Avenue ein und parkt ein paar Minuten später auf der Vierten Straße. Sie dreht sich nach hinten um. »Zischt ab, Kinder. Wir treffen uns um eins wieder hier.«

»Du siehst müde aus, Mom.« Peter reckt seinen Kopf nach vorne.

»Ja, was hat es mit diesen dunklen Augenringen auf sich?«, fragt Zoe.

»Ich kümmere mich darum«, sagt Nedra. »Und jetzt verschwindet, ihr beiden.«

»Du hast sie ja schließlich nicht beim Crack-Rauchen erwischt«, sagt Nedra auf dem Weg in den M•A•C-Laden.

»Du hast für sie Partei ergriffen. Warum musst du immer die Coole spielen?«

»Alice, was ist los?«

Ich schüttele den Kopf.

»Was?«, wiederholt sie.

»Alles«, sage ich. »Du würdest es nicht verstehen. Du verlobst dich. Du bist glücklich. Alles Gute liegt vor dir.«

»Ich hasse es, wenn die Leute aus Adjektiven Substantive machen«, sagt Nedra. »Und vor dir liegt auch noch jede Menge Gutes.«

»Was, wenn du dich irrst? Was, wenn meine beste Zeit schon hinter mir liegt?«

»Erzähl mir jetzt nicht, dass das etwas mit dieser lächerlichen Ehe-Umfrage zu tun hat. Du hast doch aufgehört, diesem Forscher zu schreiben, oder?«

Ich greife nach einer Tube mit auberginefarbenem Lipgloss.

»Also, worum geht's wirklich?«, fragt sie und legt den Lipgloss zurück. »Die Farbe steht dir nicht.«

»Ich glaube, Zoe hat eine Essstörung.«

Nedra verdreht die Augen. »Alice, jedes Jahr, wenn das Schuljahr vorbei ist, kommt so etwas. Du wirst paranoid. Du bist schlecht gelaunt. Du bist ein Mensch, der ständig etwas zu tun haben muss.«

Ich nicke und lasse mich zu der Theke mit den Make-ups führen.

»Eine getönte Feuchtigkeitscreme – nicht zu schwer. Ein bisschen Wimperntusche und einen Klecks Rouge«, zählt Nedra auf. »Und danach unternehmen wir eine klitzekleine, superschnelle Reise durch den Anthropologie-Shop, was meinst du?«

An diesem Abend kommt Peter in mein Bett gekrochen.

»Arme Mom«, sagt er und nimmt mich in den Arm. »Du hattest einen schweren Tag. Musstest deinen Kindern beim Betteln auf der Straße zusehen.«

»Bist du nicht zu alt fürs Kuscheln?« Ich schiebe ihn weg, weil ich ihn ein bisschen bestrafen will.

»Niemals«, sagt er und rückt noch enger an mich heran.

»Wie viel wiegst du?«

»Fünfundvierzig Kilo.«

»Wie groß bist du?«

»Einen Meter fünfundfünfzig.«

»Du darfst noch für zwei weitere Kilo oder drei weitere Zentimeter kuscheln, je nachdem, was zuerst eintrifft.«

»Warum nur für zwei Kilo oder drei Zentimeter?«

»Weil es danach unschicklich wäre.«

Peter ist einen Moment lang still. »Oh«, sagt er schließlich ganz leise und tätschelt dabei meine Hand auf dieselbe Art und Weise, wie er es als Kleinkind getan hat. Als er klein war, lag er so sehr mit mir auf einer Wellenlänge, dass es anstrengend wurde. Sobald ich irgendwie besorgt aussah, kam er zu mir gelaufen. *Alles in Ordnung, Mama, alles in Ordnung*, sagte er dann feierlich. *Soll ich dir etwas vorsingen?*

»Mir wird das auch fehlen, mein Schatz«, sage ich. »Aber es wird dann an der Zeit sein.«

»Können wir noch zusammen auf dem Sofa Filme anschauen?«

»Natürlich. Ich habe den nächsten schon im Visier. *Das Omen*. Die Szene im Zoo, in der alle Tiere durchdrehen, wird dir gefallen.«

Eine Weile liegen wir schweigend nebeneinander.

Irgendetwas ist fast vorbei. Ich lege eine Hand auf mein Herz, als könnte ich so sein Inneres davor bewahren herauszuplatzen.

Kapitel 72

Lucy Pevensie
hat ihr Profilbild aktualisiert.

Hübsches Kleid, Ehefrau 22.

Finden Sie? Ich werde es bei meiner Krönung tragen. Hier geht das Gerücht um, ich werde in Kürze als Königin Lucy die Tapfere gekrönt.

Werde ich zu Ihrer Krönungszeremonie eingeladen?

Kommt drauf an.

Worauf?

Besitzen Sie angemessene Krönungskleidung?

Eine Sekunde.

John Yossarian
hat sein Profilbild aktualisiert.

Geht das so?

Ganz ausgezeichnet. Meine beste Freundin möchte, dass ich ihre Brautjungfer werde.

Aha – also ist das ein Ehrendamenkleid.

Na ja, es würde *ihr* gefallen, wenn ich dieses Kleid trage. Also nicht genau dieses Kleid, aber ein ähnliches.

Ist es möglich, dass Sie ein bisschen übertreiben?

Ist Ihnen schon mal durch den Kopf gegangen, dass die Ehe ein Art Catch-22 ist, ein echtes Dilemma? Dass genau die Dinge, die man am Anfang an seinem Partner so attraktiv fand – seine Düsternis, sein Grübeln, sein mangelndes Mitteilungsvermögen, sein Schweigen –, genau die Dinge also, die man zuerst so charmant fand, einen nach zwanzig Jahren Ehe in den Wahnsinn treiben?

Von ähnlichen Erfahrungen haben bereits andere Teilnehmer berichtet.

Haben Sie sich schon mal so gefühlt?

Diese Information kann ich nicht preisgeben.

Bitte, Forscher 101, geben Sie etwas von sich preis. Irgendwas.

Ich kann nicht aufhören, an Sie zu denken, Ehefrau 22.

Kapitel 73

77. Eine Diktatur mit täglich wechselndem Diktator. Bin mir nicht sicher, ob Demokratie möglich ist.

78. Na ja, viele hier auf Erden im einundzwanzigsten Jahrhundert glauben an die *einzige wahre Liebe*, und wenn sie an die *einzige wahre Liebe* glauben, dann mündet das oft in eine Ehe. Ihnen mag die Institution Ehe lächerlich erscheinen. Ihre Spezies ist möglicherweise so fortgeschritten, dass Sie für unterschiedliche Lebensphasen unterschiedliche Partner haben: für die erste Schwärmerei, für die Ehe, die Fortpflanzung, die Kindererziehung, das leere Nest und den langsamen, aber hoffentlich nicht schmerzvollen Tod. Falls dem so ist, passt die *einzige wahre Liebe* nicht ins Bild – was ich aber bezweifle. Wahrscheinlich bezeichnen Sie sie nur anders.

79. Mir scheint, jeder ist mal an der Reihe: hinter den Kulissen als Requisiteur, als Kleindarsteller, dann in der Tanztruppe, dann mitten auf der Bühne, und zum Schluss enden wir alle im Publikum und schauen zu, als einer von vielen gesichtslosen Connaisseurs im Dunkeln.

80. Tage und Wochen und Monate nichts als Blicke, Blicke unerwiderter Lust.

81. Hoch oben auf dem Berg in einem Haus wohnen, mit einem Quilt über dem Bett und jeden Tag frischen Blumen auf dem Tisch.

Ich in einem langen weißen Spitzenkleid, dazu Stiefel à la Stevie Nicks. Er spielt Gitarre. Wir hätten einen Garten, einen Hund und vier wunderbare Kinder, die auf dem Boden mit Klötzchen Türme bauen, während ich einen Hühnereintopf koche.

82. Ihr braucht sie wie die Luft zum Atmen.

83. Kinder. Kameradschaft. Sich nicht vorstellen können, ohne sie zu leben.

84. Sich vorstellen können, ohne sie zu leben.

85. Die Antwort darauf kennen Sie.

86. Ja.

87. Selbstverständlich!

88. In mancher Hinsicht: ja. Ansonsten: nein.

89. Betrügen. Lügen. Mich vergessen.

90. Lieber William,
erinnerst du dich daran, wie wir in den White Mountains zelten waren? Den größten Teil der Wanderung brachten wir gleich am ersten Tag hinter uns. Geplant war, einmal zu übernachten und am nächsten Morgen früh aufzustehen, um den Gipfel des Tuckerman Ravine zu erklimmen. Aber du hast zu viel getrunken und hattest beim Aufwachen einen mörderischen Kater, die Art von Kater, die man nur durch Schlafen wegkriegt. Also bist du wieder in deinen Schlafsack gekrochen, und ich habe den Tuckerman ohne dich bestiegen.
Du bist erst spätnachmittags wieder wach geworden. Du hast auf

die Uhr geschaut und wusstest sofort, dass etwas ganz und gar nicht in Ordnung war. Der Aufstieg sollte ungefähr zwei Stunden dauern, aber ich war bereits fast sechs Stunden unterwegs, und – du hattest eine ziemlich klare Vorstellung davon, warum – ich war vom Weg abgekommen. Ich kam immer vom Weg ab. Du hingegen, du bliebst immer auf dem richtigen Weg, aber ohne dich neben mir kam ich vom Kurs ab und verlief mich hoffnungslos.

Tja, das war vor langer Zeit. Vor AOL. Bevor es Handys gab. Wir waren noch Jahre entfernt vom Googeln und Klicken und Browsen und Verschicken von Freundschaftsanfragen. Du hast also ganz altmodisch nach mir gesucht. Du hast mit der Bärenglocke geläutet, meinen Namen gerufen und bist gerannt. Und in der Abenddämmerung, als du mich schließlich gefunden hattest, schluchzend am Fuße einer Pinie, da hast du etwas versprochen, was ich nie vergessen werde. *Egal wohin ich gehe, egal wie weit ich vom Weg abkomme, egal wie lange ich bereits weg bin, du würdest immer nach mir suchen und mich nach Hause bringen*. Es war das Romantischste, was je ein Mann zu mir gesagt hatte. Und dadurch wird es noch schwerer für mich, mich nach zwanzig Jahren Ehe damit abzufinden, dass wir wieder beide vom Kurs abgekommen sind. Durch Unachtsamkeit. Durch Unvernunft. Als hätten wir alles Tageslicht der Welt, um den Gipfel des Tuckerman zu erklimmen.

Wenn das hier wie ein Abschiedsbrief klingt, tut es mir leid. Ich bin mir nicht sicher, ob es ein Abschied ist. Eher ein Warnschuss. Du solltest lieber auf die Uhr schauen. Du solltest dir lieber sagen, Alice ist schon ganz schön lange weg. Du solltest lieber losziehen und mich finden. AB

Kapitel 74

Ich wache vom Lärm über Holzfußboden gezogener Aluminium-Zeltstangen auf.

»Wo zum Teufel steckt deine Mutter?«, brüllt William von unten durchs Treppenhaus.

Ich will einfach nur im Bett bleiben. Allerdings – mir selbst sei Dank – wird mein Schlaf warten müssen, weil wir in der Sierra Nevada zelten gehen. Reserviert habe ich vor einigen Monaten. Damals klang es so idyllisch: unter dem Sternenhimmel schlafen, umgeben von Zucker-Kiefern und Tannen – ein bisschen Familienmiteinander.

»Verdammter Mist!«, brüllt William. »Ist hier irgendwer in der Lage, ein Zelt vernünftig einzupacken?«

Ich stehe auf. Heute ist die Vorstellung weitaus weniger idyllisch.

Eine Stunde später sind wir unterwegs, und unser Familienmiteinander sieht folgendermaßen aus: William hört sich auf seinem iPhone den neuesten Roman von John le Carré an (den ich mir, dies nur nebenbei bemerkt, im CD-Player des Autos anhöre, aber William meint, er könne sich nicht konzentrieren, wenn man ihm den Text nicht ganz persönlich vorliest), Peter spielt *Angry Birds* auf seinem Handy und schreit ab und zu *Schubiduh!* oder *Verdammt!*, und Zoe schreibt blindwütig eine SMS nach der anderen – Gott weiß, an wen. So bleibt es auch für die nächsten zweieinhalb Stunden, bis wir beginnen, über den Pass zu fahren, und der Handyempfang nachlässt. Ab da kommt es mir so vor, als erwachten sie aus einem Traum.

»Boah, Bäume«, staunt Peter.

»Ist das hier, wo diese Leute diese Leute gegessen haben?«, fragt Zoe und späht hinunter auf den See.

»Du meinst die Donner Party?«, fragt William.

»Brust oder Schenkel, Zoe«, stichelt Peter.

»Seeehr witzig, Pedro. Wie lang dauert dieser Campingausflug eigentlich?«, fragt Zoe.

»Wir haben drei Nächte reserviert«, sage ich. »Und es ist ganz bestimmt nicht anstrengend. Wir haben das Auto dabei. Niemand *muss* irgendwas tun. Wir sind hier, um Spaß zu haben und zu faulenzen.«

»Ganz genau, Alice, der Morgen war ja schon so was von erholsam«, sagt William, die Augen starr nach vorne gerichtet. Er ist genauso wenig begeistert wie die Kinder.

»Heißt das, hier gibt's kein Handynetz?«, fragt Zoe.

»Nö, wir sind nur in einem Funkloch. Dad sagt, auf dem Campingplatz gibt's Wi-Fi«, meint Peter.

»Äh, das stimmt nicht, tut mir leid. Es gibt kein Wi-Fi«, kläre ich sie auf.

Diese Tatsache habe ich selbst erst gestern herausgefunden, bei der Bestätigung unserer Reservierung. Dann bin ich in mein Zimmer gegangen und hatte in aller Abgeschiedenheit eine hübsche kleine Panikattacke bei dem Gedanken daran, dass ich zweiundsiebzig Stunden lang von Forscher 101 abgeschnitten sein würde. Mittlerweile habe ich mich damit abgefunden.

Von der Rückbank her dringt schweres Keuchen nach vorne.

»Das hast du mir nicht gesagt, Alice«, beschwert sich William.

»Nein, ich habe es keinem von euch gesagt, weil ihr sonst nicht mitgekommen wärt.«

»Ich kann nicht fassen, dass *du* dich abstöpselst«, sagt Zoe an mich gewandt.

»Tja, ist aber so.« Ich beuge mich über William und schmeiße mein Handy ins Handschuhfach. »Her mit euren Handys, Kinder. Deins auch, William.«

»Und wenn wir einen Notfall haben?«, fragt William.

»Ich habe einen Verbandskasten dabei.«

»Eine andere Art von Notfall«, sagt er.

»Was denn für einen?«

»Einen, bei dem man jemanden erreichen muss«, sagt er.

»Genau darum geht es doch. Sich gegenseitig mal erreichen«, sage ich. »IRL.«

»IRL?«, fragt William.

»Im richtigen Leben«, sage ich.

»Es kotzt mich total an, dass du dieses Akronym kennst«, sagt Zoe.

Eine Viertelstunde später, augenscheinlich unfähig, irgendetwas zu tun – in den Tag träumen, sich unterhalten oder auch nur einen einzigen originellen Einfall ohne ihre technischen Hilfsmittel haben –, schlafen die Kinder hinten im Auto ein. Sie schlafen, bis wir auf den Campingplatz einbiegen.

»Und jetzt?«, fragt Peter, als wir mit dem Zeltaufbau fertig sind.

»Was *und jetzt*? Das hier *ist* jetzt«, sage ich und breite die Arme aus. »Sich loseisen. Die Wälder, die Bäume, der Fluss.«

»Die Bären«, sagt Zoe. »Ich habe meine Tage und bleibe in meinem Zelt. Blut ist für die wie Katzenminze.«

»Ekelhaft«, sagt Peter.

»Das ist nur ein Ammenmärchen«, sagt William.

»Ist es nicht. Sie können es meilenweit entfernt riechen«, widerspricht Zoe.

»Gleich wird mir schlecht«, sagt Peter.

»Lasst uns Karten spielen«, sage ich.

Zoe streckt einen Finger in die Luft. »Zu windig.«

»Scharade«, schlage ich vor.

»Was? Nein! Es ist noch nicht dunkel. Die Leute können uns zusehen«, widerspricht Zoe.

»Na gut. Wollen wir dann ein bisschen Feuerholz sammeln gehen?«, frage ich.

»Du siehst wütend aus, Mom«, sagt Peter.

»Ich bin nicht wütend. Ich denke nach.«

»Ich mach erst mal ein Nickerchen«, sagt Zoe.

»Ich auch«, sagt Peter. »So viel Natur auf einmal macht mich ganz schläfrig.«

»Ich bin auch ein bisschen müde«, sagt William.

»Macht, was ihr wollt. Ich gehe zum Fluss hinunter«, sage ich.

»Nimm einen Kompass mit«, meint William.

»Das sind fünfzig Meter von hier«, sage ich.

»Wo denn?«, fragt Peter.

»Durch die Bäume. Dahinten. Siehst du's? Wo die ganzen Leute schwimmen.«

»Das ist ein Fluss? Sieht eher aus wie ein Bach?«

»Tucker, du darfst im Wasser nicht Toter Mann spielen!«, dringt eine lautstarke Stimme an unsere Ohren.

»Warum nicht?«, brüllt ein Junge zurück.

»Weil die Leute sonst denken, du wärst tot!«

»Wir sind den ganzen Weg hierher gefahren, nur damit du in einem Bach schwimmen kannst, zusammen mit Hunderten von anderen Leuten? Da wären wir besser einfach ins Schwimmbad gegangen«, sagt Peter.

»Ihr seid echt unfassbar!« Beleidigt stampfe ich davon.

»Alice, wann kommst du zurück?«, brüllt William hinter mir her.

»Niemals!«, keife ich zurück.

Zwei Stunden später, mit Sonnenbrand und bester Laune, schnappe ich mir meine Schuhe und mache mich auf den Rückweg. Ich bin kaputt, aber auf eine gute Art, die Art, die daher kommt, dass man an einem Nachmittag im Juli in einem eiskalten Fluss untergetaucht ist. Ich gehe langsam, weil ich den Zauber nicht brechen will. Mitunter habe ich so etwas wie eine außerkörperliche Erfahrung, in der ich meine gesamten früheren Inkarnationen gleichzeitig wahrnehme: die Zehnjährige, die Zwanzigjährige, die Dreißigjährige, die Vierzig-und-ein-paar-Zerquetschte-Jährige – sie alle atmen und sehen die Welt durch meine Augen in ein und demselben Augenblick. Die Kiefernadeln auf dem Weg knirschen unter meinen nackten Füßen. Der Geruch nach gegrillten Hamburgern bringt meinen Magen zum Knurren. Aus der Ferne dringt Musik aus dem Radio zu mir – vielleicht Todd Rundgrens *Hello It's Me*?

Es fühlt sich komisch an, so ganz ohne mein Handy. Es fühlt sich noch komischer an, nicht ständig in Alarmbereitschaft zu sein und auf den nächsten Einschlag zu warten: eine E-Mail oder eine Statusmeldung von Forscher 101. Stattdessen verspüre ich Leere. Keine sehnsuchtsvolle Leere, sondern eine angenehme, glückselige Leere, von der ich weiß, dass sie getilgt sein wird, sobald ich einen Fuß auf unseren Zeltplatz setze.

Aber dazu kommt es gar nicht. Stattdessen finde ich meine Familie um den Picknicktisch versammelt, in eine Unterhaltung vertieft. Eine UNTERHALTUNG. Und kein Gerät, kein Spiel, noch nicht mal ein Buch in Sicht.

»Mama«, heult Peter los. »Geht es dir gut?«

Er hat mich seit mindestens einem Jahr, vielleicht sogar zwei Jahren, nicht mehr Mama genannt.

»Du warst im Wasser«, sagt William, als er meine nassen Haare bemerkt. »In deinen Shorts?«

»Ohne mich?«, fragt Zoe.

»Ich dachte nicht, dass du mitwillst. Du hast heute Morgen deine Haare eine halbe Stunde lang geföhnt.«

»Hättest du mich gefragt, wäre ich mitgekommen.« Zoe ist ein bisschen beleidigt.

»Nach dem Essen können wir noch mal Schwimmen gehen. Es ist noch hell.«

»Wir könnten doch auch eine Wanderung machen«, sagt Peter.

»Jetzt?«, sage ich. »Ich dachte, ich mach erst mal ein Nickerchen.«

»Wir haben auf dich gewartet«, sagt William.

»Ist das so?«

Die drei tauschen Blicke aus.

»Na gut. Super. Ich zieh mich kurz um, dann können wir los.«

»Wir sind nicht laut genug«, sagt Zoe. »Bären greifen nur an, wenn sie überrascht werden. Oder einen riechen. *Huhu, huhu, Bär!*«

Wir wandern bereits eine Dreiviertelstunde. Eine Dreiviertelstunde, inklusive Mückenjagd, Bremsenangriffen und Kindergequengel und ohne ein Lüftchen weit und breit.

»Ich dachte, das wäre ein Rundweg. Sollten wir nicht schon längst zurück sein? Und warum hat niemand eine Flasche Wasser mitgenommen? Wer geht denn ohne Wasserflasche wandern?«

»Lauf mal vor, Pedro«, sage ich. »Erkunde den Weg. Mir kommt das alles hier sehr bekannt vor. Ich bin mir sicher, wir sind bald da. Ich glaube, ich höre schon den Fluss.«

Das ist eine Lüge. Ich höre nichts außer brummenden Insekten.

Peter zischt los, und William ruft ihm hinterher: »Nicht zu weit! Ich will, dass du in Singweite bleibst. So lauten die Spielregeln!«

»Ich bitte euch inständig, tut mir das nicht an«, sagt Zoe.

Peter ergötzt sich an einer Wiedergabe von Pinks *Raise Your Glass. »Right, right, turn off the lights, we're gonna lose our minds tonight«*, summt er in Hörweite vor uns.

Zoe verdreht die Augen.

»Besser als *Huhu-Bär*«, sage ich.

»Glaubst du wirklich, dass wir bald da sind?«, fragt William.

»*Party crasher, penny snatcher* …«

»Du lieber Gott, ist damit etwa *du-weißt-schon-was* gemeint?«, frage ich.

»Was?«, fragt William.

»Du weißt schon, *penny snatcher*? Ein Dieb? Eine Spardose? Ein Schlitz? Ein Euphemismus für …«

Er sieht mich verständnislos an.

»Muschi?«, flüstere ich.

»O Gott, Mutter, eine *Va-gi-na*, sag's doch einfach«, lästert Zoe. »Und es heißt eigentlich *panty snatcher*, nicht *penny snatcher*.«

»*Call me up if you a gangsta* …« Peters Gesang bricht plötzlich ab.

Wir gehen ein paar Minuten lang weiter.

»Gibt es etwas noch Lächerlicheres als einen zwölfjährigen weißen Jungen, der das Wort *Gangsta* in den Mund nimmt?«, lästert Zoe weiter.

»Zoe, sei still.«

»Wieso denn?«

Wir bleiben alle stehen und lauschen.

»Ich höre nichts«, sagt Zoe.

»Stimmt genau«, sage ich.

William formt mit seinen Händen einen Trichter vor dem Mund und ruft: »Wir haben dich gebeten zu singen!«

Stille.

»Peter!«

William rast den Weg entlang, mit Zoe und mir auf den Fersen. Wir laufen um die Ecke und finden Peter starr und auf der Stelle festgewachsen vor, nicht mehr als eineinhalb Meter entfernt von einem Großohrhirsch, einem veritablen Trophäe-Bock, weit über neunzig Kilo schwer, das Geweih lang wie zwei Baguettes, und er und Peter scheinen in eine Art Anstarr-Wettbewerb vertieft zu sein.

»Geh ganz langsam rückwärts«, flüstert William Peter zu.

»Greifen Großohrhirsche an?«, flüstere ich William zu.

»Ganz langsam«, wiederholt William.

Der Bock schnauft und macht ein paar Schritte auf Peter zu, und ich ringe nach Luft. Peter wirkt, als wäre er verzaubert: Auf seinem Gesicht liegt ein leichtes Lächeln. Plötzlich verstehe ich, wovon ich gerade Zeuge werde. Es ist ein Initiationsritus. Wie Peter ihn hundertmal in seinen Computerspielen durchlaufen hat, im Kampf gegen alle möglichen jenseitigen Bestien, Menschenfresser und Hexenmeister und zotteligen Mammuts, aber nur selten hat ein Junge des einundzwanzigsten Jahrhunderts im wirklichen Leben so eine Chance – tatsächlich mit einem wilden Tier in Kontakt zu treten, Auge in Auge. Peter streckt seine Hand aus, als wolle er das Geweih des Hirschs berühren, und diese plötzliche Handbewegung scheint den Hirsch aufzuwecken, und er haut ins Gebüsch ab.

»Das war unglaublich.« Peter dreht sich mit leuchtenden Augen zu uns um. »Habt ihr gesehen, wie er mich angeschaut hat?«

»Hattest du keine Angst?«, fragt Zoe.

»Er hat nach Gras gerochen«, sagt Peter. »Nach Felsgestein.«

William wirft mir einen Blick zu und schüttelt verwundert den Kopf.

Auf dem Weg zurück gehen wir hintereinander durch den Wald. Peter führt den Trupp an, dann folgt Zoe, dann ich, und William bildet die Nachhut. Ab und zu dringt die untergehende Sonne durch die Bäume – violett, dann hellorange. Ich recke mein Gesicht in die Höhe, um etwas von der Wärme abzubekommen. Das Licht fühlt sich wie eine Segnung an.

William greift nach meiner Hand.

Kapitel 75

Mitten in der Nacht wache ich von Zoes lautem Geschrei auf. William und ich sitzen kerzengerade im Bett und sehen uns an.

»Es *ist* ein Ammenmärchen«, sagt er, »oder?«

Während der paar Sekunden, die wir brauchen, um uns aus unseren Schlafsäcken zu befreien und den Reißverschluss des Zeltes aufzuziehen, hören wir drei weitere beunruhigende Geräusche: einen brüllenden Peter, durch den Dreck stapfende Füße, und dann schreit auch Peter richtig laut los.

»O Gott, o Gott, o Gott«, kreische ich, »beeil dich, geh raus!«

»Gib mir die Taschenlampe!«, ruft William.

»Was willst du damit machen?«

»Dem Bären den Schädel einschlagen, was denn sonst?«

»Mach Krach. Schrei. Fuchtel mit den Armen herum«, sage ich, aber William ist schon weg.

Ich atme ein paarmal tief durch und klettere dann ebenfalls aus dem Zelt, um folgendes Szenario vorzufinden: Zoe im Nachthemd und barfuß, die Gitarre wie einen Baseballschläger hocherhoben in der Hand. Jude auf den Knien, den Kopf eingezogen, als läge er auf einer Schlachtbank, Peter ausgestreckt auf dem Boden, William an seiner Seite.

»Es geht ihm gut«, ruft William mir zu.

Ein paar Leute von den angrenzenden Stellplätzen sind hergerannt gekommen und stehen an der Eingrenzung unseres Platzes. Alle tragen Stirnlampen und sehen aus wie Bergleute, mal abgesehen von den Schlafanzügen.

»Alles in Ordnung!«, ruft William ihnen zu. »Geht zurück in eure Zelte. Wir haben alles unter Kontrolle.«

»Was war denn los?«

»Es tut mir so leid, Alice«, sagt Jude.

»Weinst du, Jude?«, fragt Zoe. Ihr Gesicht wird weicher, und sie senkt den Arm mit der Gitarre.

»Wo ist der Bär?«, sage ich laut. »Ist er abgehauen?«

»Kein Bär«, ächzt Peter.

»Es war Jude«, sagt Zoe.

»Jude hat Peter angegriffen?«

»Ich wollte Zoe überraschen«, sagt Jude. »Ich habe ihr ein Lied geschrieben.«

Ich renne zu Peter. Sein Hemd ist hochgerutscht, und ich sehe eine Schnittwunde auf seinem Bauch. Entsetzt halte ich mir die Hand vor den Mund.

»Pedro hat meine Schreie gehört und versucht, mich zu retten«, sagt Zoe. »Mit seinem Grillspieß für die Marshmallows.«

»Er ist damit losgerannt«, sagt Jude, »und dann ist das Ding im Boden stecken geblieben.«

»Dann hat er sich selbst gepfählt«, sagt Zoe.

»Leck mich«, flucht Peter, »ich bin für dich in mein Schwert gefallen!«

»Es ist kaum Blut zu sehen, kein gutes Zeichen.« William beleuchtet die Wunde mit seiner Taschenlampe.

»Was ist das gelbe Zeug, das da herausgekringelt kommt?«, frage ich. »Eiter?«

»Ich glaube, das ist Fett«, meint William.

Peter kreischt los.

»Alles gut, alles in Ordnung, nichts, worüber man sich Sorgen machen müsste.« Ich versuche so zu tun, als wäre aus einer Wunde quellendes Fett ein ganz gewöhnlicher Anblick. »Jeder trägt Fett mit sich herum.«

»Das bedeutet, dass der Schnitt tief ist, Alice«, flüstert William mir zu. »Das muss man sicher nähen lassen. Wir müssen ihn ins Krankenhaus bringen.«

»Erst kürzlich habe ich den Film *Teen Lover* mit John Cusack gesehen, und das hat mich inspiriert«, rechtfertigt sich Jude.

»*In Your Eyes.* Ich liebe Peter Gabriel«, schnauft Peter. »Hoffentlich ist dein Lied das Ganze hier wert.«

»Du hast ein Lied für mich geschrieben?«

»Ist das dein Auto, Jude?« William zeigt auf einen Toyota, der vor unserem Campingplatz geparkt ist. Jude nickt.

William hilft Peter auf die Füße. »Los geht's, du fährst. Peter kann sich auf der Rückbank ausstrecken. Alice, du und Zoe fahrt in unserem Auto hinterher.«

»Du fährst wie eine Bekloppte, du musst ihnen nicht am Hinterrad kleben«, blafft Zoe mich an.

»Wusstest du, dass Jude herkommt?«

»Nein! Natürlich nicht.«

»An wen hast du die ganzen SMS auf dem Weg hierher geschrieben?«

Zoe verschränkt die Arme und sieht aus dem Fenster.

»Was läuft da zwischen euch beiden?«

»Nichts.«

»Und wegen *nichts* fährt er sechshundertfünfzig Kilometer durch die Nacht, um dir ein Ständchen zu bringen?«

Auch wenn ich wütend bin auf Jude – warum konnte er seinen Überraschungsbesuch nicht bei Tageslicht absolvieren? –, finde ich seinen Auftritt unglaublich romantisch. *Teen Lover* war mein Lieblingsfilm, vor allem die Kultszene, in der John Cusack auf seinem Auto steht und seinen Ghettoblaster hochhält und diesen Trenchcoat mit den gigantischen Schulterpolstern anhat – *I see the doorway to a thousand churches in your eyes.* Elf Wörter, die ziemlich treffend zusammenfassen, wie es war, in den Achtzigerjahren Teenager zu sein.

»Ich kann nichts dafür, dass er mir nachläuft.«

»Er hat ein Lied für dich geschrieben, Zoe.«

»Da kann ich auch nichts dafür.«

»Ich hab doch bemerkt, wie du ihn angesehen hast. Offensichtlich hast du immer noch Gefühle für ihn. Endlich!«, sage ich, als wir auf eine geteerte Straße einbiegen und Jude Gas gibt.

»Ich möchte nicht darüber reden.« Zoe verbirgt ihr Gesicht hinter einem Arm.

Wir fahren die verlassene Straße entlang, vorbei an Wiesen und Feldern. Der Mond sieht aus, als hockte er auf einem Zaunpfosten.

»Wo zum Teufel ist dieses verdammte Krankenhaus!«, brülle ich nach zehn Minuten los. Schließlich sehe ich zu meiner Rechten einen Gebäudekomplex im Lichterglanz erstrahlen.

Der Parkplatz ist fast leer. Ich schicke ein stilles Dankesgebet los, dafür dass wir uns mitten in der Walachei befinden. Wäre das hier das Kinderkrankenhaus in Oakland, müssten wir fünf Stunden warten, bis wir drankämen.

Ich hatte ganz vergessen, wie das mit dem Nähen funktioniert. Genau genommen habe ich auch die Betäubungsspritze vergessen, die man vor dem eigentlichen Nähvorgang bekommt.

»Vielleicht schauen Sie einfach weg«, schlägt der Notarzt mit der Spritze in der Hand vor.

Immer wenn wir im Fernsehen einen Film ansehen, in dem ein bisschen Sex vorkommt, fragt Peter mich: »Soll ich wegschauen?« Wenn es sich nur um Herumwälzen im Bett in Klamotten oder Küssen oder ein paar Trockenübungen handelt, verneine ich. Wenn es irgendwelche Hinweise auf sich zeigende Körperteile gibt, bejahe ich. Ich weiß, dass er im Internet Brüste gesehen hat, aber nicht mit seiner Mutter neben sich auf dem Sofa. Ich weiß nicht, wer von uns beiden sich unwohler fühlen würde – er oder ich. Er ist noch nicht so weit. Er ist auch noch nicht so weit, dabei zusehen zu müssen, wie man ihm eine Betäubungsspritze verpasst.

»Sieh nicht hin«, rate ich Peter.

»Ich habe eigentlich Sie gemeint«, sagt der Arzt.

»Ich habe kein Problem mit Spritzen«, widerspreche ich.

Peter krallt sich an meiner Hand fest. »Ich werde mich jetzt ablenken«, sagt er. »Durch eine belanglose Unterhaltung mit dir.«

Er sieht mich durchdringend an, aber meine Augen stürzen sich unwillkürlich immer wieder auf die Spritze.

»Mom, ich muss dir etwas sagen, und es wird dich vielleicht überraschen.«

»Autsch«, sage ich und sehe dem Arzt dabei zu, wie er das Mittel rund um die Wunde injiziert.

»Ich bin hetero.«

»Das ist schön, Liebling«, sage ich, als der Arzt beginnt, das Betäubungsmittel *mitten in die Wunde* zu spritzen.

»Du machst das super, Peter«, sagt der Arzt, »bin schon fast fertig.«

»Mrs Buckle«, wendet der Arzt sich an mich, »ist alles in Ordnung?«

Mir ist schwindelig. Ich stütze mich seitlich am Bett ab.

»Immer das Gleiche«, sagt der Arzt zu William. »Wir sagen den Eltern, sie sollen wegschauen, aber sie können nicht anders – sie sehen genau hin. Ich hatte neulich einen Vater hier, der ist plötzlich kollabiert, als ich die Lippe seiner Tochter genäht habe. Einfach nach vorne umgekippt. Mordskerl. Neunzig Kilo. Drei Zähne abgebrochen.«

»Komm, wir gehen, Alice.« William nimmt mich am Ellbogen.

»Mom, hast du mich gehört?«

»Ja, Süßer, du bist hetero.«

William zwingt mich, stehen zu bleiben.

»Dein Sohn ist hetero. Und würdest du bitte aufhören zu zittern?«, sage ich zu William. »Davon wird mir schlecht.«

»Ich zittere nicht«, entgegnet William und hält mich aufrecht. »Das bist du.«

»Im Flur steht eine Transportliege«, sagt der Arzt.

Dies sind die letzten Worte, die ich höre, bevor ich in Ohnmacht falle.

Kapitel 76

Am nächsten Tag, nach sechs Stunden Heimfahrt (zwei davon im Stop-and-go-Verkehr), gehe ich schnurstracks ins Bett. Ich bin vollkommen fertig.

Zoe und Peter verfolgen mich ins Schlafzimmer. Peter wirft sich auf das Bett neben mir, schüttelt sich ein Kissen auf und schnappt sich die Fernbedienung. »Sehen wir einen Film?«

Zoe mustert mich besorgt.

»Was ist los?« Ich kann mich nicht erinnern, wann sie das letzte Mal einen freundlichen Blick für mich übrig hatte.

»Vielleicht bist du in Ohnmacht gefallen, weil du krank wirst«, sagt sie.

»Das ist sehr edel von dir, aber ich bin ohnmächtig geworden, weil ich dem Arzt dabei zugesehen habe, wie er eine Spritze in eine offene Wunde in Pedros Bäuchlein rammt.«

»Sechs Stiche.« Peter zieht stolz sein Hemd hoch, um das Pflaster vorzuführen.

»Übertreibst du nicht ein bisschen?«, fragt Zoe mich. »Der Arzt meinte, heute wärst du wieder gesund.«

»Sechs Stiche«, wiederholt Peter.

»Ich weiß, Pedro, du warst sehr tapfer.«

»Schauen wir uns jetzt *Barry und Wally* an oder nicht?«, fragt Peter.

Nachdem Peter mir gestanden hatte, dass er keine Lust verspüre, *Das Omen* anzuschauen, beendete ich den Mutter-Sohn-Club der gruseligen Thriller. Peter und ich sind nun die einzigen beiden Mitglieder des Mutter-Sohn-Clubs für romantische Liebeskomödien, und ich habe versprochen, dass wir uns, sobald wir wieder zu Hause sind, alle Nora-Ephron-Filme vorknöpfen. Zuerst den Klassiker *Harry und Sally*, dann *Schlaflos in Seattle* und zum Schluss *e-m@il für Dich*. Von diesen Filmen erwarte ich mir keinerlei Albträume für Peter, außer den Schrecken, dass er sich darüber klar wird, wie oft und allumfassend Männer und Frauen aneinander vorbeireden.

»Ich hasse romantische Liebeskomödien«, sagt Zoe. »Sie sind so vorhersehbar.«

»Ist das deine Art, uns mitzuteilen, dass du dem Club beitreten willst?«, fragt Peter.

»Träum weiter, *Gangsta*.« Sie rauscht aus dem Zimmer.

»Soll ich wegschauen?«, fragt Peter eine Minute nach Filmstart, als Billy Crystal seine Freundin vor Meg Ryans Auto küsst.

»Soll ich wegschauen?«, fragt er während der Szene mit dem vorgetäuschten Orgasmus im Katz's Deli. »Oder mir nur die Ohren zuhalten?«

»Meine Güte, Pedro, die Leute haben nun mal Sex. Die Leute lieben Sex. Leute reden über Sex. Leute täuschen Sex vor. Frauen haben Vaginas. Männer haben Penisse.« Ich fuchtele mit der Hand durch die Luft. »Blablabla.«

»Ich habe beschlossen, dass ich nicht mehr Pedro sein will«, sagt er.

Ich stelle den Ton ab. »Wirklich? Alle haben sich mittlerweile daran gewöhnt.«

»Ich will aber nicht mehr.«

»Na gut. Und wie willst du ab jetzt genannt werden?«

Bitte lass ihn jetzt nicht Pedro 3000 oder Dr. P-Dro oder Archibald sagen.

»Ich dachte an – Peter.«

»Peter?«

»Hm.«

»Na ja, das ist ein schöner Name. Mir gefällt Peter. Er passt zu dir. Soll ich es deinem Vater verkünden, oder machst du es selbst?«

Peter stellt den Ton wieder an.

Billy Crystal: Es gibt zwei Sorten von Frauen, die anstrengenden und die weniger anstrengenden.

Meg Ryan: Und was bin ich?

Billy Crystal: Von der schlimmsten Sorte. Du hältst dich für nicht anstrengend, bist aber furchtbar anstrengend.

Peter stellt den Ton wieder ab. »Warum hast du mich für schwul gehalten?«

»Ich habe dich nicht für schwul gehalten.«

Peter wirft mir einen skeptischen Blick zu.

»Na gut, ich fand, es gäbe eine gewisse Möglichkeit.«

»Warum, Mom?«

»Du hast einfach so – Schwingungen ausgesendet.«

»Zum Beispiel?«

»Na ja, du hast dich in Pedro umbenannt.«

»Stimmt – es gibt unglaublich viele schwule Pedros. Weiter.«

»Du kannst Eric Haber nicht leiden. Zu stark nicht leiden.«

»Weil er auch auf Briana stand. Er war mein Konkurrent. Aber jetzt geht er mit Pippa Klein, deshalb finde ich ihn cool.«

»Hm – deine Haarwirbel verlaufen gegen den Uhrzeigersinn.«

Peter schüttelt den Kopf. »Du bist total bekloppt.«

»Und weil du ein Wort wie ›bekloppt‹ benutzt.«

»Weil *du* so Wörter wie ›bekloppt‹ benutzt! Ich bin hetero, Mom.«

»Ich weiß, Peter.«

»Wahnsinn, ›Peter‹ habe ich schon lange nicht mehr gehört.«

»Klingt gut, oder?«

»Glaub nicht, ich hätte vergessen, dass es ein Slangausdruck für *Penis* ist.«

»Natürlich nicht. Aber verleiht ihm das nicht eine gewisse Klasse?« Ich knuffe ihn.

»Aua!«

Ich seufze. »Mein schwuler Sohn, der mich niemals wegen einer anderen Frau verlassen würde, wird mir fehlen. Ich weiß, das ist homophob – zu glauben, du würdest auf eine unnatürliche Art an mir hängen, nur weil du schwul bist. So oder so wirst du mich irgendwann verlassen.«

»Wenn du dich dadurch besser fühlst, kannst du ja insgeheim noch glauben, ich wäre dein schwuler Sohn. Nebenbei bemerkt, welcher normale Zwölfjährige wäre damit einverstanden, mit seiner Mutter *Harry und Sally* anzuschauen?«

Er stellt den Ton wieder an und kichert vor sich hin.

»Genau diese Art von Schwingung meine ich«, sage ich.

»Welche denn? Die frühreife? Die schlaue? Die lustige? Heteros können das auch alles sein. Du bist so was von heterophob.«

Nach dem Film (gegen Ende heulen wir beide los) macht sich Peter auf die Suche nach etwas Essbarem, und ich logge mich auf Facebook ein. Nichts Neues von Forscher 101, was mich nicht wirklich überrascht: Ich hatte ihm erzählt, dass ich ein paar Tage offline sein würde. Allerdings mangelt es nicht an neuen Nachrichten auf meiner Pinnwand.

Pat Guardia ▶ Alice Buckle

Braxton-Hicks-Wehen – FÜRS ERSTE.

vor 30 Minuten

Shonda Perkins ▶ Alice Buckle

Neue Probe von Lancôme: wasserfeste Mascara und Juicy-Tubes-Lipgloss.

vor 32 Minuten

Tita De La Reyes ▶ Alice Buckle

Fünf Dutzend Lumpias suchen ein schönes Zuhause.

vor 34 Minuten

Weight Watchers

Heute ist Amnestie!! Machen Sie wieder bei uns mit. Die ersten beiden Monate für Sie gratis!

vor 4 Stunden

Alice Buckle

wurde von **Helen Davies** *auf einem* **Foto** *markiert.*

vor 4 Stunden

In Sekundenschnelle fühle ich mich schlecht, aus zwei Gründen. Erstens: Die Mumble Bumbles Pat, Tita und Shonda pirschen sich in den Weiten des Netzes an mich heran. Wenn ich nicht bald mit einem Frühstück im Egg Shop einverstanden bin, werden sie an unserer Haustür klingeln, mich ins Auto zerren und einfach dorthin verfrachten. Und zweitens: weil das Hinabstürzen in den Kaninchenbau der Vergangenheit oft diese Wirkung auf mich hat. Helen hat jede Menge Fotos aus den alten Peavey-Patterson-Zeiten eingestellt. Und ich kann nicht aufhören, mir das eine Foto anzusehen, das in der Nacht aufgenommen wurde, als William seinen Clio gewann. Er und Helen sitzen am Tisch, die Köpfe zusammengesteckt, als wären sie in ein Gespräch vertieft. Und im Hintergrund, an einem anderen Tisch, sitze ich und starre sie an, ausgehungert wie eine Irre. Dieses peinliche Foto hat Helen doch in voller Absicht hochgeladen.

Helen hat mir, direkt nachdem sie und William sich gegenseitig zu ihren Freunden hinzugefügt haben, aus einem einzigen Grund eine Freundschaftsanfrage geschickt: um mich wissen zu lassen, dass der Verlust Williams ihr Leben keinesfalls ruiniert hat. Sie hat einen Mann namens Parminder geheiratet, und sie und ihr Gatte haben eine eigene Agentur gegründet, die – laut ihrem Profil auf LinkedIn – Büros in Boston, New York und San Francisco hat, mit über zehn Millionen Dollar Umsatz im letzten Jahr. Sie ist die ganze Zeit auf Facebook; im Vergleich zu ihr bin ich geradezu technikfeindlich. Sie ist nicht länger kurvenreich – sie spielt jetzt Golf, tanzt Tango, macht Spinning und wiegt gertenschlanke 55 Kilo. Sie stellt am laufenden Band Fotos ein, mal ihre drei Kinder am Küchentisch beim Basteln von Valentinstagsgeschenken. Mal sie selbst beim Gärtnern. Und mal ein Foto mit ihrem neuen Haarschnitt, sodass alle, alle auf *Gefällt mir* klicken können. Und obwohl ich weiß, dass ihr Profil peinlich genau gestaltet ist und permanent aktualisiert wird, komme ich nicht umhin, ihren Auftritt gut zu finden. Sie führt ein beneidenswertes Leben. Vielleicht ist sie am Ende gar die Gewinnerin, wenn die Kennziffern eines Sieges ein durchtrainierter Körper, Strähnchen und ein Anwesen in Brookline sind.

Wenigstens wecken die Weight Watchers keinen Neid in mir. Ich melde mich an und öffne meinen Plan-Manager. Ich scrolle zurück bis zum 10. Februar, dem Tag, an dem ich das Programm zum letzten Mal benutzt habe.

WeightWatchers.com
Hallo, Alice Buckle
Weight Watchers Programm-Manager

Tagebuch
***ProPoints* Wert(e):** 29
Verbraucht: 32
Verbleibend: 0
Verdiente Aktivität: 0

Favoriten (kürzlich hinzugefügt)	***ProPoints*-Wert(e)**
Hühnerei	2
Yoplait-Joghurt	3
Gummibärchen (30 Stück)	14
Krispy-Kreme-Donut mit Zuckerglasur	20

***ProPoints*-Wert nicht gefunden?**
Neues Lebensmittel hinzufügen:

Name des Lebensmittels	***ProPoints*-Wert(e)**
Fluff-Marshmallow-Creme	
Eiweiß	0
Fettgehalt	5
Ballaststoffe	0
Kohlenhydrate	30
Berechnen:	33

Jetzt weiß ich wieder, warum ich mit Weight Watchers aufgehört habe. Jeden Krümel zu zählen brachte mir in der ersten Tageshälfte unglaubliche Glücksgefühle; wenn dann aber aus einem Teelöffel Marshmallow-Fluff eine Stunde vor dem Essen fünf wurden, fühlte ich mich unglaublich schuldig. Hey, was ist eigentlich aus meiner Schuldgefühl-Diät geworden? Diese Schablone würde perfekt funktionieren, mit nur ein paar kleinen Abänderungen:

Schuldgefühl-Diät
Plan-Manager für Alice Buckle

Schuldgefühl-Wert(e) (pro Tag): 29
Verbraucht (pro Tag): 102
Verbleibend: 0
Verdiente Buße: 0

Favoriten (kürzlich hinzugefügt)	**Wert(e)**
• Habe das Klopapier aufgebraucht und keine neue Rolle hingetan.	(1,5)
• Habe behauptet, *Anna Karenina* gelesen zu haben.	(3)
• Habe geleugnet, die unautorisierte Biografie von Katy Perry gelesen zu haben.	(7)
• Ich bin nicht zweisprachig.	(8)
• Ich bin Amerikanerin.	(10)
• Ich kenne den Unterschied zwischen Schiiten und Sunniten nicht.	(11)
• Ich glaube heimlich an das Gesetz der Anziehung.	(20)
• Ich habe meine beste Freundin nicht zurückgerufen, nachdem sie es viermal probiert hatte und bedrohliche Nachrichten in ihrer Scheidungsanwaltstimme auf dem Anrufbeantworter hinterlassen hat, im Stile von: »Alice Buckle, ruf mich sofort zurück, wir müssen unbedingt über etwas reden.«	(8)

Schuldgefühl-Wert nicht gefunden?

Neues Schuldgefühl hinzufügen:

Name des Schuldgefühls

Ausuferndes Flirten und nahezu dauerhaftes Anhimmeln eines Mannes, der nicht mein Ehemann ist.

Wie viele Menschen wurden dadurch verletzt?

Bis jetzt niemand.

Wie viele Menschen könnten dadurch verletzt werden?

Drei bis zehn.

Kosten, um es wiedergutzumachen?

?

Zeitaufwand, um es wiedergutzumachen?

??

Nicht wiedergutzumachen?

Ich fürchte, ja.

Berechnen: 8942 Schuldgefühl-Wert(e)

ACHTUNG: Dies übersteigt (um 44,04 Wochen) die wöchentliche Zuteilung Ihrer Schuldgefühl-Wert(e).

EMPFOHLENE ALTERNATIVEN: Pinkeln Sie stattdessen auf die Klobrille einer öffentlichen Toilette. (5)

Ich bin wirklich ein sehr schlechter Mensch. Helena von Troja ist ein sehr vernünftiger Mensch. Obwohl ich ihr den Freund ausgespannt habe, hat sie sich ein schönes Leben geschaffen. Ein besseres Leben vielleicht als meins.

Ich rutsche vom Bett und gehe die Treppe bis ganz nach oben.

»William!«, rufe ich. Ich habe das dringende Bedürfnis, mit ihm zu sprechen. Worüber, weiß ich nicht. Ich möchte einfach nur seine Stimme hören.

Keine Antwort.

»William?«

Jampo kommt die Treppe hinuntergerast.

»Du heißt nicht William«, sage ich ihm, und er neigt einsam und verlassen den Kopf.

Ich denke daran, wie William mir im Wald seine Hand entgegengestreckt hat, kurz nachdem Peter den Hirschbock entdeckt hatte. Ich denke an Peters Unfall und wie dieser bizarre Vorfall – der Marshmallow-Stock und die Beichte über sexuelle Vorlieben in der Notaufnahme – uns einander nähergebracht hat. Ich denke an Zoe, die mich so freundlich angesehen und sich Sorgen gemacht hat, ich könnte krank werden, und dann weiß ich, was ich zu tun habe. In den vergangenen vierundzwanzig Stunden hat es sich glasklar herauskristallisiert. Bevor ich den Mut verliere, logge ich mich auf Facebook ein und schreibe Forscher 101 eine Nachricht.

Das Ganze ist zu weit gegangen. Es tut mir leid, aber ich muss die Studie abbrechen.

Sobald ich den Senden-Knopf gedrückt habe, durchflutet mich eine Welle wonniger Erleichterung, jener Erleichterung nicht unähnlich, die mich immer montags überkam, wenn ich *Eier* in meinem Weight-Watchers-Plan-Manager eingetragen hatte.

Am nächsten Tag beschließe ich, den Stecker herauszuziehen. Ich habe Angst, die Antwort von Forscher 101 zu sehen (oder schlimmer noch, sein Schweigen), und ich will nicht den ganzen Tag lang mit dem zwanghaften Überprüfen meiner Facebook-Nachrichten verbringen, also schalte ich mein Handy und meinen Computer aus und verlasse mein Büro. Es fällt mir nicht leicht. Meine Finger tippen und wischen den ganzen Tag unkontrolliert vor sich hin, als wären sie mit dem Cursor auf einer unsichtbaren Seite unterwegs. Und auch wenn ich mein Handy nicht zur Verfügung habe, tue ich so, als wäre es eingeschaltet. Ich bin in einem Zustand extremer Wachsamkeit –

in Warteposition, von einer Klingel einbestellt zu werden, die nicht klingeln wird.

Ich versuche, mich ernsthaft auf den Tag einzulassen. Ich laufe mit Caroline, Peter und ich backen Blaubeer-Muffins, ich gehe mit Zoe zu Goodwill, und obwohl mein Körper anwesend ist, ist mein Gehirn sonst wo unterwegs. Ich bin nicht besser als Helen. Auch ich behandle mein Leben so, als wäre es etwas, was man sich nutzbar macht und dann für den öffentlichen Konsum aufbereitet. Jedes Posting, jedes Einstellen einer Nachricht, jedes *Gefällt mir*, jedes *Teilen*, jedes *Kommentieren* ist eine Inszenierung. Aber was passiert mit der Darstellerin, wenn sie auf einer leeren Bühne spielt? Und wann wurde die wirkliche Welt so leergefegt? Wann nur hat jeder sie für das Internet aufgegeben?

Meine Digital-Diät dauert bis nach dem Abendessen, als ich es nicht länger aushalte. Als ich mich auf dem Facebook-Account von Lucy Pevensie anmelde, halte ich den Atem an.

John Yossarian hat dich zu einer Veranstaltung eingeladen:

Kaffee

Am *28. Juli* um *19:00*

Ort: *Tea & Circumstances*

Sie können noch nicht aussteigen. Es gibt da Dinge, die ich Ihnen sagen muss. Das geht aber nur persönlich.

Teilnehmen *Vielleicht* *Absagen*

Wieder durchflutet mich eine Welle der Erleichterung, aber diesmal hat sie nichts Wonniges an sich. Diesmal ist es die Art von Erleichterung, die einen in die Verzweiflung treibt, süchtig macht, glauben lässt, dass man so eine Gelegenheit vielleicht nie wieder bekommt, und die Erleichterung haut mich um, als hätte ich sie mir wie ein Rauschgift gespritzt. Bevor ich mich selbst stoppen kann, Gott stehe mir bei, klicke ich auf *Teilnehmen*.

Kapitel 77

Auszug aus KREATIVES STÜCKESCHREIBEN

Übung: *Schreiben Sie eine Szene über das Ende einer Beziehung, in der die Figuren nahezu nur Klischees von sich geben*

»Ich komme jetzt sofort zu dir rüber«, sagt Nedra.

»Ich bin gerade mitten beim Haarefärben, das geht nicht.« Entsetzt blicke ich in den Spiegel. »Warte, ich stelle dich auf Lautsprecher.«

Ich lege das Telefon auf die Ablage und beginne damit, meine Stirn mit einem trockenen Waschlappen abzurubbeln. »Mein ganzes Gesicht ist voller Farbe, und sie geht nicht runter«, greine ich.

»Nimmst du Wasser und Seife?«

»Natürlich.« Ich pumpe drei Portionen flüssige Seife auf den Waschlappen und halte ihn unter den aufgedrehten Wasserhahn.

»Alice, du spinnst. Ich flehe dich an, triff dich nicht mit ihm.«

»Du verstehst das nicht.«

»Ach, wirklich? Also gut. Lass mal sehen – deine Bedürfnisse wurden nicht befriedigt. Geht's noch unorigineller, Alice?«

»Forscher 101 nimmt mich so, wie ich wirklich bin«, sage ich. Eine Frau in Unterwäsche mit Haarfärbemittel, das ihr die Schläfen hinunterrinnt. »Und er ist geheimnisvoll. Und mein Gefühl ist, wenn ich das jetzt nicht mache, bekomme ich vielleicht nie wieder eine zweite Chance.« Ich schmeiße den Waschlappen ins

Waschbecken und blicke auf die Uhr. »Das war so nicht geplant.«

Nedra schweigt einen Moment. »Das sagen sie alle. Forscher 101 ist eine Erfindung, das weißt du doch, oder? Du hast ihn erfunden. Du glaubst, ihn zu kennen, aber das tust du nicht. Es ist eine einseitige Beziehung. Du hast ihm alles erzählt, deine ganzen Geheimnisse, deine Sünden, deine Hoffnungen und deine Träume, aber er hat dir rein gar nichts von sich verraten.«

»Das stimmt nicht«, widerspreche ich ihr beim Haare kämmen. »Er hat mir Sachen erzählt.«

»Was denn? Dass er Piña Colada mag. Welche Sorte Mann mag denn Piña Colada?«

»Er hat mir gesagt, er kann nicht aufhören, an mich zu denken«, sage ich leise.

»Ach, Alice, und das hast du ihm geglaubt? William ist echt. *William*. Okay, ihr habt euch auseinandergelebt. Okay, ihr macht eine schwere Zeit durch, aber ihr habt eine Ehe, die es sich zu retten lohnt. Ich habe diese Geschichten alle schon tausendmal gehört, aus jeder Perspektive – eine Affäre lohnt sich nie. Macht eine Therapie. Tut alles, was ihr könnt, um es wieder hinzukriegen.«

»Meine Güte, Nedra, ich treffe ihn nur auf eine Tasse Kaffee.« Ich starre in den Spiegel. *Soll* mein Scheitel orange leuchten?

»Wenn du einverstanden bist, ihn auf eine Tasse Kaffee zu treffen, überschreitest du eine Schwelle, und das weißt du.«

Ich öffne den Schrank unter dem Waschbecken und durchstöbere ihn auf der Suche nach dem Föhn. »Ich dachte, du unterstützt mich. Von allen Menschen auf der Welt dachte ich, wenigstens du würdest versuchen zu verstehen, was ich durchmache. Ich habe es nicht darauf angelegt. Es war plötzlich da. Wortwörtlich. Die Einladung lag in meinem Spam-Ordner. Es ist einfach so passiert.«

»Verdammt noch mal, Alice, es ist nicht einfach so passiert. Du warst daran beteiligt, dass es dazu gekommen ist.«

Ich finde den Föhn, aber das Kabel ist hoffnungslos verheddert. Kann denn nicht mal irgendwas funktionieren? Plötzlich bin ich unendlich müde. »Ich fühle mich einsam. Ich fühle mich seit langer Zeit einsam. Gilt das denn gar nicht? Verdiene ich es nicht, glücklich zu sein?«, flüstere ich.

»Natürlich tust du das. Aber das ist kein Grund, dein Leben wegzuschmeißen.«

»Ich schmeiße es nicht weg. Ich treffe ihn nur auf eine Tasse Kaffee.«

»Ja, aber was versprichst du dir davon? *Warum* triffst du ihn auf eine Tasse Kaffee?«

Ja, warum eigentlich, wo ich so zugerichtet bin? Ich habe kreisrunde Farbflecken in, na ja, Distelgrün unter meinen Augen. Mit einem Abdeckstift gelingt es mir vielleicht, sie in Lavendelblau zu verwandeln. »Das weiß ich nicht so genau«, gebe ich zu.

Ich kann Nedra atmen hören. »Ich habe keine Ahnung mehr, wer du bist«, sagt sie.

»Wie kannst du so etwas sagen? Ich bin derselbe Mensch wie immer. Vielleicht hast ja *du* dich verändert.«

»Nun ja, ich nehme mal an, der Apfel fällt nicht weit vom Stamm.«

»Und das heißt?«, frage ich.

»Wie die Mutter, so die Tochter.«

»Ich habe keine Ahnung, wovon du redest, Nedra.«

»Hättest du einen einzigen meiner vier letzten Anrufe entgegengenommen, wüsstest du es.«

»Ich habe dir doch gesagt, dass ich in den Bergen war. Da gab es keinen Handy-Empfang.«

»Tja, es wird dich vielleicht interessieren, dass Jude und ich ein vertrauliches Gespräch über Zoe hatten.«

»Schön. Hast du ihm gesagt, er soll endlich loslassen und seiner Wege gehen? Sie wird ihn nicht zurücknehmen.«

»Sie könnte von Glück sagen, wenn sie ihn zurückbekommt.

Er hat mir endlich gesagt, was wirklich passiert ist. Ich wusste, dass an der ganzen Sache irgendwas nicht stimmt. Zoe hat Jude betrogen.«

»Nein, Jude hat Zoe betrogen«, entgegne ich langsam.

»Nein, Jude hat Zoe *gestattet*, überall herumzuerzählen, er hätte sie betrogen, um ihren Ruf zu schützen, aber sie hat ihn betrogen, und trotz ihres Fremdgehens – ich weiß beim besten Willen nicht, warum – ist er immer noch wahnsinnig in sie verliebt, dieser Trottel.«

Könnte da etwas dran sein?

»Jude lügt. Das hätte Zoe mir erzählt«, sage ich, aber tief in meinem Herzen weiß ich, dass es stimmt. Es erklärt so vieles. Ach, Zoe.

»Deine Tochter hat ein paar Probleme, und ihre Lügen sind da noch das kleinste.«

»Ich weiß über die Probleme meiner Tochter Bescheid. Wage es bloß nicht, mir hier Dinge vorzuhalten, die ich dir im Vertrauen erzählt habe.«

»Alice, du warst so beschäftigt damit, bei Forscher 101 zu landen, dass du überhaupt keinen Schimmer mehr davon hast, was mit deiner Tochter los ist. Sie hat keine Essstörung; sie hat einen Account bei Twitter. Mit über fünfhundert Followern. Möchtest du wissen, wie sie sich nennt? Ho-Girl.«

»Ho-Girl?«

»Die Abkürzung für Hostess-Girl. Sie begutachtet Backwaren, aber ihre Besprechungen kann man auf vielerlei Arten verstehen, wenn du weißt, was ich meine. Der Punkt ist, dass deine Tochter in Schwierigkeiten steckt, aber du nichts davon gemerkt hast, weil du so beschäftigt damit warst, dein Doppelleben zu leben. Ganz offensichtlich versucht sie so, ein Problem zu verarbeiten.«

»Genau, die Frage, ob sie lieber Twinkies oder Obstkuchen mag. Warum musst du immer so übertreiben? Und warum behandelst du mich so? Ich bin deine beste Freundin und keine Klientin von dir. Ich habe geglaubt, du stündest auf meiner Seite, nicht Williams.«

»Ich stehe auf deiner Seite, Alice. Und genau deshalb bitte ich dich: *Triff dich nicht mit ihm.*«

»Ich habe keine andere Wahl.«

»Na gut. Aber erwarte nicht von mir, dass ich auf dich warte, wenn du zurückkommst. Ich kann nicht deine Vertraute sein. Nicht an dieser Front. Ich werde nicht für dich lügen. Und nur fürs Protokoll: Ich glaube, du machst einen Riesenfehler.«

»Ja, das hast du mir deutlich zu verstehen gegeben. Ich gehe davon aus, dass du eine neue Brautjungfer finden wirst? Eine, die keine Hure ist?«

Nedra atmet scharf ein.

Ich stelle mir vor, wie ich das Telefon gegen die Wand schmeiße, statt einfach nur aufzulegen, aber ich kann mir kein neues leisten, und ich spiele *nicht* in irgendeinem Film von Nora Ephron mit (sosehr mir das auch gefallen würde, weil ich dann wüsste, dass es, egal wie schrecklich sich alles entwickelt, an Silvester ein Happy End geben wird), also haue ich meine Fingerspitze auf die Aus-Taste und hinterlasse einen ewigen Abdruck von Clairol Nice 'n Easy Medium Goldbraun auf dem Display.

Kapitel 78

Auszug aus KREATIVES STÜCKESCHREIBEN

Übung: *Schreiben Sie nun dieselbe Szene als Dialog mit zwei Sätzen.*

»Tu's nicht«, sagt die beste Freundin.

»Ich muss«, sagt die Protagonistin.

Kapitel 79

Der 28. Juli ist ein perfekter Sommertag. Keine Luftfeuchtigkeit, 24 Grad warm. Ich verbringe eine Stunde oben in meinem Schlafzimmer und zerbreche mir den Kopf, was ich für mein Treffen mit Forscher 101 anziehen soll. Einen Rock und Sandaletten? Zu mädchenhaft. Ein leichtes Sommerkleid? Zu offensichtlich. Schließlich entscheide ich mich für Jeans und eine Bauernbluse, schminke mich aber mit dem neuen Make-up, das Nedra mir geschenkt hat: Wimperntusche und ein bisschen Rouge. Das bin ich im Reinformat, und das muss reichen. Wenn es ihm nicht gefällt, Pech gehabt. Meine Unterhaltung mit Nedra hat mich total aus der Fassung gebracht. Fast möchte ich Forscher 101 enttäuschen. Um ihn zu frustrieren, sodass ich keine Entscheidung treffen muss und er das für mich übernehmen kann.

Unten bereiten Caroline und William einen Salat vor. Als ich in die Küche komme, blickt William verdutzt auf. »Du siehst hübsch aus«, sagt er. »Hast du was vor?«

»Ich treffe mich mit Nedra auf eine Tasse Tee nach dem Abendessen, deshalb muss ich mich mit dem Essen beeilen.«

»Seit wann trinkt Nedra abends Tee?«

»Sie sagt, sie muss etwas mit mir besprechen.«

»Das verheißt nichts Gutes.«

»Du kennst doch Nedra.«

Ich bin verblüfft, wie leicht mir das Lügen fällt.

Es klingelt an der Tür, und ich blicke auf die Uhr: Punkt sechs.

»Erwarten die Kinder Besuch?«

William zuckt mit den Achseln.

Ich gehe in meinen Espadrilles mit Keilabsatz zur Tür und nutze die Gelegenheit, einen sexy Gang zu üben. Ich baue einen kleinen Hüftschwung ein, neige meinen Kopf kokett zur Seite. Ich drehe mich blitzschnell um, um sicherzugehen, dass William nichts mitbekommen hat. Er steht vor einem Schrank und begutachtet den Inhalt. Ich öffne die Haustür.

»Alice«, kreischt Bunny los. »Wir haben uns so lange nicht gesehen!«

Die nächsten paar Stunden laufen folgendermaßen ab:

18:01: Ich versuche schleunigst, das Entsetzen aus meinem Gesichtsausdruck zu verbannen. Wir haben die Termine durcheinandergebracht. Wir dachten, Bunny und Jack kommen erst morgen Abend an, aber sie sind schon da, einen Tag früher, direkt vor unserer Tür.

18:03: Jampo kommt wütend bellend zur Tür gerannt.

18:04: Jampo beißt Bunny ins Bein, sodass es blutet. Bunny schreit vor Schmerzen laut los.

18:05: Aufgrund des Schreis kommen William, Caroline, Zoe und Peter in den Flur gerannt.

18:07: Die Situation durch unaufhörliches Gebrabbel meinerseits unter Kontrolle gebracht: *Er hat nur geschnappt, nicht gebissen. – Wo ist das Pflaster? – Haben wir noch Desinfektionsmittel? – Das ist kein Desinfektionsmittel, sondern Sekundenkleber.*

18:09: William beißt beim Reinigen von Bunnys Wunde die Zähne zusammen.

18:10: Ich blicke auf die Uhr.

18:15: William fragt, wer was zu trinken möchte.

18:17: Ich öffne einen Flasche Pinot Noir und schenke den Erwachsenen ein Glas ein.

18:19: Ich stürze mein Glas hinunter und genehmige mir noch eins.

18:20: William schlägt vor, dass ich einen Gang zurückschalte.

18:30: Die Eieruhr geht los, und William holt die Makkaroni mit überbackenem Käse aus dem Ofen.

18:31: Alle tun freudig kund, wie gut es riecht und dass sie das Essen kaum erwarten können.

18:35: Die Vor- und Nachteile von Gruyère gegenüber dem eher klassischen Cheddar bei der Zubereitung von selbst gemachten Makkaroni mit überbackenem Käse werden diskutiert und analysiert.

18:40: Ich sage Bunny und Jack, wie wahnsinnig ich mich freue, dass sie bei uns wohnen.

18:45: Bunny fragt eindringlich nach, ob es mir gut gehe. Ich antworte, ja sehr, warum sie denn frage? Sie murmelt etwas von Schweißperlen, die mir auf der Stirn stünden.

18:48: Bunny fragt Caroline, wie es bei der Jobsuche vorangehe.

18:49: Caroline antwortet: Super, sie sei zum neuen Vorstandsvorsitzenden bei Google ernannt worden.

18:51: Ich entschuldige mich bei allen Anwesenden, ich müsse leider, leider gehen, da ich eine Verabredung hätte, die ich nicht verschieben könne, und Anrufen ginge auch nicht, da Nedras Handy gestern ins Klo gefallen sei und ich daher keine Möglichkeit sähe, sie zu erreichen.

18:51: William nimmt mich zur Seite und sagt, er könne nicht fassen, dass ich tatsächlich wegginge – so kurz nach Bunnys und Jacks Eintreffen.

18:52: Ich sage ihm, es tue mir leid, aber ich müsse jetzt los.

18:52: William erinnert mich daran, dass es meine Idee war, Bunny und Jack zu uns nach Hause einzuladen.

18:53: Ich gehe.

19:05: Voll auf Adrenalin erreiche ich das Tea & Circumstances und ergattere einen Tisch. Forscher 101 verspätet sich ebenfalls.

19:12: Ich blicke auf die Uhr.

19:20: Ich öffne die Facebook-App auf meinem Handy. Keine neuen Nachrichten, er ist nicht online.

19:25: Ich bestelle einen Zitronentee. Kaffee wäre mir lieber, aber ich will keinen schlechten Mundgeruch riskieren.

19:26: Ich überprüfe meinen Facebook-Account.

19:27: Ich überprüfe noch mal meinen Facebook-Account.

19:28: Ich schalte mein Handy aus und wieder an.

19:42: Ich fühle mich wie eine Frau in den mittleren Jahren.

19:48: Ich schicke ihm eine Nachricht über Facebook: *Haben wir sieben oder acht Uhr gesagt? Vielleicht war's ja acht. Ich bin jedenfalls da.*

20:15: Du dummes, dummes Weib.

Ich blicke hinab auf meine Espadrilles und den verschmierten Lipgloss-Abdruck auf meinem Becher. Mein ganzer Körper zittert, angefangen von den Zehen bis hinauf zu den Schultern.

»Ist alles in Ordnung?«, fragt die Kellnerin mich nach einer Weile freundlich.

»Es geht mir gut, es geht mir gut«, murmele ich.

»Sicher?«

»Ich habe nur gerade eine schlechte Nachricht erhalten.«

»Oh – herrje, das tut mir leid. Kann ich Ihnen irgendwie helfen?«

»Nein, danke.«

»Okay, aber bitte zögern Sie nicht, mir Bescheid zu geben, wenn Sie etwas brauchen. Egal was.« Sie eilt davon.

Ich sitze am Tisch und vergrabe meinen Kopf in den Armen. Plötzlich piepst mein Handy. Eine Facebook-Nachricht von John Yossarian.

Es tut mir so leid. Etwas Unerwartetes kam dazwischen.

In Schockstarre glotze ich auf die Wörter. Alles gut, alles gut, alles gut. Es gibt einen Grund, warum er nicht aufgetaucht ist. Aber was glaubt er eigentlich, wer er ist, mich so zu versetzen? Ich schwanke hin und her zwischen dem Wunsch, ihm unbedingt zu glauben, und dem, ihm zu sagen, er möge sich verpissen, aber bevor ich es mir verkneifen kann, tippe ich bereits: *Ich habe mir Sorgen gemacht, Ihnen wäre vielleicht etwas zugestoßen.*

Mein Handy piepst wieder.

Vielen, vielen Dank für Ihr Verständnis. Ich spiele keine Spiele. Ich habe mir nichts mehr gewünscht, als dort zu sein. Sie müssen mir glauben.

Ich hebe den Blick von meinem Handy und schaue mich um. Das Tea & Circumstances ist menschenleer. Ganz offensichtlich will nach acht Uhr niemand mehr Tee trinken. Immer wieder lese ich die letzten beiden Nachrichten. Obwohl er genau die richtigen Sachen sagt, habe ich mich noch nie einsamer gefühlt. Ist ihm *wirklich* etwas dazwischengekommen? Hat er überhaupt vorgehabt, mich tatsächlich hier zu treffen? Oder hat er seine Meinung in letzter Minute geändert? Hat er beschlossen, dass ich ihm aus der Ferne besser gefalle? Dass ein Treffen mit meinem echten Ich seine Fantasie zerstört? Und was ist mit *meiner* Fantasie? Dass es da draußen einen echten Mann gibt, der mich wahrnimmt. Einen Mann, der nicht aufhören kann, an mich zu denken. Einen Mann, durch den ich mich wie eine Frau fühle, die es wert ist, dass man von ihr besessen ist. Und was, wenn Forscher 101 in Wirklichkeit nur irgendein bescheuerter Scheißkerl ist, der darauf abfährt, bedauernswerte, einsame Frauen in den mittleren Jahren zu verarschen?

Ich bin so todunglücklich, dass ich nicht lügen kann, und deshalb tippe ich: *Auch ich habe mir nichts mehr gewünscht, als dass Sie hier wären.*

20:28: Ich steige in mein Auto ein.

20:29: Ich fahre nach Hause.

20:40: Ich biege in die Einfahrt ein.

20:41: Ich schließe die Haustür auf.

20:42: »Alice?«, ruft William. »Wir haben auf dich gewartet. Komm, setz dich zu uns.«

20:44: Beim Klang seiner Stimme von Schuldgefühlen übermannt, zwinge ich mich zu lächeln und gehe den Flur entlang ins Wohnzimmer.

Teil 3

Kapitel 80

»Perfektes Timing«, sagt Bunny und lächelt mich an, als ich ins Zimmer komme, »Alice wird unseren Streit schlichten.«

Bunny sitzt auf einem Stuhl und wirkt, als hätte sie die letzten hundert Jahre so dagesessen. Ihr verbundenes Bein ist auf einem Kissen hochgelegt, ihre Füße sind nackt, und ihre Zehennägel sind in einem fröhlichen Orange lackiert. Selbst verletzt ist sie ein wahres weibliches Aushängeschild dafür, wie man in Würde älter wird.

»Bunny, das mit deinem Bein tut mir so leid«, sage ich.

»Papperlapapp«, meint Bunny, »eigentlich sind wir schon dicke Freunde, nicht wahr, Jampo?«

Jampo liegt zusammengerollt auf seinem Hundebett in der Wohnzimmerecke. Als er seinen Namen hört, hebt er den Kopf.

»Böser Stinkehund«, schimpfe ich ihn aus.

Er knurrt leise und legt dann seinen Kopf auf seinen überkreuzten Pfoten ab.

Jack steht auf, schlaksig wie immer, mit seinen Sommersprossen und einem vollen rötlich-braunen Haarschopf. Er sieht aus wie eine getigerte Katze, Pfirsich mit Sahne, genau wie Caroline. Ich habe ihn nie so gut kennengelernt wie Bunny, obwohl er praktisch im Blue Hill Theater gewohnt hat, als ich mein Stück inszenierte (ihm gefiel es, sich selbst als Bunnys persönlichen Hansdampf in allen Gassen zu bezeichnen), aber er war immer sehr nett zu mir.

»Nimm meinen Stuhl, Alice«, sagt er.

»Hier ist noch jede Menge Platz«, sagt William und klopft neben sich auf das Sofakissen.

Ich kann mich nicht überwinden, ihn direkt anzusehen. »Kein Problem, ich setze mich auf den Boden.«

Jack runzelt die Stirn.

»Wirklich, am liebsten sitze ich auf dem Boden.«

»Es stimmt, dort gefällt es ihr am besten«, sagt William. »Oft sitzt sie sogar auf dem Boden, wenn es genügend Stühle gibt.«

»Ich fand's auf dem Boden auch gut«, sagt Jack, »bis es meinen Hüftgelenken dort nicht mehr gefiel.«

»Hast du dein Aspirin heute schon genommen?«, fragt Bunny.

»Aspirin hat nichts mit meinen Hüften zu tun.«

»Das stimmt, aber mit dem Herzen schon, mein Geliebter«, entgegnet Bunny.

Ich hatte vergessen, dass Bunny gerne *mein Geliebter* zu Jack sagte. Diesen Kosenamen fand ich schon immer total romantisch. Nachdem *Die Bardame* abgesetzt worden war, versuchte ich William nach meiner Rückkehr nach Boston auch mit *mein Geliebter* anzusprechen, aber es klang viel zu gekünstelt. *Mein Geliebter* war etwas, das man sich verdienen oder wofür man geboren sein musste. Ich blicke verstohlen zu William, der meinen Blick mit einem freundlichen Lächeln erwidert, und ich habe das Gefühl, mich gleich übergeben zu müssen.

»Jack hatte vor ein paar Monaten ein paar Probleme mit seinem Herzen«, klärt Bunny uns auf.

»Oh nein, war es etwas Ernstes?«, frage ich.

»Nein«, sagt Jack, »Bunny macht sich ganz unnötig Sorgen.«

»Man nennt das *auf dich aufpassen*«, erwidert Bunny.

»*Auf mich aufpassen* heißt, dass sie alles von Rihanna auf meinem iPod gelöscht und durch Verdi ersetzt hat.«

»*Du* hast Rihanna gehört?«, frage ich.

»Er hat seine Musik viel zu laut aufgedreht«, sagt Bunny. »Taubheit und ein schwaches Herz, das zu ertragen ist zu viel verlangt.«

»Wie schade«, meint Jack mit einem Augenzwinkern in meine Richtung. »Ein klein wenig Taubheit ist in einer Ehe nicht unbedingt das Schlechteste.«

»Alice«, ruft Bunny aus, »lass dich mal ansehen. Du strahlst! Vierzig plus ist so ein tolles Alter. Bevor du es dir richtig gemütlich machst, komm erst mal her und sag mir richtig guten Tag.«

Ich durchquere das Wohnzimmer, setze mich auf die Ecke ihres Stuhls und sinke in ihre Arme. Sie riecht noch genauso, wie ich es in Erinnerung habe – nach Freesien und Magnolien.

»Alles in Ordnung?«, flüstert sie mir ins Ohr.

»Nur das Leben«, gebe ich leise zurück.

»Aha – das Leben. Wir reden später, hm?« Ihre Stimme klingt ganz sanft.

Ich nicke, drücke sie noch einmal fest und setze mich neben sie auf den Boden. »Also, worum geht's in eurem Streit?«

»Christiane Amanpour oder Diane Sawyer?«, sagt Bunny.

»Tja, ich finde beide gut«, sage ich, »aber wenn ich mich entscheiden müsste, Christiane.«

»Wir streiten uns darüber, welche von beiden besser aussieht«, sagt William, »nicht, wer als Journalistin besser ist.«

»Was tut das zur Sache, wie gut sie aussehen?«, frage ich. »Das sind Frauen, die sich mit Präsidenten, Premierministern und anderen Würdenträgern unterhalten.«

»Genau das habe ich auch gesagt«, meint Bunny.

»Wie geht's Nedra?«, fragt William.

»Ich – äh.«

»Du – äh?«

»Entschuldige, ich bin nur müde. Ihr geht es wunderbar. Wir hatten einiges zu bequatschen.«

»Tatsächlich?«, sagt er. »Hast du nicht erst gestern mit ihr gesprochen?«

Ruhe bewahren, Alice. Fass dich kurz. Egal, was du tust, blicke nicht nach oben rechts, wenn du mit ihm redest. Das ist ein sicheres

Indiz dafür, dass jemand lügt. Und nicht zwinkern. Auf gar keinen Fall zwinkern. »Ja, schon, am Telefon, aber wir haben selten die Gelegenheit, richtig miteinander zu reden. Ohne dass jemand in der Nähe ist. Du weißt doch, wie das ist«, sage ich und nagele ihn mit meinem Blick fest.

William glotzt mich glupschäugig an. Ich versuche, meinen Ausdruck in den Augen etwas sanfter werden zu lassen.

»Nedra ist die beste Freundin von Alice. Sie heiratet demnächst«, erläutert William den anderen.

»Wie schön? Und wer ist der Glückliche?«, fragt Bunny.

»Die Glückliche. Sie heißt Kate O'Halloran«, sage ich.

»Aha, also gut. Nedra und Kate. Ich kann es kaum erwarten, sie kennenzulernen«, sagt Bunny.

»Alice ist ihre Ehrendame«, sagt William.

»Also, eigentlich habe ich noch nicht ganz zugesagt.«

»Das verstehe ich. *Dame* klingt so nach Mittelalter. Warum nicht *Frau*? *Ehrenfrau*«, ereifert sich Bunny.

Ich stimme ihr mit heftigem Kopfnicken zu. Ja, warum denn nicht, verdammt noch mal? Ich bin eine Frau von Ehre – wenigstens war ich das mal, vor dem heutigen Abend.

»Tja«, meint Jack und wirft einen Blick auf seine Uhr, »ich bin ziemlich geschafft. Auf geht's, Bunny, es ist fast ein Uhr morgens.«

»Entschuldigt bitte«, ich springe auf, »ich bin so unhöflich. Hat euch schon jemand euer Zimmer gezeigt?«

Aus dem Hobbyraum höre ich den Fernseher plärren und das Geplapper der Kinder, um ihn zu übertönen.

»Ja, William hat unser Gepäck bereits nach oben gebracht«, sagt Bunny. »Und Alice, du musst versprechen, uns Bescheid zu sagen, wenn wir dir auf den Wecker gehen. Unser Rückflug ist in drei Wochen, aber wie Mark Twain bereits feststellte, fangen Besucher und Fische an zu stinken, wenn …«

»Ihr werdet mir nie auf den Wecker gehen«, sage ich, »und ihr könnt hier so lange bleiben, wie es euch gefällt. Ihr seid also gerade zwischen zwei Inszenierungen?«

Bunny nickt, während sie hinter Jack die Treppe hinaufgeht. »Ich habe einen Stapel Manuskripte dabei und versuche, mich zu entscheiden, was wir als Nächstes machen. Ich hoffe, du wirst mir helfen und ein paar durchlesen?«

»Das wäre mir eine Ehre. Ich glaube, ich gehe auch ins Bett. Heute war ein langer Tag.« Ich täusche ein Gähnen vor. Mein Plan ist, mich schlafend zu stellen, wenn William ins Bett kommt.

»Ich sehe noch mal nach den Kindern«, sagt William, als Bunny und Jack in ihrem Gästezimmer verschwunden sind.

»Denk daran, ihnen zu sagen, sie sollen alle Lichter ausmachen, wenn sie mit ihrem Programm durch sind.« Ich gehe die Treppe hoch.

»Alice?«

»Was denn?«

»Soll ich dir einen Tee machen?«

Ich wirbele herum, total paranoid. Weiß er etwas? »Warum sollte ich einen Tee wollen? Ich habe den ganzen Abend Tee trinkend mit Nedra verbracht.«

»Oh, stimmt. Entschuldige, ich dachte nur, du möchtest vielleicht etwas Warmes.«

»Ich möchte tatsächlich etwas Warmes.«

»Wirklich?«, fragt er nach.

Schwingt da Begierde in seiner Stimme mit? Glaubt er, das Etwas, von dem ich da rede, könnte er sein?

»Meinen Laptop«, sage ich.

Sein Gesichtsausdruck: Fassungslosigkeit.

Morgens um vier wache ich auf und schlurfe nach unten, ein wandelndes Desaster.

Ich gehe in die Küche, nur um zu entdecken, dass Bunny schon da ist. Sie steht am Herd. Der Teekessel ist aufgesetzt, und zwei Becher stehen auf dem Tresen aufgereiht.

Sie lächelt mich an. »Ich hatte so ein Gefühl, dass du mir möglicherweise Gesellschaft leistest.«

»Warum bist du schon auf?«

»Für mich ist es sieben Uhr morgens. Die Frage lautet vielmehr: Warum bist *du* schon auf?«

»Keine Ahnung. Ich konnte nicht schlafen.« Ich schlinge meine Arme um mich selbst.

»Was ist los, Alice?«

Ich stöhne. »Ich habe etwas wirklich Schlimmes getan, Bunny.«

»Wie schlimm?«

»Schlimm.«

»Schlimm wie süchtig-nach-Schmerzmitteln-schlimm?«

»Bunny! Nein, natürlich nicht!«

»Dann ist es nicht so schlimm.«

Ich warte einen Moment. »Ich glaube, ich habe mich in einen anderen Mann verliebt.«

Bunny lässt sich in Zeitlupe auf einen Küchenstuhl gleiten. »Oh.«

»Ich habe dir gesagt, dass es schlimm ist.«

»Bist du dir sicher, Alice?«

»Bin ich. Und warte, es wird noch schlimmer: Ich habe ihn überhaupt noch nie getroffen.«

Also erzähle ich Bunny die ganze Geschichte. Sie sagt während meines Vortrags kein einziges Wort, aber ihr Gesicht verrät mir alles, was ich wissen muss. Sie ist ein unglaubliches, mitgehendes Publikum. Ihre Augen weiten sich und werden wieder schmaler, als ich ihr die E-Mails und die Facebook-Chats zeige. Sie säuselt und gackert und gurrt, als ich ihr meine Antworten des Fragebogens vorlese. Aber vor allem umhüllt sich mich – mit jeder Faser ihres Körpers.

»Du musst todunglücklich sein«, sagt sie schließlich, nachdem ich fertig bin.

Ich seufze. »Ja. Aber ich habe noch so viele andere Gefühle. Es ist kompliziert.«

»Für mich sieht das ganz einfach aus. Dieser Mann, dieser Forscher – er hört dir zu. Er hat dir genau das gesagt, was du hören wolltest. Leider muss ich dir sagen, dass du wahrscheinlich nicht die Erste bist, bei der er das gemacht hat.«

»Ich weiß, ich weiß. Moment mal! Glaubst du das wirklich? Du liebe Güte, ich nämlich nicht. Es schien so, als hätten wir was ganz Besonderes, etwas nur zwischen ihm und mir …«

Bunny schüttelt den Kopf.

»Du hältst mich für bescheuert.«

»Nicht bescheuert, nur verletzlich.«

»Ich schäme mich so.«

Bunny wischt meine Worte beiseite. »Ob man sich schämt oder nicht, entscheidet nur man selbst. Lass es einfach.«

»Ich bin wütend«, füge ich hinzu.

»Schon besser. Wut ist nützlich.«

»Auf William.«

»Du bist wütend auf *William*? Was ist denn mit diesem Forscher?«

»Nein, William. *Er* hat mich dazu getrieben.«

»Also, das ist nicht fair, Alice, wahrlich nicht. Hör mir zu. Ich bin keine Heilige, und ich sitze hier nicht über wen auch immer Gericht. Es gab mal Zeiten zwischen Jack und mir … wir hatten auch einmal eine schwierige Phase. Wir haben uns sogar eine Weile getrennt, als Caroline von zu Hause auszog und aufs College ging. Na ja, ich brauche nicht ins Detail zu gehen, aber was ich sagen will, ist, dass keine Ehe perfekt ist, und wenn sie perfekt aussieht, dann kannst du dir über eine Sache sicher sein, nämlich dass sie es nicht ist. Aber schiebe nicht William die Schuld zu. Tu nicht so unbeteiligt. Du musst Verantwortung für das übernehmen, was du getan hast. Was du *fast* getan hast. Es geht nicht darum, ob du mit William zusammenbleibst. Worauf es ankommt, ist, dass du es nicht einfach *geschehen lässt.*«

»*Es?*«

»Das Leben. Dein Leben. Ich will ja nicht morbide klingen, aber mal ehrlich, Alice, dir bleiben nicht mehr genug Jahre, um deine Zeit einfach so zu verplempern. Keinem von uns. Gott weiß, auch mir nicht.« Bunny steht auf und setzt den Teekessel noch einmal auf. Die Sonne ist gerade aufgegangen, und die Küche ist einen Augenblick lang von aprikosenfarbenem Licht durchflutet. »Übrigens, ist dir überhaupt klar, was für eine begnadete Geschichtenerzählerin du bist? Du hast mich zwei Stunden lang in den Bann gezogen.«

»Geschichtenerzählerin?« William kommt in die Küche. Er mustert die Becher. Die getrockneten Teebeutel.

»Wie lang seid ihr beide denn schon auf und erzählt euch Geschichten?«, fragt er.

»Seit vier«, sagt Bunny. »Wir hatten viel nachzuholen.«

»Fünfzehn Jahre«, sage ich.

»Das war ein wunderschöner Sonnenaufgang«, sagt Bunny. »Der Garten lag in pfirsichfarbenes Licht getaucht da. Zumindest einen Moment lang.«

William guckt prüfend aus dem Fenster. »Schon, aber jetzt hat er die Farbe eines Wattestäbchens.«

»Das muss der berühmt-berüchtigte Bay-Area-Nebel sein, von dem alle erzählen«, meint Bunny.

»Erst ist es total klar, und eine Sekunde später sieht man nichts mehr«, sagt William.

»Genau wie in der Ehe«, murmele ich vor mich hin.

Kapitel 81

John Yossarian
gefällt *Mensch ärgere dich nicht.*

Lucy Pevensie
hat *Hält Ausschau nach der Straßenlaterne* zu ihren **Aktivitäten** hinzugefügt.

Nennen Sie mir bitte einen sehr triftigen Grund, warum Sie gestern nicht gekommen sind, Forscher 101.

Es tut mir sehr leid, wirklich. Ich weiß, dass das sehr klischeehaft klingt, aber mir kam etwas Unerwartetes dazwischen. Etwas Unabwendbares.

Lassen Sie mich raten. Ihre Frau?

So könnte man es sagen.

Hat sie das mit uns herausgefunden?

Nein.

Dachten Sie, sie würde es herausfinden?

Ja.

Warum?

Weil ich ihr nach unserem Treffen gestern Abend von uns erzählt hätte.

Das hätten Sie getan? Was ist denn passiert?

Das kann ich nicht sagen. Ich wünschte, es ginge, aber es geht nicht. Sie halten also nach der Straßenlaterne Ausschau?

Das habe ich bereits gesagt.

Folglich wollen Sie nach Hause gehen, weg aus Narnia? Sie wollen diese Welt hier verlassen. Unsere Welt?

Wir haben eine Welt?

Mir schoss der Gedanke durch den Kopf, dass es so vielleicht am besten ist. Vielleicht war es Schicksal, dass wir uns nicht treffen konnten.

Es war nicht so, dass wir uns nicht treffen *konnten*. Ich war da. Sie haben mich versetzt.

Ich wäre da gewesen, wenn ich gekonnt hätte, das schwöre ich. Aber ich möchte Sie etwas fragen, Ehefrau 22. Waren Sie nicht doch ein kleines bisschen erleichtert, als ich nicht aufgetaucht bin?

Nein. Ich hatte das Gefühl, man spielt mit mir. Ich habe mich blamiert gefühlt. Und ich war traurig. Sind *Sie* erleichtert?

Hilft es Ihnen zu wissen, dass ich seitdem jede Minute an Sie gedacht habe?

Und was ist mir Ihrer Frau? Haben Sie seitdem auch jede Minute an sie gedacht?

Bitte verzeihen Sie mir. Ich will nicht der Mann sein, der nicht auftaucht.

Was für ein Mann möchten Sie denn sein?

Ein anderer als der, der ich bin.

IRL?

Wie bitte?

Im richtigen Leben?

Oh. Ja.

Versuchen Sie es?

Ja.

Gelingt es Ihnen?

Nein.

Und Ihre Frau, würde sie Ihre Einschätzung teilen?

Ich bemühe mich sehr, keine von euch beiden zu verletzen.

Ich muss Sie jetzt etwas fragen, und Sie müssen mir die Wahrheit sagen. Können Sie das?

Ich werde mir Mühe geben.

Haben Sie das schon mal mit anderen Frauen gemacht? Sich so verhalten? So, wie Sie sich mir gegenüber verhalten?

Nein, niemals. Sie sind die Erste. Bitte bleiben Sie noch. Nur noch ein bisschen. Bis wir das hier geklärt haben.

Wollen Sie mir damit sagen, ich soll aufhören, nach der Straßenlaterne Ausschau zu halten?

Vorerst ja.

Kapitel 82

»Und das, meine Liebe, das hier ist Arbeitsmaterial«, sagt Bunny und stupst mich in die Rippen. »Das könnte ich definitiv in eine Szene einbauen.«

Unter dem Reklameschild der Metzgerei Boccaloe -»Schmackhafte geräucherte Teile vom Schwein« – stehen mindestens zwanzig Männer Schlange. Eine Ecke weiter, unter dem pastellblauen Schild des Konditors Miette, stehen mindestens zwanzig Frauen Schlange. Die Männer kaufen Salami, die Frauen Petits Fours.

»Eigentlich ist das bereits ein Theaterstück«, korrigiert sie sich.

»Glaubst du, Frauen haben Angst vor Mortadella?«, fragt Jack.

»Sie sind vielleicht eingeschüchtert«, sage ich.

»Angeekelt trifft's wohl eher«, meint Zoe.

Es ist Samstagmorgen, neun Uhr, und der Ferry-Building-Markt ist bereits proppenvoll. Jedes Mal, wenn wir Besuch aus einer anderen Stadt haben, ist das der erste Ort, den wir vorführen. Der Markt ist eine der beeindruckendsten Touristenattraktionen San Franciscos – ein Gemüse- und Blumenmarkt für natürliche Steroide.

»Man sehnt sich sofort nach einem anderen Leben, nicht wahr?«, sagt William, als wir draußen auf dem Kai flanieren, vorbei an glänzenden Radieschen und perfekt aufeinandergestapelten Porree-Pyramiden. Mit seinem iPhone macht er Schnappschüsse vom Gemüse. Er kann nicht anders. Er ist süchtig nach Lebensmittelpornos.

»Und was für eine Art Leben soll das sein?«, frage ich.

»Eins, in dem du dein Haar in geflochtenen Zöpfen trägst«, meldet Peter sich zu Wort, in Anlehnung an ein rosawangiges Mädchen, das an einem Stand namens *Zwei Mädchen und ein Pflug* arbeitet. »Deine Schürze gefällt mir«, sagt er zu einem der beiden.

»Nesselstoff, bleibt besser in Form als Baumwolle. Fünfundzwanzig Dollar.«

»Unter dreißig sind Schürzen sexy«, sagt Bunny. »Über dreißig sieht man schnell wie eine der Lustigen Weiber von Windsor aus. Caroline, möchtest du eine? Ich schenk sie dir.«

»Verlockend, wenn man bedenkt, dass ich nur noch vier gute Jahre in Schürze vor mir habe. Trotzdem nein, danke.«

»Braves Mädchen«, sagt William. »Wahre Köche haben keine Angst vor Flecken.«

Bunny und Jack schlendern vor uns her, Händchen haltend. Ihnen dabei zuzusehen ist schwierig: Sie zeigen ihre Zuneigung so offen. Mein Ehemann und ich halten schön Abstand voneinander. Mir geht durch den Kopf, dass wir eins dieser Paare geworden sind, über die ich in der Studie geschrieben habe. William sieht missmutig und verschlossen aus. Ich drehe ihm den Rücken zu und öffne meine Facebook-App auf dem Handy. John Yossarian ist online.

Sind Sie jemals eifersüchtig, wenn Sie andere Paare sehen, Forscher 101?

In welcher Hinsicht?

Dass sie sich so nahestehen.

Manchmal.

Und was tun Sie dann?

Wann?

Wenn Ihnen das passiert?

Ich schaue weg. Ich bin ein hervorragender Verdrängungskünstler.

William ruft mir quer über den Gang etwa zu. »Sollen wir für heute Abend Maiskolben besorgen?«

»Gute Idee.«

»Willst du sie aussuchen?«

»Nein, mach du.«

William wandert zum Stand der Full Belly Farm. Er wirkt verloren. Seine Jobsuche läuft nicht gut. Jede Woche, die vergeht, demoralisiert ihn ein kleines bisschen mehr. Ich hasse es, ihn so zu sehen. Ungeachtet der Tatsache, dass seine unartigen Späßchen maßgeblich zu seiner Entlassung beigetragen haben, waren sie ja nicht der einzige Grund. Was William passiert ist, passiert so vielen unserer Freunde: Sie wurden durch jüngere, billigere Modelle ersetzt. Ich habe Mitleid mit ihm. Wirklich. Ich verstecke mich hinter einer turmhohen Verkaufsauslage mit Bienenwachshandcremes.

Ist es vielleicht genauso einfach, wie mit ihm Händchen zu halten, Forscher 101?

Was ist vielleicht genauso einfach?

Kontakt zu meinem Ehemann zu bekommen.

Ich glaube nicht.

Ich habe das schon lange nicht mehr getan.

Vielleicht sollten Sie es tun.

Sie wollen, dass ich mit meinem Mann Händchen halte?

»Reicht ein Dutzend?«, ruft William mir zu.

»Perfekt, Liebling«, rufe ich zurück.

Ich nenne ihn nie *Liebling*. *Liebling* gehört eher in Bunnys und Jacks Ressort.

Bunny dreht sich lächelnd zu mir um und nickt mir anerkennend zu.

Äh – eigentlich nicht.

Warum nicht?

Er hat es nicht verdient.

O Gott.

»Was ist?«, sagt Bunny, als sie meinen bestürzten Gesichtsausdruck wahrnimmt.

Plötzlich möchte ich William beschützen. Woher will Forscher 101 wissen, was William verdient hat?

Das war fies. Ich glaube nicht, dass ich das hier fortsetzen kann, Forscher 101.

Ich verstehe.

Tun Sie das wirklich?

Mir kam derselbe Gedanke.

Moment mal. So leicht will er aufgeben? Seine Botschaften sind so widersprüchlich. Oder ich bin es, die hier widersprüchliche Botschaften verteilt.

»Hast du einen Fünfer, Alice?« Ich blicke hinüber zu William. Er ist plötzlich ganz weiß im Gesicht, wie Milch. Ich denke an Jack und sein Herz. Ich denke, ich sollte damit anfangen, Aspirin zu kaufen, und William zwingen, es zu nehmen.

»Bist du okay?« Ich nähere mich dem Stand.

»Natürlich, mir geht's gut«, sagt William und sieht dabei vollkommen ungut aus.

Ich werfe einen Blick auf die Maiskolben. »Die sind ja mickrig. Nimm noch mal sechs.«

»Hilfst du mir?«

»Was ist los?«

Er schüttelt den Kopf. »Mir ist ein bisschen schwindelig.«

Er sieht wirklich krank aus. Ich nehme seine Hand. Seine Finger verschlingen sich automatisch mit meinen. Wir begeben uns zu einer Bank und bleiben dort ein paar Minuten wortlos sitzen. Peter und Caroline probieren Mandeln. Zoe schnüffelt an einer Flasche Lavendelöl. Bunny und Jack stehen Schlange vor Rose Pistola, um eins der berühmten Eier-Sandwiches zu kaufen.

»Möchtest du ein Eier-Sandwich?«, frage ich William. »Ich hol dir eins. Vielleicht ist dein Blutzuckerspiegel zu niedrig.«

»Mein Blutzuckerspiegel ist in Ordnung. Ich vermisse das hier«, sagt er.

Er blickt schnurstracks geradeaus. Sein Oberschenkel berührt meinen ganz leicht. Wir sitzen steif nebeneinander wie Fremde. Ich erinnere mich an damals, als ich ihm die Suppe in sein Apartment gebracht habe. An das erste Mal, dass er mich geküsst hat.

»Was vermisst du?«, frage ich.

»Uns.«

Im Ernst? Er sucht sich *heute* aus, den Tag, nachdem ich mich aus dem Staub gemacht habe, zu einer Verabredung mit einem anderen Mann, um mir zu sagen, dass er uns vermisst? Emotional gesehen, setzt sich William immer dann an den Tisch, wenn die Teller gerade abgeräumt werden. Äußerst ärgerlich.

»Ich such mir mal eine Toilette«, sage ich.

»Einen Augenblick. Hast du gehört, was ich gesagt habe?«

»Hab ich.«

»Und alles, was du dazu zu sagen hast, ist, dass du aufs Klo musst?«

»Tut mir leid – ist ein Notfall.« Ich rase ins Ferry Building, finde bei Peet's einen freien Platz und krame mein Handy hervor.

Was zum Teufel soll das, Forscher 101?

Ich weiß, Sie sind wütend.

Warum haben Sie überhaupt vorgeschlagen, mich zu treffen?

Das hätte ich nicht tun sollen.

Hatten Sie überhaupt vor zu kommen?

Selbstverständlich.

Sie haben es sich nicht in letzter Minute anders überlegt? Beschlossen, dass die Fantasie besser als die Wirklichkeit ist?

Nein. Es sind ja ganz wirklich Sie, die so anziehend ist. An Fantasiegebilden habe ich kein Interesse.

Diese verdammte Umfrage. Sie hat mein Leben völlig auf den Kopf gestellt.

Warum?

Weil mir jetzt klar ist, wie unglücklich ich gewesen bin.

Testpersonen haben öfter …

Fangen Sie mir gegenüber nicht mit Ihren Testpersonen an. Beleidigen Sie mich nicht. Ich bin mehr für Sie als eine Testperson.

Das stimmt.

Ich denke darüber nach, meinen Ehemann zu verlassen.

Wirklich?

Die Schockreaktion von Forscher 101 sirrt ungehindert durchs Telefon, ich spüre sie wie den Schlag mit einem Elektroschocker. Das wollte er nicht hören, und es ist auch nicht wahr. Ich habe nicht darüber nachgedacht, William zu verlassen. Ich habe das nur gesagt, um eine Reaktion zu provozieren. Ich blicke auf und sehe, wie Bunny entschlossenen Schrittes auf mich zukommt. Ich rutsche tiefer in meinen Stuhl. Sie schnappt sich mein Handy und liest die letzten Zeilen unseres Chats. Sie schüttelt den Kopf, geht neben meinem Stuhl in die Hocke und fängt an zu tippen.

Darf ich Ihnen eine Frage stellen, Forscher 101?

Von mir aus.

Nennen Sie mir einen Punkt, den Sie an Ihrer Ehefrau lieben.

Ich weiß nicht, ob das eine gute Idee ist.

Ich habe Ihnen alles über meinen Ehemann erzählt. Da können Sie ganz gewiss mal ein Wort über Ihre Frau verlieren.

Also gut, sie ist der dickköpfigste, stolzeste, eigensinnigste, sturste, loyalste Mensch, den ich kenne. Komischerweise glaube ich, dass Sie sie mögen würden. Ich glaube, Sie beide könnten dicke Freundinnen werden.

Oh, ich bin mir nicht sicher, was ich mit diesen Informationen anfangen soll.

Tut mir leid – aber Sie haben gefragt.

Ist schon gut. Eigentlich fühle ich mich jetzt besser.

Aha? Warum?

Weil es beweist, dass Sie kein Schuft sind.

»Schuft? Wer zum Teufel verwendet Wörter wie *Schuft*?«

»Ruhe!«, sagt Bunny und schiebt mich mit dem Ellbogen zur Seite.

Na, dann danke, schätze ich mal.

Also, Forscher 101, was sollen wir jetzt tun?

Keine Ahnung. Ich glaube, alles wird sich aufklären. Ich hätte nie gedacht, dass so etwas wie das hier passieren würde. Das müssen Sie mir glauben.

Was, dachten Sie, würde denn passieren?

Dass Sie einfach nur die Fragen beantworten und sich unsere Wege danach wieder trennen und die Sache damit erledigt ist.

Was, dachten Sie, würde nicht passieren?

Dass ich mich in Sie verliebe.

Ich reiße Bunny mein Handy aus der Hand und tippe **GTG**, dann melde ich mich bei Facebook ab.

»Willst du ihm denn nicht antworten, hmm?«

»Nein, Cyrano de Bergerac, will ich nicht.«

Bunny schnaubt. »Er kommt mir ziemlich echt vor. Was seine Gefühle für dich betrifft.«

»Meine Worte.«

»Willst du was trinken?«

»Nein.«

Wir bleiben einen Moment sitzen und hören den anderen Gästen beim Bestellen ihrer Kaffees zu.

»Alice?«

»Was denn?«

»Hör mir mal zu. Jeder gute Regisseur weiß, dass es selbst bei den finstersten Stoffen einen Moment der Gnade geben muss. Es muss Stellen geben, durch die das Licht hineinströmt. Und wenn es diese Stellen nicht gibt, hat man die Aufgabe, sie zu erschaffen. Sie hineinzuschreiben. Verstehst du das, Alice?«

Ich schüttele den Kopf.

Bunny beugt sich über den Tisch und drückt meine Hand. »Diesen falschen Schritt gehen viele Stückeschreiber. Sie verwechseln Finsternis mit tiefer Bedeutung. Sie glauben, Licht kommt einfach so dazu. Sie glauben, Licht findet seinen Weg durch den Türspalt von selbst. Aber das tut es nicht. Man muss die Tür öffnen und es hineinlassen.«

Kapitel 83

»Hallo, Nedra.«

»Hallo, Alice.«

»Wie geht's dir?«

»Danke, gut, und dir?«

»Du warst Fahrradfahren, oder?«

»Ja. Deshalb die Shorts, die Fahrradschuhe und der Helm.«

»Und das Fahrrad.«

»Also.«

»Also.«

»Also, wie lief's?«

»Mit was?«

»Mit Forscher 101?«

»Nichts lief.«

»Lüg mich nicht an.«

»Es ist aus.«

»Es ist aus? Einfach so ist es jetzt aus?«

»Ja. Zufrieden?«

»Das ist lächerlich, Alice. Bittest du mich hinein oder nicht?«

Ich mache die Tür weit auf, und Nedra schiebt ihr Fahrrad ins Haus.

»Ich wusste gar nicht, dass Briten schwitzen. Möchtest du ein Handtuch?«

Nedra lehnt ihr Fahrrad gegen die Wand und wischt sich dann ihr Gesicht am Ärmel meines T-Shirts ab. »Muss nicht sein, Liebes. Ist William zu Hause?«

»Was willst du von William?«

»Das ist geschäftlich«, sagt sie. »Ich habe ein Jobangebot für ihn.«

»Er sitzt in der Küche.«

»Reden wir immer noch nicht miteinander.«

»Ja.«

»Gut. Du informierst mich, wenn es wieder so weit ist?«

»Ja.«

»Via Telefon oder SMS?«

»Rauchsignale.«

»Hast du mit Zoe über Ho-Girl gesprochen?«

Nein, ich habe nicht mit Zoe über Ho-Girl gesprochen, und ich fühle mich schrecklich deswegen. Aber die Wahrheit lautet, dass Ho-Girl und Zoes Verrat an Jude aufs Abstellgleis geschoben sind, solange ich herauszufinden versuche, was da zwischen Forscher 101 und mir läuft.

»Du bauschst das Ganze viel zu sehr auf, Nedra. Wir reden hier über Cupcakes.«

»Schieb's nicht auf die lange Bank, Alice. Ich finde wirklich, du solltest dir das mal ansehen.«

»Nedra?«, ruft William aus der Küche, »bist du das?«

»Siehst du, mein Schatz, wenigstens einer in diesem Haus ist froh, mich zu sehen.« Sie geht weiter und lässt mich allein im Flur stehen.

Shonda Perkins

PX90-DVDs zu verkaufen. Billig.

vor 5 Minuten

Julie Staggs

Marcy – zu klein für Marcys Bett für große Mädchen.

vor 33 Minuten

Linda Barbedian

Schlafstörungen.

vor 4 Stunden

Bobby Barbedian

hat geschlafen wie ein Baby.

vor 5 Stunden

Ich versuche mich von dem Gelächter, das aus der Küche kommt, mit dem Lesen von Facebook-Postings abzulenken, als mein Computer ein U-Boot-artiges Geräusch von sich gibt. Auf meinem Bildschirm poppt eine Skype-Nachricht auf.

Hübsche russische Ladys

Sind Ihnen Europäerinnen und Amerikanerinnen zu arrogant? Suchen Sie eine süße Lady, die Verständnis hat für Sie und sich kümmert um Sie? Dann sind Sie an der richtigen Platz. Hier finden Sie russischen Lady, die Sie von ganzem Herzen lieben wird.

www.russiansexywomen.com

Bitte entschuldigen, wenn Sie nicht Interesse haben.

Aus irgendeinem Grund finde ich diese Kundenwerbung anrührend und traurig. Gibt es einen einzigen Menschen auf der Welt, der nicht auf der Suche nach jemandem ist, der ihn aus ganzem Herzen lieben wird?

Es klopft kurz an meiner Tür, und William kommt in mein Büro. »Das ist echt super. Nedra hat mich gebeten, auf ihrer Hochzeit zu kochen.«

»Wie jetzt, *kochen*?«

»Abendessen. Appetizer. Nachtisch. Das ganze Menü.«

»Du machst Witze!«

»Die Gruppe ist klein, nur ungefähr fünfundzwanzig Gäste. Ich habe Caroline gefragt, ob sie mir hilft.«

»Du willst das machen?«

»Ich glaube, das wird lustig. Außerdem bezahlt sie mich dafür. Ziemlich gut sogar, wenn ich das hinzufügen darf.«

»Du weißt, dass Nedra und ich nicht miteinander reden.«

»Das habe ich mir zusammengereimt. Worüber sprecht ihr nicht?«

»Über das Brautjungfernkleid, das ich ihrer Meinung nach tragen soll. Es ist abscheulich. Empire-Taille. Puffärmel. Ich werde darin wie Königin Victoria aussehen.«

»Alice, sie ist deine beste Freundin. Willst du wirklich ihre Hochzeit wegen eines Kleides sausen lassen?«

Ich runzele die Stirn. Natürlich hat er total recht.

»Ist alles in Ordnung, Alice?«

»Mir geht's gut. Warum?« Es ist so schwer, das hier durchzuhalten. Meine Verwirrtheit unaufhörlich zu verbergen.

»Du bist irgendwie … komisch«, sagt er.

»Na ja, du auch.«

»Ja. Obwohl ich mich anstrenge, es nicht zu sein.«

Er sieht mich einen Augenblick zu lange an, und ich drehe mich weg. »Und, hast du schon über das Menü nachgedacht?«, bringe ich krächzend hervor.

»Alles außer Austern. Das ist die einzige Auflage. Nedra meint, das wäre zu platt. Genau wie Rosen und Champagner am Valentinstag.«

»Ich liebe Austern.«

»Das weiß ich.«

»Ich hatte schon lange keine mehr.«

William schüttelt den Kopf. »Ich kapiere nicht, warum du darauf bestehst, dich von den Dingen fernzuhalten, die du liebst.«

Kapitel 84

Nachdem William weg ist, gehe ich ins Schlafzimmer und mache die Tür zu. Ich stelle die Handy-Stoppuhr auf fünfzehn Minuten. Dann tauche ich in die Verwirrungen und den Herzschmerz der letzten paar Tage ein. Williams Bemerkung, er vermisse uns, geistert mir im Kopf herum, als Endlosschleife. Zehn Minuten später sitze ich mitten in meinem Bett, umgeben von zig gebrauchten Taschentüchern, als ich unten im Flur Schritte höre. Anhand ihrer Leichtigkeit erkenne ich, dass es Bunny ist. Ich setze alles daran, mich zusammenzureißen, aber es ist zwecklos.

»Ist alles in Ordnung?« Sie streckt ihren Kopf zur Tür herein.

»Alles bestens. Wirklich alles bestens. Mir geht's wirklich gut«, sage ich mit tränenüberströmten Gesicht.

»Kann ich irgendwas tun?«

»Nein, mach dir keine Sorgen. Es ist einfach nur …« Ich breche erneut in Tränen aus. »Entschuldige. Es ist mir so peinlich.«

Bunny kommt ins Zimmer, holt ein gebügeltes und gestärktes Taschentuch aus ihrer Hosentasche und reicht es mir.

Ich starre es ausdruckslos an. »Das … das geht nicht. Es ist sauber. Ich werd's total schmutzig machen.«

»Das ist ein Taschentuch, Alice. Dafür ist es da.«

»Wirklich? Es ist total schön.« Und dann fange ich wieder an zu weinen, das volle hässliche Weinprogramm inklusive Schluckauf und Luftschnappen und dem Versuch aufzuhören, was aber ein Ding der Unmöglichkeit ist.

Bunny setzt sich neben mich aufs Bett. »Du unterdrückst das alles schon sehr lange, oder?«

»Du weißt gar nicht, wie lange!«

»Na gut, dann lass es jetzt raus. Ich bleibe hier, bis du damit fertig bist.«

»Ich weiß einfach nicht, ob ich ein guter oder ein schlechter Mensch bin. Momentan halte ich mich für einen schlechten Menschen. Gefühlskalt. Ich kann sehr kalt sein, weißt du.«

»Jeder kann das«, sagt sie.

»Vor allem meinem Mann gegenüber.«

»Ach, denen, die wir lieben, die kalte Schulter zu zeigen, ist einfacher.«

»Ich weiß. Aber warum?«, schluchze ich.

Bunny bleibt neben mir sitzen, bis ich in dem erschöpften, ausgelaugten, klaren Gemütszustand jenseits der Scham angekommen bin, in dem die Luft nach Spätsommer riecht, nach Chlor mit einer leichten Note der Utensilien zum Schulanfang, und zum ersten Mal nach sehr langer Zeit schöpfe ich – Hoffnung.

»Besser?«, fragt Bunny.

Ich nicke. »Ich bin total albern.«

»Nein«, sagt sie, »nur ein bisschen verloren, wie wir alle.«

»Ich habe doch etwas geschrieben.«

»Tatsächlich?«

»Ja, kurze Szenen. Über mein Leben. Über William und mich – wie wir uns zum ersten Mal getroffen haben. Abendeinladungen. Gespräche. Nichts Interessantes. Aber es ist ein Anfang.«

»Wunderbar! Ich würde mir das so gerne ansehen.«

»Das würdest du tun?«

»Natürlich. Ich wollte nur warten, bis du mich fragst.«

»Wirklich?«

»Ach, Alice, warum wundert dich das?«

Ich blicke auf das zusammengeknüllte Taschentuch in meiner Hand. »Ich habe dein Taschentuch ruiniert.«

»Ach was, gib's her.«

»Nein, das ist eklig!«

»Gib's her!«, befiehlt sie mir.

Ich lasse es in ihre ausgestreckte Hand fallen.

»Verstehst du das denn nicht, Alice? Nichts, was du tust, kann eklig für mich sein.«

»Genau das sage ich meinen Kindern.«

»Genau das sage ich auch meinen Kindern.« Sie spricht ganz sanft und streichelt mir übers Haar.

Ich fange wieder an zu schluchzen. Sie drückt mir ihr Taschentuch wieder in die Hand. »Offensichtlich habe ich dich voreilig davon befreit.«

Kapitel 85

Lucy Pevensie
hat ein **Lieblingszitat** hinzugefügt: *»Ist – ist er ein Mann?«, fragte Lucy.*

Also, Forscher 101, ist er das?

Ich verstehe die Frage nicht ganz, Ehefrau 22.

Verlässt ein echter Mann seine Frau?

Ein echter Mann sucht *nach seiner Frau.*

Und dann?

Weiß ich nicht genau. Warum fragen Sie?

Ich war nicht die Beste aller Ehefrauen.

Ich war nicht der Beste aller Ehemänner.

Vielleicht sollten Sie nach Ihrer Frau suchen.

Vielleicht sollten Sie auch nach Ihrem Mann suchen.

Warum sollte ich nach ihm suchen?

Vielleicht ist er verloren.

Er ist nicht verloren. Er baut Regale in der Garage.

In seiner Carhartt-Hose?

Sie vergessen auch rein gar nichts, oder?

Ich vergesse vieles; das Internet jedoch nicht.

In dieser Hose hat er einen hübschen Hintern.

Wann ist ein Hintern hübsch?

Wenn er größer ist als meiner.

Ich gehe heute mit meiner Frau ins Kino.

Ihnen ist klar, Forscher 101, dass ich von Ihnen sehr widersprüchliche Botschaften erhalte, oder?

Ich weiß. Es tut mir leid. Aber genau deshalb gehe ich mit meiner Frau ins Kino. Ich habe viel darüber nachgedacht. Ich habe Ihre Antworten aus der Studie noch einmal gelesen, und ich bin überzeugt davon, dass in Ihrer Ehe noch ein Funken vorhanden ist. Wäre das anders, könnten Sie nicht so über Ihre Kennenlernphase schreiben, wie Sie es getan haben. Zwischen ihm und Ihnen ist es noch nicht vorbei. Genauso wenig wie zwischen meiner Ehefrau und mir. Ich gebe mir noch einmal einen Ruck. Ich glaube, Sie sollten dasselbe bei Ihrem Ehemann tun.

Und wenn es zwischen Ihnen und Ihrer Frau nicht funktioniert?

Dann treffen wir uns in genau sechs Monaten im Tea & Circumstances.

Ich möchte Sie etwas fragen.

Alles, was Sie wollen.

Wenn unser Treffen stattgefunden hätte? Wenn Sie an besagtem Abend aufgetaucht wären? Was wäre Ihrer Meinung nach passiert?

Ich glaube, Sie wären enttäuscht gewesen.

Warum? Was verbergen Sie vor mir? Haben Sie Schuppen? Wiegen Sie dreihundert Kilo? Müssen Sie sich schon die Haare über die Glatze kämmen?

Sagen wir mal, ich hätte kaum Ihren Erwartungen entsprochen.

Sind Sie sich da ganz sicher?

Die Verabredung war voreilig. Es wäre ein Desaster gewesen. Davon bin ich überzeugt.

Und wieso?

Wir hätten beide alles verloren.

Und jetzt?

Verlieren wir beide nur eine Sache.

Und die wäre?

Die Fantasie.

Welchen Film sehen Sie sich an?

Den neuen Film mit Daniel Craig. Meiner Frau gefällt Daniel Craig.

Meinem Mann auch. Vielleicht sollten sich Ihre Frau und mein Mann zusammentun.

Kapitel 86

Ich finde William in der Garage auf einer Leiter in, genau, seiner Carhartt-Hose.

»Es ist gerade ein toller neuer Film mit Daniel Craig angelaufen. Hast du Lust, ihn anzuschauen?«

»Einen Augenblick«, murmelt William und bringt noch schnell einen Winkel an der Wand an. »Ich dachte, du kannst Daniel Craig nicht ausstehen.«

»Er wächst mir langsam ans Herz.«

»Reich mir mal das Regalbrett«, sagt William. Ich halte es ihm hin, und er legt es an seinen Platz. »Mist, es hängt schief. Ich hätte doch besser die Wasserwaage benutzt.«

»Warum hast du's nicht?«

»Aus Schlamperei. Dachte, ich kriege das per Augenmaß hin.«

»So schlimm ist es nicht. Das merkt niemand.«

»Darum geht's nicht, Alice. – Und du hältst die Klappe«, sagt William zu Jampo, der neben der Leiter sitzt. Gehorsam gibt Jampo nur ein trauriges *Grrrr* von sich, lässt William aber keinen Augenblick lang aus den Augen.

»Du verbringst deine Zeit mit Jampo? *Freiwillig?*«

»Er ist mir gefolgt.« William klettert von der Leiter.

Jampo schnüffelt aufgeregt an Williams Stiefeln. William beobachtet ihn mit einem angedeuteten Lächeln. »Er glaubt, ich nehme ihn mit zum Laufen.«

»Du warst mit ihm laufen?«

»Ab und zu. Hey, weißt du, was *sexoliert werden* bedeutet?«

»*Sexoliert werden*? Nein, was denn?«

»Ich habe mitgekriegt, wie Zoe darüber mit einem ihrer Freunde gesprochen hat. Sie redeten übers College. Es bedeute, dass man aus seinem Zimmer geschmissen wird, wenn dein Mitbewohner Sex haben will.«

»Müssen sie denn für alles ein Wort erfinden? Was ist denn aus der Socke an der Türklinke geworden?«

»Es ist eine andere Generation.«

»Sie wird bald weg sein. Ein Wimpernschlag noch, und sie ist weg. Noch ein Wimpernschlag, und Peter ist ebenfalls weg. Zwinker. Zwinker. Da geht unser Nachwuchs hin – piff, paff, puff. Meinst du, sie hat Sex?«

»Meinst du, sie *hatte* Sex? Mit Jude? Wahrscheinlich.«

»*Wirklich?*«

»Alice, ich weiß Bescheid über Ho-Girl. Nedra hat es mir erzählt.«

»Ach du lieber Himmel *Ho-Girl*. Ich kann nicht fassen, dass ich noch nicht mit ihr darüber gesprochen habe. Es war einfach – wahnsinnig viel los. Mit dem Besuch von Bunny und Jack und so«, füge ich hinzu.

»Hm.«

»Hat Nedra gesagt, dass sie Jude betrogen hat und nicht umgekehrt?«

»Ja, hat sie. Und du hast ihren Twitter-Account noch nicht gecheckt?«

»Ich habe irgendwie gehofft, das erledigt sich von selbst.«

William zückt sein Handy. »Bringen wir es hinter uns. So schlimm kann es nicht sein.« Er geht auf Google und tippt *Twitter* und *Ho-Girl* ein. Sein Geruch schwebt zu mir hinüber – er riecht nach Waschmittel und Orangen. Ich liebe diesen Geruch. Ich habe ihn vermisst. Ich atme ihn ruhig ein.

»Das ist sie«, flüstere ich und beuge mich zu ihm vor.

Name: Ho-Girl

Standort: Kalifornien

Bio: Cremig, sättigend, zuckersüß, feucht

Follower: 552

Jeder Bissen der reinste Genuss.

2h

@booboobear: *Wie wahr, Ho-Girl. Das kann ich bestätigen.*

@Fox123: *Sexy, sexy Girl. Wie wär's mit einem Foto? Von deiner Beglückung?*

@Lemonyfine: *Okay, okay. Hab kapiert, dass du auf Cupcakes stehst. Aber können wir jetzt über Yodels reden?*

@Harbormast50: *Du hast noch Zuckerguss im Mundwinkel. Den leck ich dir gerne ab.*

»Meine Güte! Nedra hatte recht.«

»Wann hatte Nedra jemals unrecht? Wir melden uns da jetzt an, dann kriegen wir Ho-Girls Nachrichten mit!«, brüllt William.

»Was? Nein! Das kannst du nicht machen! Sie wird merken, dass wir das sind.«

»Glaub mir, ich werde mich nicht als @ma&pabuckle anmelden.«

»Du willst einen Decknamen verwenden?«

»Hast du damit ein Problem?«

»Also – ja. Du nicht? Sollten wir das nicht sein lassen?« Ich versuche, keine Miene zu verziehen.

»Nicht, wenn es um unsere Tochter geht. Bleiben wir bei Markennamen, dann wird sie keinen Verdacht schöpfen. Wie wär's mit @snoball?«, schlägt er vor.

»Igitt, von diesem pinkfarbenen Marshmallow-Überzug wird mir schlecht. Wie wär's mit @dingdong?«

»Ich hasse Ding Dongs. Aber @hohos? Die Schokoteigrollen?«

»Zu nah dran an Ho-Girl. Was hältst du von @nuttyhohos? Kannst du dich an die noch erinnern? Als sie mit den Erdnüssen angefangen haben?«, frage ich.

»Super ... los geht's!«

Wir sehen uns an und müssen beide lachen.

»Sei still, du verrücktes Ho-Ho«, flüstert William.

»Ich fasse es nicht, dass wir das hier tun.«

»Sie hat gerade wieder einen Tweet geschrieben«, meldet William.

Ich schiele auf das Display, und wir lesen den Tweet gemeinsam laut vor.

Es gibt keine schönere Art, den Tag zu beginnen, als die Creme aus einem Twinkie zu lutschen.

»Zoe, verdammt noch mal!« Ich schnappe nach Luft. »Hat sie denn keine Ahnung, wie gefährlich das ist?«

Williams Finger fliegen über den Smartphone-Bildschirm.

@nuttyhohos: *Zoe, verdammt noch mal! Hast du denn keine Ahnung, wie gefährlich das ist?*

»Das solltest du doch nicht schreiben! Jetzt kennen diese ganzen kranken Typen da draußen ihren richtigen Namen«, schreie ich William an. »So viel zum Thema Deckname.«

Hör auf, mir nachzustellen, J. Ich weiß, dass du das bist.

1m

»Sie hält uns für Jude«, sagt William.

@booboobear: *Ho-Girl ist unsere Königin. Und so sollte sie auch behandelt werden. Ich bin hier, um dir zu dienen, meine Königin. Ist heute ein Ding-Dong-Tag?*

William gibt ein grimmiges Knurren von sich.

@nuttyhohos: *Ho-Girl ist keine Königin. Sie ist ein fünfzehnjähriges Mädchen, du geisteskranker Perverser.*

Ich meine das ernst. Hör auf damit, J.

1m

@Lemonyfine: *Tu, was die feine Dame sagt, J., oder ich muss dir ganz handfest den Arsch blasen.*

Hört auf, euch zu streiten. In meinem Twinkie ist immer noch ein bisschen Creme übrig :)

1m

Ich nehme William das Handy weg.

@nuttyhohos: *OMG, Zoe, warum kannst du nicht wie jedes normale Mädchen einfach eine Essstörung haben?*

Behauptest du etwa, ich bin fett? Ich bin nicht fett, J.

1m

@nuttyhohos: *Hier spricht nicht J. Hier spricht deine Mutter. Ich weiß alles über die Cupcakes in deinem Kleiderschrank.*

@Fox123: *Oh-oh … bis dann.*

William holt sich das Handy zurück.

@nuttyhohos: *Hier spricht dein Vater. Du löschst jetzt sofort diesen Account, Zoe Buckle!*

»Jetzt hast du denen auch noch ihren Nachnamen verraten!«, kreische ich los.

@booboobear: *Scheiße, tschüss erst mal.*

@nuttyhohos: *Lösch den Account SOFORT, Ho-Girl!*

Plötzlich beginnt sich das Garagentor zu öffnen. William und ich stehen einfach da, mit zusammengesteckten Köpfen und blinzelnden Augen, als Zoe vor uns konkrete Formen annimmt. In der einen Hand hält sie ihr Handy, in der anderen die Fernbedienung für das Garagentor. Sie ist so wütend, dass sie keinen einzigen Ton herausbringt. Stattdessen twittert sie.

Ich glaub's einfach nicht! Das ist ein totaler Übergriff in meine Privatsphäre. Niemals werde ich euch das verzeihen.
1m

»Zoe, bitte …«, setze ich an.

Ich rede nicht mehr mit euch.
1m

@nuttyhohos: *Das sehen wir.*

Ich werde nie wieder mit euch reden.
1m

@nuttyhohos: *Das geht nicht, Liebes. Ho-Girl geht einfach nicht. Du hättest dich in ernsthafte Schwierigkeiten bringen können.*

Zoe sieht mich an und beginnt zu weinen. Dann twittert sie wieder.

Wie kannst du dir bloß wünschen, ich hätte eine Essstörung?
1m

»Baby«, sage ich.

»Ich bin so was von nicht dein Baby. Du hast überhaupt keinen Schimmer davon, wer ich bin!«, schreit sie mir entgegen.

Zoe hält die Fernbedienung des Garagentors über ihren Kopf und drückt aggressiv darauf herum, als würde sie eine Waffe abfeuern. Dann senkt sich das Tor langsam vor uns herab.

»William ...«

»Lass sie in Ruhe«, sagt er, als erst der Kopf unserer Tochter, dann ihr Oberkörper und schließlich ihre Beine verschwinden.

Ich stoße einen leisen Schluchzer aus, und er zieht mich zu sich heran, unter seinen Arm, wo der Duft nach Waschmittel am stärksten ist. Ein paar Minuten bleiben wir einfach so stehen.

»Tja«, sagt er irgendwann. »Und jetzt?«

»Wir sperren sie tausend Jahre in ihrem Zimmer ein?«

»Wir zwingen sie, Steak zu essen?«

»Sind wir schrecklich?«

»Schrecklich worin?«

»Schreckliche Eltern.«

»Nein, aber im Twittern sind wir absolute Nullen.«

»Du bist eine absolute Null im Twittern«, sage ich.

»Aber nur, weil du mich nervös gemacht hast. Ich hatte Lampenfieber.«

»Aha, ohne meine Wenigkeit hättest du viel geistreichere Ideen gehabt?«, frage ich.

»@nuttyhohos: Die Aprikosen sind reif, vegane Tochter«, sagt er.

»@nuttyhohos: Habe alle für dich aufgehoben, bitte ziehe ihren Verzehr in Erwägung – statt Ding Dongs.«

»@nuttyhohos: Ding Dongs sind natürlich völlig okay. Alles zu seiner Zeit. Wenn du dreißig bist und in deiner eigenen Wohnung wohnst und deine Miete selbst zahlst.«

»@nuttyhohos: Kein Witz. Wenn du die Aprikosen heute nicht isst, werden sie verfaulen.«

»@nuttyhohos: Zu deiner Information: Aprikosen kosten sechs Dollar das Pfund. ISS SIE ENDLICH, SONST GIBT'S ÄRGER!«

»@nuttyhohos: Und bemühe dich, keine Kerne hinunterzuschlucken.«

»@nuttyhohos: Hinunterschlucken ist im Allgemeinen eine schlechte Idee.«

»@nuttyhohos: Sagt der Allgemeinmediziner.«

»@nuttyhohos: Und dein Vater.«

»Gut so?«, fragt William.

»Nicht schlecht.«

»Ja, das finden meine ganzen Follower auch.«

»Dein einer ganzer Follower.«

»Man braucht nur einen, Alice.«

»Ich muss mit ihr reden.«

»Nein, ich glaube, was du tun musst, ist, ihr ein bisschen Zeit zu lassen.«

»Und dann was?«

William hebt mein Kinn an. »Sieh mich an.«

Jesus Maria, du riechst so gut, wie konnte ich bloß vergessen, dass du so gut riechst?

»Warte, bis sie zu dir kommt.«

Dann lässt er mich abrupt los und widmet sich mit gerunzelter Stirn wieder seinen Regalbrettern. »Ich werde das wohl noch mal machen müssen«, sagte er. »Wo ist die verdammte Wasserwaage?«

Kapitel 87

»Mom! Hilfe! Ich brauche eine größere Tupperdose!«, schreit Zoe aus der Küche.

Dies sind die ersten Worte, die Zoe mir gegenüber seit zwei Tagen geäußert hat. Sowohl William als auch ich wurden seit dem Twitter-Vorfall einer Schweigefolter unterworfen.

»Könnte man das als *sie kommt auf mich zu* interpretieren?«, frage ich William, der auf dem Sofa sitzt.

William seufzt. »Diese blöde Hundeklappe.«

»Also, was jetzt?«

Er legt die Zeitung weg. »In der Not frisst der Teufel Fliegen.«

Ich bin sofort auf den Füßen.

»Ich rufe schon seit Stunden nach dir!« Zoe ist vor dem Ofen in die Hocke gegangen und hält eine Plastikschüssel, in die etwa ein halber Liter passt, in der Hand. Ihr Blick schießt wild hin und her.

»Die hier ist nicht groß genug.«

»Was du nicht sagst, Mom. Die Tupperdosen sind alle verschwunden.«

Ich öffne den Kühlschrank. »Reste.«

»Da ist sie!«, kreischt Zoe los, und ich drehe mich gerade noch rechtzeitig zur Seite, um die Maus auf mich zurasen zu sehen.

»Igitt!«, kreische ich los.

»Könntest du eventuell was Originelleres von dir geben?«, meckert Zoe, während sie hinter der Maus herjagt, die wie ein Betrunkener dahinsaust, mit fliegenden Ohren wie ein Mini-Dumbo.

»Igitt, igitt!«, schreie ich noch mal, als die Maus zwischen meinen Beinen durchläuft und unter dem Kühlschrank verschwindet.

Zoe steht auf. »Daran bist du schuld.«

»Woran bin ich schuld?«

»Dass sie unter den Kühlschrank geflüchtet ist.«

»Warum bin *ich* daran schuld?«

»Du hast sie dazu verleitet.«

»Wie denn?«

»Indem du die Kühlschranktür geöffnet und die ganze wohlriechende kühle Luft hinausgelassen hast.«

»Im Ernst, Zoe? Na, dann lass mich sie noch mal aufmachen, und vielleicht taucht die Maus dann wieder auf.«

Ich nehme eine riesige Tupperdose mit Lasagne heraus, schiebe die Lasagne auf einen Teller, wasche die Schüssel aus und reiche sie ihr. »Bitte schön.«

»Danke.«

»Und jetzt?«

Zoe zuckt mit den Achseln und setzt sich an den Tisch. »Wir warten.«

Schweigend sitzen wir ein paar Minuten einfach da.

»Ich bin sehr froh darüber, dass du nicht die Art von Mädchen bist, die Angst vor Mäusen hat«, sage ich.

»Das habe ich ganz sicher nicht dir zu verdanken.«

Wir hören, wie die Maus unter dem Kühlschrank herumkratzt.

»Soll ich einen Besen holen?«, frage ich.

»Nein! Davon wird sie traumatisiert. Warte, bis sie von selbst auftaucht.«

Wir sitzen weitere fünf Minuten schweigend da. Wir hören noch mehr Kratzgeräusche, diesmal lauter. »Was genau ist eigentlich das Problem?«

Plötzlich schießen Zoe Tränen in die Augen, und sie lässt den

Kopf hängen. »Ich wollte nicht, dass du dich für mich schämst«, flüstert sie.

»Zoe, warum solltе ich mich für dich schämen?«

»Es ist einfach passiert. Ich wollte das nicht. Jude war in Hollywood. Er stand voll im Mittelpunkt. Und da war dieser Junge. Er hat mich geküsst. Zuerst habe ich nicht zurückgeküsst, und dann konnte ich nicht damit aufhören. Ich bin eine Schlampe!« Sie weint. »Ich habe Jude nicht verdient.«

»Du bist keine Schlampe. Und dieses Wort möchte ich nie wieder aus deinem Munde hören, wenn du über dich selbst sprichst. Du bist fünfzehn, Zoe! Und jetzt hast du einen Fehler begangen. Du hast eine falsche Entscheidung getroffen. Warum hast du das Jude nicht einfach erklärt? Er betet dich an. Meinst du nicht, er hätte es verstanden? Irgendwann?«

»Ich hab's ihm ja gesagt. Gleich.«

»Und was ist passiert?«

»Er hat mir verziehen.«

»Aber du hast dir nicht verziehen. Und so entstand Ho-Girl?«

Zoe nickt.

»Alles klar. Aber eine Sache verstehe ich nicht, Zoe. Der Kuss beschäftigt mich weit weniger als die Tatsache, warum du Jude gegenüber so fies warst? Er läuft dir wie ein Welpe hinterher. Er würde alles für dich tun.«

»Er erdrückt mich.«

»Und deine Lösung dafür ist, dich aus dem Staub zu machen?«

»Das habe ich von dir gelernt«, murmelt sie.

»Was hast du von mir gelernt?«

»Sich aus dem Staub zu machen.«

»Du findest, dass *ich* mich aus dem Staub mache? Vor was denn?«

»Vor *allem und jedem.*«

Ich registriere diesen Schlag in die Magengrube. »Im Ernst? Glaubst du das im Ernst?«, frage ich.

»Irgendwie schon«, flüstert Zoe.

»Oh mein Gott, Zoe!« Mehr fällt mir nicht dazu ein.

In diesem Augenblick läuft die Maus unter dem Tisch entlang.

Ich hebe meine Füße an, und wir sehen uns mit aufgerissenen Augen an. Zoe legt einen Finger an die Lippe. »Gib auf keinen Fall dieses Geräusch von dir«, sagt sie lautlos.

»Igitt«, gebe ich genauso lautlos zurück.

Zoe unterdrückt ein Lächeln, als sie sich ganz langsam von ihrem Stuhl gleiten lässt und mit der Tupperdose in der Hand auf dem Boden zusammenkauert. Als Nächstes höre ich, wie die Schüssel auf den Boden knallt.

»Ich hab sie!«, ruft sie und krabbelt unter dem Tisch vor, wobei sie die Schüssel vor sich herschiebt.

Die Maus bewegt sich nicht. »Hast du sie getötet?«, frage ich.

»Natürlich nicht.« Sie schnippt mit dem Finger gegen die Schüssel. »Sie stellt sich tot. Ich habe sie zu Tode erschreckt.«

»Und wo lassen wir sie am besten frei?«

»Kommst du etwa mit?«, fragt Zoe. »Das machst du doch sonst nie. Du hast Angst vor Mäusen.«

»Doch, ich komme mit«, sage ich und hole ein Stück Pappe aus dem Papiermüll. »Bist du bereit?« Ich schiebe die Pappe unter die Schüssel, und gemeinsam heben wir den Behälter hoch und schlängeln uns durch die Hintertür hinaus. Zoes eine Hand liegt oben auf der Schüssel und meine hält von unten die Pappe fest. Unbeholfen gehen wir ein paar Schritte den Hügel hinauf zu einem Hain mit Eukalyptusbäumen. Dann beugen wir uns im Einklang hinunter und stellen die Schüssel auf dem Boden ab. Ich ziehe die Pappe weg.

»Tschüss, kleine Maus«, säuselt Zoe, als sie die Schüssel anhebt.

Und eine Sekunde später ist die Maus verschwunden.

»Warum, weiß ich nicht, aber ich bin immer traurig, wenn ich sie freilasse«, sagt Zoe.

»Weil du sie einfangen musstest?«

»Nein, weil ich mir Sorgen mache, dass sie niemals den Weg zurück nach Hause finden.« Zoes Augen füllen sich wieder mit Tränen.

In diesem Augenblick wird mir bewusst, dass Zoe gerade genauso alt ist wie ich, als meine Mutter starb. Sie sieht eher wie eine Buckle aus als wie eine Archer. Sie hat tolles Haar, womit ich meine, dass ihr Haar ganz von alleine richtig fällt. Ihre Haut ist wunderbar klar, und die Glückliche hat Williams Größe geerbt, sie misst fast eins fünfundsiebzig. Aber worin ich mich selbst erkenne, worin ich die Archer-Linie in ihr sehe, das ist ihre Augenpartie. Die Ähnlichkeit tritt besonders deutlich zum Vorschein, wenn sie traurig ist. Die Art und Weise, wie sie die Tränen mit ihren tiefschwarzen, dichten Wimpern wegzwinkert. Die Art und Weise, wie sich ihre Iris von Marineblau in ein stürmisches Graublau verwandelt. Das bin ich. Das ist meine Mutter. Genau hier vor mir.

»Ach Zoe, Liebes, du hast so ein großes Herz. Hattest du immer schon. Sogar als kleines Mädchen.« Zögerlich lege ich meinen Arm um sie.

»Ich hätte nicht solche Sachen zu dir sagen dürfen. Das stimmt nicht. Du machst dich nicht aus dem Staub«, sagt sie.

»Vielleicht stimmt es doch. Ein kleines bisschen.«

»Es tut mir leid.«

»Das weiß ich.«

»Ich bin total bescheuert.«

»Das weiß ich auch.« Ich versetze ihr einen leichten Knuff gegen die Schulter.

Zoe verzieht das Gesicht.

»Zoe, mein Schatz, sieh mich mal an.«

Sie dreht sich zu mir um und beißt sich auf die Unterlippe.

»Liebst du Jude?«

»Ich glaube schon.«

»Dann tu mir einen Gefallen.«

»Welchen?«

Ich lege eine Hand auf ihre Wange. »Warte keine Sekunde länger, Herrgott noch mal. Sag ihm, was du empfindest.«

Kapitel 88

»Wer ist die zweite Besetzung für die Hauptrolle?«, fragt Jack und schaut mit zusammengekniffenen Augen auf das Theaterprogramm. »Ich kann das nicht lesen. Alice, du?«

Ich starre mit zusammengekniffenen Augen auf das Programm. »Wie soll irgendjemand in der Lage sein, das zu lesen? Die Schrift ist winzig.«

»Hier, nimm.« Bunny reicht mir eine Lesebrille. Sie ist total hip – eckig und blaugrau-metallisch.

»Nein, danke«, sage ich.

»Ich habe sie für dich gekauft.«

»Für mich? Wieso das denn?«

»Weil du Kleingedrucktes nicht mehr lesen kannst und es für dich an der Zeit ist, dieser Realität ins Auge zu sehen.«

»Ich kann *winzig klein* Gedrucktes nicht mehr lesen. Das ist sehr nett von dir, aber ich brauche sie nicht.« Ich gebe ihr die Brille zurück.

»Gott, ich gehe so gerne ins Theater.« Ich beobachte die Leute beim Aufsuchen ihrer Plätze. »Berkeley Rep ist wirklich nicht weit von uns. Warum machen wir das nicht öfter?«

Die Lichter gehen aus, und ein *Pst!* jagt quer durch den Theatersaal, als ein paar Nachzügler ihre Plätze suchen. Jetzt kommt mein Lieblingsmoment. Kurz bevor der Vorhang aufgeht, wenn die ganze Verheißung des Abends vor einem liegt. Ich schiele zu William hinüber. Er trägt eine schmal geschnittene Khakihose, die seine muskulösen Beine betont. Ich schaue mir seine Oberschenkel an und werde von einem kleinen Schauder gepackt. Seine Lauferei zahlt sich aus.

»Und los geht's«, flüstert Bunny, als der Vorhang sich teilt.

»Danke für die Einladung«, sage ich und drücke ihren Arm.

»Da wäre ja Twittern mit Ho-Girl vergnüglicher gewesen«, sagt William eine Dreiviertelstunde später.

Es ist Pause. Wir stehen an der Bar an, zusammen mit Dutzenden von Leuten.

»Unglaublich, dass es so etwas auf die Bühne geschafft hat«, sagt Jack. »Das Stück war noch nicht so weit.«

»Es ist das Debüt der Theaterautorin«, sagt Bunny. »Ich hoffe, sie hat ein dickes Fell.«

Plötzlich schauen alle mich an.

»Oh, Alice, entschuldige. Das war furchtbar unsensibel«, sagt Bunny.

»Ach, findest du, Bunny? Es war glanzlos, langweilig und absurd, genau wie die *Bardame*, befürchte ich.«

Bunnys Augen leuchten vor Freude auf. »Alice, bravo! Das wurde auch Zeit, dass du dem stinkenden Fisch der Kritik ins Auge siehst. Schmeiß ihn ins Boot, statt ihn Runde für Runde, Jahr für Jahr um dich herumschwimmen zu lassen. So verliert er seine Macht.«

Sie zwinkert mir zu. Heute Morgen habe ich endlich meinen ganzen Mut zusammengenommen und ihr ein paar Seiten überreicht. Jeden Tag nehme ich mir jetzt ein bisschen Zeit, um zu schreiben. Ich fange an, langsam meinen Rhythmus zu finden.

»Wie alt ist die Autorin?«, frage ich.

»Anfang dreißig, dem Foto nach zu urteilen«, sagt William und blättert durch das Programmheft.

»Arme Kleine«, sage ich.

»Nicht unbedingt«, meint Bunny. »Es ist doch nur deshalb so quälend, weil sich die Abgründe für die meisten von uns sonst im Privaten auftun, hinter verschlossenen Türen. Als Theaterautorin spielt sich das Drama in aller Öffentlichkeit ab. Aber genau darin liegt eine echte Chance, wisst ihr? Diese Achterbahnfahrt vor Publikum durchzuziehen? Jeder darf dir beim Fallen zusehen, aber jeder darf auch dabei sein, wenn du aufstehst. Nichts geht über ein Comeback.«

»Was, wenn du fällst und fällst und fällst?«, frage ich und denke dabei an Williams Facebook-Eintrag.

»Unwahrscheinlich. Wenn du dranbleibst, passiert das nicht. Irgendwann stehst du.«

Es sind nur noch drei Leute vor uns. Ich brauche dringend etwas zu trinken. Warum dauert das so lange? Ich kriege mit, wie die Frau vor mir sich beim Barkeeper beschwert, weil er kein Grey-Goose-Bier mehr hat, und ich erstarre. Diese Stimme kommt mir bekannt vor. Als ich höre, wie die Frau fragt, ob es Grünen Veltliner gebe, und der Barkeeper vorschlägt, sie möge sich doch für den Haus-Chardonnay entscheiden, stöhne ich auf. Es ist Mrs Norman, die Drogen-Mami.

Ich habe das plötzliche Bedürfnis, mich blitzschnell hinter einer Säule zu verstecken, aber dann frage ich mich, warum ich mich eigentlich verstecken sollte? Ich habe nichts Falsches getan. *Mach dich gerade, Alice.* Ich höre die Stimme meines Vaters in meinem Kopf. Meine schlechte Haltung ist besonders ausgeprägt, wenn ich nervös bin.

»Wein aus Sutter Creek, hast du so was schon mal gehört?«, sagt Mrs Norman, als sie sich umdreht und mich erblickt.

Ich lächle sie schief an und nicke dazu, das Ganze mit durchgedrückten Schultern.

»Ach, hallo«, sagt sie zuckersüß. »Liebling, sieh nur, das ist die Schauspiellehrerin. Aus Carisas Schule.«

Mr Norman ist ungefähr einen Kopf kleiner als Mrs Norman.

Er reicht mir seine Hand. »Chet Norman«, sagt er nervös.

»Alice Buckle.« Ich stelle ihnen in Windeseile Bunny, Jack

und William vor und tanze anschließend aus der Reihe, um mit ihnen zu reden.

»Leider habe ich ja *Schweinchen Wilbur und seine Freunde* verpasst. Wie ich hörte, war die Aufführung eine tolle Sache«, sagt Mr Norman.

»Hm, das war wohl so.« Ich versuche, nicht zusammenzuzucken. Ich habe immer noch das Gefühl, dass ich bei dieser Aufführung alles falsch eingeschätzt habe.

»So«, sagt Mrs Norman, »gehen Sie öfter ins Theater?«

»Oh ja. Andauernd. Es ist ja schließlich Teil meiner Arbeit, oder? Mir Stücke anzusehen.«

»Wie schön für Sie«, sagt Mrs Norman.

Die Lichter gehen aus und wieder an.

»Tja.«

»Carisa hat Sie einfach so gerne«, sagt Mr Norman, und fast versagt ihm seine Stimme.

»Wirklich?« Ich weiche dem Blick von Mrs Norman nicht aus.

Wieder gehen die Lichter aus und an, diesmal ein bisschen schneller.

»Es tut mir leid«, sagt er und streckt mir wieder seine Hand entgegen. »Es tut mir wirklich sehr leid.«

»Chet«, ermahnt ihn Mrs Norman.

»Wir haben Sie aufgehalten«, sagt er.

»Ach herrje, ich fürchte, Sie müssen Ihren Wein jetzt in einem Zug austrinken«, sagt Mrs Norman, als William mit einem Glas für mich in der Hand auf uns zukommt.

Ich betrachte sie in ihrer ganzen selbstgefälligen Pracht und muss mich maßlos beherrschen, nicht an einem imaginären Joint zwischen meinem Daumen und Zeigefinger zu ziehen und so zu tun, als qualmte ich genüsslich vor mich hin.

»Carisa ist ein wunderbares Mädchen«, sage ich zu Mr Norman. »Ich habe sie auch sehr gerne.«

»Das Stück ist totaler Mist, Chet«, sagt Mrs Norman und betrachtet ihr Glas. »Genau wie dieser Wein. Los, wir lassen die zweite Hälfte ausfallen.«

»Aber das wäre sehr unhöflich, Liebes«, flüstert Mr Norman. »Man spaziert nicht einfach in der Pause aus dem Theater, oder?«, fragt er mich. »Tut man das?«

Na so was, ich mag Chet Norman. William gesellt sich zu uns und überreicht mir mein Weinglas.

»Meines Wissens gibt es da keine allgemeingültigen Regeln«, sage ich.

»Verbringen Sie einen angenehmen Sommer, Mrs Buckle?«, fragt Mrs Norman.

»Herrlich, danke.«

»Das ist schön«, sagt Mrs Norman.

Dann dreht sie sich abrupt weg und geht in Richtung Ausgang.

»War nett, Sie kennenzulernen«, ruft Mr Norman uns zu, als er hinter ihr hertrottet.

Die zweite Hälfte des Stückes ist sogar noch schlechter als die erste, aber ich bin froh, dass wir eisern durchgehalten haben. Für mich ist es eine Desensibilisierungstherapie – in der man einem Patienten schrittweise etwas von der Substanz spritzt, auf die er allergisch ist, in meinem Fall: öffentliches Scheitern, damit diese Person lernt, die Substanz zu tolerieren, ohne dass der Körper überreagiert. Ich leide mit der Autorin mit. Ich bin sicher, sie sitzt hier irgendwo, vielleicht auf der Seitenbühne oder vielleicht sogar hinter den Kulissen. Ich wünschte, ich wüsste, wer sie ist. Dann würde ich sie aufsuchen. Ich würde ihr raten, es einfach über sich ergehen zu lassen, die Gefühle zuzulassen und nicht davor weglaufen. Ich würde ihr sagen, dass die Leute irgendwann vergessen. Vielleicht fühlte es sich an, als würde diese Erfahrung sie umbringen, aber dem wäre nicht so. Und eines Morgens, vielleicht in einem Monat oder in sechs Monaten oder in einem Jahr oder in fünf Jahren, würde sie aufwachen und bemerken, wie das

Licht durch den Vorhang strömt und sich der Duft nach Kaffee über das ganze Haus legt wie eine Decke. Und an diesem Morgen würde sie sich hinsetzen und das weiße Blatt Papier attackieren. Und in diesem Augenblick wüsste sie, dass sie wieder am Anfang angekommen ist und ein neuer Tag beginnt.

Kapitel 89

John Yossarian
gefallen *Schweden* und *Höchst komfortable und luxuriöse Bedingungen.*

Lucy Pevensie
gefällt *Cair Paravel.*

Ach, Schweden – Land mit höchstem Komfort und Luxus. Haben Sie sich dort versteckt? Schon lange nichts mehr von Ihnen gehört, Forscher 101.

Vielleicht weil Sie darauf bestehen, in einem Schloss zu wohnen. Ich vermute mal, das Handynetz ist eher löchrig auf Cair Paravel. Waren Sie mit Ihrem Mann in dem Daniel-Craig-Film?

Ja.

Ich auch, mit meiner Frau.

Hat er ihr gefallen?

Ja, obwohl es sie genervt hat, wie DC ständig seine Lippen schürzt.

Da stimme ich ihr zu. Es ist irgendwie lästig.

Vielleicht kann er nichts dafür. Vielleicht machen seine Lippen das einfach.

Und das mit dem Ruck klappt gut bei Ihrer Frau?

Wir sind ein noch unfertiges Produkt, aber ja, wir machen langsame Fortschritte.

Denken Sie noch an mich?

Ja.

Die ganze Zeit?

Ja, obwohl ich versuche, es nicht zu tun.

Das halte ich für eine gute Idee.

Was?

Dass Sie versuchen, nicht an mich zu denken.

Was ist mit Ihnen?

Fragen Sie mich, ob ich an Sie denke?

Ja.

Diese Frage lasse ich aus. Ist die Studie beendet?

Wenn Sie das möchten, lässt es sich einrichten.

Bekomme ich trotzdem meine 1.000 Dollar?

Natürlich.

Ich will sie nicht.

Sind Sie sicher?

Es fühlt sich falsch an, nach allem, was passiert ist.

Ich habe nicht gelogen, verstehen Sie.

Bei was?

Ich habe mich in Sie verliebt.

Danke, dass Sie das sagen.

Wenn ich nicht verheiratet wäre …

Und ich nicht verheiratet wäre …

Hätten wir uns nie kennengelernt.

Online.

Ja, online.

Kapitel 90

Bunny und ich sitzen am Küchentisch und wühlen uns durch eine Schale Pistazien und einen Stapel Manuskripte, als Peter mit einem Freund hereinspaziert kommt.

»Haben wir Pizzabrötchen?«

»Nein, aber gefüllte Teigtaschen.«

»Du machst Witze«, sagt er, und seine Augen leuchten auf.

»Stimmt. Glaubst du etwa, dein Vater würde derartiges Junkfood in diesem Haus gestatten?«

Ich strecke seinem Freund die Hand entgegen.

»Ich bin Peters Mutter, Alice Buckle. Wenn's nach mir ginge, hätten wir eine Kühltruhe voll mit gefüllten Teigtaschen, aber da dem nicht so ist, kann ich dir Wasa-Cracker mit Mandelbutter anbieten. Tut mir leid, ich wünschte, ich hätte Skippy-Erdnussbutter im Haus, aber das steht auch auf der schwarzen Liste. Meines Wissens sind da noch ein paar hart gekochte Eier im Kühlschrank, falls du allergisch auf Nüsse bist.«

»Soll ich Sie Alice oder Mrs Buckle nennen?«, fragt er.

»Sag ruhig Alice zu mir, aber ich finde es gut, dass du vorher fragst. Das ist so ein Westküsten-Ding«, erkläre ich Bunny. »Sämtliche Kinder sprechen Erwachsene mit ihrem Vornamen an.«

»Außer die Lehrer«, ergänzt Peter.

»Lehrer werden *Alter* genannt«, sage ich, »oder *Aller*. Ist das *t* stumm?«

»Hör auf anzugeben«, sagt Peter.

»Tja, und ich bin Mrs Kilborn, und du darfst ruhig Mrs Kilborn zu mir sagen«, sagt Bunny.

»Und du bist?«, frage ich den Jungen.

»Eric Haber.«

Eric Haber? Der Eric Haber, von dem ich dachte, Peter wäre heimlich in ihn verknallt? Ein bezaubernder Junge: groß, Augen in der Farbe von Erdnusskaramell, obszön lange Wimpern.

»Peter spricht die ganze Zeit von dir«, sage ich.

»Hör auf, Mom.«

Peter und Eric tauschen Blicke aus, und Peter zuckt schließlich mit den Achseln.

»Und was habt ihr beiden vor? Einfach nur abhängen?«

»Genau, Mom, abhängen.«

Ich richte den Stapel Manuskripte ordentlich aus. »Na gut, dann überlassen wir euch beiden mal die Küche. Komm, Bunny, wir gehen auf die Terrasse. Eric, vielleicht sehen wir uns jetzt ja öfter.«

»Äh … ja, klar«, sagt er.

»Was war das denn?«, fragt Bunny, als wir uns auf der Terrasse häuslich eingerichtet haben.

»Ich dachte mal, Eric wäre Peters heimliche Flamme.«

»Peter ist schwul?«

»Nein, er ist hetero, aber ich war mal der Ansicht, er könnte schwul sein.«

Bunny kramt Sonnencreme aus ihrer Tasche hervor und reibt sich langsam die Arme ein.

»Du stehst Zoe und Peter sehr nahe, nicht wahr, Alice?«

»Na ja, klar.«

»Hm«, sagt sie und bietet mir die Sonnencreme an. »Vergiss bloß den Nacken nicht.«

»Dein *Hm* klingt so, als wäre daran etwas falsch. Als wärst du damit nicht einverstanden. Findest du, ich stehe ihnen zu nahe?«

Bunny verreibt die überschüssige Sonnencreme auf ihren Handrücken.

»Ich finde, du bist… zu sehr in alles verstrickt«, sagt sie vorsichtig. »Du verhältst dich ihnen gegenüber sehr gefühlsbetont.«

»Und das ist schlecht?«

»Alice, wie alt warst du, als deine Mutter starb?«

»Fünfzehn.«

»Erzähl mir etwas von ihr.«

»Was denn?«

»Irgendwas. Was dir in den Sinn kommt.«

»Sie trug riesige goldene Creolen. Ihr Parfüm hieß Jean Naté Body Splash, und sie trank das ganze Jahr über Gin Tonic, egal zu welcher Jahreszeit. Sie sagte, dadurch fühle sie sich immerzu wie im Urlaub.«

»Was noch?«, fragt Bunny.

»Lass mich raten. Du willst, dass ich in die Tiiieeefe gehe.« Ich seufze.

Bunny grinst.

»Also gut, ich weiß, es klingt komisch, aber nach ihrem Tod dachte ich ein paar Monate lang, sie käme vielleicht zurück. Ich glaube, es hatte etwas damit zu tun, dass sie so plötzlich fortgegangen war; es war unmöglich, die Tatsache zu verarbeiten, dass sie gerade noch da gewesen war und im nächsten Moment verschwunden. Ihr Lieblingsfilm war *The Sound of Music*. Sie hatte sogar ein bisschen Ähnlichkeit mit Julie Andrews. Ihr Haar trug sie kurz, und sie hatte den allerschönsten Hals. Ständig war ich darauf gefasst, dass sie plötzlich um einen Baum herumhüpft und mir etwas vorsingt, genau so wie Maria für Captain von Trapp dieses Lied trällert. Wie hieß das noch gleich?«

»Welches? Das, als ihr klar wird, dass sie sich in ihn verliebt hat?«, fragt Bunny.

»*So here you are standing there loving me. Whether or not you should*«, singe ich leise.

»Du hast eine schöne Stimme, Alice. Ich wusste gar nicht, dass du so gut singen kannst.«

Ich nicke.

»Und dein Vater?«, fragt Bunny.

»Er war völlig am Boden zerstört.«

»Hattet ihr Unterstützung? Tanten und Onkels? Großeltern?«

»Schon, aber nach ein paar Monaten waren wir beide auf uns allein gestellt.«

»Ihr müsst euch sehr nahegestanden haben.«

»Ja, haben wir. Tun wir immer noch. Hör zu, ich weiß, dass ich mich zu sehr in ihre Leben einmische. Ich weiß, ich erdrücke sie manchmal und zeige zu viele Gefühle. Aber Zoe und Peter brauchen mich. Und sie sind alles, was ich habe.«

»Sie sind nicht alles, was du hast«, widerspricht mir Bunny. »Und du musst damit anfangen, sie loszulassen. Ich habe das bereits mit meinen drei Kindern durchgemacht – glaub mir, ich weiß, wovon ich rede. Du musst einen Schnitt machen, ganz grundsätzlich. Und am Ende werden sie zu der Person werden, die sie sein wollen, und *nicht* zu der, die dir vorschwebt.«

»Bist du bereit, Alice?« Caroline kommt mit großen Schritten in ihren Laufklamotten auf die Terrasse gestürmt.

»Wenn man vom Teufel spricht«, sagte Bunny.

Caroline runzelt die Stirn und blickt auf ihre Uhr. »Alice, du hast gesagt, um zwei. Los, mach schon.«

»Deine Tochter ist die geborene Zuchtmeisterin.« Ich erhebe mich.

»Alice, das waren knapp unter sechs Minuten pro Kilometer!«

»Du willst mich verarschen«, japse ich.

»Nein, schau her.« Caroline zeigt mir ihre Stoppuhr.

»Verdammt, wie konnte das passieren?«

Caroline nickt aufgeregt und glücklich. »Ich wusste, du schaffst das.«

»Nicht ohne dich. Du warst eine tolle Trainerin.«

»Okay, lass uns abkühlen.« Caroline verlangsamt ihr Tempo, bis sie geht.

Ich stoße einen kleinen Freudenschrei aus.

»Fühlt sich gut an, was?«

»Meinst du, ich schaffe auch eine Minute weniger?«

»Versuch's nicht mit Gewalt.«

Ein paar Minuten gehen wir schweigend nebeneinander her.

»Und wie läuft's bei Tipi?«

»Alice, ich könnte nicht glücklicher sein. Und stell dir mal vor, sie haben mir eine volle Stelle angeboten! In zwei Wochen fange ich an.«

»Caroline! Das ist ja toll!«

»Alles fügt sich. Und da muss ich mich bei dir bedanken, Alice. Ich weiß nicht, was ich ohne deine Unterstützung und Ermutigung getan hätte. Dass ich bei dir und William wohnen konnte. Und Peter und Zoe. Ehrlich, die beiden sind unglaublich! Mit deiner Familie zusammen zu sein, hat mir so gutgetan.«

»Tja, Caroline, für uns war es ganz ehrlich auch eine Freude und Bereicherung. Du bist eine wunderbare junge Frau.«

Zu Hause angekommen, schnappe ich mir den Wäschekorb mit sauberen Sachen, der seit Tagen mitten im Wohnzimmer herumsteht, und trage ihn nach oben in Peters Zimmer. Ich stelle den Korb auf dem Boden ab, wohl wissend, dass er dort wochenlang verweilen wird. Peter hat um eine spätere Sperrstunde ersucht. Meine Antwort darauf lautete, der Tag, an dem er seine Klamotten selbst aufräumt und duscht, ohne dass ich ihn dazu auffordern muss, sei der Tag, an dem ich über eine spätere Schlafenszeit nachdenken würde.

»Du hast so viel Energie, Alice. Vielleicht sollte *ich* mit dem Laufen anfangen«, meint Bunny, die ihren Kopf durch die Tür steckt.

»Alles deiner Tochter zu verdanken«, sage ich. »Übrigens, meine Glückwünsche an die Mutter einer gerade gewinnbringend eingestellten Tochter. Es gibt unglaubliche Neuigkeiten über Tipi.«

Bunny kneift die Augen zusammen. »Was denn für Neuigkeiten?«

»Dass man ihr eine volle Stelle angeboten hat?«

»Was? Ich habe ihr gerade ein Vorstellungsgespräch bei Facebook beschafft. Indem ich ein paar gute Beziehungen ins Spiel gebracht habe. Hat sie den Job bei Tipi angenommen?«

»Na ja, ich glaube schon. Sie wirkte wahnsinnig glücklich.« Bunny läuft knallrot an. »Was ist denn los? Hat sie dir nichts davon gesagt? Oh Gott, sollte das etwa eine Überraschung sein? Davon hat sie nichts gesagt. Ich bin einfach davon ausgegangen, dass sie es dir schon erzählt hat.«

Bunny schüttelt vehement den Kopf. »Dieses Mädchen hat einen hervorragenden Abschluss in Informatik von der Tufts University. Und das alles haut sie in die Tonne für irgend so einen gemeinnützigen Verein!«

»Bunny, Tipi ist nicht irgendein gemeinnütziger Verein. Weißt du überhaupt, was die machen? Es geht um Mikrokredite. Meines Wissens haben sie im letzten Jahr etwa zweihundert Millionen Dollar an Krediten vergeben …«

Bunny fällt mir ins Wort. »Ja ja, das weiß ich, aber wie wird sie ihren Lebensunterhalt bestreiten? Bei Tipi wird sie kaum das Existenzminimum verdienen. Du verstehst das nicht, Alice. Deine Kinder haben noch nicht mal angefangen, übers College nachzudenken. Aber ich gebe dir einen Rat. Die Zeiten der Geisteswissenschaften sind vorbei. Niemand kann sich mehr einen Abschluss in Englisch leisten. Und ich fang erst gar nicht an, über Kunstgeschichte oder Theaterwissenschaften zu reden. Die Zukunft, das sind Mathematik, die Naturwissenschaften und technische Berufe.«

»Aber wenn deine Kinder nun mal schlecht sind in Mathematik, Naturwissenschaften oder den technischen Fächern?«

»Pech gehabt. Zwing sie, egal wie, in diesen Fächern ihren Abschluss zu machen.«

»Bunny, das kann nicht dein Ernst sein! Ausgerechnet du, die ihr ganzes Leben mit Kunst Geld verdient hat!«

»Verdammt noch mal, ihr beiden!«, ruft Caroline, als sie ins Zimmer stapft. »Ja, Mom, es stimmt. Ich habe den Job bei Tipi angenommen. Und ja, es stimmt ebenfalls, dass ich im Grunde genommen nur einen Mindestlohn bekomme. Na und? So geht es der Hälfte der Bevölkerung dieses Landes. Nein, eigentlich ist es so, dass die Hälfte des Landes froh wäre, einen Job mit einem solchen Einkommen zu haben. Oder einfach nur einen Job. Ich habe Glück.«

Bunny taumelt rückwärts und setzt sich aufs Bett.

»Bunny?«, frage ich.

Sie starrt mit leerem Blick die Wand an.

»Du siehst nicht gut aus. Soll ich dir ein Glas Wasser holen?«

»Du lebst in einer Traumwelt. Mit dem Mindestlohn kannst du nicht überleben, Caroline. Nicht in einer Stadt wie San Francisco«, sagt Bunny.

»Natürlich kann ich das. Ich suche mir Mitbewohner. Ich gehe nachts kellnern. Ich schaffe das.«

»Du hast einen Master in Informatik von der Tufts.«

»Oha, jetzt geht das wieder los«, sagt Caroline.

»Und es ist total bescheuert von dir, wenn du nichts daraus machst. Es ist deine Aufgabe, nein, es ist deine Verantwortung, etwas daraus zu machen. Du könntest aus dem Stand das Doppelte, Dreifache verdienen!«, schreit Bunny.

»Geld ist mir nicht so wichtig, Mom«, sagt Caroline.

»So, so, Geld ist ihr nicht so wichtig, Alice«, sagt Bunny.

»Genau, Geld ist ihr nicht so wichtig, Bunny.« Ich setze mich neben sie aufs Bett. »Und vielleicht ist das im Moment für sie so in Ordnung«, sage ich leise. Ich lege meine Hand auf Bunnys Knie. »Sieh mal, sie ist jung. Sie muss niemanden durchfüttern außer sich selbst. Sie hat noch viel Zeit, bis Geld für sie wichtig wird. Caroline wird in einem Unternehmen arbeiten, das wirklich was bewirkt im Leben vieler Frauen.«

Bunny funkelt uns trotzig an.

»Du solltest stolz auf sie sein, Bunny, nicht wütend.«

»Habe ich auch nur mit einem Wort gesagt, dass ich nicht stolz auf sie bin?«, keift sie mich an.

»Na ja, ganz bestimmt verhältst du dich nicht so«, meint Caroline.

»Du treibst mich in die Enge! Und das gefällt mir nicht«, ruft Bunny.

»Wodurch treibe ich dich denn in die Enge?«, fragt Caroline.

»Du bringst mich dazu, jemand zu sein, der ich nicht sein will! Geld, Geld, Geld! Ich kann's nicht fassen – mal ehrlich, wie um alles in der Welt? Ausgerechnet ich!« Bunny ist empört. Und dann schlägt sie plötzlich beide Hände vors Gesicht und stöhnt.

»Was ist denn jetzt?«, fragt Caroline.

Bunny winkt ab.

»Was ist denn, Mom?«

»Ich kann nicht sprechen.«

»Warum kannst du nicht sprechen?«

»Weil ich mich schäme«, flüstert Bunny.

»O Gott«, sagt Caroline.

Sei nett zu ihr. Sie fühlt sich mies, gebe ich Caroline lautlos zu verstehen.

Caroline seufzt schwer und verschränkt die Arme vor der Brust. »Und weswegen, Mom?«

»Dass du diese Seite von mir siehst«, sagt Bunny mit gedämpfter Stimme.

»Du meinst wohl eher, dass *Alice* diese Seite von dir sieht. Ich tue das die ganze Zeit.«

»Ja ja.« Bunny lässt die Schultern hängen und sieht total fertig aus. »Das weiß ich, Caroline. Mea culpa. Mea culpa!« Sie weint.

Caroline lässt sich langsam erweichen, als sie erkennt, dass ihre Mutter sich wirklich quält.

»Ich glaube, du bist zu hart zu dir, Bunny«, sage ich. »Es gibt nicht nur schwarz oder weiß, wenn es um deine Kinder geht.«

»Nein, ich bin eine Heuchlerin«, sagt Bunny.

»Jawoll«, sagt Caroline, »sie ist eine Heuchlerin.« Sie beugt sich zu ihrer Mutter hinunter und gibt ihr einen Kuss auf die Wange. »Aber eine sehr liebenswerte.«

Bunny sieht zu mir hoch. »Wie erbärmlich führe ich mich hier auf? Vor weniger als einer halben Stunde habe ich dich wichtigtuerisch darüber belehrt, dass du lernen musst, deine Kinder loszulassen.«

»Ich kenne nur eine Methode, wie man sie loslässt«, sage ich, »und zwar die chaotische.«

Bunny greift nach Carolines Hand. »Ich bin *sehr* stolz auf dich, Caroline, ehrlich.«

»Das weiß ich, Mom.«

Sie streichelt Carolines Handrücken. »Und wer weiß, vielleicht kannst du dir selber einen kleinen Mikrokredit geben, wenn du Geld brauchst. Einer der Vorteile, wenn man bei Tipi arbeitet. Nur falls du es schwierig findest, mit deinem Gehalt auszukommen.«

Caroline blickt zu mir hinüber und schüttelt den Kopf.

»Eins noch, Alice, das muss ich noch loswerden, falls entweder Zoe oder Peter auch nur den Hauch einer Begabung für Mathe oder technische Fächer zeigt, solltest du wirklich …«

Caroline legt ihrer Mutter einen Finger auf die Lippen und bringt sie zum Schweigen. »Du musst immer das letzte Wort haben, oder?«

Später am Nachmittag checke ich Lucy Pevensies Facebook-Account. Keine neuen Nachrichten oder Pinnwandmeldungen. Yossarian ist auch nicht online.

Ich klicke mich durch die neuesten Facebook-Aktivitäten.

Nedra Rao

Das soll das 21. Jahrhundert sein? Ist denn hier niemand fähig, schmeichelhafte Fahrradhosen für Frauen zu schneidern?

vor 47 Minuten

Linda Barbedian

Einkaufszentrum! Neue Bettwäsche für Nicks Studentenbude.

vor 5 Stunden

Bobby Barbedian

Einkaufszentrum! Nie im Leben!

vor 5 Stunden

Kelly Cho

befürchtet, dass alles wie ein Bumerang zurückkommt.

vor 6 Stunden

Helen Davies

Hotel George V, Paris – wow.

vor 8 Stunden

In letzter Zeit verspüre ich beim Lesen der Statusmeldungen auf Facebook eine Mischung aus Sorge, Ärger und Neid, und ich frage mich, ob es die Sache überhaupt wert ist, einen Account zu haben.

Ich bin total zappelig. Ich öffne ein neues Word-Dokument. Eine Minute vergeht. Fünf Minuten. Zehn. Meine Finger schweben über der Tastatur. Nervös tippe ich *Ein Stück in drei Akten von Alice Buckle*, was ich aber schnell wieder lösche, dann erneut schreibe, diesmal in Großbuchstaben, in dem Glauben, dass mir Großbuchstaben vielleicht Mut machen.

Von unten zieht die Melodie von Marvin Gayes *What's Going On* in mein Schlafzimmer. Ich blicke auf die Uhr. Punkt vier.

Bald werden die Schneidebretter hervorgeholt. Paprika gewaschen. Maiskolben geschält. Und jemand, wahrscheinlich Jack, wird seine Frau durch die Küche wirbeln. Wir anderen – William und ich – werden uns an die Tanzpartys auf der Middle School erinnern und an die vielen, im Partykeller der Nachbarkinder geleerten Pabst-Blue-Ribbon-Bierdosen. Und die Jüngsten unter uns, Zoe und Peter und vielleicht sogar Caroline, werden Marvin Gaye auf ihre iPods laden und sich dabei so fühlen, als wären sie die ersten Menschen auf der Welt, die diese erdige, sexy Stimme entdecken.

Ich berühre mit meinen Fingern die Tastatur und beginne zu tippen.

Kapitel 91

William betritt die Küche. »Mittagessenszeit. Habt ihr Hunger?«

Ich schaue auf die Wanduhr. Halb zwölf. »Nicht wirklich.«

Er kramt im Vorratsschrank herum und entdeckt eine Schachtel Cracker. »Haben wir noch Humus?«

»Zweites Regal. Hinter dem Joghurt.«

»Also, es gibt Neuigkeiten«, sagt William beim Öffnen der Kühlschranktür. »Man hat mir eine Stelle angeboten.«

»Was? William! Du machst Witze! Wann denn?«

»Der Anruf kam gestern. Eine Firma aus Lafayette. Super Zusatzleistungen. Krankenversicherung. Zahnersatz.«

»*Wer* hat gestern angerufen? Du hast mir ja noch nicht mal gesagt, dass es mit irgendwem konkreter geworden ist!«

»Ich hatte Sorge, wieder aussortiert zu werden, und wollte dir keine Hoffnungen machen. Es ist ein Bürobedarfsartikel-Unternehmen.«

»Bürobedarf? So was wie Office Max?«

»Nein, nicht so groß wie Office Max. King's Bürobedarf, eher ein Tante-Emma-Laden, aber sie expandieren. Sie haben zwei Geschäfte in der Bay Area und planen, in diesem Jahr zwei weitere in San Diego zu eröffnen. Ich wäre zuständig für die Marketing-Koordinierung der Direktwerbung.«

»Direktwerbung? Flyer, Postkarten, Postwurfsendungen?«

»Ganz genau, Alice, für das, was Werbemenschen normalerweise gleich in die Papiertonne schmeißen, ohne einen Blick darauf zu werfen. Ich hatte Glück, so weit zu kommen. Es gab

Dutzende Bewerber. Die Leute scheinen nett zu sein. Der Job ist vollkommen in Ordnung.«

»Natürlich«, antworte ich, »aber, William, ist es das, was du willst?« Waren Bürobedarfsartikel etwa sein großer Traum?

»Was ich will, spielt keine Rolle mehr«, sagt er ganz ruhig.

»Ach, William …«

Er hält eine Hand hoch und unterbricht mich.

»Nein, Alice. Hör auf. Ich schulde dir eine Entschuldigung. Und wenn du mal für eine Sekunde die Klappe hältst, kann ich sie aussprechen. Du hattest recht. Ich hätte mich mehr anstrengen müssen, damit es bei KKM gut läuft. Es war meine Schuld, dass ich entlassen wurde. Ich habe dich im Stich gelassen. Ich habe die ganze Familie im Stich gelassen. Und es tut mir leid. Es tut mir wirklich leid.«

Ich bin sprachlos. Hat William gerade zugegeben, er könnte eventuell etwas zu seiner Entlassung beigetragen haben, dass es doch nicht einfach nur um eine betriebsbedingte Kündigung ging? Hat er gerade gesagt, es sei seine Schuld gewesen? Er beugt sich über die Spüle, blickt aus dem Fenster in den Garten und kaut dabei auf seiner Lippe herum, und während ich ihm dabei zusehe, merke ich, wie in mir das letzte bisschen Ärger wegen des Cialis-Debakels dahinschwindet.

»Du hast mich nicht im Stich gelassen, William. Und dass du dich nicht angestrengt hast, war nicht der Grund für deine Entlassung, das weiß ich. Ein Teil davon entzog sich deiner Kontrolle. Vielleicht ist es irgendwie auch meine Schuld. Alles. Wo wir stehen. Vielleicht habe ich dich auch im Stich gelassen.«

Er dreht sich zu mir um. »Du hast mich nicht im Stich gelassen, Alice.«

»Okay. Aber wenn doch, und wahrscheinlich ist es so, dann tut es mir leid. Es tut mir auch wirklich richtig leid.«

Er atmet wieder normal. »Ich sollte diese Stelle annehmen. Ich mag Papier. Und Stifte. Und Post-its. Und Leuchtstifte.«

»Ich *liebe* Leuchtstifte. Vor allem die grünen.«

»Und Postverpackungen.«

»Und Tacker. Vergiss ja die Tacker nicht. Wusstest du, dass es die jetzt auch in Farbe gibt? Und Lafayette hat ein tolles Stadtzentrum. Wahrscheinlich kannst du vom Büro aus dort zu Fuß Mittagessen gehen. Oder dir nachmittags bei Starbucks einen Kaffee holen.«

»Daran hatte ich noch gar nicht gedacht.« William tunkt einen Cracker in das Humus. »Das wird nett.«

»Hast du schon offiziell zugesagt?«

»Ich wollte es zuerst noch mit dir besprechen.«

»Bis wann musst du ihnen Bescheid geben?«

»In einer Woche.«

»Na gut, lassen wir es erst mal sacken. Und wägen die Vor- und Nachteile genau ab.«

Ich hoffe, dadurch ein bisschen Zeit zu gewinnen, um herauszubekommen, was mit meinem Job passiert. Auf mein Ersuchen um eine Vollzeitstelle kam bislang keine Reaktion von der Kentwood-Grundschule, aber ich bin zuversichtlich. Der Elternverein lässt sich oft bis zur allerletzten Minute Zeit mit seinen Entscheidungen, wie die Gelder verwendet werden.

»In Anbetracht der Tatsache, dass kein anderes Angebot aufgetaucht ist, gibt es nur Vorteile, Alice«, meint William.

Er hat recht. Den Luxus auszuwählen haben wir nicht. Niemand hat den. Nicht mehr.

Kapitel 92

Tags darauf wache ich mit Kopfschmerzen und Fieber auf. Ich bleibe den Vormittag im Bett, und mittags bringen William und Zoe mir ein Tablett ans Bett: eine Schale Hühnernudelsuppe, ein Glas Eiswasser und die Post: einen Briefumschlag und das *People*-Magazin.

Ich schnuppere an der Suppe. »Hmmmm.«

»Von Imperial Tea Court«, sagt William.

Ich befördere eine Nudel in meinen Mund. »Du bist zum Imperial Tea Court gefahren. Bis nach Berkeley?«

Er zuckt mit den Achseln. »Sie machen die beste Hühnernudelsuppe. Außerdem sind die Tage, an denen ich dir am helllichten Tag Nudelsuppe bringen kann, gezählt.«

»Wovon redest du?«, fragt Zoe.

»Nichts«, sage ich.

Wir haben den Kindern noch nichts von Williams Job-Angebot erzählt. Ich weiß, sie haben sich Sorgen gemacht und werden erleichtert sein zu erfahren, dass er wieder eine Stelle hat, aber ich möchte ihnen so lange nichts sagen, bis wir eine endgültige Entscheidung gefällt haben. William und ich blicken uns verstohlen an.

»Offensichtlich nicht nichts«, stellt Zoe fest.

Jampo kommt ins Zimmer gelaufen und springt aufs Bett.

William schnappt ihn sich. »Du darfst hier nicht hoch. Wie wär's mit einem Lauf, du Monster?« Jampo starrt William so aggressiv an, als wäre er ein Terrorist, und leckt ihm plötzlich quer durchs Gesicht. William hat sich, was Jampo betrifft, wirklich einen Ruck gegeben. Sind die beiden jetzt Freunde?

»Heute Abend müssen wir uns dringend über *nichts* unterhalten«, sage ich.

»Dad, kannst du mich zu Jude fahren, bevor du laufen gehst?«, fragt Zoe.

Jude und Zoe sind ganz offiziell wieder ein Paar. Am Tag nach unserem Mausefang bekam ich mit, wie Zoe am Telefon geweint und sich bei Jude entschuldigt hat. Abends kam er dann zum Essen vorbei, und die beiden hielten unterm Tisch Händchen. Es war so schön und fühlte sich so gut an, dass mir fast das Herz stehen blieb.

»Ich denke schon. Caroline und ich müssen sowieso wegen der Torte mit Nedra sprechen. Sprecht ihr beide eigentlich wieder miteinander, Alice?«

»Ich bin drauf und dran, ihr Rauchzeichen zu senden«, sage ich.

»Die Hochzeit ist in zwei Wochen. Vielleicht solltest du dein Feuer schon mal anzünden.«

Nach dem Mittagessen mache ich ein Nickerchen, und nach dem Aufwachen schlucke ich drei weitere Schmerztabletten. Irgendwie bekomme ich die Kopfschmerzen nicht weg. Alles tut mir weh. Sogar der Brustkorb. Ich lausche, ob ich von unten Geräusche höre, aber alles ist still. Niemand außer mir ist zu Hause. Ich gehe online, aber von Forscher 101 liegt nichts vor: keine E-Mail und keine Facebook-Nachricht. Fast bin ich erleichtert darüber. Ich esse die Reste meiner Nudelsuppe auf. Dann öffne ich den Umschlag, der heute in der Post war.

Liebe Alice Buckle,
der Elternverein der Kentwood-Grundschule bedauert sehr, Ihnen mitteilen zu müssen, dass wir Ihren Vertrag als Schauspiellehrerin für das kommende Schuljahr nicht verlängern werden. Wie Sie wissen, sehen sich die öffentlichen Schulen in Oakland mit fatalen Budgetkürzungen konfrontiert, und daher wurde beschlossen, die Gelder, die der Elternverein bislang dem Schauspielprogramm zugeteilt hat, anderweitig zu verwenden. Wir bedanken uns für Ihre loyale Mitarbeit und wünschen Ihnen für zukünftige Aufgaben viel Glück.
Mit freundlichen Grüßen
Der Vorstand des Elternvereins der Kentwood-Grundschule

Mrs Alison Skov
Mr Farhan Zavala
Mrs Kendrick Bamberger
Ms Rhonda Hightower
Mrs Chet Norman

Unten knallt eine Tür, und ein paar Sekunden später höre ich Gelächter. Ich liege im Bett, völlig benommen. Warum habe ich das nicht kommen sehen? Ich hätte wissen müssen, dass etwas im Busche ist, als ich Mrs Norman im Theater getroffen habe. Ganz bestimmt war das hier schon in der Mache. Sie war so selbstgefällig und ihr Ehemann so mitleidig; höchstwahrscheinlich war sie federführend an meiner Kündigung beteiligt.

Als William in Turnschuhen die Treppe hochstapft, tue ich so, als schliefe ich. Er kommt seitlich an mein Bett, und ich spüre seinen Blick auf mir. Behutsam legt er die Rückseite seiner Hand gegen meine Stirn, um zu fühlen, ob ich noch fiebrig bin.

»Du bist nicht gut im So-tun-als-ob«, sagt er.

»Ich bin rausgeschmissen worden«, flüstere ich.

Ich höre das Papier rascheln, während er den Brief liest. »Diese Arschlöcher«, sagt er.

»Es tut so weh«, wimmere ich.

William legt seine Hand auf meine. »Ich weiß, Alice.«

Die folgenden drei Tage bin ich krank.

»Eine Sommergrippe«, meint Bunny. »Du musst sie einfach ihren Lauf nehmen lassen.«

Jeden Morgen stehe ich auf und glaube, sie ist durchgestanden. Ich gehe nach unten, koche mir eine Tasse Kaffee, dann wird mir von dem Geruch schlecht, und ich gehe wieder nach oben.

»Sie ist eine sehr unartige Patientin«, stellt Jack fest.

»Die unartigste weit und breit«, bestätigt William.

»Seufze ich nicht genug?«, frage ich.

»Nein, und jammern tust du auch nicht genug«, sagt William.

»Wir müssen uns unterhalten«, sage ich. »Über *nichts*«, womit ich sein Job-Angebot meine.

»Wenn es dir wieder besser geht.«

Ich sehe mir bescheuertes Zeug im Fernsehen an. Ich verbringe viel Zeit online.

KGE3 (Kentwood-Grundschule, Elternforum 3. Klasse: Schauspielunterricht)

Thema #134

KGE3Elternforum@yahoogroups.com

Beiträge zu diesem Thema (6)

1. Ich eröffne eine *Gebt-Alice-Buckle-ihren-Job-zurück*-Gruppe. Bitte macht mit! Gepostet von: Mamavombauernhof

2. RE: Ich eröffne eine *Gebt-Alice-Buckle-ihren-Job-zurück*-Gruppe. Bitte macht mit! Jawohl! Auf mich kannst du zählen. Ich muss zugeben, dass ich mich sehr unwohl damit fühle, wie das

Ganze abgelaufen ist. So unpersönlich. Jemand (du weißt, wer gemeint ist, **Stuermischenormandie**) hätte den Mumm aufbringen müssen, es ihr persönlich zu sagen. Und sie hätte mindestens ein Abschiedsmittagessen spendiert bekommen müssen, im Blackberries oder bei Red Boy Pizza. Es stimmt, *Schweinchen Wilbur und seine Freunde* war ein Desaster, da sind wir uns ja alle einig (tut mir leid, Gänsemütter), aber verdient sie nicht eine zweite Chance? Und wenn schon nicht eine zweite Chance, dann wenigstens Anerkennung für ihre jahrelang geleistete Arbeit? **Gepostet von: Biiienenkoenigin**

3. RE: Ich eröffne eine *Gebt-Alice-Buckle-ihren-Job-zurück*-Gruppe. Bitte macht mit! Wollt ihr mich auf den Arm nehmen? Darf ich euch daran erinnern, dass Alice Buckle unsere Kinder quasi dazu angeleitet hat, einen Striptease in der Aula aufzuführen? Gefehlt hat nur noch die Räkelstange. **Gepostet von: Hubschraubermama**

4. RE: Ich eröffne eine *Gebt-Alice-Buckle-ihren-Job-zurück*-Gruppe. Bitte macht mit! Bitte seht von der Gründung dieser Gruppe ab. Zu Alice Buckles Entlassung haben Umstände geführt, von denen niemand von euch Kenntnis hat. Umstände, die ich euch, leider, zu diesem Zeitpunkt nicht darlegen kann. Alles, was ich sagen kann, ist, dass Mrs Buckle einige ernstzunehmende Fehleinschätzungen unterlaufen sind. Wir sollten es dabei belassen und nach vorne blicken. **Gepostet von: Stuermischenormandie**

5. RE: Ich eröffne eine *Gebt-Alice-Buckle-ihren-Job-zurück*-Gruppe. Bitte macht mit! Alice Buckle ist eine sehr gute Freundin von mir. Sie will ihren Job nicht zurückhaben. Na ja, nicht mehr. Kurz nachdem sie es erfahren hatte, wäre sie zu allem bereit gewesen, um ihn wiederzubekommen, weil sie in Panik geriet, wie ihre Familie OHNE Einkommen (ihr Mann ist zurzeit ebenfalls arbeitslos) zurechtkommen sollte. Aber nachdem sich das Ganze ein paar Tage gesetzt hat, kann sie **Stuermischenormandie** nur beipflichten. Die Zeit ist reif, nach vorne zu blicken. Sie möchte sich für ihre Fehler entschuldigen. Und sie hofft wirklich, dass das Theaterprogramm nicht vollständig gestrichen wird. **Gepostet von: Davidmametschwarm182**

6. RE: Ich eröffne eine *Gebt-Alice-Buckle-ihren-Job-zurück*-Gruppe. Bitte macht mit! Jede einzelne Minute, die ich mit Ihren Kindern verbracht habe, war eine Bereicherung für mich.

Mein Handy klingelt.

»Reden wir wieder miteinander?«, fragt Nedra.

»Nein.«

»Ich habe das mit deinem Job gehört, Alice. Es tut mir leid.«

»Danke.«

»Sonst geht's dir gut?«

»Ich habe eine Grippe.«

»Wer bekommt denn im Sommer eine Grippe?«

»Ich, wie es scheint. Und, hast du deine Wahl zwischen Zitronen- oder Himbeerkuchen getroffen?«

»Austern.«

»Austernkuchen.«

»Nein, Austern als Vorspeise.«

»Ich dachte, das ist dir zu offenkundig. Austern als Aphrodisiakum und so weiter und so fort.«

»Das ist eine sehr nette Entschuldigung«, sagt Nedra. »Essen bei mir in zwei Tagen.«

»So kurz vor deiner Hochzeit veranstaltest du noch eins unserer Abendessen?«

»Italienisch. Wir halten es schlicht. Bring einfach eine Schüssel Tomatensoße mit.«

»Nedra?«

»Was denn?«

»Jude ist ein toller Junge.«

»Und Zoe ein tolles Mädchen. Küsschen. Bis bald.«

Ich beende das Gespräch und melde mich auf meinem Facebook-Account an.

Nedra Rao
vermisst ihre beste Freundin.
vor 2 Stunden

Nedra Rao
gefällt nicht mehr: Kentwood-Grundschule!
vor 3 Stunden

Linda Barbedian
kann's nicht fassen, dass sie bald ein leeres Nest haben wird.
vor 4 Stunden

Kelly Cho
Et tu, Brutus?
vor 5 Stunden

Phil Archer
Pfandleiher – eine Zeitkapsel. Wer hätte das gedacht?
vor 6 Stunden

Helen Davies
Gesucht wird: VP für die Sparte Essen & Trinken in Boston. Versetzt mich in Erstaunen. Verkauft mir Luftschlösser. Verratet mir alles. Mehr Infos auf LinkedIn.
vor 7 Stunden

Kapitel 93

John Yossarian ist verheiratet.

Lucy Pevensie ist verheiratet.

Ich vermute mal, dass Glückwünsche willkommen sind?

Gleichfalls.

Dann läuft es gut, nehme ich an?

Es?

Mit Ihrer Frau.

Zwischen meiner Frau und mir wird es klarer. In anderen Bereichen allerdings eher nicht.

Zum Beispiel im Beruflichen?

Ja, zum Beispiel im Beruflichen. Ich sehe mich nach einer anderen Stelle um. Es ist für mich an der Zeit, das Netherfield-Zentrum zu verlassen.

Wegen mir?

Nein, wegen mir. Ich habe die Grenze überschritten. Sie haben nichts Falsches getan.

Das zu hören, tut mir leid.

Das muss es nicht.

Na ja, wenn es Sie etwas tröstet: Mir kommt es auch so vor, als hätte ich eine Grenze im Beruflichen überschritten. Ich muss mich definitiv nach einem anderen Job umsehen.

O nein, Ehefrau 22. :(

Ist schon in Ordnung. Es ist meine Schuld. Ich habe den Fehler gemacht, meine Liebe für die Kinder mit meiner Liebe für meine Arbeit zu vermischen. Ich war müde. Ich habe geschlampt. Ich hätte schon längst kündigen sollen.

Und jetzt?

Jetzt leiste ich Wiedergutmachung.

Kapitel 94

Immer noch krank. Wieder einmal ist das Haus leer bis auf Jampo und mich. William ist mit den Kindern ins Schwimmbad gefahren und Caroline mit ihren Eltern nach San Francisco, Wohnungen anschauen. Sie braucht fünf Mitbewohner, um sich eine Wohnung in der Stadt leisten zu können, aber Ende des Monats wird sie bei uns ausziehen. Ich werde sie schrecklich vermissen, tröste mich aber mit der Tatsache, dass es mit dem Zug nicht weit ist bis zu ihr.

Helens Meldung bei Facebook geht mir einfach nicht mehr aus dem Kopf, also gehe ich auf ihre LinkedIn-Seite, um mehr über den Job herauszufinden. Nach Lektüre der gesamten Arbeitsplatzbeschreibung eines Vice President der Sparte Essen & Trinken (und als glücklicher Abnehmer von Williams Gourmet-Mahlzeiten und Zeuge diverser Lebensmittelobsessionen im vergangenen Monat) weiß ich, dass dieser Job wie gemacht ist für William – ein Job, der vielleicht sogar als sein Wunschtraum gelten könnte –, wobei es jedoch drei Hindernisse gibt: Erstens ist William viel zu stolz, um sich dort zu bewerben; zweitens ist der Job in Boston; und drittens: meine Wenigkeit. Ich bin mir sicher, dass Helen mich immer noch hasst. Aber vielleicht bekomme ich nach vielen Jahren so doch noch die Chance, die Dinge richtigzustellen.

Eine Stunde später halte ich die Luft an, stoße ein kurzes *Bitte, lieber Gott* aus und drücke die Senden-Taste.

Von: Alice Buckle <alicebuckle@rocketmail.com>
Betreff: Eine Stimme aus der Vergangenheit …
Datum: 13. August, 16:04 Uhr
An: Helen Davies <helendavies@D&DAdvertising.com>

Liebe Helen,
seit Jahren schulde ich dir eine Entschuldigung. Eigentlich sogar mehrere Entschuldigungen, aber zuerst kommt die große – das mit William tut mir sehr leid. Ich möchte, dass du weißt, dass ich sehr wohl ein paar Regeln hatte. Ich glaubte an weibliche Komplizenschaft. Bis zu diesem Augenblick war ich noch nie die »andere Frau« in einer Beziehung gewesen, und ich hatte auch nie vor, diese zu werden. Aber irgendetwas ist zwischen William und mir passiert, dass – na ja, es kam unerwartet. Es hat uns irgendwie mitgerissen. Keiner von uns beiden hat es darauf angelegt. Ich weiß, das klingt billig, aber es ist die Wahrheit.
Es tut mir leid, dass ich hinter deinem Rücken mit ihm geflirtet habe. Es tut mir leid, dass ich dich nicht zu unserer Hochzeit eingeladen habe (ich wollte schon, ich wusste, dass es das Richtige gewesen wäre, aber ich habe mich davon abbringen lassen). Aber vor allem tut es mir leid, dass ich zwanzig Jahre für meine Entschuldigung gebraucht habe.
Und als bekäme ich jetzt die Quittung dafür, finde ich mich in der unangenehmen Situation wieder, in der ich dich um einen Gefallen bitten möchte. Ich schreibe dir sozusagen in Williams Namen. Ich habe deine Stellenausschreibung eines VP für Essen & Trinken gesehen: William wäre wie gemacht für diesen Job. Er ist zu stolz, um sich selbst zu bewerben, aber ich bin nicht zu stolz, dich um die Chance zu bitten, seine Kandidatur in Betracht zu ziehen. Ich will keine bevorzugte Behandlung, ich bitte dich nur, ihm nicht anzukreiden, dass es mich gibt.
Als Anhang findest du Williams Lebenslauf.
Alles Gute, Alice Buckle

Kapitel 95

Alice?

Hi Dad.

Ich muss dir was sagen.

Ich dir auch.

Haus ausgemistet. Müllkippe. Heilsarmee. Pfandleiher.

Pfandleiher? Warum?

Wollte Conchita Schmuck kaufen.

In einem Pfandbüro?

Mach dich nicht lustig. Pfandbüros bergen viele Schätze. Conchita gefragt, ob sie zu mir zieht.

Du machst Witze!!

Nicht einverstanden?

Natürlich bin ich einverstanden. Ich finde das wunderbar!

Dachte, bin mit all dem durch.

Mit all dem was?

Du weißt schon.

Romantik?

Sex.

Liebe, Dad?

Ja, Liebe.

:'(

Warum bist du traurig, meine Kleine?

:-#

Ich bin dein Vater, du musst dich nicht schämen.

Ich habe dir nicht immer die Wahrheit gesagt.

Das weiß ich, Liebes.

Momentan ist es hier ein bisschen schwierig.

Ich hatte das Gefühl, dass irgendwas im Busch ist. Du warst so abwesend.

Es tut mir wirklich leid. Ich fühle mich ein bisschen verloren.

Gib nicht auf. Bald wirst du aufgehoben sein. Bald begegnet dir Gutes.

Ach, Dad. Woher willst du das wissen?

Weil ich es zur Post gebracht habe.

Kapitel 96

Pat Guardia

kann nicht glauben, dass sie das hier fast nicht mehr tun wollte. Liebt ihren Mann so sehr.

vor etwa einer Stunde

Pat Guardia

Man möge mich bitte töten, jetzt.

vor 3 Stunden

Pat Guardia

hasst ihren Mann aus tiefster Seele.

vor 4 Stunden

Pat Guardia

Fruchtblase gerade geplatzt. Auf dem Weg ins Krankenhaus! War noch nie so verliebt!

vor 6 Stunden

»Hallo, Baby«, flüstere ich und blicke hinab auf Pat und ihr Neugeborenes im Krankenhausbett.

»Los, mach schon«, sagt Pat, »nimm ihm die Mütze ab. Ich weiß genau, dass du an ihm schnuppern willst.«

Ich schiebe das blaue Strickmützchen von seinem Kopf und atme den süßen, milchigen Neugeborenenkopfgeruch ein.

»Ach herrje, Pat! Wie hältst du das bloß aus? Er ist hinreißend.

Und er hat einen perfekt geformten Kopf. Wie hast du das hingekriegt?«, will ich wissen.

»Nur zwanzig Minuten Pressen«, sagt Tita stolz.

»Nur weil Liam mein drittes Kind ist«, sagt Pat.

Shonda überreicht Pat eine pinkfarbene, mit einer Glitzerschleife verzierte Geschenkbox. »Mir ist klar, dass man von mir erwartet, dem Baby etwas mitzubringen, aber Mannomann, du bist diejenige, die jetzt ein Geschenk braucht. Éclat Miracle, lichtreflektierendes Serum. Nicht dass du es nötig hättest, Liebes.«

»Klingt wie eine Kirche«, sagt Tita.

»Oh, genau so ist es«, sagt Shonda. »Wenn du erst mal damit angefangen hast, wirst du auf ewig vorm Éclat-Miracle-Altar niederknien, glaub mir.«

»Endlich hast du also deinen Jungen«, sage ich.

»Was mache ich jetzt mit einem Jungen?«, fragt Pat. »Mädchen sind alles, was ich kenne.«

»Bedecke beim Windelwechseln sein Pimmelchen«, rate ich ihr.

»Und wie lange sollte sie sich darauf als Pimmelchen beziehen?«, fragt Shonda.

»Einen Monat, zwei Monate maximal«, sage ich, »dann sattelst du auf Pimmel um.«

»Nichts von diesem Pimmelchen-Pimmel-Unsinn. Du solltest ihn von Anfang an Penis nennen«, widerspricht Tita.

»Du hast da ganz wohl eine dezidierte Meinung, was, Tita?«, hakt Shonda nach.

»Ich kann's nicht leiden, wenn Leute sich lächerliche Namen für ihre Möpse ausdenken«, gibt Tita zurück.

»Möchtest du ihn halten?«, fragt mich Pat.

»Darf ich? Ich habe mir schon die Hände gewaschen.«

»Na klar. Setz dich hier mit ihm in den Schaukelstuhl.«

Vorsichtig überreicht sie mir das Baby. Er schläft gerade, also trippele ich auf Zehenspitzen zum Schaukelstuhl. Im Sitzen nehme ich ihn genauer unter die Lupe: die perfekten bogenförmigen Lippen, die winzigen, an seine Backen geschmiegten Fäuste. Ich seufze glücklich.

»Du könntest es auch noch mal tun, Alice«, sagt Pat. »Du bist erst vierundvierzig. Eine Freundin von mir ist gerade schwanger geworden, mit fünfundvierzig.«

»Du lieber Himmel, bloß nicht«, flüstere ich. »Ich bin damit durch. Meine Babys sind fast erwachsen. Durch dich habe ich ja stellvertretend ein Baby. Ich nehme ihn dir immer ab, wenn du mal eine Pause brauchst. Tag oder Nacht, du rufst einfach an, und ich übernehme ihn«, sage ich. »Das meine ich ernst, Pat, das ist nicht nur so dahergesagt.«

»Ich weiß«, sagt Pat.

»Du weinst ja, Alice«, sagt Tita.

»Ich weiß«, sage ich, »Neugeborene bringen mich immer zum Weinen.«

»Wie kommt das denn?«, fragt Shonda.

»Sie sind so verwundbar. So hilflos. So rein.«

»Jaaaa«, sagt Shonda.

»Du weinst auch, Shonda«, sagt Tita.

»Genau wie du, Tita«, sagt Shonda.

»Ich weine nicht«, sagt Pat, laut vor sich hin schniefend.

Jede von uns befindet sich in einem anderen Teil des Zimmers, aber es fühlt sich so an, als hielten wir uns an den Händen. So ist es immer mit den Mumble Bumbles – dieses plötzliche, gegenseitige Wahrnehmen und Verbinden.

»Als ich jung war, kam mir fünfundvierzig uralt vor«, sage ich. »Meine Mutter schien so alt zu sein.«

Liam öffnet seine Fäuste ein bisschen, und ich schiebe meinen kleinen Finger hinein. Er hält ihn ganz fest und zieht ihn zu seinem Mund.

»Aber jetzt, wo ich fast fünfundvierzig bin, kommt es mir so jung vor. Meine Mutter war so klein. Sie hatte noch so viel Leben vor sich.«

»Genau wie du«, sagt Tita leise.

»Ich habe alles falsch verstanden. Zoe hat keine Essstörung, und Peter ist nicht schwul.«

»Alice, nur weil sie gestorben ist, bedeutet das nicht, dass du dich nicht mit ihr unterhalten kannst«, sagt Shonda.

»Diese Ehe-Umfrage war eine Schnapsidee. Und in der Schule habe ich Mist gebaut.«

»Die Unterhaltung hört niemals auf«, sagt Tita.

Ich schmiege mein Gesicht an Liams Decke. »Er ist so wunderhübsch.«

»Sie würde sich wünschen, dass du sie überholst, Alice«, sagt Shonda.

»Bitte, lass mich öfter auf ihn aufpassen«, bettele ich im Aufstehen.

»Sie nicht zu überholen, wäre ein Verrat«, sagt Pat.

»Ich fühle mich so, als müsste ich mich von ihr verabschieden«, sage ich.

»Das ist nicht nur ein Abschied, sondern auch ein Wiedersehen«, sagt Tita. »Da bist du ja. Hallo, Alice Buckle.«

Mit tränenüberströmtem Gesicht gehe ich zu Pat ans Bett und gebe ihr Liam zurück.

»Jede fürchtet ihren kritischen Jahrestag«, sagt Tita. »Jede glaubt, wenn sie ihn einfach nicht beachtet, geht er von selbst vorbei. Ich weiß gar nicht, warum ihr alle so ein Riesending daraus macht. Nicht, wenn *das hier* jenseits davon wartet.«

Die Mumble Bumbles versammeln sich um mich, und kurz darauf sind wir eine weinende, sich umarmende Traube, mit einem winzigen Menschen in unserer Mitte, der Zukunft, die ihre Finger gen Himmel streckt.

Kapitel 97

FRÖHLICHES ITALIENISCHES ABENDESSEN BEI NEDRA

18:30 Uhr: in Nedras Küche

Ich: Hier kommt die Nudelsoße. Zwei Sorten, Champignons und Drei-Käse.

Nedra: Das ist sehr nett von dir, aber du bist eine Stunde zu früh dran.

Zoe: Ist Jude da?

Nedra: In seinem Zimmer, Liebes. Geh einfach rein. Wann fängt der Film an?

Zoe: Um sieben.

Nedra: Viel Spaß!

Ich: Ich dachte, wir könnten die Aufgaben der Brautjungfern durchsprechen.

Nedra *(blickt Zoe hinterher)*: Das macht mich sehr, sehr glücklich, dass die beiden wieder zusammen sind. Dich auch?

Ich: Hast du gehört, was ich gerade gesagt habe?

Nedra: Lass dich einfach nur blicken.

Ich: Ich stehe direkt vor dir.

Nedra: An meiner Hochzeit. Lass dich einfach nur blicken. Das ist deine Aufgabe.

Ich: Ist gebongt. Ich werde sogar dieses abscheuliche Königin-Victoria-Kleid anziehen.

Nedra: Ich habe dir ein wunderschönes Kleid gekauft.

Ich: Ehrlich?

Nedra: Schulterfrei. Sehr schmeichelhaft. Du hast tolle Schultern und Arme. Du solltest damit angeben.

Ich: Ich muss dir etwas beichten. Über Forscher 101.

Nedra: Du musst mir nicht alles erzählen, Alice. Ehrlich gesagt will ich es lieber gar nicht wissen. La-la-la-la …

Ich: Ich glaube, es ist vorbei.

Nedra *(seufzt)*: War es das vorher nicht?

Ich: Er will es noch mal ernsthaft mit seiner Frau versuchen.

Nedra: Er hat eine *Frau*?

Ich: Hör auf, Nedra. Ich habe dir gerade gesagt, dass es vorbei ist.

Nedra: Und jetzt wirst du es auch noch mal ernsthaft mit William versuchen?

Ich: Na ja, das ist ja das Komische daran. Momentan kommt es mir gar nicht so schwer vor.

Bobby *(betritt die Küche)*: Meine Damen! Ich weiß, ich bin zu früh. Hoffentlich störe ich nicht. Aber schaut euch bloß dieses ge-ni-a-le Brot an! Riecht mal dran. Hier *(bricht das Ende ab)*. Von La Farina. Frisch aus dem Ofen. Probiert mal.

Nedra: Wo ist Linda?

Bobby: Sie schafft es heute nicht.

Ich: Tja, sieht so aus, als wären wir heute alle ohne Partner. William und Kate schaffen es auch nicht.

Nedra: Was ist Lindas Ausrede?

Bobby: Sie lässt sich von mir scheiden. Ich bekomme die Abendessen bei dir, sie den ganzen Rest.

19:30 Uhr: in Nedras Wohnzimmer

Nedra: Ich sag's nur ungern, aber mir war klar, dass Flexi-Suites der Anfang vom Ende sind.

Bobby: Ich will mich zudröhnen. Ich hab's verdient, mich zuzudröhnen. Hast du Gras da, Nedra? Alice, du musst dich nicht so weit wegsetzen. Scheidung ist nicht ansteckend.

Nedra: Da irrst du dich. Scheidung ist schon irgendwie eine Seuche. Ich stelle das immer wieder fest. Ein Mann kommt zu mir, um sich vertreten zu lassen, und ein paar Wochen später kommt der nächste Mann, ein Freund von ihm, der sich unverbindlich über seine Rechte informieren will, aber für alle Fälle hat er schon mal eine vollständige Liste aller ehelichen Güter mitgebracht, die Steuererklärungen der drei letzten Jahre und die jüngste Lohnabrechnung. Alice, bleib, wo du bist.

Bobby *(beginnt zu weinen)*: Sie will, dass ich nach New York ziehe, um näher bei den Kindern zu sein.

Nedra *(erhebt sich)*: Verdammte Scheiße. Warte einen Moment.

Ich *(setze mich neben ihn aufs Sofa)*: Nicht weinen, Bobby B.

Bobby: Ich mag das, wenn du mich so nennst. Du bist so eine liebenswerte Frau. Warum habe ich nicht *dich* geheiratet?

Ich: Ich bin auch kein Hauptgewinn, glaub mir.

Bobby: Ich war immer neidisch auf William.

Ich: Wirklich?

Bobby: Selbst nach zwanzig Jahren steht ihr beiden euch immer noch so nahe.

Ich: Tun wir das?

Bobby: Linda hat das immer total fuchsig gemacht. Sie war der Meinung, ihr beide würdet das vortäuschen. Ich habe ihr gesagt, dass man Leidenschaft nicht vortäuschen kann.

Nedra *(kommt mit einem Joint ins Wohnzimmer zurück)*: Volltreffer!

Ich: Kifft Jude etwa?

Nedra *(zündet den Joint an und nimmt einen langen Zug)*: Natürlich nicht. Der stammt von mir.

Ich: Du hast deinen eigenen Vorrat?

Nedra *(gibt den Joint an Bobby weiter)*: Hier, mein Lieber. Es ist der gute Stoff. Sehr sauber. Ich habe ganz offiziell ein attestiertes Leiden.

Ich: Woran leidest du denn?

Bobby *(nimmt einen langen Zug und dann noch einen und noch einen)*: Oh Gott, das Zeug ist gut.

Nedra: Glaubst du mir nicht?

Ich: Nein, Nedra, ich glaube dir nicht.

Nedra: Steht im DSM-IV. Ist eine waschechte Störung.

Ich: Wie heißt die?

Nedra: Mittleres Lebensalter.

Bobby *(hustet)*: Die habe ich auch.

Nedra: Es gibt nur ein Heilmittel.

Bobby: Und zwar?

Nedra: Hohes Alter.

Bobby *(gackert los)*: Liegt's an Harry, oder ist Nedra plötzlich ein Spaßvogel?

Ich: *Harry*? Wie alt bist *du* denn, Bobby B?

Nedra *(nimmt einen langen Zug und betrachtet anschließend den Joint)*: Ich werde heiraten. Ist das denn die Möglichkeit? Ich? Eine Braut?

Bobby: Wirst du mich als Anwältin vertreten?

Nedra: Ich wünschte, das wäre möglich. Aber ich kenne euch beide, und das wäre nicht fair. Ich kann dir jemanden sehr Gutes empfehlen.

Zoe *(betritt mit Jude das Wohnzimmer)*: Schnell, hol die Kamera, damit wir sie fotografieren können, dann wird es ihnen morgen so peinlich sein, dass sie das Zeug nie wieder anrühren.

Ich: Du lieber Himmel, Zoe! Was machst du denn hier? Nur zu deiner Info, ich rauche nicht mit. Ich habe keinen einzigen Zug genommen.

Nedra: Das ist sehr unhöflich von euch. Einfach hier reinzuplatzen und in unsere Privatsphäre einzudringen. Ich dachte, ihr seid im Kino?

Jude: Meinst du, das hier ist ein Rave?

Zoe: Euch ist schon klar, dass der Stoff heute viel stärker ist als in eurer Jugend?

Jude: Oftmals wird er in Balsamierflüssigkeit getunkt.

Zoe: Ein Zug kann bereits Schizophrenie auslösen.

Nedra: Im Gehirn eines Teenagers – mit noch nicht verbundenen Frontallappen. Unsere Frontallappen sind bereits seit Jahrzehnten verbunden.

Bobby: Alles meine Schuld.

Nedra: Alles Lindas Schuld.

Jude *(greift nach seiner Gitarre)*: Tja, da ihr bereits high und zugedröhnt seid, habt ihr vielleicht Lust auf ein Lied?

Ich: Ich bin nicht high. Und ich würde wirklich sehr gerne ein Lied hören.

Zoe *(läuft rot an)*: Es heißt *Trotz allem.*

Bobby: Einen Augenblick, dafür muss ich mich auf den Teppich legen.

Ich: Ich mich auch.

Nedra: Rutsch mal rüber.

Ich: Ich fühle mich wie auf der Highschool.

Bobby *(beginnt wieder leise zu weinen)*: Es hat was, zugedröhnt zu sein und auf dem Boden zu liegen.

Ich *(greife nach Bobbys Hand)*

Nedra *(greift nach Bobbys anderer Hand)*

Jude *(klimpert auf der Gitarre)*: Ich habe das Lied für Zoe geschrieben.

Bobby *(jammert)*: Oooooooh Gott!

Jude: Geht's ihm gut? Soll ich besser aufhören?

Bobby *(greift sich theatralisch ans Herz)*: Aaaaaaah!

Jude: Was ist denn? Was ist los?

Nedra: Er will damit sagen, du sollst loslegen. Er will damit sagen, die Welt braucht mehr Liebeslieder. Er will damit *bonne chance*, *good luck* und *buona fortuna* sagen. Er will damit sagen: *Wie schön ist es, jung zu sein!*

Bobby *(schluchzt)*: Genau das wollte ich damit sagen. Woher wusstest du das?

Ich: Nedra spricht jedwede Jammersprache, und zwar fließend.

Kapitel 98

Von: Helen Davies <helendavies@D&DAdvertising.com>
Betreff: Re: Eine Stimme aus der Vergangenheit …
Datum: 15. August, 15:01 Uhr
An: Alice Buckle <alicebuckle@rocketmail.com>

Hallo Alice,
von dem Tag an, als du dein Vorstellungsgespräch bei Peavey Patterson hattest, wusste ich, dass ich in Schwierigkeiten bin. Ich bin mir sicher, dass dir das nicht bewusst ist, da du ja förmlich aus Williams Büro gerannt bist, aber er hat dir bei deinem Abgang nachgeblickt. Es war unbeabsichtigt. Er konnte nicht anders. Er stand in seiner Tür und beobachtete, wie du den Flur entlanggingst. Dann hat er dich dabei beobachtet, wie du am Fahrstuhl nervös immer wieder auf den Abwärtsknopf gehauen hast. Sogar als du schon verschwunden warst, blieb er in seiner Tür stehen. Ihr kanntet euch schon, bevor ihr euch kennengelernt habt. Denn genau das stand ihm am Tag deines Vorstellungsgesprächs ins Gesicht geschrieben: Wiedererkennen. Ich hatte nicht die geringste Chance. Was den Posten angeht, bin ich mir nicht sicher, ob ich helfen kann, auch wenn William bestimmt qualifiziert dafür ist. Gib mir ein paar Tage Zeit. Ich vermute mal, ihr wollt nicht nach Boston ziehen. Und ich vermute mal, er weiß nichts von deiner Stellvertreter-Bewerbung und du hättest gerne, dass das auch so bleibt. Er war immer schon sehr stolz.
Entschuldigung angenommen.
HD

Kapitel 99

»Ich habe die Stelle angenommen«, sagt William.

»Welche Stelle?«

»Die Direktwerbungssache, Alice. Über welche Stelle sollte ich denn sonst reden?«

Zwei Tage ist die E-Mail von Helen alt, und seitdem: nichts.

»Aber *wir* haben nicht darüber geredet.«

»Was gibt's denn da noch zu reden? Wir sind beide arbeitslos. Wir brauchen das Einkommen, von den Zusatzleistungen mal ganz abgesehen. Die Sache steht fest. Um ehrlich zu sein, bin ich erleichtert.«

»Aber ich dachte doch …«

»Sag nichts mehr. Es ist richtig so.« Er lehnt am Küchentresen, die Hände in den Hosentaschen vergraben, und nickt mir zu.

»Ich weiß. Ich weiß, dass das stimmt. Es ist wirklich toll, William, gratuliere. Und wann fängst du an?«

William dreht sich um und öffnet eine Schranktür. »Montag. Es gibt Neuigkeiten. Kelly Cho wurde bei KKM entlassen.«

»Sie wurde entlassen? Was ist passiert?«

»Ich nehme an, sie sind mitten in einer umfassenden Umstrukturierung.« William greift nach dem Mehl. »Ich war nur die erste Runde.«

Heute ist Freitag, Nedra hat zu einem festlichen Abendessen eingeladen (für Freunde und Kollegen, die nicht an der Zeremonie teilnehmen – sie hat Bunny, Jack und Caroline gebeten zu kommen), und morgen findet die Hochzeit statt.

»Was bereitest du da gerade vor?«, frage ich.

»Käsebällchen.«

»Entschuldigung – ich habe verschlafen.« Caroline kommt in die Küche, mit der gähnenden Bunny im Schlepptau. »Bitte, sagt mir, dass der Kaffee fertig ist.«

Caroline schenkt zwei Tassen ein und setzt sich mit ihren Unterlagen an den Küchentisch.

»Niemals werden wir das alles fertig kriegen.«

»Delegiere«, sagt William.

»Ich helfe«, sage ich.

»Ich auch«, sagt Bunny.

Caroline und William werfen sich verstohlen einen Blick zu.

»Wie formuliere ich das jetzt höflich?«, fragt Caroline.

»Schon kapiert«, sage ich, »unsere Dienste sind nicht erwünscht. Bunny, sollen wir es uns auf der Terrasse gemütlich machen?«

»Ich würde wirklich gerne etwas schälen, ich bin ein ausgewiesener Schälexperte«, sagt Bunny.

»Super, Mom, ich rufe dich, wenn wir bei den Kartoffeln angekommen sind«, sagt Caroline.

Bunny nimmt einen Schluck Kaffee und seufzt. »Das alles wird mir fehlen.«

»Was denn? Meine quasi toten Zitronenbäumchen? Mit der ständigen Bedrohung eines Erdbebens leben?«

»*Du*, Alice. Deine Familie. William. Peter und Zoe. Der Morgenkaffee mit dir.«

»Ihr müsst wirklich abreisen?«

»Caroline hat eine Wohnung gefunden. Sie hat einen Job. Zeit für uns, nach Hause zu fahren. Versprich mir, dass wir uns nicht wieder aus den Augen verlieren.«

»Das wird nicht passieren. Ich bin auf immer und ewig Teil deines Lebens.«

»Fabelhaft, genau das wollte ich hören, weil ich mir vorstelle, dass wir uns darüber ziemlich oft austauschen werden.«

»Worüber?«

»Ich habe deine Texte gelesen. Da sind einige sehr gute Ansätze drin, Alice, aber ich will ehrlich sein: Sie müssen überarbeitet werden.«

Ich nicke. »Lass mich raten: *So redet kein Mensch im wirklichen Leben*, stimmt's?«

Bunny kichert. »Habe ich das wirklich so gesagt? Du lieber Himmel, das ist aber schon lange her, oder?«

»Stimmt es immer noch?«

»Nein, mittlerweile hast du ein gutes Gespür für Dialoge. Die Herausforderung betrifft deine privaten Enthüllungen. Diese Schwachstelle musst du hinter dir lassen. Deine Texte sind im Grunde autobiografisch.«

»Manche.« Ich verziehe das Gesicht zu einer Grimasse.

»Bin ich zu besserwisserisch? Das tut mir leid.«

»Nein, nein, ich brauche einen Tritt in den Hintern.«

»Ein Tritt in den Hintern ist genau das Gegenteil von dem, was du brauchst. Du brauchst eine Hand, die dich stützt.« Sie dreht sich zu mir um und nimmt mein Kinn in beide Hände. »Hör mir zu. Nimm dich selbst ernst. Schreib endlich dein verdammtes Theaterstück.«

»Du wirst es nicht glauben!«, ruft William eine Stunde später.

Ich befinde mich in meinem begehbaren Kleiderschrank und überlege, was ich heute Abend anziehen soll. Ich durchwühle meine Klamotten. Geht nicht, geht nicht, geht nicht. Zu ausgeflippt, zu altmodisch, zu matronenhaft. Vielleicht kann ich mich ein weiteres Mal mit dem Ann-Taylor-Hosenanzug aus der Affäre ziehen.

»Gerade eben habe ich eine E-Mail von Helen Davies bekommen.«

»Helen Davies?« Ich bemühe mich um einen erstaunten Gesichtsausdruck. »Was will sie?«

»Erinnerst du dich, dass sie gepostet hat, ihre Firma suche einen VP für Essen & Trinken?«

Ich zucke mit den Achseln.

»Also, ich habe die Ausschreibung nicht berücksichtigt, weil die Stelle in Boston ist, aber gerade hat sie mir geschrieben und mich gefragt, ob ich Interesse hätte. Sie haben beschlossen, die Sparte in ihrem Büro in San Francisco anzusiedeln.«

»Im Ernst?«

»Ja, im Ernst. Sie findet, ich sei die perfekte Person, um sie zu leiten.«

»Ich glaub's nicht.«

»Ich auch nicht.«

»Ein unglaubliches Timing.«

»Unheimlich, was? Fühlt sich wie Schicksal an. Als ob sich mit dem, was vor zwanzig Jahren passiert ist, ein Kreis schließt. Das ist ein gutes Gefühl, Alice. Richtig gut!« Er zieht mich aus dem Kleiderschrank und wirbelt Walzer tanzend mit mir durchs Zimmer.

»Du spinnst ja«, sage ich.

»Ich bin glücklich«, sagt er, wirbelt mich nach hinten und hält mich fest.

»Du bist total verrückt.« Er zieht mich wieder nach oben, und unsere Blicke finden sich.

In einem plötzlichen Anfall von Schüchternheit vergrabe ich mein Gesicht in seinem Hemd.

»Nein, tu das nicht. Du darfst dich nicht verstecken«, sagt er und schiebt mich von sich weg. »Alice, sieh mich an.«

Er sieht mich intensiv an, und ich denke: *Es ist so lange her*, ich denke: *Da bist du ja endlich*, ich denke: *Zuhause*.

»Wir werden das schaffen. Ich muss zugeben, dass ich mir Sorgen gemacht habe. Ich war mir nicht sicher.« William schiebt mir meine Haare hinters Ohr. »Aber ich glaube, wir werden das schaffen.«

»Ich hoffe es.«

»Nicht nur hoffen, Alice. Glaub daran. Wenn es jemals einen Moment gegeben hat, in dem du glauben musstest, dann ist es jetzt, Alice.«

Er nimmt mein Gesicht in seine Hände und neigt es zu sich. Sein Kuss ist zärtlich und sanft und dauert keine Sekunde länger, als er sollte.

»Puh, mir ist schwindelig.« Ich befreie mich aus seinen Armen und setze mich aufs Bett. »Vom vielen Drehen.« Und Küssen. Und Ansehen. Und Angesehen werden. Ich bin außer Atem.

»Ich muss ein paar Leute einstellen und dachte dabei an Kelly Cho.«

»Kelly? Wahnsinn. Also, das halte ich für eine echt nette Geste.«

William sinniert laut vor sich hin. Seit Monaten habe ich ihn nicht mehr so aufgekratzt gesehen. Im Wechselschritt tänzelt er durchs Schlafzimmer. Er bekommt es nicht mit, als ich meinen Laptop aufklappe.

Von: Alice Buckle <alicebuckle@rocketmail.com>
Betreff: VP Essen & Trinken: William Buckle
Datum: 17. August, 10:10 Uhr
An: Helen Davies <helendavies@D&DAdvertising.com>

Liebe Helen,
du bist einsame Spitze.
Danke. Aus tiefstem Herzen, danke.
Alice

Kapitel 100

John Yossarian
treibt in einem kleinen gelben Rettungsboot dahin.
vor 10 Minuten

Lucy Pevensie
Mottenkugeln und Pelzmäntel.
vor 15 Minuten

Sind Sie wieder zurück im Wandschrank?

Ich fürchte, ja.

In Narnia vergeht die Zeit anders als IRL.

Sieh mal einer an, Sie verwenden ja Akronyme wie IRL.

Sie werden nur fünf Minuten weg gewesen sein, wenn Sie zurückkehren.

Im Internet ist das eine Ewigkeit.

Ihr Ehemann wird gar nicht mitbekommen haben, dass Sie weg waren.

Das hoffe ich jedenfalls. Ich werde Sie vermissen, Yossarian.

Was werden Sie vermissen?

Ihre Paranoia, Ihr Gemurre, Ihre brennende Vernunft.

Ich werde Sie auch vermissen, Lucy Pevensie.

Was wird Ihnen fehlen?

Ihre magische Freundlichkeit, Ihre Tapferkeit, Ihr kindisches blindes Vertrauen in einen sprechenden Löwen.

Glauben Sie an eine zweite Chance?

Ja.

Ich komme nicht umhin zu glauben, dass das Schicksal uns zusammengebracht hat.

Und das Schicksal hat uns auch auf Distanz gehalten. Verzeihen Sie mir, dass ich die Dinge verkompliziert und mich in Sie verliebt habe, Ehefrau 22.

Entschuldigen Sie sich nicht. Sie haben mich daran erinnert, dass ich eine Frau bin, die es wert ist, sich in sie zu verlieben.

GTG. Ich sehe Land.

GTG. Ich sehe Licht durch den Spalt in der Wandschranktür.

Kapitel 101

Ich werde meinen Lucy-Pevensie-Account endgültig löschen – aber vorher sehe ich mich noch ein letztes Mal auf John Yossarians Pinnwand um. Die vergangenen Monate waren so ereignisreich, und Forscher 101 hat eine so entscheidende Rolle in meinem täglichen Leben gespielt. Auch wenn ich jetzt so weit bin, Adieu zu sagen, und ich weiß, dass es das Richtige ist, fühle ich mich doch ein bisschen amputiert. Es ist dieses Letzter-Tag-im-Ferienlager-Gefühl. Ich bin traurig, aber bereit, meine Sachen zu packen und nach Hause zu fahren.

Unter Yossarians Info-Einträgen sehe ich einen Link zu einem Fotoalbum auf Picasa, in dem seine Profilbilder eingestellt sind. Plötzlich schießt mir die Frage durch den Kopf, ob er wohl seine Geo-Tag-Funktion ausgeschaltet hat. Ich öffne das Album und klicke auf das Yeti-Foto. Eine Karte der USA erscheint – mit einer roten Stecknadel mitten in der Bay Area. Nein, er hat seine Geo-Tag-Funktion nicht ausgeschaltet. Ich zoome die Stecknadel näher heran. Das Foto wurde auf der Golden-Gate-Brücke gemacht. Ich atme freudig tief durch. Das ist gefährlich. Das ist Erregung pur. Ein Teil von mir ist immer noch neugierig und wird es wohl auch für immer bleiben. Auch wenn es zwischen uns eine gewisse Nähe gab, weiß ich doch in Wahrheit überhaupt nichts über ihn. Wer ist er? Wie verbringt er sein Leben?

Ich wiederhole das Ganze mit dem Pferde-Foto, und wieder sitzt die Stecknadel mitten in San Francisco, diesmal aber im

Crissy-Field-Park. Er muss sportlich sein. Wahrscheinlich joggt er oder fährt Fahrrad. Vielleicht macht er sogar Yoga.

Ich klicke auf das Hunde-Foto, aber diesmal erscheint die rote Stecknadel in der Mountain Road in Oakland. Sekunde mal. Wohnt er möglicherweise in Oakland? Basierend auf der räumlichen Nähe des Netherfield-Zentrums zur University of San Francisco, bin ich einfach davon ausgegangen, dass er in San Francisco wohnt.

Ich klicke auf das Foto mit dem Labyrinth, und wieder liegt die Stecknadel in Oakland. Aber dieses Foto wurde nur wenige Minuten entfernt von meinem Zuhause aufgenommen. Im Manzanita Park.

Mit klopfendem Herzen klicke ich auf das Foto seiner Hand. *Hör auf damit, Alice Buckle, hör sofort damit auf. Du hast dich dem Ganzen entzogen. Du hast Adieu gesagt.* Eine Karte meiner direkten Nachbarschaft erscheint. Ich vergrößere die Karte. Sie konzentriert sich auf meine Wohnstraße. Ich ziehe die kleine gelbe Figur auf die Stecknadel, weil ich mehr Infos haben will, und ein echtes Foto von einem echten Haus erscheint. 529 Irving Drive.

Mein Haus.

Wie bitte? Das Foto wurde von meinem Haus aus gemacht? Ich versuche, diese Information zu verarbeiten.

Forscher 101 war bei mir zu Hause? Stellt er mir etwa nach? Ist er ein Stalker? Aber das ergibt keinen Sinn. Wie hätte er in mein Haus kommen können? Irgendwer ist immer zu Hause, zwischen Schulende und Carolines Halbtagsjob, und Jampo hätte sich die Seele aus dem Leib gebellt, wenn jemand eingebrochen wäre, und William lässt niemals – William – du lieber Gott.

Ich vergrößere das Foto der Hand. Und als die bekannten Details dieser Hand in den Vordergrund treten – die ausladende Handfläche, die langen, sich verjüngenden Finger, die winzige Sommersprosse auf dem kleinen Finger –, da wird mir fast schlecht. Es ist Williams Hand.

»Alice, kannst du mir deinen Conditioner leihen?« Bunny taucht in ein Handtuch gehüllt und mit ihrem Kulturbeutel in der Hand im Türrahmen auf. Dann bemerkt sie meinen Gesichtsausdruck. »Alice, Gott im Himmel, was ist los?«

Ich ignoriere sie und widme mich wieder meinem Computer. *Denk nach, Alice, denk nach!* Hat sich Forscher 101 irgendwie in unser Familienalbum eingehackt? Mein Gehirn fühlt sich zusammengefaltet an, wie ein Omelett. Forscher 101 ist ein Stalker, Forscher 101 hat mir nachgestellt, hat William nachgestellt, William hat mir nachgestellt, William ist ein Stalker, Forscher 101 ist ein Stalker ist William ist Forscher 101. *O mein Gott.*

»Alice, du redest unverständliches Zeugs. Du machst mir Angst. Ist jemand verletzt worden? Ist jemand *gestorben*?«

Ich blicke auf zu Bunny. »William ist Forscher 101.«

Bunny bekommt riesige Augen, und dann wirft sie, zu meiner Überraschung, ihren Kopf in den Nacken und lacht schallend los.

»Warum lachst du so?«

»Weil es *natürlich* William ist! Natürlich! Das ist zu genial. Das ist – köstlich.«

Ich schüttele frustriert den Kopf. »Du meinst wohl *voll daneben*.«

Bunny kommt ins Zimmer und linst über meine Schulter, während ich krampfhaft durch unsere E-Mails und Chats scrolle und sie diesmal in einem völlig anderen Licht sehe.

Ich: Ich kann mir das Wetter jeden Tag auf meinen Laptop liefern lassen. Gibt's was Besseres?

101: Von einem Regenguss erwischt zu werden?

»Ich fasse es nicht! Diese Abgebrühtheit. Und das mit den Piña Coladas, wie geht noch mal dieses Lied?«, kreische ich.

»Mannomann, das ist clever«, sagt Bunny. »In etwa so: Er hatte seine Lady satt, sie waren schon zu lange ein Paar.« Sie zwinkert mir zu, und ich starre wütend zurück.

Ich: Sie haben echt Glück. Das klingt nach einem Traumhund.

101: O ja, das ist er.

»O ja, sehr witzig, unglaublich witzig, wahnsinnig witzig, William, ha-ha«, sage ich.

»Erkennst du diesen Hund wieder?«, fragt Bunny.

Ich sehe mir das Foto genauer an. »Verdammt, das ist der Hund unserer Nachbarn, Mr Big.«

»Dein Nachbar heißt Mr Big?«

»Nein, der Hund.«

»Wie konnte dir das entgehen?«, fragt Bunny. »Es scheint ja fast so, als wollte er, dass du Bescheid weißt, Alice. Als wollte er dir Hinweise geben.«

Ich: Ja, bitte ändern Sie meine Antwort. Sie ist ehrlicher – ganz im Gegensatz zu Ihrem Profilbild.

101: Keine Ahnung, was Sie meinen. Meinen Erfahrungen nach ist die Wahrheit oft verschwommen.

»Dieser verdammte Scheißkerl«, fluche ich.

»Hm, für mich klingt das so, als hätte er ein bisschen zu viel Eckhart Tolle gelesen«, meint Bunny.

Ich: Wenn unser Treffen stattgefunden hätte? Wenn Sie an besagtem Abend aufgetaucht wären? Was wäre Ihrer Meinung nach passiert?

101: Ich glaube, Sie wären enttäuscht gewesen.

Ich: Warum? Was verbergen Sie vor mir? Haben Sie Schuppen? Wiegen Sie dreihundert Kilo? Müssen Sie sich schon die Haare über die Glatze kämmen?

101: Sagen wir mal, ich hätte kaum Ihren Erwartungen entsprochen.

Ich stöhne. »Er hat die ganze Zeit mit mir gespielt!«

»Was für den einen Spiel ist, ist für den anderen, Hinweise zu streuen und darauf zu warten, entdeckt zu werden. Vielleicht warst du nur einfach schwer von Begriff, Alice. Außerdem muss ich dir sagen, dass ich bis jetzt nicht eine einzige Zeile von ihm gelesen habe, die nicht der Wahrheit entspricht.«

»Wie bitte? *Alles* ist gelogen! Forscher 101 ist eine Lüge. Es gibt ihn nicht!«

»Oh, und ob. William hätte ihn nicht erfinden können, wenn Forscher 101 nicht irgendwie ein Teil von ihm wäre. Oder jemand, der er sein wollte.«

»Nein. Er hat mich ausgetrickst und mir einfach nur das gesagt, was ich hören wollte.«

»Das glaube ich nicht«, sagt Bunny kichernd.

»Was ist denn mit dir los, Bunny? Warum wirkst du so begeistert von alldem?«

»Warum bist *du* nicht begeistert? Verstehst du denn nicht, Alice? Du kannst mit beiden weitermachen, mit Forscher 101 und mit William. Für immer. Weil sie ein und dieselbe Person sind!«

»Ich fühle mich so gedemütigt.«

»Womit wir wieder beim Thema sind. Es gibt keinen Grund, sich gedemütigt zu fühlen.«

»Oh doch. Ich habe Dinge gesagt – Dinge, die ich sonst niemals gesagt hätte. Dinge, die ihn überhaupt nichts angehen. Antworten, die er nur durch Betrug aus mir herausbekommen hat.«

»Was, wenn er dich diese Dinge direkt ins Gesicht gefragt hätte?«

»William hätte mich so etwas nie gefragt.«

»Warum nicht?«

»Es hat ihn nicht interessiert. Er hat schon vor langer Zeit aufgehört, sich dafür zu interessieren.«

Bunny zieht das Handtuch um sich herum etwas fester. »Na ja, dann kann ich dazu nur sagen, dass er sich für einen Ehemann, der sich nicht für das interessiert, was seine Frau denkt oder sich wünscht oder glaubt, ganz schön viel Mühe gemacht hat. Und jetzt habe ich nur noch eine Frage an dich.« Sie deutet auf den Ann-Taylor-Hosenanzug, den ich auf dem Bett ausgebreitet habe. »Du hast doch nicht etwa vor, den heute Abend anzuziehen, oder?«

»Dein Vater hat dir etwas geschickt«, sagt William, als er ins Bad kommt. »Ich musste die Annahme quittieren.«

Ich bin seit einer Stunde oben. Ich koche vor Wut und gehe William aus dem Weg und versuche, mich irgendwie in gute Laune für das Abendessen zu versetzen. Aber sein Anblick bringt mich wieder total in Rage.

»Du siehst toll aus.« Er überreicht mir einen Umschlag.

»Ganz bestimmt nicht«, gifte ich ihn an.

»Dieser Hosenanzug hat mir schon immer gut gefallen.«

»Tja, da bist du weit und breit der Einzige.«

»Du meine Güte, Alice, was ist denn los? Bist du sauer auf mich?«

»Warum sollte ich sauer auf dich sein? Sollte ich sauer auf dich sein?«

Mein Handy piepst los, eine SMS von Nedra. *Hoffe, du hast deine Rede parat. Üben, üben, üben. Bin so aufgeregt wegen heute Abend. Xoxoxo.*

»Scheiß Rede«, sage ich, »darauf habe ich absolut keinen Bock.«

»Aha, deshalb bist du so schnippisch. Die Nerven«, sagt William. »Du machst das bestimmt super.«

»Nein, ganz bestimmt nicht. Ich kann das nicht. Ich kann das einfach nicht. Man kann nicht von mir erwarten, dass ich alles mache. Du hältst die Rede!« Ich fange an zu weinen.

»Im Ernst?«

»Ja, du wirst das übernehmen müssen. Ich tu's nicht.«

William sieht mich entgeistert an. »Aber Nedra wird so enttäuscht sein. Du bist die Ehrendame.«

»Ist doch völlig egal, wer die Rede hält. Du. Ich. Es muss nur jemand aus der Familie sein. Soll Peter sie halten. In solchen Sachen ist er richtig gut.«

»Alice, ich begreife das nicht.«

»Nein, tust du nicht. Und das war schon immer so.«

William zuckt vor mir zurück, als hätte ich ihn geschlagen.

»Ich denke mir was aus«, sagt er leise. »Sag mir Bescheid, wenn du hier fertig bist, damit ich auch duschen kann.«

Nachdem William gegangen ist, weiß ich nichts mit mir anzufangen, also öffne ich den Umschlag. Der Inhalt besteht aus zwei Dingen: einer Karte von meinem Vater und einem alten, sorgfältig zu einem Quadrat gefalteten Taschentuch. Das Taschentuch gehörte mal meiner Mutter, bestickt mit drei kleinen Veilchen auf weißer Baumwolle und ihren Initialen. Ich presse es unter meine Nase. Es riecht immer noch nach ihrem Body Splash von Jean Naté. Dann greife ich nach der Karte.

Manchmal finden Dinge, die wir verloren haben, ihren Weg zu uns zurück. Nicht sehr oft, aber manchmal. Das hier habe ich bei einem Pfandleiher in Brockton entdeckt. Der Besitzer meinte, es läge bereits seit zwei Jahrzehnten in der Vitrine, aber das wird dich nicht überraschen. Ich weiß, du hast ein paar Fehler gemacht und ein paar Dinge getan, die du gerne wieder rückgängig machen würdest. Ich weiß, du fühlst dich verloren, und du weißt nicht, was du tun sollst. Ich hoffe, das hier wird dir bei deiner Entscheidung helfen. Ich liebe dich, Kleines.

Vorsichtig falte ich das Taschentuch auseinander, und mittendrin, eingebettet in die weiße Baumwolle, liegt mein Verlobungsring, der, den ich aus dem Autofenster geschmissen habe, als William und ich Streit darüber hatten, ob wir Helen zu unserer Hochzeit einladen oder nicht. Jemand muss ihn gefunden und zum Pfandleiher gebracht haben. Die Edelsteine sind mit den Jahren dunkler geworden, und er muss gründlich gereinigt werden, aber da ist ganz unverkennbar der winzige Diamant, flankiert von zwei noch winzigeren Smaragden – der Ring, den mein Großvater vor so vielen Jahren meiner Großmutter geschenkt hat, der Ring, den ich so unbekümmert weggeworfen habe.

Ich versuche, die Gravierung auf der Innenseite zu entziffern, aber die Schrift ist zu klein. Ich kann kaum darüber nachdenken, was das alles jetzt bedeuten soll. Wenn ich mich darauf einlasse, drehe ich durch. Uns bleibt noch eine Stunde, bis wir zu der Feier aufbrechen müssen. Ich stecke den Ring in eine Tasche und gehe nach unten.

Das Abendessen findet in einem sehr angesagten Restaurant statt, dem Boca.

»Läuft da Donna Summer?«, fragt William, als wir durch die Tür gehen.

»Jude hat mir erzählt, Nedra hat einen DJ engagiert«, sagt Zoe. »Hoffentlich spielen sie nicht den ganzen Abend lang Siebzigerjahre-Musik.«

»Ich liebe dieses Lied«, sagt Jack zu Bunny, »und mein Gefühl verrät mir, dass deine Tanzkarte heute voll sein wird, mein Bad Girl.«

»Hast du dein Aspirin genommen?«, erwidert Bunny.

»Drei«, sagt Jack, »für alle Fälle.«

»Für alle Fälle was?«

»Das«, sagt er und küsst sie auf den Mund.

»Ihr zwei seid so niedlich«, sagt Zoe.

»Da wärst du ganz anderer Meinung, wenn das deine Mutter und ich machen würden«, beschwert sich William.

»Das liegt daran, dass öffentliche Liebesbekundungen in der Altersspanne von dreißig bis sechzig ekelhaft sind«, klärt Zoe ihn auf. »Ab sechzig ist es dann wieder niedlich. Du bist doch älter, oder«, flüstert Zoe Jack zu.

»Minimalst.« Jack presst Daumen und Zeigefinger zusammen.

»Da ist Nedra«, sagt William, »dahinten an der Bar.« Er pfeift anerkennend.

Nedra trägt ein waldgrünes, tief ausgeschnittenes Wickelkleid aus Seide. Sie zeigt selten Dekolleté, weil sie das unter ihrer Würde findet. Aber heute Abend hat sie eine Ausnahme gemacht. Sie sieht unglaublich toll aus.

»Wir sagen es ihr besser«, meint William. »Machst du das oder soll ich?«

»Sagen ihr was?«, fragt Peter.

Ich seufze. »Dass euer Vater die Tischrede hält, nicht ich.«

»Aber du bist ihre Brautjungfer. Du musst die Rede halten«, sagt Zoe.

»Eurer Mutter geht es nicht gut«, sagt William. »Ich springe für sie ein.«

»Na klar.« Zoes Miene verrät mir genau, was sie denkt: Ihre Mutter macht sich aus dem Staub – mal wieder. Es sollte mir etwas ausmachen, und ich gehe für meine Tochter mit sehr schlechtem Beispiel voran, aber ich kann es nicht ändern. Nicht heute Abend.

»Schätzchen! Nimm auch einen Soiree«, kreischt Nedra los, als sie mich auf sich zukommen sieht. Sie hält mir ein Martiniglas mit einer durchsichtigen Flüssigkeit entgegen. Auf der Oberfläche schwimmen kleine lilafarbene Blüten herum.

»Lavendel, Gin, Honig und Zitrone«, sagt sie. »Probier mal.«

Ich zitiere den Barmann herbei. »Einen Chardonnay, bitte.«

»Du bist so berechenbar«, sagt Nedra. »Das ist eins der Dinge, die ich an dir so liebe.«

»Also, na ja, ich sage vorher, dass du meine Berechenbarkeit gleich nicht mehr lieben wirst.«

Nedra stellt ihr Martiniglas ab. »Versetze meiner Feier keinen Dämpfer, Alice. Denk nicht einmal daran.«

Ich seufze. »Ich fühle mich schrecklich.«

»Und los geht's. Was meinst du damit, dich schrecklich zu fühlen?«

»Krank.«

»Wie krank?«

»Kopfschmerzen. Bauchweh. Schwindelig.«

Der Barmann bringt mir meinen Wein. Ich genehmige mir einen großen Schluck.

»Das sind bloß die Nerven.«

»Ich glaube, ich kriege gleich eine Panikattacke.«

»Du kriegst keine Panikattacke. Hör auf mit diesem Drama und sag einfach, was du zu sagen hast.«

»Ich kann diese Tischrede heute Abend nicht halten. Aber, keine Sorge, William springt für mich ein.«

Nedra schüttelt den Kopf. »Dieser Hosenanzug ist scheußlich.«

»Ich wollte dir nicht die Show stehlen, aber meine Sorge war wohl überflüssig. All das hier ...« Ich wedele mit der Hand vor ihren Brüsten herum. »Wahnsinn.«

»Ich habe dich nur um eins gebeten, Alice. Etwas, worüber die meisten Frauen begeistert gewesen wären. Dass du meine Ehrendame bist.«

»Es gibt Gründe. Ich fühle mich total daneben. Ich kann keinen klaren Gedanken fassen. Es ist etwas passiert«, heule ich los.

»Ach, *wirklich,* Alice?« Sie sieht mich skeptisch an.

»Ich hatte heute schlechte Neuigkeiten. Wirklich schreckliche, schlechte Neuigkeiten.«

Nedras Gesichtsausdruck wird etwas sanfter. »Gott, Alice,

warum hast du mir das nicht gleich gesagt? Was ist passiert? Geht es um deinen Vater?«

»Forscher 101 ist William!«

Nedra nippt elegant an ihrem Glas. Und noch mal.

»Hast du mich gehört?«

»Habe ich.«

»Und?«

»Bekommst du bald deine Tage, Alice?«

»Ich habe Beweise! Hier, das ist eins der Profilbilder von Forscher 101.« Ich zücke mein Handy, melde mich bei Facebook an, klicke auf sein Fotoalbum, und dann klicke ich auf das Foto seiner Hand. »Zuallererst, es hat einen Geo-Tag.«

»Hm.« Nedra blickt über meine Schulter.

Ich ziehe den kleinen gelben Mann auf die rote Stecknadel, und als das Foto von unserem Haus auf dem Bildschirm erscheint, schlägt sie sich die Hand vor den Mund. »Warte, es kommt noch besser.« Ich vergrößere das Foto. »Es ist seine Hand. Er hätte irgendeine Hand nehmen können. Irgendeine Hand aus dem Internet. Sogar eine Hand aus den Clipart-Alben. Er hat seine eigene genommen.«

»Dieser verdammte, dämliche Idiot«, flucht Nedra.

»Genau!«

»Ich fasse es nicht!«

»*Genau!*«

Sie schüttelt ungläubig den Kopf. »Wer hätte so etwas von ihm gedacht? Das ist das Allerromantischste, was ich je gehört habe.«

»O Gott, du nicht auch noch.«

»Was meinst du damit, ich nicht auch noch?«

»Bunny hat genauso reagiert.«

»Tja, das sollte dir dann ja wohl zu denken geben.«

Ich nestele meinen Verlobungsring aus meiner Tasche. »Ach, Nedra, ich weiß einfach nicht, was ich fühlen soll. Ich bin so durcheinander. Sieh mal.« Ich zeige ihr den Ring. »Der kam heute mit der Post.«

»Was ist das?«

»Mein Verlobungsring.«

»Der, den du vor fünfzig Millionen Jahren aus dem Autofenster geschmissen hast?«

»Mein Vater hat ihn bei einem Pfandleiher entdeckt. Jemand muss ihn dort versetzt haben.« Ich halte mir den Ring direkt vor die Augen und kneife sie zusammen. »Da ist eine Gravur, aber ich kann sie nicht entziffern.«

»Alice, deine Weigerung, dich mit deiner altersbedingten Presbyopie zu beschäftigen, wird langsam zu einem echten Problem«, sagt Nedra. »Gib mal her.«

Ich gebe ihr den Ring.

»Ihr Herz flüsterte ihr zu, er habe es für sie getan«, liest sie vor. »Du liebe Güte.«

»Das steht da nicht.«

»Doch.«

»Das hast du dir ausgedacht.«

»Nein, versprochen. Es kommt mir bekannt vor. Gib mir dein Handy.«

Sie tippt das Zitat bei Google ein. »Jane Austen, *Stolz und Vorurteil*«, quiekt sie los.

»Also, das ist echt irre.«

»So was von irre. Total irre. Du musst ihm verzeihen. Das ist ein Zeichen.«

»Ich glaube nicht an Zeichen.«

»Ach ja, stimmt, nur Romantiker glauben an Zeichen.«

»Weicheier«, sage ich, »Warmduscher.«

»Und du bleibst dabei, dass du auf keinen Fall zu denen gehören möchtest, mein Schatz?«

»Was habt ihr beide da zu flüstern?«, fragt Kate, die plötzlich hinter Nedra auftaucht. Kate trägt ein gelbes Kleid, bei dem ich mir sicher bin, dass Nedra es für sie ausgesucht hat. Zusammen bilden sie eine Sonnenblume. Kate ist die Blüte, Nedra der Stängel.

»Himmel noch mal, du siehst wunderschön aus.« Nedra streichelt Kates Wange. »Nicht wahr, Alice? Sie sieht aus wie eine irische Salma Hayek.«

»Okay, ich glaube, das ist ein Kompliment. Hört mal, ich finde, wir sollten uns bald hinsetzen, ungefähr in einer Viertelstunde. Wann willst du denn deine Rede halten, Alice? Kurz bevor das Essen kommt? Oder danach?«

»Sie wird die Rede nicht halten«, sagt Nedra.

»Nein?«, fragt Kate.

»William übernimmt das für sie.«

Kate runzelt die Stirn.

»Es tut mir leid. Es tut mir so leid, aber ich bin heute Abend einfach nicht in Form. Aber William wird brillant sein. Er kann so etwas sehr gut. Viel besser als ich. Ich stelle mich furchtbar an vor Publikum. Ich fange an zu schwitzen, und meine Beine …«

»Das reicht, Alice«, sagt Nedra und hakt Kate unter. »Komm, Kate, lass uns eine Runde drehen.«

Ich schnappe mir mein Glas Chardonnay und setze mich an einen leeren Tisch im hinteren Teil des Raums. Ich entdecke Zoe und Jude in einer Ecke, die Händchen halten und sich innig in die Augen schauen. Peter ist auf der Tanzfläche unterwegs, führt den Robot Dance auf und hat sichtlich eine Menge Spaß dabei. Jack, Bunny und Caroline haben an einem Tisch Platz genommen. Und William steht an der Bar, mit dem Rücken zu mir. Ich nehme mein Handy aus der Tasche. John Yossarian ist online. William hat offensichtlich vergessen, sich abzumelden.

Ich hab's mir anders überlegt. Ich möchte mich mit Ihnen treffen, Forscher 101.

Äh – im Moment kann ich wirklich nicht chatten. Ich stecke in einer Sache fest.

Wann können wir uns treffen?

Ich dachte, Sie wären durch den Wandschrank in Ihr richtiges Leben zurückgekehrt.

Das richtige Leben wird den Erwartungen auch nicht gerecht.

Das verstehe ich nicht. Was ist passiert?

Wann können wir uns treffen?

Ich kann mich nicht mit Ihnen treffen, Ehefrau 22.

Warum nicht?

Weil ich mit meiner Frau zusammen bin.

Sie kann mir nicht das Wasser reichen.

Sie kennen Sie nicht.

Sie ist eine echte Memme.

Das stimmt nicht.

Sie sind eine echte Memme.

Möglicherweise.

Sagen Sie mir die Wahrheit, wenigstens das sind Sie mir schuldig: Sind Sie glücklich in Ihrer Ehe?

Das ist keine unbedeutende Frage.

Ich musste sie auch beantworten. Jetzt sind Sie dran.

Ich beobachte William dabei, wie er sein Handy auf den Tresen legt, wieder in die Hand nimmt, wieder ablegt und einen großen Schluck von seinem Drink hinunterkippt. Schließlich nimmt er das Handy erneut in die Hand und beginnt zu tippen.

Na gut. In Ordnung. Also, wenn Sie mich das vor ein paar Monaten gefragt hätten, wäre die Antwort ein Nein gewesen. Sie war so unglücklich, genau wie ich. Ich war entsetzt darüber, wie sehr wir uns auseinandergelebt hatten und wie distanziert wir miteinander umgingen. Ich hatte keine Ahnung mehr davon, wer sie war, was sie sich wünschte oder wovon sie träumte. Und es war so lange her, dass ich sie danach gefragt hatte. Ich war mir nicht sicher, ob ich es schaffen würde, dieses Gespräch zu führen, zumindest nicht von Angesicht zu Angesicht. Also habe ich etwas getan, worauf ich nicht stolz bin. Ich habe sie hintergangen. Ich dachte, ich käme damit durch, aber jetzt glaube ich, dass ich es ihr beichten werde.
Erinnern Sie sich daran, wie Sie sagten, dass die Ehe so paradox sei wie die Catch-22-Regel, ein echtes Dilemma? Dass genau die Dinge, die Sie am Anfang an Ihrem Ehemann so attraktiv fanden, genau die waren, warum Sie sich quasi entliebt haben? Ich fürchte, ich bin in einem vergleichbaren Catch-22-Dilemma gefangen. Ich habe etwas aus Liebe getan, um meine Ehe zu retten. Aber das, was ich getan habe, führt möglicherweise direkt dazu, dass sie endet. Ich kenne meine Frau. Sie wird sehr wütend sein, wenn sie herausfindet, was ich getan habe.

Wozu dann überhaupt die Beichte?

Weil der Augenblick gekommen ist, mich zu zeigen.

»Entschuldigt bitte, alle mal herhören«, sagt Nedra. Sie steht mit einem kabellosen Mikrofon in der Hand ganz vorne im Lokal. »Wenn sich jeder jetzt bitte einen Platz sucht.«

Ich beobachte William, wie er mit dem Handy in der Hand von seinem Barhocker aufsteht. Er entdeckt mich, winkt mir zu und deutet auf den Tisch, an dem bereits Bunny, Jack und Caroline sitzen. Unglaublich. Er sieht kein bisschen verunsichert aus.

Als ich den Tisch erreiche, rückt er einen Stuhl für mich zurecht. »Wie lief's mit Nedra?«

»Gut.«

»Ist es in Ordnung für sie, wenn ich die Tischrede halte?«

Ich zucke mit den Achseln.

»Ist es für *dich* in Ordnung, wenn ich sie halte?«

»Ich muss aufs Klo.«

Auf der Toilette tupfe ich mein Gesicht mit kaltem Wasser ab und lehne mich über das Waschbecken. Ich sehe furchtbar aus. Im Neonlicht wirkt mein Hosenanzug pink, wie in einem Cartoon. Ich atme ein paarmal tief durch. Ich verspüre keine Eile, an den Tisch zurückzukehren.

Ich bin todunglücklich.

Warum, Ehefrau 22?

Weil Sie mir das angetan haben.

Das entspricht nicht ganz der Wahrheit. Wir haben beide unseren Teil dazu beigetragen.

Ich war verletzlich. Ich war einsam. Ich war bedürftig. Sie haben mich ausgenutzt!

Auch ich war verletzlich, einsam und bedürftig – haben Sie das schon mal in Erwägung gezogen?

Ich fürchte, das bringt alles nichts mehr. Wir sollten das Chatten sein lassen.

Und warum ist das Ihre Entscheidung? Sie wollen mich doch bloß wieder hängen…

Der kleine grüne Punkt neben seinem Namen wird zu einem Halbmond. Er hat sich abgemeldet.

Ich bin fuchsteufelswild. Wie kann er es wagen, mich einfach so abzuschmettern! Ich stürze aus den Toiletten und stoße fast mit einem Kellner zusammen. »Kann ich Ihnen etwas bringen?«, fragt er.

Ich spähe ins Restaurant und sehe, wie Nedra an unseren Tisch kommt. Sie überreicht einem sichtlich nervösen William das Mikro, küsst ihn auf die Wange und geht anschließend an ihren Tisch zurück, wo sie ihren Stuhl so nah wie möglich an den von Kate rückt.

William steht auf und räuspert sich. »Also, man hat mich gebeten, eine Rede zu halten …«

»Mir nicht, aber sehen Sie den Mann mit dem Mikrofon? Das ist mein Ehemann. Er hätte gerne eine Piña Colada«, flüstere ich dem Kellner zu.

»Kein Problem, ich bringe sie ihm dann nach seiner Rede.«

»Nein, mehr als alles auf der Welt wünscht er sie sich sofort. Er ist am Verdursten. Wirklich. Sehen Sie, wie er ständig schluckt und würgt? Er braucht sie, um die Rede durchzuhalten. Können Sie sie so schnell wie möglich bringen?«

»Aber selbstverständlich«, sagt der Kellner und hastet zur Bar.

»Ich kenne Nedra und Kate nun seit – warten Sie – seit dreizehn Jahren«, setzt William an, »und als ich Nedra zum ersten Mal traf …«

Ich nehme das Surren des Mixers wahr. Ich sehe dem Barmann dabei zu, wie er den Cocktail in ein Glas füllt. Ich beobachte, wie er ihn mit einer Scheibe Ananas und einer Kirsche dekoriert.

»Und ich wusste es«, sagt William. »Wir wussten es alle.«

Der Kellner macht sich mit Williams Cocktail auf den Weg durch das Lokal.

»Wissen Sie, warum man es sofort weiß? Wenn zwei Menschen füreinander bestimmt sind?«

Der Kellner schlängelt sich an den Tischen vorbei.

»Und Kate – Kate, lieber Himmel, Kate. Was soll ich über Kate sagen?«, brabbelt William vor sich hin.

Der Kellner wird von einem Pärchen abgepasst, das etwas zu trinken bestellen will. Er nimmt ihre Wünsche entgegen und geht weiter.

»Also wirklich, bitte sehr! Schaut euch die beiden an. Die Braut und – nun ja, die Braut.«

Der Kellner erreicht Williams Tisch und stellt den Cocktail geschickt vor ihm ab. William blickt verwirrt auf das Glas hinab. »Was ist das? Ich habe nichts bestellt«, flüstert er, aber jeder kann ihn hören, weil er das Mikro in der Hand hält.

»Das ist eine Piña Colada, Sir. Ihre Kehle ist doch völlig ausgetrocknet«, sagt der Kellner.

»Sie haben mir die Bestellung eines anderen Gastes hingestellt.«

»Nein, das ist für Sie«, sagt der Kellner insistierend.

»Ich sagte Ihnen doch bereits, ich habe nichts bestellt.«

»Aber Ihre Frau«, flüstert der Kellner ihm zu und deutet auf mich.

William sieht mich quer durch das Lokal an, und ich winke

ihm kurz zu. Über sein Gesicht zieht in Nanosekunden eine Vielzahl unterschiedlicher Gefühlsregungen. Ich versuche sie einzuordnen: Fassungslosigkeit, Verwundbarkeit, Schock, Scham, Wut und dann etwas anderes, etwas, worauf ich nicht vorbereitet bin. Erleichterung.

Er nickt. Nickt noch einmal, dann trinkt er einen Schluck seiner Piña Colada. »Schmeckt gut. Überraschend gut«, sagt er ins Mikro und verschüttet dann aus Versehen das ganze volle Glas über sein weißes Hemd. Bunny und Caroline springen mit ihren Servietten in der Hand auf und tupfen Williams Hemd ab.

»Sodawasser, bitte!«, ruft Bunny. »Schnell, bevor die Flecken einziehen!«

Ich rase in den Flur, der zu den Toiletten führt. Dreißig Sekunden später stellt sich William mir in den Weg.

»Du weißt Bescheid?«, flüstert er und drückt mich gegen eine Wand.

Ich starre auf sein nasses, fleckiges Hemd. »Offensichtlich.«

Seine Kiefermuskeln arbeiten. »*Das richtige Leben wird den Erwartungen auch nicht gerecht*?«

»Du hast mit mir gespielt. Monatelang. Warum sollte ich nicht das Gleiche mit dir tun? Nur ein bisschen.«

Er atmet tief durch. »William hatte ein sehr schlimmes Jahr. William versucht erst gar nicht, sich zu entschuldigen. William hätte seiner Frau von dem schlimmen Jahr erzählen sollen.«

»Warum sprichst du über dich in der dritten Person?«

»Ich versuche nur, zu reden wie du. Wie auf Facebook. Von Angesicht zu Angesicht. Sag was.«

»Gib mir dein Handy.«

»Warum?«

»Willst du nicht wissen, wie ich es herausgefunden habe?«

William gibt mir sein Handy.

»Jedes Mal, wenn du ein Foto machst, werden dein Breiten- und Längengrad abgespeichert. Dein letztes Profilbild – das von deiner Hand – wurde bei uns zu Hause fotografiert. Du hast mir eine Fährte hinterlassen, die mich direkt zu dir geführt hat.«

Ich schalte die Ortungsdienste in seinem Handy ab. »So, jetzt kann dich niemand mehr aufspüren.«

»Und was, wenn ich aufgespürt werden will?«

»Dann solltest du professionelle Hilfe in Anspruch nehmen.«

»Wie lange weißt du es schon?«

»Seit heute Nachmittag.«

William fährt sich mit der Hand durchs Haar. »Mensch, Alice, warum hast du nichts gesagt? Weiß Bunny auch Bescheid?«

Ich nicke.

»Nedra auch?«

»Ja.«

Er zieht eine Grimasse.

»Es muss dir nicht peinlich sein. Sie himmeln dich an. Sie finden, das Ganze ist das Allerromantischste, was sie je erlebt haben.«

»Fandest du das auch?«

»Warum, William? Warum hast du das getan?«

Er seufzt. »Weil ich deine Google-Suche entdeckt habe. Am Abend der FiG-Launch-Party. Du hast den Verlauf nicht gelöscht. Ich habe alles gesehen. Von *Alice Buckle* bis *Glückliche Ehe*. Du warst so unglücklich. Ich habe dich unglücklich gemacht. Ich habe diese blöde Bemerkung über dein *kleineres Leben* abgelassen. Ich musste etwas unternehmen.«

»Und das Netherfield-Zentrum? War das eine Erfindung? Seine Angliederung an die UCSF?«

»Mir war klar, dass du an der Umfrage nicht teilnimmst, wenn sie nicht absolut glaubwürdig rüberkommt. Die Webseite einzurichten war kein Problem. Das Problem entstand, als das Ganze sich verselbstständigte. Ich hatte den Plan, alles zu beichten. An dem Abend, als wir im Tea & Circumstances verabredet waren. Als Bunny und Jack ankamen. Ich hatte niemals vor, dich zu versetzen. Ich habe dich gebeten, nicht zu gehen, erinnerst du dich? Ich dachte nicht, dass es so enden würde.«

»Aber warum musstest du das alles heimlich machen? Warum hast du mir die Fragen nicht einfach direkt gestellt? Du hast es noch nicht mal versucht.«

»Was soll das heißen? Ich habe dir nachgestellt. Ich habe um dich geworben. Ich habe einen getürkten Facebook-Account angemeldet. Ich habe dir SMS geschickt, Warnmeldungen und Ankündigungen. Und ich habe die verdammten *Chroniken von Narnia* und *Catch-22* gelesen.«

»Ist es an? Funktioniert das hier?« Wir hören, wie Nedra das Mikrofon testet. »William? Bist du da irgendwo? Es ist furchtbar schlechter Stil, eine Rede nicht zu beenden. Sie in der Schwebe zu halten. Zumindest sieht man das in England so.«

»Oh Gott, nein«, stöhnt William, untypischerweise sichtlich aus der Fassung gebracht, »rette mich.«

»Na gut«, sage ich, »dann halte ich eben diese verdammte Tischrede.«

Auf meinem Weg durch das Lokal versuche ich, einen klaren Kopf zu bekommen. Natürlich sollte ich etwas über die Liebe zum Besten geben. Etwas über die Ehe. Etwas Witziges. Etwas Nettes. Aber in meinem Kopf drehen sich alle Gedanken um William. Wie weit er gegangen ist, um an mich heranzukommen.

Als ich an unserem Tisch ankomme, überreicht Zoe mir das Mikro. »Los geht's, Mom«, flüstert sie mir zu.

Langsam führe ich das Mikrofon nahe an meinen Mund heran. »Wissen Sie, warum man weiß, dass man es weiß?«, plappere ich drauflos.

Das habe ich nicht wirklich gerade gesagt. Meine Knie sind wackelig. Ich starre nervös ins Publikum und greife mir an den Hals.

»Kopf hoch«, sagt Bunny kaum hörbar zu mir.

»Wenn alles stimmt.«

»So redet kein Mensch in Wirklichkeit«, lässt Bunny mich leise wissen.

»Nichts kann zwei Menschen, die sich lieben, daran hindern, zusammen zu sein.«

»Sprich mit dem Herzen, Alice, mit dem Herzen«, ermahnt sie mich.

»Entschuldigung, eine Sekunde.« Ich sehe mich nach William um, kann ihn aber nirgendwo entdecken. »Ich nehme noch mal neu Anlauf. Nedra. Kate. Meine liebsten, engsten Freundinnen.« Ein *Pst!* geht durchs Restaurant. Ich lasse meinen Blick durch den Raum schweifen.

»Du meine Güte, überall sind Handys. Ist euch klar, wie viele Handys hier auf jedem Tisch liegen? Hat irgendjemand im Raum kein Gerät dabei? Hebt eure Hand. Nein, das habe ich auch nicht geglaubt. Wisst ihr, das ist verrückt. Total verrückt. Wir leben im Zeitalter der unendlichen Verbindungen. Man wird schnell davon abhängig, in Sekundenbruchteilen zu allem und jedem Zugang zu haben, aber ich bin mir nicht sicher, ob das wirklich gut ist.«

Ich mache eine Pause, trinke einen Schluck Wasser als Verzögerungstaktik und hoffe, die Klarheit möge ihren Weg zu mir finden. Wo zum Teufel steckt William?

»Mir hat mal jemand gesagt, Warten sei eine vom Aussterben bedrohte Kunst. Er machte sich Sorgen, wir hätten Geschwindigkeit und ständige Erreichbarkeit gegen die tieferen Gefühle, die Fortgehen und Zurückkehren mit sich bringen, eingetauscht. Ich war mir nicht sicher, ob ich ihm zustimme. Wer will nicht haben, was man haben will, wenn man es haben will? Unsere heutige Welt funktioniert eben so. So zu tun, als wäre das anders, ist lächerlich. Aber so langsam fange ich an zu glauben, dass er recht hat. Nedra und Kate, ihr seid das beste Beispiel dafür, was euch Warten gebracht hat. Eure Partnerschaft spornt mich an. Sie lässt mich wünschen, besser zu sein. Ihr führt eine der solidesten, unerschütterlichsten, liebevollsten und zärtlichsten Beziehungen, die ich jemals gesehen habe, und es ist mir eine Ehre, morgen Brautjungfer bei eurer Hochzeit zu sein.«

Unauffällig versuche ich, meine schweißnassen Hände an meiner Hose abzuwischen.

»Ich weiß, ich sollte euch jetzt ein paar Ratschläge geben. Weise Ratschläge von jemandem, der seit zwei Jahrzehnten verheiratet ist. Ich habe keine Ahnung, welche Art Weisheit ich euch anbieten kann, aber eins kann ich euch sagen: In der Ehe gibt es keine Neutralität. Manchmal hätten wir das gerne, aber sich auf der Krankenstation zu verstecken und zu warten, bis der Krieg vorbei ist – so kann man nicht leben.«

Ich blicke in ein Meer verwirrter Gesichter. Oje.

»Was ich versuche, euch zu sagen, ist: Seid in eurer Ehe nicht Schweden. Auch kein Costa Rica. Nicht, dass mir Schweden oder Costa Rica nicht gefallen; das sind wunderschöne Orte zum Leben und für Reisen, und ich begrüße ihre Neutralität, zumindest aus politischer Sicht. Aber mein Rat lautet: Traut euch, lasst eure Ehe ein aufgeheiztes Land sein, das in den letzten Zügen einer Revolution liegt, wo jede von euch beiden einen anderen Dialekt spricht und ihr euch manchmal kaum versteht, aber das macht nichts, weil, na ja, weil jede von euch beiden kämpft. Weil ihr umeinander kämpft.«

Einige Gäste fangen an, sich etwas zuzuflüstern. Ein Frauenpaar verlässt seinen Tisch und geht an die Bar. Sie entgleiten mir. Was habe ich mir bloß dabei gedacht? Ich bin die wohl am wenigsten geeignete Person weit und breit, um in Sachen Ehe Ratschläge zu verteilen. Ich bin eine Hochstaplerin, ich sollte mich einfach wieder hinsetzen und die Klappe halten. Als ich gerade so weit bin, mich aus dem Staub zu machen, piepst mein Handy. Ich ignoriere es. Es piepst wieder.

»Wie peinlich, entschuldigen Sie bitte. Es könnte ein Notfall sein. Mein Vater, wissen Sie. Ich sehe nur kurz nach.«

Ich lege das Mikrofon weg und nehme mein Handy in die Hand. Eine Nachricht von John Yossarian.

18. Was haben Sie früher gerne gemacht, das Sie heute nicht mehr tun?

Ich blicke auf und sehe, wie mir William aus einer hinteren Ecke des Restaurants zulächelt.

Du Mistkerl, denke ich, *du süßer, lieber Mistkerl.*

Ich nehme das Mikro wieder auf. »Hört mal, alles, was ich zu sagen habe … alles, was ich zu sagen habe, ist – lauft, taucht, baut ein Zelt auf. Verbringt Stunden mit eurer besten Freundin am Telefon.«

Nedra springt auf und winkt wie Königin Elisabeth mit leicht hohler Hand.

»Tragt Bikinis.«

Mehr als nur leises Stöhnen aus der Gruppe der Frauen über vierzig.

»Trinkt Tequila.«

Gejohle aus der Gruppe der unter Vierzigjährigen.

»Wacht morgens grundlos glücklich auf.«

Die Leute fangen an zu lächeln. Gesichter entspannen sich. Augen glitzern.

»Jetzt hast du sie, Alice«, wispert Bunny. »Zieh sie an Land, ganz langsam.«

Ich atme einmal tief durch. »Legt euch ins Gras, träumt von eurer Zukunft, von diesem euren Leben mit Fehlern und von dieser eurer Ehe mit Fehlern bis hin zu dieser einen wahren Liebe mit Fehlern. Denn was ist da sonst?« William und ich sehen uns tief in die Augen. »Ehrlich gesagt, da ist sonst nichts. Nichts sonst ist von Bedeutung. Auf die Liebe.« Ich hebe mein Glas. »Auf Nedra und Kate.«

»Auf Nedra und Kate«, schallt es aus dem Restaurant zurück.

Völlig ausgelaugt lasse ich mich auf meinen Stuhl fallen.

»Mom, du warst fantastisch«, sagt Peter.

»Ich wusste gar nicht, dass du so gut improvisieren kannst«, sagt Zoe.

Nedra schickt mir mit Tränen in den Augen Luftküsschen quer durchs Lokal.

»Wo ist Dad?«

»Da drüben.« Peter deutet nach hinten, wo er an einer Wand lehnt und uns mit seinem Handy in der Hand beobachtet.

Ich schnappe mir schnell mein Handy und tippe.

Lucy Pevensie hat John Yossarian zu einer Veranstaltung eingeladen:

Antrag
Jetzt
Im Gang zu den Toiletten
Teilnehmen   Vielleicht   Absagen

Kurz darauf erhalte ich eine Nachricht.

John Yossarian nimmt an deiner Veranstaltung *Antrag* teil.

»Bin gleich wieder da«, sage ich.

Ich stehe neben der Tür zu den Toiletten, und William tritt in das schummrige Licht des Ganges.

»Einen Moment noch«, sage ich. »Bevor du irgendetwas sagst, möchte ich mich entschuldigen.«

»*Du* entschuldigst dich? Wofür denn?«

»Ich habe es dir nicht leicht gemacht. Mich zu finden war schwer.«

»Ja, das stimmt, Alice. Aber ich habe dir vor langer Zeit versprochen, dass ich, egal wohin du gehst, egal wie weit du vom

Weg abkommst, egal wie lange du weg bist, immer nach dir suchen und dich nach Hause bringen würde.«

»Also gut, hier bin ich. Im Guten wie im Bösen. Und du denkst jetzt wahrscheinlich eher ans Böse.«

»Nein, ich denke, wir sollten aufhören, uns in den Gängen vor irgendwelchen Toiletten zu begegnen.« Er rückt näher an mich heran.

Ich hole den Verlobungsring aus meiner Tasche. Ich wedele damit vor seinem Gesicht herum, und er stutzt.

»Ist das …?«

»Ja.«

»Was? Wie?«

»Das ist nicht wichtig.«

»Natürlich ist es wichtig.«

»Nein, ist es nicht. Was wichtig ist«, sage ich, »ist das hier.« Ich stecke den Ring auf meinen Finger.

William atmet hörbar ein. »Hast du gerade das getan, was ich glaube, das du getan hast?«

»Keine Ahnung? Was habe ich denn getan?«

»Mich ausrangiert.«

»Quatsch! Wir leben im einundzwanzigsten Jahrhundert, nicht im neunzehnten. Frauen sind durchaus in der Lage, sich ihre Verlobungsringe selbst an den verdammten Finger zu stecken. Ich muss jetzt etwas wissen, und du musst mir unbedingt die Wahrheit sagen. Und darf ich dir nahelegen, die Frage rasch zu beantworten, ohne zu viel darüber nachzudenken? Wenn du alles wiederholen müsstest, würdest du mich noch mal heiraten?«

»Ist das ein Heiratsantrag?«

»Beantworte meine Frage.«

»Also gut, es kommt darauf an. Gibt es eine Mitgift? Jetzt gib mir den verdammten Ring, Alice!«

»Warum?

»Gib ihn mir einfach.«

»Du schuldest mir noch tausend Dollar für die Teilnahme an der Umfrage. Glaub mal nicht, dass ich das vergessen habe.« Ich mache den Ring ab und gebe ihn ihm.

Er sieht sich die Gravur an, und auf seinen Lippen erscheint ein Lächeln.

»Lies es laut vor«, sage ich.

Er wirft mir diesen für ihn typischen undurchdringlichen, grüblerischen Blick zu. »*Ihr Herz flüsterte ihr zu, er habe es für sie getan.*«

Neunundzwanzigmal hatte ich an Weihnachten, Ostern und an meinen Geburtstagen keine Mutter. Keine Mutter bei meinem College-Abschluss. Keine Mutter in der ersten Reihe bei der Premiere meines Theaterstückes. Keine Mutter an meiner Hochzeit oder bei der Geburt meiner Kinder. Aber heute habe ich eine Mutter. Sie ist hier, und sie spricht zu mir, als wäre überhaupt keine Zeit vergangen. Und sie erzählt mir genau das, was ich wissen muss.

»Mein Vater hat ihn bei einem Pfandleiher in Brockton entdeckt. Er lag da zwanzig Jahre in der Vitrine. Nedra hält das für ein Zeichen.«

»Wenn man jemand ist, der an Zeichen glaubt.«

»So jemand bin ich.«

»Seit wann?«

»Seit … ewig.«

William greift nach meiner Hand.

»Nicht so schnell. Ich bin eine verheiratete Frau.«

»Und ich ein verheirateter Mann.«

»Du hast meine Frage nicht beantwortet.«

»*Ja*, Alice Buckle«, sagt er und steckt mir den Ring an.

»Am Ende bist du aufgetaucht«, flüstere ich.

»Schsch, du verrücktes Ho-Ho«, sagt er und nimmt mich in seine Arme.

Epilog

30. April

GOOGLE-SUCHE »Glückliche Familie«
Ungefähr 114.000.000 Ergebnisse (0,16 Sekunden)

15 Geheimtipps für eine glückliche Familie
Experten verraten Ihnen Geheimtipps für eine glückliche Familie. Auch Sie können etwas von dem häuslichen Glück erleben, das Sie bisher nur im Fernsehen …

HAPPY FAMILY (Fernsehserie)
Nachdem ich bemerkt hatte, dass der Hausarbeit schwer nachzukommen war und sie sich nicht dafür eignete, die Art von Eindruck von mir zu erwecken, der mir vorschwebte …

Die glückliche Familie … Hans Christian Andersen
»Der Regen schlug auf die Klettenblätter, um für sie eine Trommelmusik zu veranstalten, und die Sonne schien, um den Klettenwald für sie zu beleuchten, und sie waren sehr glücklich, und die ganze Familie war glücklich.«

GOOGLE-SUCHE »Peter Buckle«

Ungefähr 17 Ergebnisse (0,23 Sekunden)

Peter Buckle

…Vorsitzender des Filmclubs der Oakland School for Arts… Gruselige Thriller und romantische Liebeskomödien… Heute Abend Double Feature: *Der Stadtneurotiker* & *Der Exorzist*

Peter Buckle… YouTube

Peter Buckle, Leadsänger der Vegans… singt *Brust oder Schenkel – Warum ich aufgehört habe, Huhn zu essen, und warum Sie das auch tun sollten.*

GOOGLE-SUCHE »Zoe Buckle«

Ungefähr 801 Ergebnisse (0,51 Sekunden)

Zoe Buckle (GoGirl) on Twitter

Zoe Buckles Website *Go Girl* ist *die* Adresse für Vintage-Mode… Heute: Liberty of London!

Zoe Buckle… U Mass

Alumna Alice Buckle auf Besuch an der University of Massachusetts, bevor Tochter Zoe Buckle hier im Herbst ihr Studium…

GOOGLE-SUCHE »Nedra Rao«

Ungefähr 84.500 Ergebnisse (0,56 Sekunden)

Nedra Rao von RAO LLP im Mutterschaftsurlaub

Nedra Rao und ihre Frau Kate O'Halloran freuen sich auf ihr zweites Kind…

GOOGLE-SUCHE »Bobby B«

Ungefähr 501 Ergebnisse (0,05 Sekunden)

Bobby B Move & Groove

... das erste Unternehmen für College-Umzüge von Tür zu Tür. Wir kümmern uns um ALLES – wir schleppen 50-Kilo-Koffer in den 5. Stock und sorgen für frische Bettwäsche. Sie müssen nur noch den Tisch für Ihr erstes Frühstück in der neuen Stadt reservieren.

GOOGLE-SUCHE »Helen Davies«

Ungefähr 520.004 Ergebnisse (0,75 Sekunden)

Helen Davies ... Elle Décor

Drei lange Jahre dauerte die Renovierung von Helen Davies' ehemaligem Pfarrhaus in der Oxford Street, aber nun endlich wohnt die Gründerin von D&D Advertising in ihrem lang ersehnten Traumhaus ...

GOOGLE-SUCHE »Caroline Kilborn«

Ungefähr 292 Ergebnisse (0,24 Sekunden)

Caroline Kilborn ... Tipi-Storys vor Ort

Ich bin auf dem Weg nach Honduras, wo ich das ganze nächste Jahr verbringen werde, um mit eigenen Augen zu sehen, was Mikrokredite bewegen ...

GOOGLE-SUCHE »Bunny Kilborn«

Ungefähr 124.000 Ergebnisse (0,86 Sekunden)

Bunny Kilborn … Zum Andenken an meinen Ehemann

Bunny Kilborn, gefeierte künstlerische Leiterin des Blue Hill Theaters … deshalb habe ich das *Jack T. Kilborn Stipendium* für Nachwuchstheaterautoren ins Leben gerufen … Jack hat die Künste sein Leben lang unermüdlich unterstützt. Er würde sich wahnsinnig freuen, wenn er wüsste …

GOOGLE-SUCHE »Phil Archer«

Ungefähr 18 Ergebnisse (0,15 Sekunden)

Phil Archer … Conchita Martinez

Phil Archer und Conchita Martinez schlossen den Bund der Ehe in der St.-Mary's-Kirche in Brockton, MA. Alice Buckle, Tochter des Bräutigams, führte Archer zum Altar … Empfang – Irish American Club, 58 Apple Blossom Road.

GOOGLE-SUCHE »William Buckle«

Ungefähr 15.210 Ergebnisse (0,42 Sekunden)

William BUCKLE

William Buckle, D&D Advertising – nominiert für den Clio mit seinem Spot *Geo-Tag* für Mondavi Wines.

William BUCKLE

Oakland Magazine: IM FOKUS – William Buckle und Alice Buckle: Feier zum 22. Hochzeitstag im FiG … teilen sich ein Rhabarber-Kumquat-Kompott.

GOOGLE-SUCHE »Alice Buckle«

Ungefähr 25.401 Ergebnisse (0,56 Sekunden)

ALICE BUCKLE

Mrs Buckles Theaterstück *Ich ziehe unsere Verabschiedung in die Länge* feiert Premiere am Blue Hill Theater … *Boston Globe*: Ein strahlendes neues Talent am Horizont. Wahrlich originell, messerscharf, witzig, durchdacht und entzückend … eine moderne Gesellschaftskomödie … Missverständnisse und Fehldeutungen, versetzt mit dem Stachel der Wahrheit.

GOOGLE-SUCHE »Netherfield-Zentrum«

Ungefähr 0 Ergebnisse (0,00 Sekunden)

Netherfield-Zentrum für Eheforschung

Leider existiert die gesuchte Seite nicht mehr.

Anhang – Der Fragebogen

1. Wie alt sind Sie?

2. Warum haben Sie sich bereit erklärt, an dieser Studie mitzuwirken?

3. Wie oft führen Sie ein Gespräch mit Ihrem Ehepartner, das länger als fünf Minuten dauert?

4. Wie beurteilen Sie die Beteiligung Ihres Ehepartners an der Bewältigung des Haushalts?

5. Was würde Ihr Ehepartner als Ihr Lieblingsessen nennen?

6. Wann haben Sie Ihr Lieblingsessen das letzte Mal genossen?

7. Erzählen Sie uns etwas, von dem Ihr Ehepartner nichts weiß.

8. Welche Medikamente nehmen Sie?

9. Zählen Sie drei Dinge auf, vor denen Sie Angst haben.

10. Glauben Sie, dass die Liebe ewig währt?

11. Lieben Sie Ihren Ehepartner noch immer?

12. Haben Sie schon einmal daran gedacht, Ihren Ehepartner zu verlassen?

13. Wenn ja, was könnte Sie davon abhalten?

14. Zählen Sie fünf positive Eigenschaften Ihres Ehepartners auf.

15. Zählen Sie drei negative Eigenschaften Ihres Ehepartners auf.

16. Wie heißt Ihr Lieblingsbuch?

17. Wie gut kennen Sie Ihren Ehepartner Ihrer Ansicht nach?

18. Was haben Sie früher gerne gemacht, das Sie heute nicht mehr tun?

19. Was machen Sie heute?

20. Nennen Sie die Berufe, in denen Sie bisher gearbeitet haben, in chronologischer Reihenfolge.

21. Sind Sie religiös? Glauben Sie an Gott?

22. Zählen Sie Ihre Lieblingskörperteile Ihres Ehepartners auf, als Sie zwanzig waren.

23. Zählen Sie Ihre heutigen Lieblingskörperteile Ihres Ehepartners auf.

24. Beschreiben Sie den ersten Eindruck, den Sie von Ihrem Ehepartner hatten.

25. Was haben Sie bei Ihrer ersten Verabredung gemacht?

26. Nennen Sie einige kleine Aspekte Ihrer Ehe, auf die Sie gereizt reagieren.

27. Wie viele Kreditkarten besitzen Sie?

28. Wie häufig googeln Sie sich?

29. Inwiefern lässt sich Ihre Ehe mit der Ihrer Eltern vergleichen?

30. Was hat Ihnen Ihr Ehepartner zu Ihrem letzten Geburtstag geschenkt?

31. Beschreiben Sie Ihren Ehepartner bei Ihrer ersten Verabredung.

32. Was hätten Sie gerne vorher über die Ehe gewusst, beziehungsweise wovor wären Sie gerne in Bezug auf die Ehe gewarnt worden?

33. Kann Ihr Ehepartner gut zuhören?

34. Haben Sie sich jemals vor Ihrem Ehepartner geschämt?

35. Treiben Sie und Ihr Ehepartner gemeinsam Sport?

36. Ist es in Ordnung, wenn Ehepartner Geheimnisse voreinander haben?

37. Ist Ihr Ehepartner in der Lage, Ihnen ihre/seine Bedürfnisse mitzuteilen?

38. Was verstehen Sie unter Flirten?

39. Welche Gemeinheit haben Sie Ihrem Ehepartner zuletzt an den Kopf geworfen?

40. Welche Gemeinheit hat Ihr Ehepartner Ihnen zuletzt an den Kopf geworfen?

41. Würden Ihre Freunde Sie als glücklich verheiratet beschreiben?

42. Würden Sie sagen, dass Sie glücklich verheiratet sind?

43. Beschreiben Sie den ersten Kuss mit Ihrem Ehepartner.

44. Was sollte man Ihrer Meinung nach NICHT in der Öffentlichkeit tun?

45. Was ist der schlimmste Gefühlszustand, in den man geraten kann?

46. Schwindeln Sie? Wenn ja, nennen Sie Beispiele.

47. Wie oft in der Woche treiben Sie Sport?

48. Vervollständigen Sie diesen Satz: Ich fühle mich geliebt und umsorgt, wenn …

49. Wessen Ehe bewundern Sie am meisten?

50. Gäbe Ihr Ehepartner Ihnen einen Freifahrtschein, um mit einer anderen Person Sex zu haben, wen würden Sie auswählen?

51. Gäben Sie Ihrem Ehepartner einen Freifahrtschein, um mit einer anderen Person Sex zu haben, wen würde er/sie auswählen?

52. Finden Sie und Ihr Ehepartner dieselben Dinge lustig?

53. Was ist der denkwürdigste Ort, an dem Sie je Sex hatten?

54. Sind Sie und Ihr Ehepartner sich über die Erziehung Ihrer Kinder bei Themen wie Drogen und Alkohol einig?

55. Verstehen Sie sich mit Ihren Schwiegereltern?

56. Wie lautet der letzte liebevolle Satz, den Sie zu Ihrem Ehepartner gesagt haben?

57. Wie lautet der letzte liebevolle Satz, den Ihr Ehepartner zu Ihnen gesagt hat?

58. Wie heißt Ihr Lieblingsfilm?

59. Wie oft streiten Sie sich mit Ihrem Ehepartner?

60. Welches war das erotischste Buch, das Sie jemals gelesen haben?

61. Beschreiben Sie den Augenblick, als Sie wussten, Ihr Ehepartner ist »der/die Richtige«.

62. Haben Sie irgendeine nichtkirchliche voreheliche Beratung wahrgenommen? Wenn ja, nennen Sie eine der an Sie gerichteten Fragen und Ihre Antwort darauf. Ist diese Antwort heute noch gültig?

63. Wo haben Sie geheiratet?

64. Beschreiben Sie eine Situation, in der Ihr Ehepartner Sie enttäuscht hat.

65. Was denken Sie über die derzeitige Mode, dass Paare sich scheiden lassen, weil sie dem Gefühl nach eher Zimmergenossen sind statt ein Liebespaar?

66. Wann haben Sie das letzte Mal mit einer anderen Person als Ihrem Ehepartner geflirtet?

67. Was bedeutet es, gut zu sein?

68. Beschreiben Sie, wie sich Ihre Ehe während der ersten Schwangerschaft verändert hat.

69. Schreiben Sie einen Brief an Ihre Tochter, in dem Sie ihr etwas mitteilen, das Sie ihr nicht persönlich sagen können.

70. Nennen Sie etwas, was Sie selbst gegenüber Ihrer besten Freundin nicht zugeben würden.

71. Zählen Sie ein paar Dinge auf, von denen Sie sich wünschten, Sie könnten sie sein lassen, was Ihnen aber nicht gelingt.

72. Beschreiben Sie ein Klischee des Elternseins, von dem Sie überrumpelt wurden.

73. War Ihre zweite Schwangerschaft anders als Ihre erste?

74. Wurde Ihre Ehe durch das Hinzukommen eines weiteren Kindes nachteilig beeinflusst?

75. Schreiben Sie einen Brief an Ihr zweites Kind, in dem Sie ihm etwas mitteilen, das Sie ihm nicht persönlich sagen können.

76. Wie viel Geld braucht man, um glücklich zu sein, und wird es durch Geld einfacher, glücklich verheiratet zu bleiben?

77. Würden Sie Ihre Ehe eher als Diktatur oder als Demokratie bezeichnen?

78. Wenn Sie die Ehe einem Außerirdischen erklären müssten, der gerade erst auf der Erde gelandet ist, was würden Sie ihm sagen?

79. Was würden Sie antworten, wenn jemand Sie fragt, welche Lektion im Leben Sie gelernt haben, seit Sie vierzig sind?

80. Definieren Sie *Leidenschaft* in einem einzigen Satz.

81. Wie haben Sie sich das Verlieben vorgestellt, als Sie jung waren?

82. Welchen Rat würden Sie Ihren Kindern aus heutiger Sicht in Bezug auf romantische Liebesabenteuer geben?

83. Nennen Sie drei Gründe, warum man verheiratet bleiben sollte.

84. Nennen Sie einen Grund, warum man sich scheiden lassen sollte.

85. Hegten Sie während des letzten Jahres romantische Gefühle für eine andere Person als Ihren Ehepartner?

86. Hatten Sie während des letzten Jahres sexuelle Fantasien, die sich auf eine andere Person als Ihren Ehepartner bezogen?

87. Befürworten Sie die Schwulenehe?

88. Ist Ihr Leben so geworden, wie Sie es sich erhofft haben?

89. Zählen Sie drei Dinge auf, die ein Ehepartner tun könnte und die Ihrer Meinung nach unverzeihlich sind.

90. Schreiben Sie einen Brief an Ihren Ehepartner, in dem Sie ihr/ihm etwas mitteilen, das Sie ihr/ihm nicht persönlich sagen können.

Danksagung

Meine tiefste Dankbarkeit gilt meiner Agentin Elizabeth Sheinkman, die niemals aufgehört hat, an dieses Buch zu glauben. Bleibender Dank an Jennifer Hershey, Jennifer Smith, Lynne Drew und Sylvie Rabineau sowie Gina Centrello, Susan Corcoran, Kristin Fassler, Kim Hovey, Libby McGuire, Sarah Murphy, Quinne Rogers und Betsy Robbins – eine Schriftstellerin könnte sich kein bombastischeres Team von Unterstützerinnen wünschen. Herzlichen Dank für die klugen Anmerkungen und den literarischen Scharfsinn von Kerri Arsenault, Joanne Catz Hartmann und Anika Streitfeld, die mir von Anfang an im Schützengraben zur Seite standen. Mein Dank gilt auch den Leserinnen, die so nett waren, sich durch die erste Fassung des Romans zu wursteln und mir ehrliche und hilfreiche Rückmeldungen zu geben: Elizabeth Bernstein, Karen Coster, Alison Gabel, Sara Gideon, Robin Heller und Wendy Snyder. Lauter Applaus gebührt meinen Kollegen vom San Francisco Writers' Grotto. Und wie immer wäre nichts von alldem möglich gewesen oder hätte irgendeine Bedeutung ohne die beiden Bens.

Quellenangaben

Zitat Vladimir Nabokov, S. 239:
Vladimir Nabokov: *Lolita, Gesammelte Werke, Band VIII,* hrsg. v. Dieter Zimmer, übers. v. Maria Carlsson, Helen Hessel u. Kurt Kusenberg, Reinbek/Hamburg: Rowohlt 1989, S. 13.

Zitat Jane Austen, S. 476 und 491:
Jane Austen: *Stolz und Vorurteil*, übers. v. Andrea Ott, München: btb 2010, S. 505.

Zitat Hans Christian Andersen, S. 493:
Hans Christian Andersen: »Die glückliche Familie«, in: *Sämtliche Märchen*, übers. v. Julius Reuscher, 31. Aufl., Leipzig: Abel und Müller [um 1900], S. 249–254, hier S. 254.

Die Originalausgabe erschien 2012 unter dem Titel »Wife 22«
bei Ballantine Books, Random House, New York.

FSC
www.fsc.org
MIX
Papier aus verantwortungsvollen Quellen
FSC® C014496

Verlagsgruppe Random House FSC® N001967
Das für dieses Buch verwendete
FSC®-zertifizierte Papier *Super Snowbright*
liefert Hellefoss AS, Hokksund, Norwegen.

1. Auflage 2013

Published in the United States by Ballantine Books,
an imprint of The Random House Publishing Group,
a division of Random House, Inc., New York.

Umschlaggestaltung: semper smile München
Umschlagmotiv: Getty Images / Zack Blanton (2)
Fotos Innenteil: Kerri Arsenault
Satz: Uhl + Massopust, Aalen
Druck und Einband: GGP Media GmbH, Pößneck
Printed in Germany
ISBN 978-3-442-75344-4

www.btb-verlag.de